मैं पाकिस्तान में भारत का जासूस था

मैं पाकिस्तान में भारत का जासूस था

मोहनलाल भास्कर

राजकमल प्रकाशन

ISBN : 978-81-267-2581-6

मूल्य : ₹595

पहला संस्करण : 1984
इस रूप में पहली बार : 2014
तीसरा संस्करण : 2020

प्रकाशक : राजकमल प्रकाशन प्रा. लि.
1-बी, नेताजी सुभाष मार्ग, दरियागंज
नई दिल्ली-110 002

शाखाएँ : अशोक राजपथ, साइंस कॉलेज के सामने, पटना-800 006
पहली मंजिल, दरबारी बिल्डिंग, महात्मा गांधी मार्ग, इलाहाबाद-211 001
36 ए, शेक्सपियर सरणी, कोलकाता-700 017

वेबसाइट : www.rajkamalprakashan.com
ई-मेल : info@rajkamalprakashan.com

मुद्रक : बी.के. ऑफ़सेट
नवीन शाहदरा, दिल्ली-110 032

MAIN PAKISTAN MEIN BHARAT KA JASOOS THA
A true story of espionage by Mohan Lal Bhaskar

महाकवि और महामानव डॉ. बच्चन को
जिनके अथक प्रयत्नों से मैं पाकिस्तान
से रिहाई पा सका

पुस्तक के अंग्रेज़ी संस्करण के लिए लिखित

प्राक्कथन

अगर मुझे अपने लिए किसी पेशे का चुनाव करना पड़े तो जासूसी मेरे लिए आख़िरी विकल्प होगा। अगर मुझे जासूस बनकर किसी देश में जाना पड़े तो पाकिस्तान मेरे लिए आख़िरी विकल्प होगा। मेरे अन्दर जासूस बनने का साहस नहीं है और देशभक्ति की बड़ी से बड़ी भावना भी मुझे दूसरे देश की गुप्त जानकारियाँ खोद निकालने के लिए प्रेरित नहीं कर सकती। अगर हालात मुझे जासूस बनने के लिए मजबूर कर ही दें, तो मैं अपने कार्यक्षेत्र के रूप में पाकिस्तान का चुनाव नहीं करूँगा। मुझे पाकिस्तानियों से उतना ही प्यार है जितना मैं वहाँ की पुलिस की दरिन्दगी से डरता हूँ। मैं इस मामले में सौभाग्यशाली हूँ कि मुझे सिर्फ़ एक ऐसे आदमी की किताब की भूमिका ही लिखनी पड़ रही है जो पाकिस्तान में घुसने और वहाँ से बाहर निकलने का साहस रखता था, और जब वहाँ गिरफ़्तार हो गया तो उसने अमानवीय यंत्रणाएँ झेलकर भी अपने भेद नहीं बताए और अपने साथियों से विश्वासघात नहीं किया। दुनिया की सारी दौलत भी मुझे वह सब झेलने के लिए प्रेरित नहीं कर सकती है जो मोहनलाल भास्कर को लाहौर, कोट लखपत, मियाँवाली और मुलतान की जेलों में भोगना पड़ा है। यह एक चमत्कार ही है कि इतना सब सहकर भी वे आज अपनी कहानी सुनाने के लिए जीवित हैं, उनका मानसिक सन्तुलन क़ायम है और वे एक स्कूल में पढ़ाते हैं।

जासूसी का धन्धा घिनौना लेकिन ज़रूरी है। हर देश में न सिर्फ़ जासूस होते हैं बल्कि उन जासूसों के ऊपर भी जासूस रखे जाते हैं। लेकिन मुझे यह जानकर ताज्जुब हुआ कि पाकिस्तान में हमारे अनेक जासूस हैं और पाकिस्तान के तो भारत में और भी ज़्यादा। दोनों देश

गुप्त जानकारियाँ इकट्ठी करने के लिए पानी की तरह पैसा बहाते हैं। और ये जानकारियाँ पाकिस्तान को अमरीका के माध्यम से तथा भारत को सोवियत रूस के माध्यम से मिलती हैं। अमरीका तथा रूस दोनों के पास अत्याधुनिक जासूस-हवाई जहाज़ हैं, जो कई मील की ऊँचाई से ज़मीन पर चलते-फिरते लोगों और उपकरणों के फ़ोटोग्राफ ले सकते हैं। उनमें इतने शक्तिशाली कैमरे लगे होते हैं जिनसे अपने छज्जे पर बैठकर किसी व्यक्ति द्वारा पढ़े जा रहे अख़बार में छपे समाचारों तक का फोटोग्राफ लिया जा सकता है। लेकिन फिर भी हम अपने हवाई अड्डों के फोटोग्राफ लेना वर्जित करते हैं, एक-दूसरे की सीमा में घुसने के लिए बड़ी संख्या में सुशिक्षित लोगों की भर्ती करते हैं और जिन लोगों को ख़रीदा जा सकता है उनसे वफ़ादारी की झूठी शपथ दिलवाते हैं। ऐसा प्रतीत होता है कि हम आज भी पुराने ज़माने में रह रहे हैं, और मानवीय शक्ति, समय तथा धन का बेहिसाब अपव्यय कर रहे हैं।

मोहनलाल भास्कर जाहिरा तौर पर पाकिस्तान की आणविक योजनाओं के बारे में जानकारी इकट्ठी करने के अभियान पर थे। लेकिन बड़ी चतुराई के साथ वे हमें यह नहीं बताते कि अपने लक्ष्य में उन्हें सफलता मिली या नहीं। उन्हें उनके अपने ही एक सहकर्मी, शायद दोहरे जासूस, ने धोखा दिया और वे दुश्मन के हाथों पड़ गए। वहाँ सेना और पुलिस के अधिकारियों ने उनसे जो पूछताछ की, उसमें अकल्पनीय रूप से भयंकर यातनाएँ भी शामिल हैं। उनके कई साथी पागल हो गए और कइयों ने अपनी जान दे दी। भास्कर ने उनका वर्णन इतने विशद रूप में किया है कि पढ़कर रोंगटे खड़े हो जाते हैं तथा रीढ़ की हड्डी सुन्न होने लगती है। किताब में डाकुओं, वेश्याओं, उनके दलालों और तस्करों के साथ, जो उन्हीं जेलों में होते थे, बिताए गए कुछ हलके-फुलके क्षणों का चित्रण भी है। पाकिस्तान में उनका अधिकांश कार्यकाल जनरल याह्या ख़ाँ के शासन के दौरान था। उन्होंने भुट्टो को जेल में भी देखा और भुट्टो को पाकिस्तान के प्रधानमंत्री के रूप में भी देखा। उन्होंने याह्या की प्रेमिका 'जनरल' रानी के बारे में सुना कि वह सर्वाधिक शक्तिसम्पन्न महिला है और फिर देखा कि उसे उनकी ही जेल के महिला विभाग में धकेल दिया गया है। मोहनलाल भास्कर मियाँवाली में थे जब शेख़ मुजीबुर्रहमान को वहाँ लाया गया और उनकी क़ब्र खुदवाई गई जो बाद में भुट्टो

द्वारा उन्हें रिहा कर दिए जाने पर पाट दी गई थी और शेख़ विजयी होकर बँगलादेश लौटे थे। अपनी जेल की कोठरी से भास्कर ने देखा कि कैसे भारतीय बमवर्षकों और युद्धक विमानों ने पाकिस्तान की वायुसेना को परास्त किया। उन्हें चौदह वर्ष जेल में बिताने थे–शायद उन्हें जीवित बाहर आने की अनुमति नहीं थी। लेकिन वे उन सौभाग्यशालियों में रहे जिनका भारत द्वारा गिरफ़्तार किए गए पाकिस्तानी जासूसों के साथ विनिमय होना था।

भास्कर के शब्दों में : ''कई भाषाओं की पत्र-पत्रिकाओं में इस पुस्तक का धारावाहिक प्रकाशन हुआ है और जल्दी ही यह मराठी तथा अन्य प्रमुख भाषाओं में अनूदित होकर पुस्तक रूप में छपनेवाली है।'' मूल हिन्दी से जयरतन द्वारा किया गया यह अंग्रेज़ी अनुवाद अत्यन्त सुपाठ्य है। मैं उन पाठकों से इसे पढ़ने की सिफारिश करता हूँ जो रोमांचक तथा ख़ौफ़नाक चित्रणों को बर्दाश्त कर सकते हैं।

–खुशवन्त सिंह

मैं कोट लखपत जेल पाकिस्तान, लाहौर की सज़ा-ए-मौत की कोठरी में क़ैद हूँ। 24.5.71 की सुबह एक नम्बरदार ने आकर मुझसे कहा कि निकलो, तुम्हें ड्योढ़ी में बुलाया गया है। एक फ़ौजी अफ़सर तुम्हारा फ़ैसला सुनाने आया है। मैं उसके साथ जेल की ड्योढ़ी में पहुँचता हूँ। मेरा दिल बुरी तरह धड़क रहा है। वह मुझे मेजर अशफ़ाक़ के सामने लाकर खड़ा कर देता है, जो मेरे फील्ड जेनरल कोर्ट मार्शल में सरकारी वकील था। उसने फ़ैसला सुनाया, 'मिस्टर मोहनलाल भास्कर उर्फ़ मुहम्मद असलम, फ़ौजी अदालत तुम्हें पाकिस्तान के ख़िलाफ़ जासूसी के इलज़ाम में 14 साल क़ैद बामशक़्क़त की सज़ा देती है।'

यह सुनते ही मैं ख़ुशी से पागल हो गया, क्योंकि सज़ा-ए-मौत से बच गया, जो समरी कोर्ट मार्शल में मेरे लिए रिक़मेंड की गई थी। मैं दौड़ता हुआ बैरक में आया। यारों ने समझा कि मैं बरी हो गया हूँ। बोले, 'क्या हुआ?' मैंने कहा, 'राम बनवास।' यह कहकर मैं अपनी कोठरी में आ गया और सोचने लगा उस लम्बे सफ़र के बारे में, जिसे मैं तय कर चुका था और उसके बारे में, जिसे अभी तय करना था। उस एकान्त कोठरी में अतीत की परछाइयाँ धीरे-धीरे मन पर उतरने लगती हैं।

शुरू होती है दास्ताँ अपनी

अपने पड़ोसी देश पाकिस्तान में क्या हो रहा है, इस जिज्ञासा को शान्त करने को मन न जाने कब से व्याकुल था और मैं कोई साधन ढूँढ़ रहा था। फिर सितम्बर, '65 की जंग ने तो मेरी इस जिज्ञासा को और भड़का दिया। 14 नवम्बर, '65 के 'धर्मयुग' में मेरा एक लेख छपा था, 'फ़िरोज़पुर का आँखों देखा मोर्चा'। फिर उसके बाद जब भगतसिंह की समाधि पर 23 मार्च का मेला लगा, तो वहाँ मंच पर मैंने यह पंक्तियाँ पढ़ी थीं, भगतसिंह को सम्बोधित करते हुए–

'तेरे लहू से सींचा, है अनाज हमने खाया।
यह जज़्बा-ए-शहादत, है उसी से हममें आया।'

(स्मरण रहे कि 23 मार्च, 1931 को भगतसिंह को लाहौर जेल में फाँसी देने के बाद, जब सतलुज के किनारे उनकी लाश के टुकड़े किए जा रहे थे, पीछे-पीछे लोग पहुँच गए और मजबूरन अंग्रेज़ों को लाश जलानी पड़ी थी।)

इन पंक्तियों पर लोगों ने बहुत वाह-वाह की। जब मैं मंच से उतरा तो एक अधिकारी-सा लगनेवाला व्यक्ति मेरे पास आया और बोला, 'भास्कर साहब, देश के लिए कविताएँ पढ़ना बहुत सरल है, मरना बहुत कठिन। क्या वाकई आपमें भगतसिंहवाला जवान शहादत भाव है?'

यह सुनते ही मैं जलाल में आ गया और बोला, 'साहब, जब कभी सीमा पर गोली चले तो बुला लेना। आपसे चार क़दम आगे चलूँगा और पीछे भागने लगूँ तो गोली मार देना या देश के लिए कहीं भी आपको मेरी ज़रूरत पड़े, तो यह जिस्मो-जाँ हाज़िर है।

वह साहब कौन थे, मुझे किसने इस राह पर प्रेरित किया और मैंने क्या-क्या किया, इसका ज़िक्र करना देश के हित में नहीं है। गुप्तचर का जीवन इतना एकाकी तथा आत्मकेन्द्रित होता है कि वह अपने भेदों की दुनिया में अपने प्रियजन को भी झाँकने नहीं देता। मैं सुन्नत करवाकर मुसलमान बन चुका हूँ यह बात मेरे माता-पिता तो दूर पत्नी तक को पता न थी। न वे यह जानते थे कि मैं क्या करता हूँ, कहाँ जाता हूँ।

सीमा की ओर कभी आप नज़र उठाकर देखें, तो साँय-साँय करता अँधेरा-ही-अँधेरा नज़र आएगा। पता नहीं मौत कहाँ, किस रूप में छिपी बैठी रहती है। साँप या बिच्छू काट भी ले, तो भी चीख़ नहीं सकते, वरना दुश्मन गोली मार देगा। कहीं जंगली सूअर दनदना रहे हैं, तो कहीं गीदड़ हुआँ रहे हैं। पीछा करते हैं, गोश्त पर पले हुए ख़ूँख़ार कुत्ते और इनसे दो-चार होता है जासूस, बेसरोसामान दस करोड़ दुश्मनों की बीस करोड़ आँखों से ख़ुद को बचाए हुए, अपनी आँखों पर धूप का चश्मा चढ़ाए हुए, ताकि कोई उसकी आँखों से उसकी भावनाओं को भाँप न ले। अजनबी लोगों में, अजनबी शहरों में विचरता है। सौ तरह के स्वाँग भरता है।

हाँ, तो उन दिनों दनदनाती अयूबशाही लड़खड़ा रही थी। भारत से दस हज़ार साल तक लड़ने की बात यू.एन.ओ. में कहकर भुट्टो साहब लोगों के दिलो-दिमाग़ पर छा गए थे और तलवार बनकर अयूब साहब के सिर पर लटक रहे थे। अयूब साहब ने इन्हें पागल क़रार देकर दिमाग़ी इलाज के लिए चीन भिजवाया और यह मियाँ वहाँ से ऐसा आफ़त का परकाला बनकर आए कि अयूब का दिलो-दिमाग़ हिलाकर रख दिया। 1967 में जब यह कराची के बन्दरगाह पर उतरे, तो कोई डर के मारे इनके स्वागत तक को वहाँ नहीं पहुँचा। लेकिन लोग शायद इनकी आवाज़ के इन्तज़ार में थे और ज्यों ही उन्होंने पुकारा--मज़दूर, किसान, डॉक्टर, वकील, कॉलेज के युवक-युवतियाँ सिर पर कफ़न बाँधे निकल पड़े। जेलें भर गईं। मार्शल लॉ लागू कर दिया गया। तमाम बड़े शहरों-

लाहौर, सियालकोट, मुलतान, लायलपुर, पेशावर, रावलपिंडी में क़र्फ़्यू लगा दिया गया और यही वे दिन थे, जब मैंने पाकिस्तान जाना शुरू किया था।

शाम के चार बजे थे। मैं आरा बाज़ार, लाहौर छावनी में था। तीन घंटे के लिए क़र्फ़्यू में ढील दी गई थी दुकानदारी के लिए कि अचानक पता नहीं कहाँ से सैकड़ों की तादाद में लोग जमा होकर 'अयूबशाही मुर्दाबाद', 'मिस्टर भुट्टो ज़िन्दाबाद' के नारे लगाने लगे और गश्त करते सिपाहियों पर पत्थर बरसाने लगे। तभी उनको चारों तरफ़ से गोलियाँ बरसाती फ़ौजी जीपों ने आ घेरा। मैं दूर, गहरे गड्ढे में से देख रहा था कि किस तरह लोग मरनेवालों की लाशों तले अपने-आपको छिपा रहे थे। कुछ गिरते-पड़ते-भागते निकल गए, पर शायद ही कोई ऐसा हो, जो घायल न हुआ हो। फ़ौजियों ने भी अपनी तरफ़ से कोई कसर नहीं छोड़ी। ज़रा-सा भी कोई हिलता दिखा, उसे गोली मार दी और फिर यह इम्तियाज़ किए बग़ैर कि कौन ज़िन्दा है, कौन मुर्दा; उन्हें उठाकर थ्री टनर फ़ौजी गाड़ियों में फेंका गया। 20 फ़ौजी गाड़ियाँ लाशों से भरी थीं, जो गंडासिंहवाला सतलुज की ओर चल दीं। फिर सुनने में आया कि उन लाशों के साथ भारी पत्थर बाँधकर उन्हें सतलुज में डुबो दिया गया और वे मछलियों का चारा बन गईं।

मुसलमानों ने मुसलमानों को मारा, आलमे-इस्लाम ख़ामोश रहा, मुसलमान ख़ामोश रहे और मैं सोच रहा था कि अगर ग़लती से भी कोई मुसलमान भारतीय सेना या पुलिस के हाथों मर जाए, तो पाकिस्तानी भाई आलमे-इस्लाम के नाम ऐलान फ़रमाते हैं, 'इस्लाम ख़तरे में हैं' का नारा लगाते हैं और भारतीय मुसलमान भाई जज़्बात में बहक जाते हैं। थानों को आग लगा देते हैं, दुकानें जलाते हैं और उस लोकतंत्र का दुरुपयोग करते हैं, जिसे पाने के लिए उनके भाई पाकिस्तान में तरस रहे हैं और उनके सिर पर क़हर बरसाया जा रहा है।

अगर भूगोलवेत्ता सही हैं, तो भविष्य में उन पाकिस्तानी भाइयों की हड्डियाँ बहती हुई मैदानों में जा बिछेंगी और तहदार चट्टानों के रूप में उभरेंगी और समय पाकर तेल बन जाएँगी, जिससे लोकतंत्र की ज्वाला फूटेगी। लेकिन अभी क़ुर्बानी का रास्ता बहुत लम्बा है। पता नहीं, अभी इनकी कितनी पीढ़ियों को इसकी क़ीमत चुकानी है। हम भारतीय बहुत भाग्यशाली हैं, जिन्हें नेहरू और पटेल जैसे नेता मिले, जिन्होंने भारत की पुण्य पावन धरती पर लोकतंत्र का बीज बोया और उसे एक चिरजीवी वृक्ष की तरह पनपाकर आँखें मूँद गए।

यही कुछ सोचता हुआ लड़खड़ाते क़दमों से मैं छिपता-छिपाता शेख़ वहीद के कोठीखाने गुलबर्ग की ओर चल दिया, जहाँ मुझे रात बितानी थी।

यह वह जगह है, जहाँ शोख़ जवानियाँ आँख बिछाए राह देखती हैं आनेवालों की, और जिनके बारे में मैं भारत में अपने साथियों से सुन चुका था। इस प्रकार के

स्थान जासूसों के लिए सबसे सुरक्षित होते हैं और पाकिस्तान तो इनसे अटा पड़ा है। केवल लाहौर में ही तिब्बी बाज़ार, रंगमहल, शाही मुहल्ला और गुलबर्ग जैसे ऊँची सोसाइटी के कोठीखाने हैं, जहाँ जेनरल रानी (याह्या ख़ाँ की माशूक़ा) जैसी हसीनाएँ अपने अड्डे चलाती हैं, हुकूमतें बनाती हैं, हुकूमतें गिराती हैं।

शेख़ वहीद के यहाँ एक रात

यहाँ गुलबर्ग यादगारे पाकिस्तान है, एक बड़ी मीनार के रूप में। क़ायदे आज़म मुहम्मद अली जिन्ना ने यहीं 'क़रारदादे पाकिस्तान' मुस्लिम लीग के सामने रखी थी और, यह प्रस्ताव पास हुआ था कि दीने इस्लाम को माननेवाले मुसलमानों के लिए एक अलहदा मुल्क़ क़ायम किया जाए, जिसमें उनकी अपनी हुकूमत हो और वह हर तरह से पाक को। चुनांचे उसका नाम 'पाकिस्तान' तजवीज़ हुआ। क़िस्मत की सितमज़रीफ़ी देखिए कि आज उसी गुलबर्ग में हर छठी कोठी में ऊँचे दरजे की काल गर्ल्स का बसेरा है और यही वह जगह है, जहाँ ऐसी-ऐसी हस्तियाँ बसती हैं, जिन्हें पाकिस्तान के हर सरकारी महकमे में दख़लअन्दाज़ी का हक़ हासिल है। यहाँ शबाब और शराब के जामों पर लोगों के मुक़द्दर बदलते हैं, तरक़्क़ियाँ हासिल होती हैं। ठेके, रूट परमिट और लाइसेंस मिलते हैं।

किसी ने याह्या ख़ाँ की रखैल अक़लीम अख़तर उर्फ़ 'जेनरल रानी' के ख़ाविन्द से कहा, 'तुम्हें ज़रा भी शर्म नहीं आती, तुम्हारी बीवी जेनरल लिए घूमता-फिरता है,' तो उसने मुस्कराकर शराब के जाम की चुस्की भरते हुए कहा, 'जनाब, हमने समाज में जीने के लिए सोचने का तरीक़ा बदल लिया है। हम यह सोचते हैं कि वह बीवी तो जेनरल साहब की है और हमारी रखैल है, जिसे कभी-कभी एक रात के लिए हम भी अपने पास रख लेते हैं।'

शेख़ वहीद—ऊँचा क़द, तराशी हुई दाढ़ी, सुनहले फ्रेम का चमचमाता चश्मा। हाथों में हीरों की जगमगाती अँगूठियाँ। जनाब का जाली नोटों का कारोबार है। पेशावर के आगे दर्रा आदमखैल और इलाक़ा कैर में हर मुल्क की करेंसी मिलती है। 25 प्रतिशत से लेकर 50 प्रतिशत की दर पर सीधा और साफ़ व्यापार—एक हाथ दीजिए, दूसरे हाथ दुगुने नोट लीजिए और नोट इस क़दर असली कि शायद ही कोई बैंक-अधिकारी उन्हें पहचान सके। हिन्दुस्तानी रुपया, रूस का रूबल, अमरीकी डॉलर, सब यहाँ मिल सकते हैं। दिखावे के लिए उसकी कोठी में एक गेस्ट हाउस है, जिसे वहीदा बेग़म चलाती हैं। उसका कोड मुझे मालूम था। मैंने सुबह फ़ोन किया था और कहा था, 'मोहतरमा, मैंने सुना है, गधे आम खाने लगे हैं।' जवाब मिला, 'सचमुच!

आपने कब देखा?' मैंने जवाब दिया, 'यही आज कोई छह-सात बजे।' वह बोली, 'शुक्रिया, हम भी देखेंगे।' बातचीत का मतलब यह था कि उसने मेरा आना तसलीम कर लिया और मेरा आशय था कि मैं छह और सात के दरम्यान आऊँगा।

शाम सात बजे कोठी पहुँचा। दरबान को कोड बताया, 'आदमखैल से आया हूँ, अंगूर लाया हूँ।' दरबान ने बड़े अदब से दरवाज़ा खोला और मुझे ड्राइंगरूम में ले आया, जहाँ वहीदा बेग़म ने मुझे देखते ही मेरा इस्तकबाल किया 'ख़ुशआमदीद' कहकर। मैंने जवाब दिया और मैं ठगा-ठगा-सा उसकी तरफ़ देखता रह गया। मैंने जेब से दो सौ रुपए निकाले और उसके सामने धर दिए। उसने मुस्कराकर पैसे उठाए और मुझे ड्राइंगरूम में ले गई। कहा, 'तशरीफ़ रखिए।' फिर एक बटन दबाया, साइड का दरवाज़ा खुला, जिसमें से एक-एक कर दस लपलपाते जिस्म बिजलियों की तरह कौंधे और मेरे सामने क़तार बाँधकर जलवागर हो गए। एक से बढ़कर एक हसीन। सभी कमसिन, कॉलेज की लड़कियाँ। मैं उन्हें देखता ही रह गया। सोच रहा था, किसे एक रात का हमसफ़र बनाऊँ कि तभी दिमाग़ ने कहा—ऐसे जिस्म तो पहले भी बहुत मिले हैं; लेकिन जो राज़ वहीदा बेग़म से हासिल हो सकते हैं, वे इनसे नहीं। इसलिए मैंने कहा, 'तख़लिया।' और वह सब की सब जिधर से आई थीं, उधर ही दरवाज़े में प्रवेश कर गईं।

वहीदा बेग़म ख़ुद परेशान थी, आँखें फैलाकर बोली, 'गुस्ताख़ी माफ़ मियाँ असलम, इनके अलावा आज हमारे पास और कोई नहीं है।' पैसे वापस करने को उसने हाथ बढ़ाया, तो मैंने कहा, 'तक़ल्लुफ़ न करें। आज मुझे सिर्फ़ आप चाहिए।' वह हैरान होकर बोली, 'जवान और हसीन लड़कियों को छोड़कर आप मुझमें क्यों दिलचस्पी रखते हैं?' मैंने कहा, 'आप सिर्फ़ हसीन ही नहीं तज़र्बेकार भी हैं और फिर न जाने क्यों, आज दिल आप पर ही आ गया है।' वह बोली, 'मुझे तो दस बजे से पहले फ़ुरसत नहीं।' मैंने कहा, 'कोई बात नहीं। आप एक बोतल व्हिस्की भिजवा दें। तब तक हम अपनी थकान उतार लेंगे।'

मुझे एक सजे हुए कमरे में एक कनीज़ ले आई। वहाँ डबल बेड लगा हुआ था। चन्द मिनट बाद वह व्हिस्की-सोडा ले आई और बोली, 'जब भी मेरी ज़रूरत हो, घंटी बजा दें, मैं आ जाऊँगी।' वह चली गई, तो मैं दिन भर की थकावट उतारने लगा। नहाकर जो मैंने पीना शुरू किया, तो एक के बाद एक जाम ख़ाली करता चला गया। आधी बोतल पीने के बाद हाथ रोक लिया। नौ बज गए थे। कनीज़ को खाना लगाने के लिए कहा। भर पेट खाना खाया और फिर बिस्तर पर फैलकर वहीदा बेग़म के आने का इन्तज़ार करने लगा।

अन्ततः वह नमूदार हुई। एक क़यामत मेरे सामने खड़ी थी और मैं उसे देख रहा था। एक झटके से मैं पलंग में उठा और बढ़कर उसे आगोश में ले लिया। हम जाम

टकराने लगे। शायद उसे बड़े दिनों बाद अपने हुस्न का कोई क़द्रदान मिला था। वह खुलती चली गई, शराब और जिस्मानी तस्कीम के नशे में। वह मेरी बाँहों में बड़बड़ा रही थी, जो कुछ पूछ रहा था, बतला रही थी–शेख़ वहीद की हक़ीक़त, उन फ़ौजी अफ़सरों के नाम जो वहाँ आते हैं, जिन पाकिस्तानी अधिकारियों से उसका सम्पर्क है, उन सबके बारे में वह मुझे बताती चली गई। उसकी बाँहों में खोकर भी मैं वे ख़ूनी नज़ारे नहीं भूल पाया था, जो मैंने आरा बाज़ार, लाहौर छावनी में देखे थे। मरते हुए लोगों की चीख़–पुकार अभी तक कानों में गूँज रही थी और सोच रहा था–इस मुल्क का भविष्य क्या है? यह सोचते–सोचते जाने कब नींद आ गई। वहीदा तो कब की सो चुकी थी।

सुबह अज़ान सुनकर मेरी नींद खुली। वहीदा अभी तक सो रही थी। मैं उठकर तैयार होने लगा। नहाकर अख़बार देखा, लिखा था, 'लाहौर छावनी में चार बाग़ियों को गोली मार दी गई।' मैं हैरान था, इस सफ़ेद झूठ पर। मैंने अपनी आँखों से सैकड़ों आदमियों को गोलियों की बौछार में धूल चाटते हुए देखा था। कुछ देर में तैयार होकर निकला और वहीदा को अलविदा कहकर फिर कभी आने का वादा करके वहाँ से शाहनूर स्टूडियो की तरफ़ चल दिया, जो दिन बिताने के लिए बहुत सुरक्षित जगह है। यहाँ जवान लड़के और लड़कियाँ फ़िल्मों में भरती होने के लिए अक्सर घर से भागकर आए होते हैं और कोई एक–दूसरे को न तो अपना सही नाम बताता है, न पता।

लाहौर से मुलतान

मुझे मुलतान छावनी में किसी से मिलना था। लाहौर बस–स्टैंड की शोभा देखते ही बनती है। पाकिस्तान का बस–सिस्टम मुझे बहुत पसन्द आया। वहाँ जिस किसी के पास भी पैसा है, एक निश्चित रक़म सरकार को अदा करके वह रूट परमिट ले सकता है और बिना किसी रोक–टोक के उस पर बस चला सकता है। कोई समय निश्चित नहीं। इसी कारण बस–मालिकों में कड़ा मुक़ाबला रहता है और सवारी की बहुत क़दर होती है। 'आइए साहब, आइए हुज़ूर' की आवाज़ लगाते हुए लड़के आपका स्वागत करते हैं और जिस बस में भी वह सवारी बिठाते हैं, उसके मालिक से प्रति यात्री एक चवन्नी पाते हैं। कंडक्टर भी बहुत अदब से बात करते हैं। औरतों का ख़ास ध्यान रखा जाता है। अगर किसी सीट पर औरत बैठी है, तो इसके साथ की सीट पर कोई मर्द नहीं बैठता और जब तक कोई महिला यात्री नहीं आ जाती, सीट ख़ाली पड़ी रहती है।

बादामी बाग़, लाहौर का बस अड्डा काफ़ी लम्बा-चौड़ा है। इसी अड्डे से पिछले माह मेरे दो साथी सोहनलाल और चमनसिंह गिरफ़्तार हुए थे। लेकिन जासूसों की दुनिया में गम्भीरता से इस बात का ख़याल नहीं किया जाता। गिरफ़्तारी और क़ैद हमारी नियति होती है। इसलिए हम उसकी ओर से लापरवाह अपने सफ़र पर चलते रहते हैं। बस क़सूर की तरफ़ बढ़ रही थी और मेरी आँखें निहार रही थीं, बे-रौनक़ सड़कों को, जिनकी रौनक़ मार्शल लॉ ने छीन ली थी। लोगों के चेहरों पर बदहवासी का आलम था। लोग खुले सफ़र में मार्शल लॉ के ख़िलाफ़ चर्चा नहीं कर सकते थे। पाकिस्तान के अधिकतर गाँवों में अभी तक बिजली नहीं पहुँची थी। मुझे रास्ते में मिंटगुमरी के एक गाँव उतरना था, जहाँ से मुझे अपने मिलनेवाले का पता लगाना था। वहाँ पहुँचकर पता चला कि वह साहब मुझे शाम के पाँच बजे सैनिक अस्पताल, मुलतान के बाहर मिलेंगे। मुझे केवल प्रवेश-द्वार के सामने पहुँचकर लाल रूमाल तीन बार अपने मुँह पर फेरकर झाड़ना है। मैं वहाँ से फिर मुलतान की ओर चल पड़ा। मेरा गाइड भी इसी गाँव में ठहरा था, वह भी मेरे साथ हो लिया।

गाँव से निकलकर हम सड़क के किनारे बस का इन्तज़ार करने लगे। हमारे सामने की ओर भी कुछ लोग लाहौर के लिए बस का इन्तज़ार कर रहे थे। उनमें से एक साहब ने मुझे इशारे से बुलाया और पूछा, 'कहाँ से आए हो और क्या करते हो?' मैंने जवाब दिया कि मैं शाहनूर स्टूडियो, लाहौर में फ़िल्म कम्पनी में हूँ और एक्स्ट्रा का काम करता हूँ। सुनकर वह बहुत ख़ुश हुए और बोले, 'यहाँ किसके पास आए हो?' मैंने कहा, 'शेख़ अब्दुल रहमान के पास।' सुनकर वह चौंके। बोले, 'हैं, क्या कह रहे हो?' यह सुनकर मेरा गाइड झट से क़रीब आ गया और बोला, 'नहीं जी, शेख़ साहबदीन के पास आया है। यह लड़का मेरे साथ यहाँ पहली बार आया है।' इतने में बस आ गई। हमने उनसे 'ख़ुदा हाफ़िज़' कहा और चल दिए। मेरा गाइड मेरे कान में फुसफुसाया, मरवा दिया था बेवकूफ़! वही ख़ुद अब्दुल रहमान था। यहाँ का चेयरमैन है। अगर उसे ज़रा भी शक पड़ जाता, तो बचना मुश्किल हो जाता।'

रास्ते में खानेवाल आया। मैं बस से उतरकर बड़ी लालसा भरी आँखों से रेलवे केबिन रूम को देखता रहा। यहाँ मेरे दादा दादूराम केबिन मैन हुआ करते थे। 1947 में वह यहीं थे और बड़ी मुश्किल से जान बचाकर हमारे पास अबोहर पहुँचे थे। शाम साढ़े चार बजे बस मुलतान पहुँची। मैंने गाइड को बस-स्टैंड पर ही छोड़ दिया और थ्री-व्हीलर लेकर छावनी अस्पताल पहुँचा। प्रवेश-द्वार से थोड़ी दूर लाल रूमाल निकालकर मुँह पर तीन बार फेरा कि पीछे से धक्का लगाकर एक बुज़ुर्ग यह कहते हुए आगे बढ़ गए, 'मियाँ, परे हटो, क्यों रास्ते के बीच खड़े हो?' इसी

बीच एक तह किया हुआ काग़ज़ मेरी पतलून की जेब में सरक चुका था। मैं भी दिखावे की ख़ातिर बड़बड़ाया और कुछ दूर पैदल चलकर रिक्शा पकड़ बस-अड्डे पहुँच गया।

मुलतान गर्मियों में आग की तरह तपता है। इसे फ़क़ीरों का शहर कहा जाता है। यहाँ शम्स तबरेज नाम के एक फ़क़ीर हो गुज़रे हैं। कहते हैं कि उन्होंने अपने मुर्शिद के इशारे पर अपनी खाल उतारकर दे दी थी जिसके कारण बाद में उनके जिस्म पर कीड़े रेंगने लगे। कोई भीख तक नहीं देता था। एक दिन क़साई ने तरस खाकर गोश्त का एक टुकड़ा उनकी तरफ़ फेंक दिया। लेकिन कोई उसे भूनने को तैयार न हुआ। उन्होंने वह टुकड़ा नेज़े पर टाँग दिया और हाथ फैलाकर दुआ की, 'या मौला मुश्किलकुशा, अगर मैंने सच्चे दिल से तुझे माना है, तो मेरी मुश्किल आसान कर।' कहते हैं, उनके यह कहते ही सूरज धरती के इतना नज़दीक आ गया कि बोटी भुन गई। हालाँकि यह पलक झपकते ही हुआ, पर उस एक पल में सारा मुलतान त्राहि-त्राहि कर उठा। तभी से मुलतान में झुलसा देनेवाली गर्मी पड़ती है। मैंने बस पकड़ी और फिर उसी गाँव मिंटगुमरी (साहीवाल) पहुँच गया।

रात को मैं शेख़ अब्दुल रहमान के यहाँ गया। उनके बेटे मुहम्मद अकरम ने हमारी बड़ी ख़िदमत की। वह रह-रहकर फ़िल्मी दुनिया और शाहनूर स्टूडियो के बारे में पूछता रहा और मैं किसी तरह टरकाता रहा, झूठ-सच बोलता रहा। सुबह मैं फिर लाहौर की ओर चल दिया।

लाहौर पहुँचकर मैं शाहनूर स्टूडियो की तरफ़ निकल गया। स्टूडियो में पाकिस्तान की मशहूर फ़िल्म 'जरका' की शूटिंग चल रही थी। फ़िल्म की हिरोइन ज़ंजीर से बँधी खड़ी थी और डांस पिक्चराइज़ हो रहा था। गीत के बोल थे :

तू के नावाक़िफ़ आदाबे ग़ुलामी है अभी
रक़्स ज़ंजीर पहनकर भी किया जाता है
आज क़ातिल की यह मर्ज़ी है ए सरकश लड़की
सरे महफ़िल तुझे कोड़ों पर नचाया जाए
मौत का रक़्स ज़माने को दिखाया जाए
इस तरह ज़ुल्म को नज़राना दिया जाता है
देख फ़रियाद न कर, सर न झुका, पाँव उठा
कल को जो लोग करेंगे, तू अभी से कर जा
नाचते-नाचते आज़ादी की ख़ातिर मर जा
मंज़िले इश्क़ में मर-मर के जिया जाता है
रक़्स ज़ंजीर पहनकर भी किया जाता है।

मुझे लग रहा था कि सारी पाकिस्तानी क़ौम उसी लड़की की तरह ज़ंजीरों में जकड़ी हुई मार्शल लॉ के कोड़ों पर नाच रही है। जब से इसने जन्म लिया है, इसकी जवानी, इसका बचपन, सभी मार्शल लॉ हुकूमत के ख़ूनी पंजों में पिसते रहे। कभी लियाकत अली आए, कभी सिकन्दर मिर्ज़ा, कभी अयूब–केवल तसवीरें बदलती रहीं। लेकिन अवाम का गला घोंटनेवाले फ़ौजी हाथ वहीं के वहीं रहे। इसराइल के ख़िलाफ़ फिलस्तीनी छापामारों की लड़ाई पर यह फ़िल्म (जरका) बनाई गई है।

आज का दिन यहाँ बिताकर अगले दिन मुझको सियालकोट लौट जाना था। रात स्टूडियो के क़रीब अपने एक दोस्त के यहाँ गुज़ारी। सुबह मेरा एक गाइड मुझे बादामी बाग़ बस–अड्डे पर मिल गया था। उसे लेकर बजाय सीधे सियालकोट जाने के पहले हमने गुजराँवाला की तरफ़ जाना उचित समझा। रास्ते में लायलपुर पड़ता है। लाहौर फैलते–फैलते लायलपुर तक जा मिला है, जिस तरह दिल्ली फैलते–फैलते रोहतक तक आ पहुँची है। हमने गुजराँवाला में ग्रैंड होटल में एक कमरा किराए पर लिया। मेरे गाइड की उमर 60 साल की थी। होटल काउंटर पर मैंने मैनेजर को बताया कि बाबा की आँखें दिखाने के लिए हमें डसका जाना है।

डसका गुजराँवाला से सियालकोट की तरफ़ चन्द मील पर है। वहाँ आँखों का बड़ा मशहूर अस्पताल था। हम बस पकड़कर डसका पहुँचे। बूढ़े की आँखें टेस्ट करवाईं, दवाइयों की परची बनवाई और सियालकोट की तरफ़ लौटे। जब बस सियालकोट डरमीवाला चौक पहुँची, तो वहाँ से बस में सादे कपड़े पहने एक व्यक्ति सवार हुआ। उसे देखते ही मेरी छठी इन्द्रिय ने काम करना शुरू कर दिया। वह आदमी मेरे क़रीब ही आकर बैठ गया था। सियालकोट उतरकर हम दवाइयों की दुकान पर पहुँचे। मरकरी गोगल्ज़ साफ़ करने के बहाने मैंने शीशों में देखा, तो वही आदमी पचास गज़ की दूरी पर खड़ा हम पर निगरानी करता दिखाई दिया। चुनांचे उस रोज़ छावनी की तरफ़ जाने का इरादा छोड़ हम वापस बस–स्टैंड पर आ पहुँचे और सियालकोट से फिर डसका तक का टिकट ले लिया। जब हम डसका उतरे, तो वह शख़्स हमें अस्पताल की ओर जाते देखता रहा। उसका शक दूर हो गया था, लिहाज़ा उसने हमारे पीछे आना बेहतर नहीं समझा।

हमने रात गुजराँवाला में गुज़ारी और सुबह खारियाँ की तरफ़ चल दिए। खारियाँ पाकिस्तान की सबसे बड़ी छावनी है, जिसे अमरीका ने बनवाया है। पाकिस्तान पर यह इनायत इसलिए की गई थी, ताकि अमरीका को रूस के ख़िलाफ़ पाकिस्तान में अपने निजी फ़ौजी अड्डे क़ायम करने की इजाज़त मिल सके। सफ़ाई और वास्तुशिल्प की दृष्टि से खारियाँ इस्लामाबाद से नम्बर दो पर है। अभी हम खारियाँ की हद में प्रवेश कर ही रहे थे कि हमें दूर से फ़ौजी गाड़ियों एक कारवाँ खारियाँ आता हुआ दिखाई दिया। लगता था, पाकिस्तान की फर्स्ट कोर की कोई

बहुत बड़ी एक्सरसाइज़ हुई है। लिहाज़ा हमने कंडक्टर से अपनी टिकटें बढ़वाकर जेहलम तक की करवा लीं। जेहलम पहुँचते-पहुँचते सारी कोर हमारी आँखों के आगे से गुज़र चुकी थी। जेहलम छावनी में हमने उन पैट्रन और शफी टैंकों तथा 105 मिलीमीटर की तोपों को देखा, जिन्होंने उस एक्सरसाइज़ में हिस्सा लिया था। रात को आठ बजे हम गुजराँवाला वापस आ गए।

ख़ौफ़नाक ख़बर ख़ौफ़नाक वापसी

मेरे गाइड बाबा समुन्दसिंह उर्फ़ इमामुद्दीन को अफ़ीम खाने की बहुत बुरी आदत थी। कई बार तो अंटाग़ाफ़िल होकर वह ऊट-पटाँग बकने लगता था। कभी पीनक लग जाती, तो जहाँ का तहाँ बैठा रह जाता। लेकिन आदमी बड़े काम का था। हम दोनों अब्बा-बेटा बनकर चलते। एक जगह से भैंस ख़रीदते और दूसरी जगह बेच देते। जब हमें किसी छावनी में से गुज़रना होता, तो छावनी के इधर के गाँव से भैंस ख़रीदकर पार के गाँव में बेच देते। इस तरह लोगों का ध्यान हमारी तरफ़ कम, भैंस की तरफ़ ज़्यादा होता था। अगर थोड़ा-बहुत घाटा उठाना भी पड़ता, तो भी कोई बात नहीं थी।

लाहौर पहुँचते ही समुन्दसिंह को अफ़ीम ख़रीदने की धुन सवार हो गई। अब उसके लिए अफ़ीम कहाँ से आए। ख़ैर, एक टैक्सी किराए पर ले हम झंडूशाह के डेरे 'शाह-आलमी' पहुँचे। डेरे पर पहले वाली रौनक़ नहीं थी, लेकिन फिर भी कुछ लोग मौजूद थे, जिनमें चरसी, शराबी और तमाशबीन–तमाम क़िस्म के लोग थे। झंडूशाह ख़ुद तो ताँगा चलाता था और उसकी बीवी डेरा चलाती थी। उसे देखकर बम्बई की शराब का धन्धा करनेवाली मवाली औरतों की याद ताज़ा हो जाती थी।

झंडूशाह ने इस औरत से बाक़ायदा निकाह नहीं किया था। वह उसकी रखैल थी। उसके नीचे कई जेब-तराश और ठर्रे का धन्धा करनेवाले लड़के काम करते थे। इन लड़कों को मशीन कहा जाता था। हर मशीन का अपना नम्बर और इलाक़ा तय था। मज़ाल है, कहीं कोई गड़बड़ हो जाए। फिर भी हो जाए, तो मशीनों की गड़बड़ को दूर करने के लिए गुंडे इंजीनियर होते थे। और उन सबका गुरु झंडूशाह था। उसके ताँगे पर सवार यात्री जब घर जाकर अपना सूटकेस खोलते, तो गहने और नक़दी ग़ायब मिलती थी। दरअसल, इसके गैंग का एक ख़ास आर्ट था, जो अक्सर शाम के धुँधलके के बाद इस्तेमाल किया जाता था। जब शाह के ताँगे पर कोई मालदार सवारी बैठती, तो उसके चेले भी इधर-उधर से निकलकर ताँगों में सवार

हो जाते थे। वे सवारी को बातों में लगा लेते थे, ताकि उस्ताद को मौक़ा मिल जाए। झंडूशाह चाबुक़ निकालने के बहाने गद्दियों के नीचे हाथ डालता और अटैची का ताला खोल लेता। पलक झपकते ही जो कुछ हाथ लगता, निकालकर घोड़े की दानेवाली थैली में डाल देता। यह सबकुछ इतनी तेज़ी से होता था जिसकी हम कल्पना भी नहीं कर सकते। बेचारा यात्री घर पहुँचकर सामान ग़ायब पाता, तो माथा पकड़कर बैठ जाता। उसका शक या तो उन रिश्तेदारों पर जाता जिनके पास से वह आया था या फिर वह सोचता कि यह काम गाड़ी में सफ़र के दौरान हुआ होगा।

झंडूशाह पुलिस को बाक़ायदा महीना भरता था। थाना इंचार्ज भी उसके अड्डे पर ऐयाशी करता था। एक बार शाह ने बहुत लम्बा हाथ मारा, लेकिन इलाक़े के डी.एस.पी. बाकर अली शाह को, जिन्हें लोग 'बकरे शाह' भी कहते थे, उसका हिस्सा नहीं पहुँचाया, तो झंडूशाह की यह चोरी उजागर कर दी गई। डी.एस.पी. ने छह-छह आदमी लगवाकर उन्हें पिटवाया। शाह पर डाँग बरसती रही और वह चिल्ला-चिल्लाकर गालियाँ देता रहा। हक़ीक़त तो बाकर अली शाह की भी खुल गई, लेकिन कौन उसे सच मानता, कौन सुनता! झंडूशाह की तरह लाहौर में सैकड़ों गुंडे हैं और सैकड़ों अड्डे हैं।

समुन्दसिंह को अफ़ीम मिल चुकी थी। अब वह कहने लगा, कहीं चलकर आराम किया जाए। क़र्फ़्यू उठ चुका था। मैंने रिक्शा पकड़ा और हम दोनों मुहम्मद अशरफ़ बट उर्फ़ 'बट बहनोंवाला' के यहाँ चल दिए। वह थाना नौलखा के इलाक़े का माना हुआ गुंडा था। उसकी तीन ख़ूबसूरत बहनें थीं, जिनके बड़े-बड़े पुलिस अफ़सरों से ताल्लुक़ात थे। इन बहनों की वजह से ही इसे 'बट बहनोंवाला' कहा जाता था। इसके यहाँ बड़े ऊँचे पैमाने का जुआ हुआ करता था। पत्ते लगाने में वह बड़ा माहिर और चरस का शौक़ीन था। वैसे भी पाकिस्तान में चरस बहुत चलती है। लाहौर का हर छठा आदमी चरस पीता था। दस साल के कमसिन लड़कों से लेकर सत्तर साल के बूढ़े तक आपको सिगरेट में चरस भरते हुए दिखाई दे सकते थे।

बट से मेरा काफ़ी याराना था और रात-बेरात, जब ज़रूरत होती थी, उसके यहाँ ठहर जाता था। हमने रात वहीं बिताई। फिर सुबह नौ बजे ही निकल पड़े। गली से बाहर निकलकर पान खा रहे थे कि अचानक रेडियो पर ख़बर सुनकर कान खड़े हो गए और दिल दहल गया। समाचार था–'आज मियाँवाली जेल में तीन हिन्दुस्तानी जासूसों को फाँसी पर लटका दिया गया।' कपूर और उसके साथी गुरा काफ़ी दिनों से सज़ा-ए-मौत पाकर मियाँवाली जेल में थे। हमने सोचा, एक बार फ़ौरन अपने घर हिन्दुस्तान चलना चाहिए, फिर आ जाएँगे। हमारी परेशान सूरत किसी को भी शक में डाल सकती थी।

दिन भर बारी स्टूडियो में शूटिंग देखी, लेकिन मन नहीं लग रहा था। शाम को बादामी बाग़ से बस पकड़कर हम हुडियारा पहुँचे। यहाँ से बॉर्डर नज़दीक है। मग़रिब की अज़ान हो रही थी। हम आहिस्ता-आहिस्ता टहलते हुए भारत की सीमा की तरफ़ बढ़े। दोनों तरफ़ मक्का के खेल लहलहा रहे थे। एक सुनसान जगह देख, हम खेतों में छिपकर बैठ गए और रात ढलने का इन्तज़ार करने लगे। दो घंटे छिपे रहने के बाद वहाँ से फिर सीमा की तरफ़ बढ़े। चन्द क़दम गए होंगे कि हमें एक जलता हुआ कोयला रास्ते में पड़ा मिला। हम समझ गए कि पाकिस्तान रेंजर्स में से किसी ने चिलम भरकर हुक़्क़ा सुलगाया है और वे यहीं कहीं क़रीब छिपे बैठे हैं। अब मुसीबत यह थी कि इस बात का पता कैसे चले कि वे कहाँ हैं? मैंने समुन्दसिंह की धोती से एक बारीक़ किनारी फाड़ी। बल देकर एक लम्बी रस्सी बनाई और उसके नीचेवाला सिरा सुलगाकर पेड़ के तने से लटका दिया। सुलगता हुआ सिरा ज़मीन से सिर्फ़ कुछ इंच ऊपर था। हम सौ गज़ दाएँ जाकर बैठ गए। ज्यों ही रस्सी सुलगती हुई आदमी के सिर की ऊँचाई तक पहुँची, पाकिस्तानी रेंजर्स ने समझा कि कोई बॉर्डर क्रॉस करनेवाला सिगरेट पी रहा है। लिहाज़ा उन्होंने इस तरफ़ गोली दाग़ दी। इससे हमें उनकी स्थिति का पता लग गया। जब तक वे इस तरफ़ भागे आए, तब तक हम भारतीय सीमा में प्रवेश कर चुके थे।

मेरी गिरफ़्तारी

इस दिन से बहुत ही पहले की बात है। जालन्धर में मैं एक जगह ठहरा हुआ था। अचानक रात के 8 बजे मेरा दरवाज़ा खटखटाया गया। मेरे एक साथी के साथ बाहर सवा छह फ़ीट क़द का एक लम्बा-तगड़ा नौजवान खड़ा था। मेरे साथी ने मुझे बतलाया कि उसका नाम अमरीकसिंह है और वह हमारी ही लाइन का आदमी है। ऑफ़िसर का हुक्म है कि आज रात आप इसे अपने पास ठहरा लें। सुबह इन्हें पाकिस्तान जाना है। मैंने उसे बैठने को कहा, सोने के लिए चारपाई दे दी, लेकिन पता नहीं क्यों, मेरी छठी रग रह-रहकर फड़क रही थी। मन के कोने से कहीं यह आवाज़ उठ रही थी कि यह शख़्स वफ़ादार नहीं है। कुछ देर बाद मैंने उसका इम्तहान लेने का विचार किया। अपना बैग अपने सिरहाने छोड़ा और उससे कहा कि मैं ज़रा शौच के लिए जा रहा हूँ। कमरे का दरवाज़ा भेड़कर मैं बाहर निकल आया। बरामदे की बत्ती मैंने जान-बूझकर नहीं जलाई। मैं सीधे शौचालय की तरफ़ गया, उसका दरवाज़ा खोलने और बन्द करने की आवाज़ पैदा की और जूते वहीं उतारकर पंजों के बल चलता हुआ वापस लौट आया। मैं अँधेरे में था, इसलिए वह मुझे देख

नहीं सकता था। दरवाज़े की झिरी में से मैंने देखा कि वह मेरे बैग से काग़ज़ निकाल-निकालकर पढ़ता और उन्हें ज्यों-का-त्यों रखता जा रहा था। मुझे जो कुछ देखना था, देख लिया। फिर वापस शौचालय की तरफ़ जाकर जूते पहने और दूर से ही खटखट करता हुआ वापस लौट आया। सारी रात नींद नहीं आई।

सुबह मूसलाधार बारिश हो रही थी। मुझे नाश्ता करने के लिए बाहर जाना था, लेकिन मैं किसी भी क़ीमत पर उसे कमरे में अकेला नहीं छोड़ना चाहता था, लिहाज़ा मैंने उसे बाहर जाने को कहा और क्वार्टर को ताला लगा दिया। उसने बहुत एतराज़ किया कि बाहर बड़े ज़ोर की बारिश हो रही है लेकिन मैंने उसकी एक नहीं सुनी। मैंने ऑफ़िसर से उसके बारे में सबकुछ बता दिया, लेकिन उसके पूछने पर अमरीकसिंह साफ़ मुकर गया।

इस बात के तीन-चार महीने गुज़र जाने के बाद 16 सितम्बर की सुबह जब मैं घर से रवाना हुआ था, तो दिल में बहुत बुरे-बुरे ख़यालात आ रहे थे। जी करता था, चलती गाड़ी से छलाँग लगाकर घर वापस लौट आऊँ, किन्तु होनी बहुत बलवान थी। जब मैं अगले दिन दोपहर के वक़्त बॉर्डर क्रॉस करने लिए खालड़ा की चौकी 'थेह कला' पहुँचा, आकाशवाणी से यह गीत बज रहा था–'ओ जानेवाले हो सके तो लौट के आना।'

पिछले छह-सात महीनों में मेरे चार साथी पाकिस्तान में गिरफ़्तार हो चुके थे और मुझे लग रहा था, यह गीत उसी की तरफ़ संकेत कर रहा है। फिर भी रात के दो बजे चाँद ढलने पर कर्तव्य के अनचाहे धागों से बँधा हुआ मैं बॉर्डर पार चल पड़ा। क़दमों में इस बार न वह पहलेवाली चुस्ती थी, न सतर्कता। बॉर्डर पार करते ही बड़े ज़ोर से उल्लू बोला। दिल काँपकर रह गया। अभी सुबह होने में तीन घंटे बाक़ी थे। मक्का के खेतों में एक जगह चादर बिछाई और सो गया। मेरे साथ मेरा गाइड बाबा समुन्दसिंह उर्फ़ इमामुद्दीन भी था। वह तो अफ़ीम की गोली खाकर सो गया, लेकिन मुझे नींद नहीं आई। अँधेरे में रह-रहकर अनजाने हाथ गरदन की तरफ़ बढ़ते दिखाई दे रहे थे। सुबह अज़ान हुई। मुल्ला की बाँग सुनकर हम उठे, जोहड़ में मुँह-हाथ धोया और सड़क की तरफ़ चल दिए।

आठ मील भीतर घुस आए थे। दिन निकल चुका था और इस रोशनी में वापस हिन्दुस्तान जाना नामुमकिन था। लाहौर जाने के लिए बस तैयार खड़ी थी। हम उसमें बैठ गए, लेकिन मन को किसी करवट चैन नहीं आ रहा था। आधा घंटा बाद बस चल पड़ी। बरकी से इस तरफ़ सड़क के किनारे एक गाँव है, छोटा बरका, जब वहाँ बस रुकी, तो अमरीकसिंह ने चार आदमियों सहित बस में प्रवेश किया। हमसे दुआ-सलाम की और मेरे पास ही बैठ गया। मेरे दिल की धड़कन एकदम तेज़ हो गई। साँस जैसे गले में अटक-सी गई। दिल रह-रहकर कह रहा था, आज ज़रूर

कुछ होकर रहेगा। जब इच्छोगिल नहर के ऊपर से बस गुज़र रही थी, तो मैंने अपना मिनी कैमरा नज़र बचाकर नहर में फेंक दिया। पता नहीं कौन-सी अज्ञात शक्ति मुझे इसके लिए प्रेरित कर रही थी।

चन्द मील जाकर रेल के फाटक पर बस रुकी। मैं भी वहाँ थोड़ी देर के लिए बस से नीचे उतर गया और टहलता-टहलता रेल-फाटक के क़रीब जा खड़ा हुआ। एक गाड़ी क्रॉस करनेवाली थी। मन में आया कि छलाँग लगाकर लाइन पार कर जाऊँ, लेकिन यह हसरत भी दिल में ही रह गई। अमरीकसिंह फिर मेरे पास आ खड़ा हुआ था। मैंने उससे कहा, 'जमील (उसका पाकिस्तानी नाम), तुम्हारे साथ ये कौन लोग हैं?' वह खिलखिलाकर हँस पड़ा। बोला, 'मेरे स्मगलर दोस्त हैं। पागल, तुम्हारा रंग क्यों उड़ा जा रहा है? अपने-आपको सँभालो, नहीं तो अपने साथ हमें भी मरवाओगे।'

लेकिन न जाने क्यों, मुझे उसकी हँसी खोखली लगी और बातें भी। पर क्या करता, मजबूर था, भागने का कोई चारा नहीं था। उसके साथियों की कमर से पिस्तौल झाँक रहे थे, जबकि मैं ख़ाली हाथ था। मेरी हालत उस बकरे के समान थी, जिसे क़साई क़त्ल करने के लिए ले जा रहे हों। बल्कि उस बकरे से भी अधिक दयनीय थी, क्योंकि मैं चिल्ला भी नहीं सकता था।

बस से उतरते ही अमरीकसिंह ने मेरे गाइड से कहा, 'बाबा, तेरा माल मेरे पास है। अभी चाय के साथ देता हूँ।' वह हमें 'ज़मींदारा होटल' लाहौर ले आया। उसके साथी भी उसके साथ थे। तभी मेरे दिमाग़ में एक तरकीब आई। मैंने होटलवाले को दो सेर दूध उबालने को कहा, सोचा था कि उबलता हुआ दूध इन पर फेंककर भाग निकलूँगा, क्योंकि दूध के जले को कम-से-कम आधा घंटा चैन नहीं आता है। दूध अँगीठी पर चढ़ा दिया गया, लेकिन शायद होनी अधिक बलवान थी। अमरीकसिंह बोला, 'मैं अभी सिगरेट लेकर वापस आता हूँ।' यह कहकर जैसे ही वह गया, उसके साथियों ने हमें 'हैंड्स-अप' करवा दिया। पिस्तौलें हमारे सीने पर तन गईं। मुझसे पूछा, 'तुम कौन हो?'

मैंने कहा, 'मुहम्मद असलम।'

'कहाँ के रहनेवाले हो?'

'साहीवाल के 7 चक के।'

'वहाँ का चेयरमैन कौन है?'

'शेख़ अब्दुल रहमान।'

'क्या काम करते हो?'

'भैंसों के व्यापारी हैं।'

'अब कहाँ से आए हो?'

'सरजा मिरजा से।'

'ठीक, हम तुम्हें अपने दफ़्तर लिये चलते हैं, अगर तुम सचमुच पाकिस्तानी हो, तो हम तुम्हें छोड़ देंगे।' यह कहकर उन्होंने हमारे हाथ पीछे बाँध दिए। आँखों पर पट्टी बाँध दी और टैक्सी में बिठाकर लाहौर छावनी की तरफ़ ले चले। जब टैक्सी ने मोड़ काटा तो उनमें से एक सूबेदार मुझसे बोला, 'वेल मिस्टर मोहनलाल भास्कर, बी.ए.बी.टी., हम तुम्हें 78, नलवा रोड, जालन्धर छावनी ले जा रहे हैं, जहाँ तुम्हारा दफ़्तर है।' अब किसी शक की गुंजाइश नहीं रही थी। जिस बात की शंका थी, वही सामने आ चुकी थी।

596 एफ.आई.यू, लाहौर में

मैं मानसिक रूप से अपने-आपको आनेवाली मुसीबतों के लिए तैयार कर रहा था। टैक्सी ठहर गई। आँखें खोल दी गईं। हम दफ़्तर पहुँच चुके थे। 596 फील्ड इंटेरोगेशन यूनिट के क़रीब से मैं पहले भी पचासों बार गुज़र चुका था। हवाई अड्डे से डेढ़-दो फर्लांग की दूरी पर एक विशाल कोठी में उसका मुकाम था और उसके दोनों दरवाज़ों पर बन्दूक़धारी सन्तरी खड़े रहते थे। अँधेरे गलियारे पार करते हुए मुझे एक कमरे के सामने लाया गया, जिसके बाहर लाल बल्ब जल रहा था। चपरासी ने अन्दर सूचना दी। अन्दर ख़ूबसूरत लम्बा-तगड़ा फ़ौजी मेजर ऐजाज़ मक़सूद बैठा था। उसने मुझे कुर्सी पर बैठने को कहा। चपरासी ने हाथ खोल दिए थे।

चाय पेश करते हुए उसने बात शुरू की, 'मिस्टर भास्कर, तुम पढ़े-लिखे हो। तुम्हारी शादी हुए एक साल भी नहीं हुआ है और तुम्हें मालूम है कि इस लाइन में कभी भी मौत हो सकती है। फिर भी तुम इसमें लगे रहे, इसकी क्या वजह है?'

पता नहीं कौन-सी ताक़त उस समय मेरे अन्दर बोल रही थी। आज मैं अपने जवाब पर ख़ुद हैरान हूँ। ख़ुद मेजर ऐजाज़ भी उस वक़्त हैरान रह गया। मेरा जवाब था, 'मौत का एक दिन मअय्यन है। मेजर साहब, यू हैव लव फॉर यूअर कंट्री, सो यू कैन अंडरस्टैंड इट बेटर (आपको भी अपने देश से प्यार है, इसलिए आप इस बात को अच्छी तरह समझ सकते हैं)।

वह एक पल के लिए सकपका-सा गया। फिर ठंडी साँस भरकर बोला, 'क्यों अपने-आप पर ज़ुल्म करने के दरवाज़े खोल रहे हो। क़सम है, क़ुरान करीम की, मैं तुमसे वादा करता हूँ, अगर तुम मेरी एक बात का सही जवाब दे दो—सिर्फ़ इतना बतला दो कि एटॉमिक एनर्जी, इस्लामाबाद से तुमने जो फाइल लेकर हिन्दुस्तान

पहुँचाई थी, वह तुम्हें किसने दी थी? मैं तुम्हें अभी रिहा करके तुम्हारे मुल्क पहुँचा दूँगा। मुझे तुम्हारी जवानी पर रहम आ रहा है बेवकूफ़!'

'एटॉमिक एनर्जी कमीशन, इस्लामाबाद!' मैं अपने होंठों में बुड़बुड़ाया, 'माफ़ करना मेजर, मैंने ऐसा कुछ नहीं किया है। आपको ग़लत ख़बर मिली है।'

मेरे शब्द अभी मुँह में ही थे कि उसने बड़े ज़ोर से मुझे लात मारी। मैं कुर्सी समेत उलट गया, चाय की प्याली मेरे हाथों से छूटकर हवा में नाचती हुई दीवार से जा टकराई। उसका चेहरा ग़ुस्से से तमतमा उठा। बोला, 'मैं तुम पर रहम खा रहा हूँ और तुम मुझे बेवकूफ़ समझ रहे हो? बेवकूफ़ इनसान, हमें तुम्हारे साथी अमरीकसिंह ने सब बता दिया है कि तुमने 13,000 रुपए देकर एक फ़ाइल एटॉमिक एनर्जी कमीशन, इस्लामाबाद से हासिल करके भारत पहुँचाई है और तुम कह रहे हो कि तुम्हें कुछ मालूम ही नहीं है?'

'मेजर, आप जैसा पढ़ा-लिखा इनसान यह कैसे सोच सकता है कि एटॉमिक एनर्जी कमीशन, इस्लामाबाद से कोई फ़ाइल बाहर निकल सकती है।' मैंने अपने मुँह से ख़ून पोंछते हुए कहा, 'फिर तो वहाँ से यूरेनियम भी ग़ायब हो सकता है और प्लूटोनियम भी। नहीं मेजर, आपको ग़लत बतलाया गया है।'

'डोंट थिंक मी ए किड (मुझे बच्चा मत समझो)। हमने उसी वक़्त ख़बर मिलते ही अपना स्टॉक देखा था। अगर तुम पकड़े न जाते, तो शायद वैसा भी हो जाता। अगर हम तुम्हारे अमरीकसिंह को ख़रीद सकते हैं, तो क्या तुम हमारे किसी आदमी को नहीं ख़रीद सकते? इतने बड़े कन्सर्न में कोई भी तुमसे मिला हुआ हो सकता है। ख़ैर, कोई बात नहीं। अब तुम अपना पूरा ज़ोर लगाकर बात छिपाने की कोशिश करो और हम तुम्हारी हड्डियों में से सबकुछ निकालने की कोशिश करेंगे।' यह कहकर उसने घंटी पर हाथ मारा और गारद से चिल्लाकर कहा, 'ले जाओ इसे हवलदार अज़ीज़ के पास और उससे बोलो, इसकी सफ़ाई करे और जब यह मुँह खोलने को तैयार हो, तब इसे मेरे पास लाए।'

हवलदार अज़ीज़ रावलपिंडी का रहनेवाला नौजवान था। उसने मुझे सारे कपड़े उतारकर उलटा लेट जाने को कहा। फिर सामने के दरख़्त से एक मोटी डाल तुड़वाई, जिसकी गाँठें छीली नहीं गई थीं। उसने दो जवान बुलाए। एक को मेरी टाँग दबाए रखने को कहा और दूसरा पीठ पर बैठ गया। इस तरह ज़ुल्मो-सितम का दौर शुरू हो गया। जहाँ-जहाँ डंडे की गाँठें जिस्म पर लगतीं वहीं से ख़ून बह निकलता। मेरी चीख़ों से कोठरी गूँज रही थी। डेढ़ घंटा लगातार वह मुझे मारते रहे, लेकिन नतीजा सिफ़र। मैं सिर्फ़ उन्हें वही बता रहा था, जितना अमरीकसिंह उनको बता चुका था। एटॉमिक एनर्जी कमीशनवाली फ़ाइल की बात मैंने नहीं मानी। धीरे-धीरे मेरी चेतना लुप्त-सी हो रही थी। आँखें बन्द-सी होने लगीं। फिर एकदम जैसे

अँधेरा-सा छा गया। मैं बेहोश हो चुका था। घंटे भर बाद होश आया, तो मैं एक तंग कोठरी में पड़ा था, जो छह फ़ीट लम्बी, तीन फ़ीट चौड़ी और छह फ़ीट ऊँची थी। बाहर लोहे का जँगला और जँगले के बाद लकड़ी का दरवाज़ा था। दरवाज़े के बीचोबीच चार इंच का गोल सूराख़ था, जिससे बाहर खड़े सन्तरी की आँखें और संगीन झाँक रही थीं। क़रीब ही कहीं से बाबा समुन्दसिंह की चीख़ें भी सुनाई दे रही थीं। लगता था, जैसे पाँच-छह आदमी मिलकर उसे मार रहे हों। कुछ देर बाद उसकी चीख़ें सुनाई देनी बन्द हो गईं।

मेरा दरवाज़ा खटका। गारद फिर मुझे लेने आ पहुँची थी। एक बन्दूक़धारी ने मेरे दोनों हाथ पीछे की ओर हथकड़ियों से जकड़ दिए। जब मैं वहाँ पहुँचा, तो रोंगटे खड़े कर देनेवाला दृश्य सामने था। बाबा समुन्दसिंह को उलटा लटका दिया गया था और वह उस वक़्त बेहोश था। मेरे पहुँचने पर उसे उतारा गया। मेजर ऐजाज़ बड़ी शान से सिगरेट पी रहा था। मुझे देखकर व्यंग्य से मुस्कराया और बोला, 'हाय पैट्रियट! बेटा, हम भी देखेंगे, तुम्हारा हीरोइज़्म कब तक चलता है! तुम जान देने पर आमादा हो, तो कोई बात नहीं। हम भी तरस खानेवालों में से नहीं हैं।'

इसका जवाब न मेरे पास कोई था, न मैंने दिया। मेरे कपड़े उतरवाकर मेज़ पर खड़ा कर दिया गया। और दोनों हाथ छत पर लटक रहे रस्से के साथ पीछे कसकर बाँध दिए गए। रस्सा ऊपर छत से एक घिरनी पर से गुज़रता था। फिर नीचे से मेज़ खींच दी गई। अब मैं हवा में लटक रहा था। रस्सी हाथों को काटकर कलाइयों में धँसती चली जा रही थी। यह उलटा रस्सा जितना मोटे आदमी को तंग करता है, उतना पतले को नहीं। फिर भी ताक़तवर से ताक़तवर इनसान पन्द्रह मिनट से अधिक इस पर अपने होश क़ायम नहीं रख सकता।

अब छह फ़ौजियों ने मुझे पीटना शुरू किया। हर एक के हाथ में एक डंडा था। सूबेदार अनवर ख़ान एक इंच मोटी बेंत से मेरे पाँव के तलवों पर और सूबेदार मुहम्मद असलम मेरी पिंडलियों पर वार कर रहा था। अज़ीज़ हवलदार के हाथ में कपड़े धोनेवाला थापा था, जिसे वह मेरे कूल्हों पर मार रहा था। नायक नूर ख़ान मेरी पीठ पर डंडे बरसा रहा था और मेजर ऐजाज़ मक़सूद एक बारीक़ शहतूत की छड़ी से मेरे सिर पर वार कर रहा था। दो सिपाही रस्से को धीरे-धीरे ऊपर खींच रहे थे। ज्यों-ज्यों रस्सा ऊपर खिंचता रहा, मेरी चीख़ें ऊँची होती चली गईं। अब जिस्म पर बरसनेवाले डंडों का एहसास तक भी नहीं हो रहा था। मुझ पर बेहोशी तारी हो रही थी। मैंने छटपटाना बन्द कर दिया था। क्योंकि छटपटाने से हाथ अधिक छिलते थे। आख़िरकार मैंने जिस्म ढीला छोड़ दिया। जैसे मैं हूँ ही नहीं। अब एक सुखमय नींद-सी आने लगी थी। मेजर ऐजाज़ ने मेरे मुँह पर पानी का जग फेंका और बोला, 'बेटे, यहाँ मर तो सकते हो, सो नहीं सकते।' मैंने पीने के लिए पानी

माँगा, तो कहने लगा, 'बेटे, हमने तो अपने रसूले करीम सलअल्ला वलैह वसल्लम हजरत मोहम्मद साहब के दोहतों को भी करबला के मैदाने जंग में पानी नहीं दिया था, तुम्हें कहाँ से पिलाएँ? तुम भी तो हमारे ख़िलाफ़ जिहाद करने आए थे। राहे-शहादत को कभी पानी माँगकर, कभी आँसू बहाकर, कभी चीख़-पुकार मचाकर क्यों दाग़दार कर रहे हो? हँसते हुए जामे-शहादत नोश फ़रमाओ। यह नसीबवालों को ही नसीब होता है।...'

पता नहीं, वह कब तक क्या कहता रहा! मैं बेहोश हो चुका था। जब फिर आँख खुली, तो अपने आपको कोठरी में पाया। सूरज पश्चिम की तरफ़ ढल रहा था। गोल सूराख़ में से आती हुई धूप की वजह से संगीन और सलाखों की परछाईं मेरे जिस्म पर बन रही थी। अभी इन संगीनों और सलाखों की छाँव में कितने दिन बिताने हैं, यह भाग्य को ही पता था। अभी तो यह एक लम्बे दुख भरे यातनापूर्ण जीवन की शुरुआत थी। जिस्म का पोर-पोर दुख रहा था। कोई अंग ऐसा नहीं था, जिस पर मार न लगी हो। माँ-बाप का इकलौता बेटा होने के कारण घर में कभी थप्पड़ भी नहीं खाया था। क्लास में सबसे अच्छा विद्यार्थी होने के नाते कभी स्कूल में भी मार नहीं खाई थी। कॉलेज में तो कोई मारता ही नहीं है। पता नहीं, कौन-सा ऐसा कर्म कर बैठा था, जिसकी मुझे यह सज़ा मिल रही थी।

तभी लकडी़ का दरवाज़ा खुला। लॉगरी खाना लिये खड़ा था। दाल के साथ चार रोटियाँ थीं, तन्दूर की लगी हुईं। यूनिट का लंगर पास ही था। मुझे एक प्लेट, एक मग और एक कटोरी दे दी गई। रोटी लेने के लिए मैंने हाथ उठाने चाहे, तो हाथों ने उठने से इनकार कर दिया। सन्तरी ने भागकर गारद कमांडर को रिपोर्ट की। उसने दरवाज़ा खुलवाकर बाँहों की मालिश करवाई। बोला, 'उलटा रस्सा देने से अक्सर ऐसा हो जाता है। कोई बात नहीं, अभी ठीक हो जाएगा।' और सचमुच थोड़ी देर की मालिश के बाद हाथ काम करने लगे।

सुबह से मैंने कुछ नहीं खाया था। मैं रोटी पर टूट पड़ा। पूछताछ करनेवाले दफ़्तर बन्द करके जा चुके थे। गारद कमांडर करामत अली ने पीठ थपथपाते हुए कहा, 'शाबाश, दिल छोटा नहीं करते। बेटा, मुसीबतें मर्दों पर ही आया करती हैं। जिसको तुम मानते हो, उसको याद करो। अल्लाह ने तुम्हें इबादत के लिए वक़्त दिया है। हमारे हज़रत यूसुफ़ अल इस्लाम चालीस साल तक क़ैद में रहे थे। उन्होंने इस क़दर इबादत की थी कि जब वह जेल से निकलने लगे, तो दीवारें रो पड़ी थीं कि उनके बाद उन्हें पाक कलाम कौन सुनाएगा? अल्लाह के प्यारों पर ही मुसीबत आती है। अल्लाह अपने प्यारों का इम्तहान लेता है। मैं ज़ात का सैयद हूँ और तुम्हारी पेशानी देखकर कह सकता हूँ कि अल्लाह ने तुम्हें किसी बड़े मक़सद के पेशे-नज़र क़ैद करवाया है। इसलिए उसी से राज़ी रहो, जो उसकी रज़ा है। पेट भरकर खाना

खाओ। अगर ज़िन्दा रहे, तो इंशा अल्लाह ज़रूर अपने मुल्क, अपने बीवी-बच्चों के पास पहुँच जाओगे।'

बीवी-बच्चों का ज़िक्र सुनते ही मेरे हाथ से रोटी छूट गई। आँखें भर आईं। बोला, 'पीर साहब, मेरी शादी हुए अभी साल भी नहीं हुआ। बच्चा बीवी के पेट में था, पाँच महीने का। पता नहीं, बेचारी कैसे इस सदमे को बरदाश्त कर सकेगी! मेरे बूढ़े माँ-बाप किस तरह अपने इकलौते बेटे की जुदाई सहेंगे! हाय, उनको कोई ख़बर तक भी नहीं कर सकता।' मेरी हिचकियाँ छूट पड़ीं।

करामत अली बोला, 'पागल, उनके लिए रोता है! वह तो आज़ाद हैं। एक-दूसरे को हौसला दे सकते हैं। तेरा यहाँ कौन है, तू अपनी जान की फ़िक्र कर। पता नहीं, अभी तेरे साथ क्या होना है। मुझे अपनी क़ौम का पता है। यहाँ हर कोई मेरे जैसा नहीं है। वैसे तो तुम हमारी क़ौम के दुश्मन हो, लेकिन मैं तुमसे इन्सानियत के नाते से बात कर रहा हूँ, बावजूद इसके कि हमें तुमसे बात करने की इजाज़त नहीं है। हमारे मेजर साहब भी बुरे नहीं हैं। अगर तुम उनके साथ तआवन (सहयोग) करो, तो तुम्हारी मुसीबतें कम हो जाएँगी। ख़ैर, उस बात से मेरा कोई वास्ता नहीं है। तुम अपना भला-बुरा ख़ुद सोच सकते हो। मेरा काम तो तुम्हारी निगरानी करना है। लो, यह तुम्हारे हिस्से का फ्रूट है।' यह कहते हुए उसने पाव भर अंगूर मेरे हाथों पर रख दिए, 'हैरान होने की कोई ज़रूरत नहीं। तुम्हारा राशन यूनिट के साथ अटैच्ड है। तुम्हें वही राशन मिलेगा, जो हमारे फ़ौजी जवान को मिलता है। पेशाबदान अन्दर ही है, सुबह भंगी उठा लेगा। बड़े पेशाब (शौच) और गुसल के लिए तुम्हें सुबह निकाला जाएगा। अच्छा, शब्बा ख़ैर। मैं चलता हूँ, नमाज़ का वक़्त हो रहा है।'

फिर वह सन्तरी से मुख़ातिब हुआ, 'सखी मुहम्मद, इसका ख़याल रखना। जब भी पीने के लिए पानी माँगे, दे देना। यह क़ैदी अपने अमाल का है, हमारा नहीं। तुम्हारे बाद लाल ख़ान की ड्यूटी है। उसको भी समझा देना।' यह कहकर वह फिर पलटा, 'हाँ, तो रात को बाहरवाला लकड़ी का दरवाज़ा खुला रखना। शब्बा ख़ैर (शुभ रात्रि)।' करामत अली चला गया था और मैं उसके हुस्ने सलूक पर हैरान था। वह मुझे सचमुच ही कोई फ़रिश्ता लग रहा था। उसके बोल अभी तक मेरे कानों में गूँज रहे थे।

खाना खाने के बाद पलकें भारी होने लगी थीं। मैंने पानी का मग भरवा लिया ताकि सन्तरी को रात को तकलीफ़ न दूँ। आँखों के आगे रह-रहकर माँ-बाप और बीवी की तस्वीर घूम रही थी। एक कम्बल बिछा लिया और दूसरे का सिरहाना बनाकर लेट गया। यों लग रहा था, जैसे हज़ारों मील का सफ़र तय करके लौटा हूँ। ईशा की अज़ान हुई। लेटे-लेटे पता नहीं कब नींद की गोद में जा पहुँचा।

596 एफ.आई.यू., लाहौर

आधी रात के वक़्त इनसानी चीख़ें सुनकर मेरी नींद खुल गई। यूँ लग रहा था, जैसे बकरे पर छुरी फेरी जा रही है। मेरा दिल बड़ी तेज़ी से धड़कने लगा। यह समुन्दसिंह की आवाज़ नहीं थी। शायद कोई और भारतीय जासूस या सन्देहशील व्यक्ति था। लेकिन मैं हैरान हो गया सुनकर कि उस आदमी ने मारनेवालों पर गालियों की बौछार लगा दी थी।

गारद सखी मुहम्मद जा चुका था और शायद लाल ख़ान ड्यूटी पर था। मैंने उससे पूछा, 'किसे यातना दी जा रही है?' उसने होंठों पर उँगली रखकर मुझे चुप रहने को कहा। दूसरी तरफ़ यातना-कार्य पूरे ज़ोरों पर था। जब भी वह उसे तंग करते तो उसकी चीख़ों के स्थान पर गन्दी से गन्दी गालियाँ सुनाई देतीं, 'मैं तुम्हारी माँ, बहन और बेटियों पर सवारी करूँगा हरामियो, दल्ले, रंडियों की औलादो!' यूँ लग रहा था, जैसे वह कोई पागल जनूनी हो और मैं सोच रहा था, यह तो वह आत्महत्या कर रहा है। उसे मार देंगे, छोड़ेंगे नहीं।

अब चीख़ें मद्धिम पड़ चुकी थीं और कराहों में बदल गई थीं। गले से घर्र-घर्र करती आवाज़ आ रही थी। भगवान जाने वे लोग उसके साथ क्या कर रहे थे! शायद उसे बिजली की कुर्सी पर बिठाकर झटके दिए जा रहे थे। क्या आज रात मेरी भी बारी आएगी? तभी ज़ंजीरों की झनझनाहट सुनाई दी। वे एक पहाड़ जैसे इनसान को क़ैदी कोठरियों की तरफ़ धकेलते हुए ला रहे थे। गारद ने जल्दी से मेरा लकड़ी का दरवाज़ा बन्द कर दिया और मैं उसका चेहरा न देख सका। लेकिन यह हमारे ग्रुप का नहीं था। क्योंकि हमारे ग्रुप का कोई भी व्यक्ति इतने लम्बे-चौड़े क़द का नहीं था। शायद यह कोई फ़ौजी अफ़सर है। भगवान जाने कैसा था! वह अभी तक उन पर गालियों की झड़ी लगाए हुए था। वे उसे उसकी कोठरी में बन्द करके चले गए। मैंने एक जीप के स्टार्ट होने की आवाज़ सुनी। वे जा चुके थे। अब वे मेरे पास नहीं आएँगे, मैंने सोचा। गारद ने मेरा लकड़ी का दरवाज़ा खोल दिया। गारद कहने लगा, 'उनकी मौजूदगी में कभी मुझसे बात मत करना, इसकी सख़्त मनाही है।' मैंने सिर हिलाकर हामी भरी। वह कहने लगा, 'वह तुम्हारा हिन्दुस्तानी भाई है। वह यहाँ दो महीनों से है लेकिन वे इससे इसका नाम तक नहीं जान सके हैं। हर रात वे इसे तंग करते हैं। अब तो वे ख़ुद इससे तंग आ गए हैं। छोटे अधिकारी चाहते हैं कि इसकी खोपड़ी में गोली मार दी जाए लेकिन बड़े अफ़सर इसके लिए रज़ामन्द नहीं हैं क्योंकि दोनों मुल्कों के मुहाहिदे के मुताबिक़ ऐसा नहीं किया जा सकता।'

इससे मुझे और तसल्ली हुई कि मुझे भी किसी क़ीमत पर गोली नहीं मारी जाएगी। यातना? आख़िर कब तक मुझे यातना देंगे? एक न एक दिन तो मुझे छोड़ेंगे ही। ऐसा

भी तो हो सकता है कि मैं इन सब मुसीबतों से बचकर निकल ही न पाऊँ। वह महान शक्ति जिसने प्रह्लाद को आग और अजगरों की गोद से निकाला, जिसने यूनुस को मछली के पेट से ज़िन्दा निकाल लिया, क्या मुझे नहीं बचा पाएगी? और धर्मग्रन्थों में लिखी इसी प्रकार की आश्चर्यजनक कहानियाँ एक के बाद एक करके मेरे दिमाग़ में आती रहीं और मैं तैयार था बुरे-से-बुरे हालात का सामना करने के लिए–

जब तू मुझमें है, मेरे अंगों में है
मेरे लहू में है, यहाँ तक कि रक्ताणुओं में है
तो फिर मुझे यदि पीड़ा पहुँचाएँगे तो
पीड़ित कौन होगा, मैं नहीं 'तू' केवल 'तू'
तो फिर इसलिए मैं क्यों चिन्ता करूँ?

मेरी यह दुर्दशा तो सिर्फ़ एक सपना है, जैसे ही मैं जागूँगा तो यह सब नहीं रहेगा। इन्हीं विचारों में खोया हुआ मैं फिर नींद की गोद में चला गया। सुबह चिड़ियों के चहचहाने पर कोठरियाँ खोली गईं और हमें शौच और स्नान के लिए निकाला गया। आँखों पर पट्टी बँधी थी। हाथ-पीछे की तरफ़ हथकड़ियों से जकड़े थे और गारद हमें ले जा रही थी। फ़ारिग़ होने के बाद फिर उसी तरह लाकर कोठरियों में बन्द कर दिया गया। फिर नाश्ता आ गया। गरम चाय का मग, दो पूड़ियाँ और हलवा। मैं खाने ही जा रहा था कि गारद सखी मुहम्मद ने मुझे टोका, 'ज़्यादा ठूँसकर मत खाना। तुम्हें फिर पूछताछ के लिए ले जाएँगे तो तुम्हें परेशानी होगी।' मैंने उसकी नसीहत का पालन करते हुए, पूड़ी का एक टुकड़ा और चाय पी। बाक़ी भंगी ले गया। लकड़ी का दरवाज़ा बन्द कर दिया गया और गाड़ियों की आमदरफ़्त शुरू हो गई। मैं समझ गया, मेरा ख़ून पीनेवाले आ पहुँचे हैं और अभी शीघ्र ही मेरा-उनका सामना होगा। एक घंटे बाद बाहर हलचल हुई। गारद ने सैल्यूट मारा और लकड़ी का दरवाज़ा खोल दिया। मेजर ऐजाज़ मेरे सामने था।

'खाने-पीने की कोई तंगी?'

'नहीं जनाब, बिलकुल नहीं।'

'क्या रात को नींद ठीक से आई?'

'बिलकुल जनाब, ठीक से आई।'

'मैंने अनवर साहब से कह दिया है कि वह तुम्हारा बयान ले लें। हम इतने ज़ालिम नहीं हैं। तुम अपने-आप अपनी मर्ज़ी से बयान दो, लेकिन कोई चीज़ मत छुपाना वरना तुम अपने लिए ख़ुद मुसीबतें तैयार करोगे। आज तुम्हें कोई हाथ नहीं लगाएगा। हम तुम्हारे बारे में सबकुछ जानते हैं। इसका तुम्हें भी इल्म है, इसलिए अक़्लमन्दी का सबूत देना।' यह कहकर वह चल दिया। लकड़ी का दरवाज़ा बन्द हो गया और मैंने चैन की साँस ली।

खोहसिंह वल्द फ़ैसलासिंह

इनसान अपनी तरफ़ से बेफ़िकर हो जाता है तो दूसरों के बारे में सोचने लगता है। रात का सारा नज़ारा मेरी आँखों के आगे घूम गया। किस तरह वे लोग उस हिन्दुस्तानी को मार रहे थे, कौन था वह क़ैदी? और कोई काम नहीं था इसलिए मैं अपनी तरफ़ से बेफ़िकर था। मेजर ऐजाज़ मुझसे कह गया था कि आज मुझे कोई हाथ नहीं लगाएगा। दस बजे के क़रीब मेरा दरवाज़ा खुला। गारद मुझे लेने आ गई थी, शायद बयानों के लिए जाना था। उन्होंने आगे बढ़कर आँखों पर पट्टी बाँध दी, हाथ पीछे को उसी तरह जकड़ दिए और ले चले। एक बन्दूक़धारी आगे और एक पीछे। हवलदार मुझे बाँह से पकड़कर ले जा रहा था। अचानक मुझे हँसी आ गई। मैंने फ़िल्म में देखा था कि जब पोरस को सिक़न्दर के सामने पेश करने के लिए ले जाते हैं तो उसकी भी आँखों पर पट्टी बँधी होती है, उसके आगे-पीछे दो सिपाही चल रहे होते हैं। उसके हाथ भी पीछे को जकड़े होते हैं और कमांडर बाँह थामे होता है।

अब हम कमरे में आ गए थे। आँखें खोल दी गईं और हाथ भी। सूबेदार अनवर मेरे सामने बैठा था। उसने बड़े सलीक़े से मेरा हाल-चाल पूछा और बोला, 'रात नींद तो चैन से आई थी?' तो मैंने कहा, 'जनाब, नींद तो ठीक से आ गई थी, लेकिन आधी रात के वक़्त किसी की चीख़ें सुनकर जाग गया था।' तो वह मुस्करा दिया। बोला, 'मुझे उम्मीद है कि तुम उसकी हालत से सबक़ लोगे और सही-सही बयान दोगे, वरना तुम्हारी भी वही हालत होगी। यह शख़्स पता नहीं किस मिट्टी का बना है। हमें दो महीने हो गए हैं इसको मारते हुए, लेकिन ज़ुबान ही नहीं खोलता। हर तरीक़ा इस्तेमाल कर चुके हैं और इस उल्लू के पट्ठे पर कोई असर नहीं। सोलह-सोलह पूड़ियाँ खा जाता है नाश्ते में। न दें तो गालियाँ देता है—साले, जी भरकर मारा है तो पेट भरकर खाने को तो दो। बेवकूफ़ मुसीबतें बढ़ा रहा है। हमारी तरफ़ से पड़ा रहे, खाता रहे। जितनी जल्दी सही बयान दे देगा, उसकी जान छूट जाएगी। ख़ैर, तुम अपना बयान शुरू करो।'

मैंने उसको वही कुछ लिखाया जिसकी मुझे उम्मीद थी कि अमरीकसिंह बतला चुका होगा। बयान लिखने के बाद वह बोला, 'एटॉमिक एनर्जी कमीशन की बात तुम फिर गोल कर गए हो। मर्ज़ी है तुम्हारी, लगता है तुम भी बेवकूफ़ी से बाज़ नहीं आओगे। चलो, अपने-आप भुगतोगे। मेजर साहब का हुक्म है कि आज तुम्हें हाथ न लगाया जाए वरना मैं तुम्हारी हुशियारी देखता।' यह कहकर उसने घंटी पर हाथ मारा और गारद को हुक्म दिया, 'इसे ले जाकर बन्द कर दो।' चन्द मिनट बाद मैं फिर अपनी कोठरी में था। दोपहर का खाना खाया और सो गया। इसी तरह रात हो गई।

आज रात सखी मोहम्मद की ड्यूटी थी। वह जब गारद पर आया तो मैंने उसे सलाम किया। उसने मुस्कराते हुए हाल पूछा। मैंने खोहसिंह की बात छेड़ दी तो वह बोला, 'भई कमाल का आदमी है तुम्हारा! मैंने इस जैसा इनसान आज तक ज़िन्दगी में नहीं देखा। दो महीने पहले की बात है। यह क़सूर के क़रीब 'खरे-पड़ों' के पास हमारे फ़ौजियों को मिला। इसकी ग़ज़ब की परसनैलिटी थी। इसलिए उनकी ज़ुर्रत न हुई उसको बुलाने की, उलटा इसने उनसे पूछा–'ओए, तुम लोग किधर जा रहा है?' सिपाही बोले, 'जनाब, हम तो 'पटरोलिंग' पर निकले हैं, आप कौन हैं?' तो वह पट्ठा बोला, 'तुम मुझे नहीं जानते! मैं क़सूर का नया थाना इंचार्ज हूँ। अभी सुबह ही चार्ज लिया है!' यह कहकर वह चल दिया।

सिपाही कुछ शक में पड़ गए। उन्होंने अपने जे.सी.ओ. को रिपोर्ट की तो वह फ़ौरन जीप लेकर उसके पीछे भागा। यह सड़क के किनारे बस का इन्तज़ार कर रहा था, उन्होंने इसे जान लिया। बड़े अदब के साथ जीप पर बिठाया और बोला कि हमारे मेजर साहब याद फ़रमा रहे हैं। एक मिनट के लिए आइए, हम आपको यहीं छोड़ जाएँगे। ...इस बीच मेजर साहब मालूम कर चुके थे कि क़सूर का कोई थाना इंचार्ज नया बदलकर नहीं आया था। बस उन्होंने आते ही इसे रस्से पर चढ़ा दिया। तब से यह जान-बूझकर पागल बना हुआ है। पकड़े जाने से पहले अंग्रेज़ी भी बोलता था। अब नहीं बोलता। सिर्फ़ इतना ही कहता है–मैं बॉर्डर का पहलवान हूँ। खोस कर खाता हूँ। खोहसिंह मेरा नाम है, बाप का नाम है फ़ैसलासिंह...इसकी जो हालत रात हुई, वह देखी ही होगी। दो महीने से लगातार यही हो रहा है, लेकिन इस शेर के बच्चे ने सिवाय गालियों के, तीसरा लफ़्ज़ भी मुँह से नहीं निकाला है। जब इसे सिगरेट लगवानी होती है या पानी पीना होता है तो साला, गाली देकर सन्तरी को कहता है– 'ओ दल्ली क़ौम के नमूने, इधर आ!' जी तो करता है कि साले को गोली मार दूँ लेकिन क्या करें, हम भी मजबूर हैं।'

अभी ये बातें हो ही रही थीं कि उधर से खोहसिंह की आवाज़ आई, 'ओ गोली मारने के पुत्तर, अगर तुम्हारी माँ ने तुम्हें दूध पिलाया है तो ज़रा बन्दूक़ मेरे हाथ में दे दो और तुम्हारी सारी पलटन लाहौर से कराची पार रन ऑफ़ कच्छ में न घुसेड़ दूँ तो मेरा नाम खोहसिंह नहीं है।' इस पर मैंने आवाज़ लगाई, 'ओ भाई, क्यों इन लोगों को गाली देकर अपनी मुसीबत बढ़ाते हो।' तो वह आगे से बोला, 'चुप-ओए, तुम साले कौन हो बीच में बोलनेवाले? यह मेरी ससुराल है, इन सालों को गालियाँ न दूँगा तो और क्या दूँगा?'

तभी एक जीप ने प्रवेश किया। उसके चाहनेवाले शायद आ गए थे। उसका फाटक खोलकर उसे निकालने लगे तो बोला, 'आज तो बहुत जल्द याद आ गई तुम्हें अपने बहनोई की! सालो, थोड़ी देर तो सो लेने देते!' खोहसिंह बोला।

सूबेदार अनवर ख़ान बोला, 'बेटा, आज तुझे सदा की नींद सुलाएँगे। फाँसी पर चढ़ोगे तुम आज।'

'सुन ओ कमीनी क़ौम के नमूने, मैं फाँसी पर नहीं, तुम्हारी बहन पर चढ़ने आया हूँ।' खोहसिंह ने फिर गाली दी थी! 'लिटाओ इस साले को, इसके मुँह में कपड़ा ठूँसो और ले चलो जीप में डालकर बॉर्डर की तरफ़। आज इसे गोली मारनी है।' फिर आठ आदमियों ने मिलकर उस पर क़ाबू पाया और उसके मुँह पर कपड़ा बाँध दिया और जीप में डालकर ले गए। मैं दो-तीन घंटे तक उसके लौटने की राह देखता रहा। लेकिन वह नहीं आया। फिर पता नहीं कब मुझे नींद आ गई।

थाना नौलखा लाहौर में

दिन-प्रतिदिन ज़ुल्म और सितम का चक्कर तेज़ होता जा रहा था ताकि वे मुझसे एटॉमिक एनर्जी कमीशन, इस्लामाबाद वाली कहानी मनवा सकें। लेकिन कोई फल न निकला। बिजली के झटके लगाना, जिस्म में मिर्चें डालना, बर्फ़ पर लिटाना, ये थर्ड डिगरी मेथड्स जारी रहे। एक दिन लकड़ी का दरवाज़ा खुला। गारद के चार आदमी मेरे सामने खड़े थे। मेरी कोठरी खोली गई और मुझसे कहा गया कि अपने कपड़े समेट लो। मैंने उन्हें बैग में रखा। मेरी आँखों पर पट्टी बाँधी गई और हथकड़ी लगाई गई। समुन्दसिंह को भी निकाला गया। हमें कहाँ ले जाया जा रहा है, क्या किसी दूसरे यातना-केन्द्र में?

आगे जीप पर बिठाया गया। सड़क के शोर से पहचान गया कि हम लाहौर के भीड़ भरे बाज़ारों में से गुज़र रहे थे। लगभग 20 मिनट चलने के बाद जीप रुकी। आँखों से पट्टी उतारी गई तो हम थाना लाहौर में खड़े थे। हमें सब-इंस्पेक्टर चौधरी निसार अहमद के सामने पेश किया गया। वह एक बड़ी उम्र का आदमी था। उसने हवलदार से हमारे ख़िलाफ़ ग़ैरक़ानूनी तौर पर पाकिस्तान में दाख़िल होने का मुक़दमा दर्ज करने को कहा। साथ में 29 डी.पी.आर. और सेक्शन थ्री ऑफ़ दी ऑफ़िशियल सीक्रेट एक्ट और फिफ्टी नाइन आर्मी एक्ट ऑफ़ पाकिस्तान की दफ़ा लगाने को कहा। उसके हुक्म के मुताबिक़ कार्रवाई की गई और फिर हमारी तलाशी ली गई। अब हम दूसरे जराइमपेशा पाकिस्तानी हवालातियों के साथ बन्द थे।

सर्दी शुरू हो गई थी। और हमें कहा गया था कि दो-दो आदमी एक-एक कम्बल में सो जाओ। आज हमें खाना भी नहीं नसीब हुआ। पाकिस्तानी क़ैदियों ने रहम खाकर हमें अपने साथ रोटी खिलाई। इन सबके घर क़रीब थे और खाना घर से आया था। एक महीने की यातना के बाद आज यह पहला दिन था जब मैं

मानसिक तनाव से मुक्त था। पाकिस्तानी लोग हिन्दुस्तानी गानों के बहुत शौक़ीन हैं। उनके बार-बार इसरार करने पर मैंने एक के बाद एक करके चार गीत सुनाए। पहरे पर खड़ा सन्तरी भी झूम रहा था। उसने मुझे अपनी जेब से एक कप चाय मँगाकर दी जो मैंने समुन्दसिंह के साथ मिलकर पी।

अब रात के दस बज गए थे। पहरेदार ने गाने बन्द करने को कहा। कहानियों का सिलसिला शुरू हो गया। हमारे बीच दो आदमी बड़े अच्छे कहानी सुनानेवाले थे। जिन कहानियों की तरफ़ बाहर शायद ध्यान भी न देते, इस वक़्त हम इन्हें बड़े चाव से सुन रहे थे। कहानी सुनते-सुनते पता नहीं कब नींद आ गई। भंगी की आवाज़ सुनकर नींद खुली। वह झाड़ू लगाने के लिए जगा रहा था। सक्का ने घड़ों में पानी भर दिया। एक-एक करके हम एक कोने में शौच से फ़ारिग़ हुए। जमादार गन्दगी उठा ले गया। कोई नाश्ता नहीं मिला।

दस बजे मेरा और समुन्दसिंह का नाम लेकर पुकारा गया। गारद हमें कचहरी ले जाने के लिए तैयार थी। हमें ताँगे पर ले जाया गया। हम लाहौर के रौनक भरे बाज़ारों में से गुज़र रहे थे। पुलिसवाले बड़बड़ा रहे थे कि उनकी दिहाड़ी मारी गई। अगर हमारी जगह पाकिस्तानी क़ैदी होते तो उनको नोटों के साथ-साथ बढ़िया खाने को भी मिलता। जैसे-तैसे हम कचहरी पहुँचे। हमें मजिस्ट्रेट इशरत अली शाह के सामने पेश किया गया, जिसने पाँच दिन का जिस्मानी रिमांड दे दिया।

एक बजे हमें एक ढाबे में खाना खिलाया गया। दो-दो रोटियाँ और दाल मुफ़्त। हम दोनों पर चार-चार आने ख़र्च किए गए। लोग हमसे बातें करने को बड़े उत्सुक थे लेकिन गारद ने इसकी इजाज़त नहीं दी। फिर हमें लोकल बस में बिठाकर नौलखा वापस ले आए। हमारी तफ़तीश चौधरी निसार को करनी थी। हमारा जिस्मानी रिमांड दिया गया था। लाहौर की पुलिस तो अपने ज़ुल्म के लिए बेहद मशहूर है। हम पर वे क्या-क्या ज़ुल्म करेंगे? क्या 596 एफ.आई.यू. लाहौर से भी ज़्यादा? अब तो खाना और मार खाना मेरी क़िस्मत ही बन गई थी और मुझे इसी तरह ये दिन बिताने थे, चाहे मुस्कराकर गुज़ारूँ, चाहे रोकर।

शाम चार बजे हमें फिर कोठरी से निकालकर चौधरी निसार के सामने पेश किया गया। उसने बहुत आराम से मुझसे पूछना शुरू किया। जब मैंने उसे बताया कि मैं पुलिस कांस्टेबल पंडित अमीचन्द का लड़का हूँ जो कि कभी ट्रैफिक पुलिस में हुआ करते थे और बँटवारे के दिनों में वे थाना अबोहर में थे जहाँ इंचार्ज था मियाँ सरवर, तो यह सुनते ही उसने हैरानी से आँखें चढ़ाईं और कहा, 'तो तू काले बामन का बेटा है?' 'जी, चौधरी साहब!' मैंने हामी भरी। उसने बड़े अफ़सोस से सिर पर हाथ मारा और बोला, 'बेवकूफ़, यह तुमने अपने साथ क्या ज़ुल्म किया है! तुम्हें मालूम है, तुम्हारे बाप ने तुम्हें कैसे हासिल किया था?'

'तुम अपने बाप की दूसरी शादी से हो। तुम शादी के आठ साल बाद पैदा हुए। इस बीच तुम्हारे माँ-बाप ने साधुओं और फ़क़ीरों के दरवाज़ों की ख़ाक छान मारी, औलाद हासिल करने के लिए। एक बार तो नंगे पाँव कड़ी धूप में अबोहर पंज पीर की मज़ार पर गए, जिसने एक तावीज़ दिया और तुम्हारे पैदा होने के लिए दुआ की। उसके बाद तुम दूसरी आलमी जंग के दिनों में पैदा हुए। बड़ी ख़ुशियाँ मनाई गईं। अबोहर की बड़ी-बड़ी हस्तियाँ तुम्हारे घर आईं-राय साहब कुन्दनलाल आहूजा, मियाँ सरवर, दरबारी लाल नारंग, बाक़ियों के नाम मैं भूल गया हूँ। मैं ख़ुद उस पार्टी में शरीक़ हुआ था। मुजावर ने यह भी कहा था कि तुम्हारे बाद और औलाद नहीं होगी। तुम्हारे कोई दूसरा बहन-भाई है?'

'नहीं चौधरी साहब, पिता जी की पहली शादी से एक सौतेली बहन है।'

उसने फिर एक बार सिर हिलाया और सिपाही को आवाज़ देकर चाय के साथ मिठाई लाने को कहा। पैसे उसने अपनी जेब से दिए।

'अब मेरे अज़ीज़, मैं तुम्हारी कोई ज़्यादा मदद नहीं कर सकता, क्योंकि तुम्हारा जुर्म इस क़िस्म का है कि मैं अपने ख़ानदान के लिए ख़तरा नहीं मोल ले सकता। मैं तुम्हारे बाप को भी लिखकर इत्तला नहीं कर सकता वरना वे मुझे भी तुम्हारे साथ क़ैद कर देंगे। तुम मेरे पास दस-पन्द्रह दिन हो और यक़ीन रखो, इस बीच कोई तुम्हें हाथ नहीं लगाएगा। यहाँ तुम्हारी पूछताछ सिर्फ़ रस्मी है। तुम तो इससे कहीं बड़े सेंटर से आ रहे हो जिसके सामने हमारी पूछताछ के कोई मानी नहीं हैं।'

'आप हमें इसके बाद कहाँ भेजेंगे?' मैंने पूछा।

'मैं कुछ नहीं कह सकता, मेरे अज़ीज़! तुमने अपनी और अपने बाप की ज़िन्दगी तबाह कर ली है। इसका मुझे बहुत सदमा है। तुम्हारा बाप बहुत ख़ुशमिज़ाज़ इनसान होता था। हट्टा-कट्टा, लम्बा, जिससे मुजरिम काँपा करते थे। मैं उन दिनों की बात कर रहा हूँ-अंग्रेज़ी हुकूमत के दिनों की, जब एक सिपाही जाकर सारे गाँव को घेर लाता था। तुम्हें क्या ज़रूरत पड़ी थी, इस गन्दे काम में फँसने की? मेरे हाथ बँधे हुए हैं, इसका मुझे सख़्त अफ़सोस है। अगर तुम पाकिस्तानी होते और तुमने मेरे इलाक़े में किसी का ख़ून भी कर दिया होता तो भी तुम्हारा कोई बाल बाँका नहीं कर सकता था। लेकिन यह जासूसी का बेग़ैरत काम! तुम्हारे लिए मैं सिर्फ़ दुआ कर सकता हूँ। अल्लाह तुम पर रहम करे। मैंने नाई बुलवाया है, शेव करवाकर नहा लेना।'

मेरा दिल भर आया और आँखों से आँसू बह निकले। मैंने आदर से उसके पाँव छुए और बोला, 'चचाजान, मुक़द्दर इन्सान की ज़िन्दगी में अहम किरदार अदा करता है। आपकी जगह कोई ज़ालिम इनसान भी हो सकता था। यहाँ मालिक के

रंग न्यारे हैं, एक तरफ़ उसने मुझे इस मुसीबत में धकेला है और दूसरी तरफ़ आप और सैयद करामत अलीशाह जैसे नेकदिल इनसान के साथ वास्ता डलवाया है।'

चौधरी निसार बोले, 'इसके लिए अल्लाह को क़सूरवार मत ठहराओ। उसने तुम्हें नहीं फँसाया, यह तुम्हारे ख़ुद अपने अमाल हैं जिनकी फ़सल तुम काट रहे हो। नेकदिल इनसान से मिलने की वजह तुम्हारे माँ, बाप और बीवी की दुआएँ हैं, जो तुम्हें बचा रही हैं।'

काश, मैं उस वक़्त हिन्द मज़हब के जनूनियों को ले जाकर यह दिखा सकता कि ऐसे नेकदिल इनसान भी हैं उनमें, जिनको वे हमारा दुश्मन कहते नहीं थकते, ऐसे इनसान जो फ़रिश्ते को भी मात कर दें। पता नहीं, कब तक हिन्दुस्तान और पाकिस्तान में बसनेवाले हिन्दुओं और मुसलमानों के बीच नफ़रत की दीवारें क़ायम रहेंगी! हमारे पंडितों और मुल्लाओं के ज़हर भरे प्रोपेगंडे का सब कमाल है। आर.एस.एस. और मुस्लिम लीग के नेता अपनी लीडरी क़ायम रखने के लिए हमारे जज़्बात से खेलते हैं।

हम नौलखा थाने में लगभग पन्द्रह दिन रहे। फिर मजिस्ट्रेट ने हमें कोट लखपत जेल, लाहौर भेजने का हुक़्म दे दिया। चौधरी निसार ने चलते हुए मुझसे कहा, 'ख़ुदा हाफ़िज़, मेरे अज़ीज़, दिल छोटा मत करना। अल्लाह सब ठीक करेगा।' यह कहकर उसने मेरे सिर पर हाथ फेरा। उसकी आँखें भर आई थीं। और आँसू भी बह रहे थे। ताँगा अपनी मंज़िल की ओर चल पड़ा था। आँसुओं से धुँधलाई आँखों के साथ मैं लाहौर के बाज़ारों में से गुज़र रहा था। मुझे वहाँ कोई दुश्मन नहीं दिखाई पड़ रहा था। सब मेरे जैसे थे। जैसे वे मेरे ही जिस्म के हिस्से हैं। दुश्मनी का लफ़्ज़ मेरे कोश से निकल चुका था।

चौबुरजी से हमने बस पकड़ी और लखपत जेल आ गए। शहर से दूर सुनसान खेतों में यह जेल है। बड़ा दरवाज़ा खुला। हमें जेल के दारोग़ा हाजी इफ़्तख़ार के सामने पेश किया गया, जिसने हमें फाँसी की कोठरियों में रखने का हुक्म दिया जहाँ सज़ा-ए-मौत के क़ैदी रखे जाते हैं ताकि हम दूसरे पाकिस्तानी शहरियों से न मिल सकें।

कोट लखपत जेल, लाहौर

दुनिया की महान शख़्सियतें, भगवान कृष्ण से लेकर नानक, सुकरात, ईसा मसीह और यूसुफ़ तक जेल से वाबस्ता रही हैं। या तो उनकी अमली ज़िन्दगी जेल में शुरू हुई या फिर वह जेल में ख़त्म हुई। ये जेलें किसी यूनिवर्सिटी से कम नहीं हैं। यहाँ

आपको हर हुनर के बड़े-बड़े दिमाग़ मिलेंगे—जेब कतरना, जुआ खेलना, शराब निकालना, सेंध लगाना, डाकेज़नी, ग़बन एवं शायरी, संगीत, सियासत, रूहानियत। यहाँ पर जीवन की हर कला सीखी जा सकती है और मैं दाख़िल हो रहा हूँ इस महान यूनिवर्सिटी के सदर दरवाज़े से। मुझे इसके केन्द्रीय दफ़्तर में लाया गया है जिसे चक्कर कहते हैं, क्योंकि क़ैदियों की तमाम बैरकें इसे एक दायरे की शक्ल में घेरे हुए हैं। यहाँ पढ़े-लिखे क़ैदी मुंशी का काम करते हैं।

जैसे कॉलेज या यूनिवर्सिटी में हर नए आनेवाले की रैगिंग (तंग करना) होती है, उसी तरह जेल में हर नए क़ैदी को सलामी दी जाती है। इससे सिर्फ़ वही लोग बच पाते हैं जिनका जुर्म और जराइम की दुनिया से गहरा और असरदार ताल्लुक़ होता है। यह सलामी मामूली भी हो सकती है और सख़्त भी। हम इस दफ़्तर में पहुँचे तो मुंशी ने पर्चा पढ़कर हैरत से सिर उठाया और नफ़रत भरी आँखों से देखते हुए कहा, 'ओए, तुम जासूस हो?' 'नहीं जनाब?' मैंने कहा। 'अच्छा फिर ठहरो, अभी तुम्हारी माँ...' कहते हुए उसने मोटी-सी गाली दी। उसके मुँह से ये लफ़्ज़ निकले ही थे कि किसी ने हम पर पीछे से कम्बल डाला और धक्का देकर ज़मीन पर गिरा दिया। फिर तो यह नहीं पता कि हमें कितने हाथ किस-किस चीज़ से मार रहे थे।

उनकी गालियों के शोर और हमारी चीख़ों ने वार्डनों का ध्यान अपनी तरफ़ खींचा। वे भागते हुए आए। उन्होंने गालियाँ देकर क़ैदियों को यह बदतमीज़ी बन्द करने को कहा। सब कुछ हमारे साथ इस क़दर अचानक हुआ था कि इसके लिए न तो हम दिमाग़ी तौर पर तैयार थे और न जिस्मानी तौर पर।

ख़ैर, वार्डन लोग हमें फाँसी की कोठरियों में ले आए। एक कोने की चार कोठरियाँ सिर्फ़ हिन्दुस्तानी क़ैदियों के लिए रखी गई थीं। तेरह हिन्दुस्तानी वहाँ पहले ही थे। हम दो को मिलाकर चार कोठरियों में हमें तीन से पाँच तक बन्द कर दिया गया। कोट लखपत की जेल एक नई-नई बनी जेल है। यहाँ पानी की टोंटियों और फ्लश का बन्दोबस्त है। यहाँ मुझे अपने छह और साथी मिले, जिन्हें अमरीकसिंह ने गिरफ़्तार करवाया था : सोहनलाल (आदमपुर का), चननसिंह भुल्लर (फ़ीरोज़पुर का) और अजीतसिंह वग़ैरह। इनको मुझसे अलग बन्द किया गया।

जेल का खाना बहुत घटिया था। दो रोटियाँ और साथ में एक कड़छी दाल हमें मिलती थी। सुबह एक मुट्ठी चने और एक डली गुड़। चाय का नाम भी गुनाह था। महीने में साबुन का चौथा हिस्सा कपड़े धोने के लिए मिलता। हर इतवार को एक चम्मच तेल सिर पर लगाने को। हमें पाकिस्तानी क़ैदियों की कोठरियों के क़रीब जाने की भी इजाज़त नहीं थी।

जेल में मेरा दूसरा दिन था कि आधी रात को एक अजीब शोर सुनकर मेरी आँख खुल गई। सारी जेल, 'इन्क़लाब ज़िन्दाबाद', 'पीपुल्स पार्टी ज़िन्दाबाद',

'क़ायदे अवाम ज़िन्दाबाद', 'अयूबशाही मुरदाबाद' के नारों से गूँज रही थी। इन नारों का जवाब क़ैदी कोठरियों में से दे रहे थे और कोठरियाँ खोलने के लिए कह रहे थे। कोठरियों के जँगले खड़ाक-खड़ाक खड़क रहे थे। क़ैदी उन्हें बड़े ज़ोर से हिला रहे थे। सारी जेल को पता चल गया था कि भुट्टो साहब अपने साथियों समेत जेल में गिरफ़्तार होकर आए हैं।

हालत बहुत ख़राब बल्कि क़ाबू से बाहर हो गई थी। लेकिन जेल का दारोग़ा बहुत सुलझा हुआ इनसान था। माइक पर बोला, 'मैं क़ैदियों से अपील करता हूँ कि अमन-अमान से रहें। सुबह आपके महबूब भुट्टो साहब से आपकी मुलाक़ात करवाई जाएगी। फिलहाल आप उनकी बात सुनें, वे आपसे कुछ कहना चाहते हैं। मैं माइक उनको दे रहा हूँ।'

सारी जेल में एकदम सन्नाटा हो गया। पत्ता तक नहीं खड़कता था और हमने भुट्टो साहब की आवाज़ सुनी, 'मेरे क़ैदी भाइयो, अस्सलामालेकुम। मैं ख़ुद आपसे मिलने का ख़्वाहिशमन्द हूँ और जो आपने इज़्ज़त दी है, उसके लिए शुक्रगुज़ार हूँ। लेकिन अभी ऐसा मुमकिन नहीं है। हमें जेल हुक्काम की नौकरी ख़तरे में नहीं डालनी है। लेकिन इंशाअल्ला बाफ़ज़ले ख़ुदा, सुबह आपसे ज़रूर मुलाक़ात होगी। तब तक आपसे अमन-अमान से रहने की गुज़ारिश करता हूँ। उम्मीद है, आप मेरी बात मानेंगे। पाकिस्तान ज़िन्दाबाद!'

बड़े ख़ूबसूरत तरीक़े से जेल के दारोग़ा ने सूरते-हाल सँभाल ली थी, वरना शायद वहाँ बहुत ख़ून-ख़राबा हो जाता। शायद ही उस रात किसी को नींद आई हो। हमें नम्बरदारों ने बतलाया कि भुट्टो साहब, कौसर नियाजी, ग़ुलाम मुस्तफ़ाख़ैर वग़ैरह पीपुल्स पार्टी के रहनुमा क़ैद होकर आए हैं। वे सुबह बैरकों का चक्कर लगाएँगे। हम सारे उस ख़ुशनसीब घड़ी का इन्तज़ार कर रहे थे जबकि हमें इस महान शख़्सियत की एक झलक देखने को मिलेगी, जिसने फ़ौजी हुकूमत की जड़ें हिलाकर पाकिस्तानियों के ज़ेहन में अंगारे और दिमाग़ में जम्हूरियत के लिए जनून पैदा कर दिया था। यह वाकई पाकिस्तानियों का मसीहा था जिसे उन्होंने बहुत ही अहमकाना तरीक़े से फाँसी पर लटकवा दिया जिया उल हक़ के हाथों और सारा मुल्क़ जोश में तमाशा देखता रहा। जिस तरह हिन्दुओं के माथे से गांधी के क़त्ल का कलंक नहीं मिट सकता, इसी तरह गंगा और दजला नदियों का पानी मिलकर भी पाकिस्तानियों के माथे से भुट्टो के ख़ून के धब्बे नहीं धो पाएगा।

भुट्टो साहब ने चक्कर लगाना शुरू कर दिया था। बैरकें नारों से गूँज रही थीं। क़ैदी अपने टीनों में हाथ मार रहे थे कि उनको कुछ खाने के लिए पेश करें। जैसा हमें बतलाया गया, वे हर एक से चीज़ लेते और बड़े प्यार से उसके ही मुँह में डाल देते और फिर हाथ मिलाकर आगे बढ़ जाते। अब वे हमारी बैरक में आ चुके थे और

सामनेवाली कोठरियों में घूम रहे थे। चमकती हुई नूरानी पेशानी, एक मिकनातीसी शख़्सियत, चाकचौबन्द शानदार। साथ में उनके हमनवा ग़ुलाम मुस्तफ़ाख़ैर, कौसर नियाजी, मुहम्मद हनीफरामे और दूसरे पीपुल्स पार्टी के कारकुन थे।

जब वे हमारी कोठरियों के क़रीब आए तो उन्हें बतलाया गया कि हम सब हिन्दुस्तानी हैं। वे हमारे पास आए और बोले, 'अज़ीज़ दोस्तो, मैंने एक और बैरक देखी है जो हिन्दुस्तानी क़ैदियों से भरी पड़ी है। शायद वे नज़रबन्द लोग हैं। आपकी हालत देखकर मुझे बहुत सदमा पहुँचा है। क़ुदरती बात है कि भारत में भी पाकिस्तानी क़ैदियों की हालत इससे अच्छी नहीं होगी। आप यक़ी रखें, जिस दिन हमारी हुकूमत आई, इंशाअल्ला आप एक साल के अन्दर-अन्दर अपने मुल्क में होंगे।' यह सुनकर अपने-आप ही हमारे मुँह से नारा गूँज उठा, 'भुट्टो साहब, ज़िन्दाबाद!' इस पर वे मुस्करा दिए और हाथ हिलाते हुए आगे बढ़ गए।

इस महान इनसान ने अपने लफ़्ज़ सच साबित कर दिए। उसकी हुकूमत बनते ही एक साल के अन्दर-अन्दर शिमला-समझौता हुआ, जिसमें यह बात साफ़तौर पर लिखी गई कि जंगी क़ैदियों के साथ-साथ हिन्दुस्तान और पाकिस्तान में 1971 की जंग से पहले क़ैद हुए सभी हिन्दुस्तानी और पाकिस्तानी, चाहे वे स्मगलर हैं, चाहे जासूस, चाहे क़ैदी या नज़रबन्द, उनका तबादला भी आपस में किया जाएगा। मुझे पूरा यक़ीन है कि जब भुट्टो साहब ने यह बात समझौते में दर्ज करवाई होगी तो उस वक़्त ज़रूर उनके दिमाग़ में वह वादा घूम रहा होगा जो उन्होंने हम हिन्दुस्तानी क़ैदियों के साथ कोट लखपत जेल में किया था। वरना दो मुल्कों के दरमियान जासूसों का तबादला कभी सुनने में नहीं आया था। यही वजह थी कि सन् 1953 में क़ैद होनेवाले हिन्दुस्तानी हमारे साथ शिमला-समझौते के तहत भारत वापस आए। कम-से-कम उन हिन्दुस्तानियों के परिवार, जिनका तबादला शिमला-समझौते के तहत हुआ, कभी इस महान मसीहा को नहीं भूल सकेंगे।

उनको 'ए' प्रथम श्रेणी क्लास बैरक में रखा गया जहाँ दूसरे पाकिस्तानी क़ैदियों को जाने की इजाज़त नहीं थी। शायद भुट्टो साहब के जेल का चक्कर लगाने और क़ैदियों से मिलने की रिपोर्ट बाहर पहुँची थी। इसलिए सख़्त सिक्योरिटी लगा दी गई। भुट्टो साहब सिर्फ़ ख़ुफिया पुलिस की मौजूदगी में ही किसी से मिल सकते थे।

जेल में पाँचवें दिन दारोग़ा की तरफ़ से बैरक में एक परचा आया। मुझे और बाबा समुन्दसिंह को दफ़्तर बुलाया गया था। जल-दारोग़ा ने गवर्नर पंजाब का हुक्म मुझे दिखाया, जो इस तरह था :

'गवर्नर पंजाब, यह हुक्म देते हुए तसकीन महसूस करता है कि मोहनलाल भास्कर उर्फ़ मुहम्मद असलम को उसकी ग़ैर-क़ानूनी कार्रवाइयों के लिए, जो

कि पाकिस्तान की सलामती के लिए ख़तरा है, छह महीने के लिए नज़रबन्द किया जाए।'

यह नज़रबन्दी '29' डिफेंस ऑफ़ पाकिस्तान रूल्ज के तहत की गई थी। समुन्दसिंह के बारे में भी ऐसा ही हुक्म था। हमें उसी वक़्त चौधरी मंजूर हुसैन सब-इंस्पेक्टर स्पेशल ब्रांच सी.आई.डी. शाही क़िला, लाहौर के हवाले कर दिया गया। ये वहाँ उस वक़्त दफ़्तर में सादे कपड़ों में मौजूद थे। उनके साथ दो सिपाही भी थे। उन्होंने हमारी आँखों पर पट्टी बाँधी, हथकड़ियाँ लगाईं और हमें एक स्टेशन वैगन पर बिठा दिया और फिर गाड़ी लाहौर के भीड़ भरे बाज़ारों में से होती हुई शाही क़िला, लाहौर की ओर चल पड़ी!

एक भयानक मुकाम : शाही क़िला लाहौर

स्टेशन वैगन चढ़ाई चढ़ती हुई ऊपर आकर ठहर गई। मुझे उतारा गया, और सहारा देकर सीढ़ियाँ चढ़ाया गया। जब मेरी आँखों से पट्टी उतारी गई तो मैं एक बड़े हॉल में था। एक ख़ौफ़ सारी फ़िज़ा पर तारी था, ठीक वैसा ही जैसा आम सस्पेंस फ़िल्मों में दिखाया जाता है। यह जगह भूतों का बसेरा नज़र आती थी। कई कोनों से अजीब-अजीब क़िस्म की आवाज़ें आ रही थीं। इनसान की चीख़ें, जैसे उन्हें किसी तेज़ धार छुरी से हलाल किया जा रहा हो और उन्हीं चीख़ों के बीच गाती हुई ऐसी एक आवाज़ उभरी जिसे मैं हज़ारों में पहचान सकता था। खोहसिंह पानी का घड़ा हाथ से खड़काता हुआ बड़ी लय और ताल के साथ अपना जोड़ा हुआ मिर्ज़ा गा रहा था। इसके लिए उसने पाकिस्तान के मशहूर गायक इनायती हुसैन भट्ठी की तर्ज़ अपनाई थी :

वाहगा बाडर मेरा, वाहगे विच मैदान
वाहगे उते बैठ के दल्ले मारत दा इमतिहान
मैं दल्ले गिण-गिण माराँ मैं दल्ले चुण-चुण माराँ।

मुझे उसकी आवाज़ सुनकर बड़ी ख़ुशी हुई कि वह अभी ज़िन्दा है। जब उसे जीप में बिठाकर 596 एफ.आई.यू. लाहौर से ले गए थे तो मैंने उस रात सोचा था कि उन्होंने उसे ज़रूर गोली मार दी होगी। लेकिन वही ज़िन्दादिल खोहसिंह, अपनी ख़ुश तबीयत के साथ मेरे क़रीब ही कहीं मौजूद था, जिसे न तो वे तोड़ सके थे, न झुका सके थे।

चौधरी मंजूर ने मुझे अपने पीछे आने को कहा। यहाँ एक बन्दूक़धारी मेरे पीछे चल रहा था। मुझे ज़मींदोज़ तहख़ाने में ले गए और एक कोठरी में बन्द कर दिया।

चार कम्बल वहाँ मौजूद थे, शाम को मुझे चाय भी मिली। यहाँ चौबीस घंटे पूछताछ का काम चलता रहता है। यह सेंटर हमारे अमृतसर के सेंटर से मिलता-जुलता है। बहुत सारे अफ़सर यहाँ बहुत दिनों से हैं। शाही क़िला सी.आई.डी. स्पेशल ब्रांच 1965 में अस्तित्व में आई। तब से लेकर अब तक शाही क़िला ही उसका केन्द्र है। इसकी ब्रांचें सारे पाकिस्तान में हैं। जिन सन्तरियों से मेरी दोस्ती हो गई, उनसे पता चला कि यहाँ दस हिन्दुस्तानी पूछताछ के दौरान दम तोड़ गए, न जाने कितने पागल हो गए।

यहाँ क़ैदियों को बारह अलग-अलग कोठरियों में रखा जाता है जो एक-दूसरे से काफ़ी फ़ासले से अलग-अलग जगहों पर हैं। एक क़ैदी, एक कोठरी और एक सन्तरी का नियम है। सन्तरी हर तीन घंटे बाद बदल जाता है और यह क्रम चौबीसों घंटे चलता है। एक अफ़सर, एक वक़्त एक ही नज़रबन्दी से पूछताछ करता है और जब तक उसकी तफ़तीश ख़त्म नहीं होती, वह दूसरे क़ैदी पर हाथ नहीं डालता। तफ़तीश ख़त्म होने के बाद छह अफ़सर उस क़ैदी को लेकर बैठते हैं और सवालात करते हैं। जब तक उनकी पूरी तसल्ली नहीं हो जाती, क़ैदी को नहीं छोड़ा जाता।

शाही क़िला स्पेशल ब्रांच क़िले के दाईं ओर चढ़ाई चढ़कर एक कोने में है। इसके गिर्द आठ फ़ीट ऊँची दीवार है। बाक़ी का क़िला जनता के लिए खुला है। दाख़िला टिकट से होता है। यहाँ हरी-हरी घास के बड़े-बड़े मैदान हैं जहाँ लोग पिकनिक मनाते हैं। लेकिन आम लोगों को स्पेशल ब्रांच की दीवारों के गिर्द घूमने की इजाज़त नहीं है। इससे चन्द क़दम ही दूर तिब्बी बाज़ार है जहाँ छह हज़ार रंडियाँ बसती हैं और अपना धन्धा चलाती हैं। ज्यों ही शाम घिरती है, ग्राहक लोग बड़ी शान-शौक़त के साथ सज-धजकर इन कोठों की तरफ़ आते हैं। एक रुपए के लिए कपड़े उतारनेवाली औरत से लेकर हज़ार रुपया रात तक लेनेवाली हसीनाएँ मिलती हैं, और नाच-गाने के परदे में अपना धन्धा चलाती हैं। कई तो उनमें से दिन के वक़्त शाही क़िले के मैदानों में सज-धजकर चहकती हुई ग्राहक फँसाती हैं।

शाही क़िला बहुत बड़े इलाक़े को घेरे हुए हैं। इसमें पाँच लाख लोग रह सकते हैं। महाराजा रणजीतसिंह के ज़माने में यहाँ फ़ौज रहा करती थी। इसकी तामीर की शुरुआत शाहजहाँ के ज़माने में हुई थी और इसे रणजीतसिंह ने पूरा करवाया था। शाही मस्जिद इसके क़रीब ही है। शाही क़िले के बड़े दरवाज़े के सामने गुरु अर्जुनदेव का गुरुद्वारा है, जहाँ उन्होंने शहादत पाई थी। रोंगटे खड़े हो जाते हैं, जब हम इस बात की कल्पना करते हैं कि क़िस तरह गुरु जी आँखें बन्द किए बैठे थे और 'वाहि गुरु वाहि गुरु' का जाप कर रहे थे, जबकि दुश्मन गरम कड़ाहों से तपती हुई रेत उनके सिर पर गिरा रहे थे। अब इस गुरुद्वारे की सुन्दरता को बढ़ाया जा रहा है।

वह बड़ी ज़मींदोज़ कोठरी जिसमें मुझे रखा गया था, हाथीखाना होती थी। राजाओं के ज़माने में हाथी बँधा करते थे। इसके चार-चार फ़ीट चौड़े गोल खम्भों के साथ हाथी अपनी पीठ खुजलाया करते थे। यहाँ सूरज की किरणें नहीं पहुँचतीं। एक मुंशी बशीर इन कोठरियों का इंचार्ज था। वह बड़ा रूखा था और कभी बग़ैर गाली के बात नहीं करता था। एक शाम मेरी कोठरी का ताला खुला और मुझे सीढ़ियों से ऊपर ले जाया गया। जब आँखों से पट्टी खुली तो मेजर ऐजाज़ मक़सूद मेरे सामने था। मैंने उसे सलाम किया। उसने मुझे कुर्सी पर बैठने को कहा और मेरा हाल-चाल पूछा। यूँ ही इधर-उधर की हाँकने के बाद वह अपने मक़सद पर उतरा, 'भास्कर, अगर यहाँ तुम अपने बयान में किसी तरह यह कह दो कि तुम्हें गुलबर्ग में मेजर आसिफ़ से मिलना था तो हलफ उठाकर तुम्हें यक़ीन दिलाता हूँ कि मैं तुम्हें आज़ाद कर दूँगा और तुम्हारे मुल्क वापस भिजवा दूँगा।'

मैंने एक पल सोचा और समझ गया कि इस शख़्स की नीयत क्या है। मेजर आसिफ़ ज़रूर इससे सीनियर होगा और इसकी तरक़्क़ी के रास्ते की रुकावट होगा या फिर उससे इसकी चलती होगी और यह मेरे कन्धे पर बन्दूक़ रखकर दागना चाहता है। 'जनाब मेजर साहब, इस बात को जानते हैं कि यह बिलकुल सफ़ेद झूठ है। मैंने जो बयान आपके यहाँ दिया है, उसमें कहीं भी इसका ज़िकर नहीं है। अब इस मुकाम पर मैं अपने बयान बदलकर अपने लिए मुसीबतें खड़ी करने का ख़तरा मोल नहीं ले सकता।' मैंने कहा।

'इसके लिए तुम्हें फ़िक्र करने की कोई ज़रूरत नहीं है। तुम्हारे बयान में तब्दीली करना मेरे लिए एक बहुत मामूली-सी बात है। बयान अभी तो मेरे पास हैं। उन्हें दुबारा टाइप करवा लूँगा, सिर्फ़ तुम्हारी रज़ामन्दी ही चाहिए।' उसने कहा।

अब यह ख़ूबसूरत इनसान मुझे दुनिया का सबसे गन्दा और घिनौना बदतरीन जानवर नज़र आ रहा था और इसका गोरा रंग एक कोढ़ दिखाई दे रहा था। अपने ही एक साथी अफ़सर के साथ यह उसकी सबसे कमीनी हरकत और ग़द्दारी थी। महज़ उसकी ग़लती यह थी कि वह इससे सीनियर था। मेरी हालत इस वक़्त ऐसी नहीं थी कि मैं अपनी नफ़रत का इज़हार कर सकता।

'तुम्हारे लिए एक ख़ुशख़बरी है।' उसने कहा, 'तुम्हारा साथी अमरीकसिंह, जिसने तुम्हें गिरफ़्तार करवाया था, गिरफ़्तार कर लिया गया है और वह यहीं कहीं शाही क़िले में तुम्हारे आसपास की कोठरियों में है।' उसने बतलाया।

'यही एक इनाम है ग़द्दारों के लिए, जो कि सिकन्दर ने राजा आंभी को दिया था, जो मुहम्मद गौरी ने जयचन्द को दिया था। इसलिए इसमें हैरान होने की कोई बात नहीं और न ही मेरे लिए कोई ख़ुशी की ख़बर है। जहाँ तक मेजर आसिफ़ के बारे में बयान देने का ताल्लुक़ है, तो मैं आप पर साफ़ कर दूँ कि हो सकता है,

आपकी उससे कोई दुश्मनी हो लेकिन मेरी तो नहीं है। मुझमें उसके बच्चों की बददुआएँ लेने का हौसला नहीं है। इसके लिए ख़ुदा कभी मुझे माफ़ नहीं करेगा। अगर तुम मुझे छोड़ भी दोगे तो वह मुझे कहीं और फँसा देगा। मालिक के हाथ बहुत लम्बे हैं। इसलिए मैं आपसे माफ़ी चाहूँगा। मैं ऐसा नहीं कर सकता।' मैंने जवाब दिया।

'बेवकूफ़ और ज़िद्दी मत बनो। अपने बारे में सोचो, अपने बूढ़े माँ-बाप के बारे में सोचो। अपनी बीवी के बारे में और अपने बच्चे के बारे में, जो अभी माँ के पेट में है।' उसने गुर्राकर कहा।

'उनका ख़ुदा वारिस है, मैं कौन हूँ? कम-से-कम मैं तो यह पाप कमाने के लिए तैयार नहीं! और भी तो कई हिन्दुस्तानी हैं, जिनकी आप तफ़तीश कर रहे हैं। उनमें से किसी से यह बयान दिलवा लें। शायद कोई ज़मीर का मारा ऐसा कर गुज़रे, लेकिन ख़ुदा के लिए मुझे इस गुनाह में शरीक न करें।' मैंने जवाब दिया।

'बात बयानों की नहीं है। तुम्हारे अल्फ़ाज़ ज़्यादा अहमियत रखते हैं क्योंकि अब तक हिन्दुस्तान के पकड़े गए जासूसों में तुम सबसे ज़्यादा पढ़े-लिखे हो।' उसने फिर कहा।

'माफ़ करें मेजर, यह नहीं हो सकता।' मैंने कहा। उसने बड़े ग़ुस्से से घंटी पर हाथ मारा। 'इसको यहाँ से ले जाकर उसी तहख़ाने में फेंक दो जहाँ से लाए थे। शायद रिहाई इसका नसीब नहीं है।'

उस रात मैं बड़े चैन की नींद सोया। नेकी करने का एक अपना असर होता है। गुनहगार की रूह को किसी करवट चैन नहीं आता और वह नींद लेने के लिए शराब, नशावर गोलियाँ वग़ैरह इस्तेमाल करता है, उसकी रूह ख़ुद उस पर लानत भेजती है, जबकि नेकी आपकी रूह के लिए ऐसी ख़ुशबू है जो आपके दिलो-दिमाग़ और जिस्म पर छा जाती है। यही ख़ुशबू इस वक़्त मेरे होशो-हवास पर तारी थी।

राजा गुल-अनार ख़ान चन्द्रवंशी राजपूत

उसकी दहाड़ें सुनकर शाही क़िले की पुरानी दीवारें काँप जाया करती थीं और नज़रबन्दों के दिल डूबने लगते थे। वे गिड़गिड़ाकर दुआ किया करते थे—या मालिक, हमारी तफ़तीश गुल-अनार ख़ान न करे। अधिकतर 'अपराधी' जब उसके पूछताछ के कमरे से बाहर निकलते तो या तो उनकी उँगलियाँ मुड़ी हुई होतीं, बाज़ू टूटा हुआ होता या लँगड़ाकर चल रहे होते। वह एक ख़ौफ़ था, जीता-जागता ख़ौफ़। शेख़ अब्दुल रहमान डी.एस.पी., चौधरी अफ़ज़ल बेग उर्फ़ मुहम्मद अज़ीम दुर्रानी

इंस्पेक्टर और एक मलिक साहब अपने ज़ालिमाना सलूक के लिए मशहूर थे। यहीं एक बूढ़ा सरदार ख़ान, चमकती हुई बिल्ली जैसी आँखें, चेहरा पढ़कर मन की बात समझने में अद्वितीय। सब-इंस्पेक्टर होने के बावजूद राजा गुल-अनार ख़ान का बहुत मान था और जो नतीजा वह निकाल लेता, आख़िरी माना जाता था। यह 28 साल का ख़ूबसूरत नौजवान था और उसका पूछताछ का तरीक़ा ऐसा था कि उसके सामने नज़रबन्द लोग रिकॉर्ड की तरह बजने लगते। जहाँ कोई ज़रा भी इधर-उधर भटका कि वह चीते की तरह टूट पड़ता और उसके शिकार का कोई-न-कोई अंग टूटा हुआ मिलता। वह अपने काम के बारे में बहुत वफ़ादार था और अक्सर ही अपनी रातें शाही क़िले में तफ़तीश करते हुए गुज़ारता था।

एक दिन चिड़ियों के चहचहाने से जब सुबह का अन्दाज़ा हुआ तो मैं नहाकर पूजा पर बैठ गया। उसके एक घंटे बाद दरवाज़ा खटका। मुंशी बशीर ने मुझे बाहर आने को कहा। उसने मझे हथकड़ी लगाई और पीछे आने का इशारा किया। पीछे-पीछे एक बन्दूक़धारी चल रहा था। पल भर के लिए जिस्म में एक सिहरन-सी दौड़ गई कि मुझे फिर एक बार यातना केन्द्र की ओर ले जाया जा रहा है। उस वक़्त तो मेरी रूह फ़ना हो गई जब मैंने देखा, राजा गुल-अनार ख़ान, जिसे शाही क़िले का जल्लाद कहते थे, मेरे सामने बैठा है। मैं ज़मीन पर बैठने ही जा रहा था कि उसने कुर्सी की तरफ़ इशारा किया। मुंशी बशीर जा चुका था, सन्तरी वहीं खड़ा था। उसने उसको भी इशारा किया कि हथकड़ी उतारे और चला जाए। अब वह बोला, 'मास्टर, एक बात बतलाओ, भास्कर का मतलब क्या है और तुम्हारी ज़ात क्या है?'

'जनाब, भास्कर का मतलब है सूरज, और मैं ज़ात से ब्राह्मण हूँ।

'तो तुम सूर्यवंशी ब्राह्मण हो?' उसने कहा।

मैं हैरान रह गया और कहा, 'जनाब, आपको कैसे मालूम है यह लफ़्ज़?'

'इसमें कोई हैरानी की बात नहीं। मैं तवारीख में ग्रेजुएट हूँ। मैं ख़ुद चन्द्रवंशी राजपूत हूँ। हमारे पूर्वज राजस्थान के राजा कहलाते थे। औरंगज़ेब के ज़माने की बात है। उसने हिन्दुओं पर बेपनाह ज़ुल्म किए, ख़ासतौर पर राजपूतों पर। मेरे दादा के पड़दादा, जो उस वक़्त एक छोटी-सी जागीर के राजा थे, उस जगह को छोड़कर अपनी जान बचाकर भागे। उस वक़्त उनकी बीवी हामिला थी। रास्ते में जब उनका कारवाँ रेगिस्तानों से गुज़र रहा था तो उनके दर्द शुरू हो गया और वहीं एक हरी झाड़ी के पीछे उन्होंने मेरे पड़दादा को जन्म दिया। उनका नाम ही झाड़ी को देखते हुए हरिया रखा गया। कारवाँ के लोग मुसलमानों का वेश धरे झंगसर सरगोधा पहुँचे और यहीं बस गए। यहाँ हमारे तब के महलनुमा मकान हैं।

'एक बार ऐसा हुआ कि मेरे पड़दादा के दादा को मजबूरी के तहत इस्लाम क़बूल करना पड़ा तो उनके भाइयों ने उनका हुक़्क़ा-पानी बन्द कर दिया। अगर वह

उस वक़्त राजपूताना में होते तो शायद उनकी जायदाद भी छीन ली जाती। अजनबी जगह होने की वजह से उनके भाई कुछ नहीं कर सके। क्या तुम्हें मालूम है कि भारत में इस्लाम क्यों इतनी तेज़ी से फैला और इस खित्ते के मुसलमान हिन्दुओं से क्यों इस क़दर नफ़रत करते हैं? यह सच्चाई है कि उनकी पुश्तें कभी हिन्दू हुआ करती थीं। उसका कारण हिन्दू ख़ुद हैं।

'जब मुसलमानों ने हिन्दुस्तानियों पर हमले किए तो अलग-अलग रियासतों के राजाओं ने एक-दूसरे से अपने वैर निकालने के लिए ग़द्दारी की। एक-दूसरे को नीचा दिखाया और ख़ुद अपनी तबाही की वजह बने। दूसरी बात यह कि जिन हिन्दुओं ने किसी मजबूरी में या किसी वक़्त मौत को सामने देखकर दिखावे के लिए ही कलमा शरीफ़ 'ला इल्लाह इल अल्हा मोहम्मद रसूललिल्ला' पढ़ लिया, तो फिर हिन्दुओं ने, यहाँ तक कि उनके अपने रिश्तेदारों ने भी उनको हिन्दू मानने से इनकार कर दिया। यही नहीं, रिश्ते तोड़कर उन्हें जायदाद से बेदख़ल कर दिया। यहाँ तक कि उनके गाँव में उन्हें रोटी-पानी या पनाह मिलनी मुश्किल हो गई। लिहाज़ा वे मजबूरन इस्लाम की गोद में चले गए, और हिन्दुओं के जानी दुश्मन बन गए।

'यह वह गहरी जड़ें पकड़े पुरानी दुश्मनी है जिसका आज तक दोनों क़ौमें एक-दूसरे से बदला ले रही हैं। एक अरब मुसलमान ख़ुशी-ख़ुशी किसी हिन्दुस्तानी के साथ मेज़ पर बैठकर खाना खा लेगा, लेकिन एक पाकिस्तानी, जिसमें इस्लामी जनून और जज़्बा है, किसी हिन्दू की छाया से भी परहेज़ करेगा।

'मेरे दादा मरहम बतलाया करते थे कि उनके दादा के दादा ने बहुत मजबूरी में इस्लाम क़बूल किया था। भाइयों ने उनसे आँखें फेर लीं, मन्दिरों के दरवाज़े उनके और उनके बच्चों के लिए बन्द कर दिए गए। किसी त्योहार में या होली-दिवाली के मौक़े पर भी उनको अपने बीच शामिल नहीं किया जाता था। यहाँ तक कि उन्होंने अपने बच्चों को भी मना कर दिया था कि वे हमारे बच्चों के हाथ की कोई चीज़ न खाएँ। उन्होंने इसके लिए इल्तज़ा की, गिड़गिड़ाए। लेकिन हिन्दू समाज के अलमबरदारों ने उनकी एक न सुनी। हिन्दू बनिए मन्दिर बनाते रहे, उसको सजाते रहे बग़ैर इस बात की परवाह किए कि क्यों लाखों हिन्दू भूखे मर रहे हैं। इस तरह हिन्दुस्तान में इस्लाम की जड़ें मज़बूत होती चली गईं।

'इन्हीं अभागों को जब इस्लाम ने गले लगाया, रोज़ी-रोटी और पनाह दी तो उन्होंने बीते हुए ज़माने की तरफ़ झाँका और पक्का इरादा किया कि वह तंग-दिल और संग-दिल हिन्दुओं से जी भरकर बदला लेंगे। जो मांस नहीं खाते थे, वही गऊ का मांस खाने लगे, और हर वह काम करने लगे, जिसमें हिन्दुओं के जज़्बात को ठेस पहुँचे। कभी हिन्दुओं ने भी तो उनके जज़्बात कुचले थे, उन पर ज़ुल्म किए थे, उन पर रहम नहीं खाया था। तुम्हीं बताओ, किसका क़सूर था?' उसने पूछा।

'बेशक हमारे पूर्वजों का, और उनसे भी ज़्यादा क़सूरवार ब्राह्मण थे, जो हालात को नहीं सँभाल सके और अपने धर्म को सही रास्ता नहीं दिखा सके। आज उनकी पीढ़ियाँ उनके बोए हुए को ही काट रही हैं।' मैंने जवाब दिया था।

'और तुम भी तो ब्राह्मण हो।'

'लेकिन मैं वैसा दकियानूसी ब्राह्मण नहीं हूँ। अबोहर की जिस गली में मेरी पैदाइश हुई, वहाँ सिर्फ़ हमारा ही घर हिन्दुओं का था, बाक़ी सब मुसलमान थे। मेरी दाई, जिसने मुझे यह दुनिया दिखाने में मेरी माँ का हाथ बँटाया, एक मुसलमान औरत रायबा थी। मियाँ इरफ़ान मेरा बचपन का दोस्त था। मुल्क का बँटवारा होने पर जब वह मुझसे बिछुड़ने लगा तो मैं उससे चिपट गया और फूट-फूटकर रोता हुआ चीख़ा—मैं तुम्हें नहीं जाने दूँगा—मेरे वालिद उस वक़्त अबोहर कोतवाली में सर्विस के लिहाज़ से सबसे सीनियर हिन्दू सिपाही थे। उस वक़्त मुसलमान अफ़सरों के चले जाने की वजह से वहाँ के कर्ता-धर्ता बन गए थे। एक बस लाए और पूरी हिफ़ाज़त के साथ गली में बसनेवाले मुसलमान पड़ोसियों को सरहद पार कराने गए। आज भी आपके थाना नौलखा में चौधरी निसार अहमद सब-इंस्पेक्टर इस बात के गवाह हैं कि मेरे वालिद का मुसलमानों के साथ कितना रसूल और सलूक था। निसार साहब उनके दोस्त हुआ करते थे। थाना नौलखा में मेरी तफ़तीश उनके पास थी। जब उन्हें यह पता चला कि मैं पंडित अमीचन्द का लड़का हूँ जो पहले ट्रैफिक पुलिस में और फिर अबोहर में थे, तो उनकी आँखों में आँसू आ गए। जिस्मानी रिमांड के बावजूद उन्होंने मुझे छुआ तक नहीं और न ही किसी दूसरे को मेरे नज़दीक फटकने दिया। मुझे बड़े प्यार और मुहब्बत से रखा।' मैंने बतलाया।

'इस बात का ज़िक्र किसी और के सामने मत करना। हमारे लोग बड़े शक्की हैं। बेचारा बूढ़ा अपनी भलमनसाहत की वजह से मुसीबत में फँस जाएगा। मेरी बात और है। हाँ, तो देखो भास्कर, जैसा कि तुम बतला रहे हो कि यह शख़्स तुम्हारे लिए रो पड़ा। तुम पर इसने बहुत रहम खाया। इसकी क्या वजह है, यह प्यार और ख़ुलूस तुम्हारे लिए क्यों है, हालाँकि तुम हमारी क़ौम के बदतरीन दुश्मन हो?

'शायद तुम नहीं समझते। मैं बतलाता हूँ, अगर तुम्हें साइकोलोजी का थोड़ा-सा भी इल्म है तो तुम समझोगे। चौधरी निसार अहमद का यह प्यार और ख़ुलूस सदियों से दबी हुई मुहब्बत और तड़प हिन्दू धर्म के बारे में है, जो पुश्त-दर-पुश्त ख़ून के साथ उसके लाशऊर (अचेतन मन) में चली आई और इसे उसके बाप-दादा एक प्रतिक्रिया की मजबूरी में पड़कर दबाते रहे। तुम्हारे बहाने उसे एक चैनल, एक रास्ता मिल गया तो सारे बाँध तोड़कर वह सब बह निकला। दर-हक़ीक़त पिता की दोस्ती की आड़ लेकर वह अपने अनजाने में हिन्दू धर्म की ख़ातिर रो रहा था जो कि कभी उसके दादा-पड़दादाओं का मज़हब था।

'अफ़सोस, यह करुणा और दार्शनिक ऊँचाइयों का धर्म ख़ुद हिन्दुओं के हाथों ही क़त्ल हुआ। आज भी यह दम तोड़ रहा है, उन्हीं के हाथों। अगर आज भी इस क़ौम के रहनुमा इन खित्तों के मुसलमानों को गले लगा लें और वही अपनापन महसूस करने की कोशिश करें तो कोई वजह नहीं है कि दुबारा मिलाप न हो। कोई ग़ैर तो नहीं, उनका अपना ही ख़ून है। न जाने कितनी बातें हैं हमारे मज़हब में, जो हमें चुभती हैं, लेकिन हम उनके ख़िलाफ़ बोल नहीं सकते, क्योंकि ये अनपढ़ मुल्ला और मौलवी हमारे ही ख़िलाफ़ फ़तवा दे देंगे कि हम क़ाफ़िर हैं। मिसाल के तौर पर औरत ज़ात को बराबरी का हक़ हासिल नहीं है। मर्द चार-चार शादियाँ कर ले और जब जी चाहे तलाक़ दे दे। इसी वजह से औरतों की बहुत बुरी हालत है। तालीम के फैलने से अब हालात में कुछ तब्दीली आई है वरना अगर तुम तवारीख के तालिबे-इल्म रहे हो तो तुम जानते होगे कि किस तरह मुसलमान बादशाहों के हरमों में औरतों की लाइन लगी होती थी।

'आज भी अरब-मुल्कों में वहाँ के अमीरात को न तो पूरी तरह से अपनी रखैलों के नाम मालूम हैं और न वे उनको पहचान सकते हैं। अगर चचा मरता है तो भतीजे को पहला हक़ हासिल है कि वह चाची से शादी करे। चचाजाद भाई बहनों को फाँसते हैं। जहाँ शादी होनी मुमकिन है, वहाँ मुहब्बतें भी चल पड़ी हैं और शादी से पहले जिस्मानी ताल्लुक़ात हो जाते हैं। बहनें रिश्ते के भाइयों को फाँसती हैं और भाई रिश्ते की बहनों को पटाते हैं।

'एक बड़ा शर्मनाक लतीफ़ा है, दो चचाज़ाद भाई कराची से लाहौर जा रहे थे। सर्दियों के दिन थे, डिब्बा रिज़र्व था। उनकी अपनी-अपनी बहनें उनके साथ थीं। एक दूसरे से बोला, मियाँ, सर्दी बहुत है, क्या किया जाए? दूसरा बड़ी बेग़ैरती से बोला, करना क्या है! तुम मेरी बहन के पास सो जाओ, मैं तुम्हारी बहन के पास सो जाता हूँ, सर्दी दूर!...ऐसे रिश्तों के लिए भाइयों में दुश्मनियाँ चल पड़ती हैं, रिश्ते के भाई के लिए बहनों में जलन पैदा हो जाती है। फिर क़त्ल, ख़ून-ख़राबा, लड़ाई-झगड़े औ.र साज़िशें चल पड़ती हैं और नतीजे के तौर पर सारी क़ौम जिंसी भूख से तहस-नहस हो जाती है।

'जहाँ-जहाँ क़ुरान की शरअ हमारी चाहत के मुताबिक़ होती है, हम उसे अपना लेते हैं, जहाँ हमें माली नुक़सान पहुँचाती है, हम उसे नज़रअन्दाज़ कर देते हैं... मॉडर्निज़्म की आड़ लेकर। शहर के मुताबिक़ मुसलमान के लिए सूद (ब्याज) खाना हराम है। लेकिन यहाँ हालत उलटी है। जो मोमिन हैं वे तो दोज़ख़ से भी बदतर ज़िन्दगी गुज़ार रहे हैं और सारे सूदख़ोर ज़मीन पर ही जन्नत के मज़े ले रहे हैं।

'मेरे अल्ला, अगर मेरे मुल्कवाले मेरे यह लफ़्ज़ सुन लें तो शायद मुझे फाँसी पर लटका दें, पत्थर मार-मारकर मुझे जान से मार डालें। इस क़दर जनूनी हैं मज़हब

के बारे में कि ये लोग मेरी बातों की सच्चाई पर सोचने की तकलीफ़ नहीं करेंगे। अनपढ़ों का तो कहना ही क्या, पढ़े-लिखों का भी अक़्ल से वास्ता नहीं है। हम सवाल नहीं कर सकते, बुरा-भला नहीं सोच सकते। मज़हब को इस क़दर इन मुल्लाओं ने शिकंजे में कस लिया है कि हम एक इंच भी इधर-उधर नहीं हो सकते। कोई तब्दीली नहीं कर सकते हालाँकि इस्लाम को भी आज के हिसाब से ऐसे ही सुधारों की ज़रूरत है जैसे मार्टिन लूथर ने ईसाई मज़हब में किए थे।' वह रुका।

'लादीनियत (धर्मनिरपेक्षता) के बारे में क्या ख़याल है?' मैंने पूछा।

'यह एक बहुत शानदार चीज़ है। शायद इसी से हिन्दुस्तान में जम्हूरियत बची है। वहाँ कोई डिक्टेटर इसलिए नहीं बन सकता। डिक्टेटर का मज़हब दूसरे मानने से इनकार कर देंगे। पाकिस्तान में तो जो चाहे वही डिक्टेटर बन जाए, चाहे अयूब हो या कोई और, फ़र्क़ नहीं पड़ता। सिर्फ़ उसे अपने को इस्लाम का रक्षक घोषित करना है। अगर यहाँ भी हिन्दू और सिक्खों की इतनी गिनती होती कि वे ताक़त के तवाज़न को (सन्तुलन को) बनाए रख सकते तो यक़ीनन आज हम भी जम्हूरियत की फ़िज़ा में साँस ले रहे होते।' यह कहकर उसने घंटी बजाई और चपरासी से कहा कि वह मेरा खाना यहीं भेज दे।

'अच्छा भास्कर, तुम खाना खाओ। हम बात जारी रखेंगे।' यह कहकर वह बाहर निकल गया और दरवाज़े को बाहर से कुंडी लगा दी। चन्द मिनट बाद रसोइया खाना दे गया। खाना खाते हुए मैं सोच रहा था कि किस क़दर कमीनेपन का इज़हार किया था हमारे पूर्वजों ने। कबीर और गुरुनानक की कोशिश बेकार गई, गांधी ने अपनी जान दे दी, लेकिन हम अभी भी बड़ी बेग़ैरती और बेवकूफ़ी के साथ उन्हीं रास्तों पर बढ़ रहे हैं जो दुश्मनी पैदा करते हैं, फूट को जन्म देते हैं। जिन्हें इल्म का ख़ज़ाना समझा जाता था, उन्हीं ब्राह्मणों ने अपनी पोजीशन का कितना नाजायज़ फ़ायदा उठाया, राजाओं ने भी अवाम को फूट और नफ़रत के रास्ते पर प्रेरित किया, ज़ात-पाँत के नाम पर उन्हें जुदा किया।

अगर ब्राह्मण का काम ज़ात-पाँत के नाम पर लोगों में फूट डालना है तो मुझे शर्म है कि मैं उनके बीच पैदा हुआ। हमारे पूर्वजों के दिमाग़ ज़रूर अक़्ल से ख़ाली रहे होंगे कि उन्होंने ब्राह्मणों के हाथ की कठपुतली बनकर सती प्रथा, छूतछात और जाति-पाँति पर अमल किया और उनके इशारे पर नाचते रहे, जब ख़ुद भगवान कृष्ण ने ऐसी बात नहीं कही, जब भगवान राम ख़ुद भीलनी के जूठे बेर खा सकते थे, तो ब्राह्मण कौन हैं ऐसा करनेवाले? मैं इस नतीजे पर पहुँचता हूँ कि ब्राह्मणों ने अपनी ख़ुदगरज़ी के लिए अपने-आपको बेच दिया और राजाओं के हाथ की कठपुतली बन गए। सारी क़ौम को फ़िरक़ों में बाँटकर रख दिया गया ताकि राजाओं के ज़ुल्म का चक्कर बेरोक-टोक चलता रहे, उनकी गद्दी क़ायम रहे; और इसका नतीजा

यह निकला कि सदियों से कुचले हुए लोगों ने ख़ुद हमारे ख़िलाफ़ बग़ावत कर दी। कितने अहमकाना तरीक़े से हमारे पूर्वजों ने मामूली काम करनेवाले लोगों (भंगी-चमार आदि) को चंडाल कहा, उनको नगरों से बाहर रहने पर मजबूर किया। उनके गलों में घंटियाँ बाँध दीं ताकि जब वे शहर आएँ तो ऊँची जातिवालों को दूर से ही पता चल जाए और वे उनकी छाया से भी बच सकें।

राजा गुल-अनार ख़ान के आने से मेरी विचारधारा टूटी। बातचीत दुबारा शुरू हो गई। वह बोला, 'हाँ, भई भास्कर, एटॉमिक एनर्जी कमीशन की क्या दास्तान है, जिस पर हमारे ऊपरवाले भी बड़ा ज़ोर दे रहे हैं?'

मैंने ग़ुस्से में एक तरफ़ हाथ उठाते हुए कहा, 'यह सब इस बहन के खसम की करतूत है।'

'कौन बहन का खसम? कौन है वो, कहाँ है वो?' वह बोला।

अब मुझे अपनी ग़लती का अहसास हुआ। मुझे उस तरफ़ इशारा नहीं करना चाहिए था, जहाँ अमरीकसिंह था। मैंने जवाब दिया, 'वही अमरीकसिंह, जनाब, ख़ुदा जानता है कि वह कहाँ है।' 'बेवकूफ़ मत बनाओ भास्कर, तुम्हें मालूम है कि वो कहाँ है। मैं कहता हूँ, सच-सच बताओ कि तुम्हें नहीं मालूम कि वो कहाँ है?' वह ज़ोर से चिल्लाया। अब छुपाना फ़िज़ूल था। 'मैं जानता हूँ, राजा साहब वह यहाँ है, इसी क़िले में।' ग़ुस्से से उसका चेहरा लाल हो गया। मेरा दिल बड़ी ज़ोर से धड़कने लगा, 'तब तुमने हमारे सिपाहियों को फाँसना शुरू कर दिया है! मैं कहता हूँ, नाम लो उस दल्ले के बच्चे का जिसने तुम्हारे साथ उसके बारे में बात की है।' वह फिर चीख़ा। 'राजा साहब, न तो कोई सन्तरी है, और न ही शाही क़िले का आदमी। वह 596 एफ.आई.यू. लाहौर का मेजर मक़सूद है जो चन्द रोज़ पहले मिला था और बतलाया था कि अमरीकसिंह यहाँ है। उसने भी उधर ही इशारा किया था जिधर मुझसे हुआ है। और किसी शख़्स ने मुझसे इसके बारे में बात तक नहीं की है। आप यक़ीन मानिए।'

वह मेरी जुर्रत पर हैरान रह गया। उसने उसी वक़्त 596 एफ.आई.यू., लाहौर का नम्बर घुमाया और मेजर मक़सूद से पूछा। अपनी तसल्ली करने के बाद बड़े ग़ुस्से से रिसीवर पटका और मुझसे मुख़ातिब हुआ, 'तुम बच गए भास्कर, वरना आज की रात तुम पर क़हर टूट पड़ना था। अगर हमारे किसी सन्तरी ने तुम्हें बात बताई होती तो मुझे उस साले की पेटी उतरवाकर तुम दोनों को उलटा लटका देना था। और क्या कहता था वो हराजमादा?' उसने पूछा। मैंने जवाब दिया, 'कुछ ख़ास नहीं।' मैं उससे उसकी ख़्वाहिश बतलाना चाहता था लेकिन झिझक रहा था। वह इस बात को भाँप गया और बोला, 'देखो, छिपाओ नहीं, तुम उसके साथ एक घंटा रहे हो।' मैंने उसको सब बतला दिया।

एक बार फिर उसके चेहरे का रंग बदलने लगा और मेजर के लिए उसके मुँह से गन्दी गालियों की बौछार फूट पड़ी। 'अब मैं देखूँगा कि हरामज़ादा इस क़िले में कैसे घुसता है और 596 एफ.आई.यू. में कैसे रहता है? ऐसी ज़लील साज़िश! आज हर जगह ऐसे लोग शेर हैं जो मेहनत से तो ऊपर उठ नहीं सकते, लेकिन कमीना रास्ता अख़्तियार करके तरक़्क़ी चाहते हैं। ख़ैर, मैं आर्मी हेडक्वार्टर को लिखूँगा ताकि बेगुनाह अफ़सर इसकी घिनौनी चालों का शिकार न हो जाए।' 'राजा साहब, अब तो मुझे यह पता चल ही गया है कि अमरीकसिंह गिरफ़्तार हो चुका है। अगर आप बुरा न मानें तो यह भी बतला दें कि आपने उसे किसलिए गिरफ़्तार किया है, क्योंकि वह तो आपके लिए बहुत काम का आदमी था।' मैंने पूछा।

'किसी ग़द्दार को कहीं इज़्ज़त नहीं मिलती। उस दल्ले से कहीं ज़्यादा मैं तुम्हारी क़दर करता हूँ। तुम्हारा सारा गैंग पकड़ा जा चुका था। अब हमें उसकी ज़रूरत नहीं रही थी। अगर हम अब उसे पैसे देते तो किसलिए और अगर न देते तो वह हमें नुक़सान पहुँचा सकता था। लिहाज़ा सलाखों के पीछे है।' 'आप उसे कब तक रखेंगे?' मैंने पूछा। 'कम-से-कम पन्द्रह साल।' उसने जवाब दिया।

'मेरे बारे में क्या ख़याल है?'

'तुम्हारा मुक़द्दर भी वही है। न उससे बुरा, न अच्छा।'

'मैंने सुना है कि आप मुझे मार देंगे।'

'नहीं, हम कहीं तुम्हें क़ैद में फेंक देंगे, अपनी मौत आप मरने के लिए।'

'क्या मेरा वापिस जाने का कोई इमकान है?'

'कोई इमकान नहीं।' उसने जवाब दिया, 'तुम्हारे लोग जो पन्द्रह साल पहले पकड़े गए थे आज भी जेल में सड़ रहे हैं। अगर कभी भूल से शीशा देख लें तो अपने-आपको अजनबी पाएँ...यह लो काग़ज़ और पेंसिल, अपना बयान लिख देना। दिमाग़ पर निराशा का बोझ मत डालना। अल्ला के रंग न्यारे हैं। ख़ुदा जाने कब क़िस्मत की लहर आए और तुम्हें अपने घर ले जाए। लेकिन ख़ुदा के लिए अपना बयान लिखते समय कुछ छुपाना मत और न ही मुझे सख़्ती करने पर मजबूर करना। अगर अज़ाब (पीड़ा) का सिलसिला शुरू हो गया तो फिर उसका कोई अन्त नहीं होता। इसलिए इससे बचना। हम परसों मिलेंगे।' यह कहकर उसने घंटी बजाई। सन्तरी आ गया और मेरी आँखों पर पट्टी बाँध दी। मैं अपनी कोठरी में था।

तफ़तीश का पहला दिन कोई बुरा साबित नहीं हुआ था। मैंने खाना खाया और ख़यालों में खो गया। क्या यह हमेशा इसी तरह मेरे साथ सलूक करेगा? तभी मुझे वह घड़ी याद आ गई, जब एक बार ग़ुस्से में उसका मूड बदला था और वह जलती आँखों से घूरने लगा था, जैसे मुझे निगल जाएगा। उसकी रगों का हिन्दू ख़ून कब

तक मेरी हिफाजत करेगा? हिन्दुओं के ख़िलाफ़ मुसलमानों के दिलों में पलनेवाली नफ़रत उस पर ग़ालिब नहीं हो जाएगी? इन्हीं ख़यालों में खोए हुए जाने मुझे कब नींद आ गई।

मैंने अपना बयान तैयार कर लिया था। दो दिन लिखते बीत गए। तीसरे दिन कोठरी खुली और मुझे पूछताछ के कमरे में ले जाया गया। राजा साहब वहाँ मौजूद थे। मैंने उन्हें कहा, 'अस्लामलेकू।' 'नमस्कार,' उन्होंने जवाब दिया। एक मुस्कान उनके होंठों पर नाच गई। मैंने अपना बयान उनके सामने रखा और वे काग़ज़ों को पढ़ने लगे। शायद वह मेरा 596 एफ.आई.यू. लाहौरवाला बयान पढ़ चुके थे। उनकी आँखें और मुँह खुला-का-खुला रह गया। हैरानी से बोले, 'ओ मेरे ख़ुदा! भास्कर, तुम तो कमाल के आदमी हो।'

'क्यों जनाब, ऐसी क्या बात हुई?' मैंने पूछा।

'तुम्हारी याद है कि फ़ोटोग्राफिक कैमरा! मेरे ख़ुदा, फुलस्टाप और कॉमे तक का भी फ़र्क़ नहीं है, तुम्हारे पहले और इस बयान में। लगता है जैसे कोई तुम्हें बोलकर लिखाता गया हो और तुम क़लम घसीटते रहे हो। मेरी तसल्ली हो गई है कि एटॉमिक एनर्जी कमीशन की कहानी में कोई सच्चाई नहीं है। अगर तुम्हारे पास कोई और ख़ास बात है कहने की तो बतलाओ।' 'नहीं जनाब, बिलकुल नहीं।' मैंने जवाब दिया।

'ठीक है, तुम्हारा बयान टाइप करवाकर ऊपर भेज दूँगा। अगर ऊपरवालों की तसल्ली हो गई तो फिर तुम्हारा मुक़दमा चलेगा, वरना फिर तुम्हें आगे पूछताछ के लिए बुला लेंगे। तब तक मैं तुम्हें रोज़ बुला लिया करूँगा। आओ, बाहर धूप में बैठते हैं, यहाँ बहुत सर्दी है। थोड़ा गप-शप मारेंगे। कुछ मुझे भी मूड बदलने का मौक़ा मिलेगा। मैं भी जंगली बन गया हूँ, तुम्हारे जैसे जंगली लोगों की तफ़तीश करते हुए, जिन्हें ख़ुद अपने-आप पर रहम नहीं आता और चल देते हैं मुँह उठाकर पाकिस्तान की तरफ़ जैसे उनके बाप का घर हो और यहाँ उनका लाल गलीचों से इस्तक़बाल (स्वागत) किया जाएगा। यही बात मुझे ग़ुस्सा दिलाती है। तुम हिन्दू लोगों ने मेरे बाप-दादाओं के साथ जो जुल्म किया था, वह सब मेरी आँखों के आगे आ जाता है, तो मैं होश खो बैठता हूँ। उन्होंने जिनके साथ जानवरों जैसा सलूक किया, उनके साथ मैं कुत्तों जैसा सलूक करता हूँ। पता नहीं क्यों, मैं तुम्हारे साथ आराम से बात करता हूँ। जिस दिन तुम यहाँ आए, मैंने तुम्हारी केस-हिस्ट्री पढ़ी तो महसूस किया कि ख़ुदा तुम्हें पहले ही बहुत सज़ा दे चुका है। उसने तुमसे प्यारा-प्यारा घर छीन लिया है, एक प्यारी-सी बीवी छीन ली है जिसका तुमसे थोड़ी देर पहले विवाह हुआ था और जब तुम पकड़े गए तो वह हामिला (गर्भवती) थी। मुझे तुम पर रहम आता है। अच्छा, उधर देखो।'

हमारी कुर्सियों का मुँह शाही क़िले के घास के मैदानों की तरफ़ था जहाँ सैकड़ों मर्द, औरतें, बच्चे घूम रहे थे। ज़्यादातर जोड़े थे, सिर्फ़ कुछ औरतों ने बुरके पहन रखे थे, बाक़ी साड़ी या कुरते-शलवार में थीं। छत पर बैठे हुए मुझे लग रहा था कि जैसे मैं राजा अकबर हूँ और दिल्ली का मीना बाज़ार देख रहा हूँ। सचमुच मुझे दोनों जगहों के बाज़ारों में कोई फ़र्क़ नज़र नहीं आ रहा था।

'मौज करो, भास्कर, जब तक मेरे साथ हो। उसके बाद ख़ुदा जाने तुम पर क्या बीतेगी। मेरे ख़ुदा, मैंने कोट लखपत जेल में भारतीय नज़रबन्दों की हालत देखी है, दिल काँप उठता है उनका ख़याल आते ही। गन्दा खाना, गन्दे कपड़े। बहुत बार इनसान पागल हो जाते हैं, एक-दूसरे पर पत्थर मारने लगते हैं और बहुत सारे तो क़ाबू से बाहर हो जाते हैं। उन्हें अलहदा रखना पड़ता है। कुछ मौत के लिए दुआ माँगते हैं। तुम सिगरेट नहीं पीते, लेकिन जो पीते हैं वे दरवाज़ों के क़रीब आकर खड़े हो जाते हैं और पाकिस्तानियों से अधजले सिगरेट माँगते हैं।'

'मैंने उनके बारे में सुना है, लेकिन देखा नहीं है। वहाँ तो मुझे फाँसी की कोठरियों में रखा गया था जहाँ से आपके आदमी मुझे इसी क़िले में लाए। वहाँ रहनेवाले हिन्दुस्तानी तो बिलकुल ठीक-ठाक थे। फिर फाँसी का इन्तज़ार करते हुए पाकिस्तानी क़ैदी उन पर अपना रहम लुटाते हैं कि शायद इस तरह ही ख़ुदा उन पर रहम कर दे और वे फाँसी से बच जाएँ।' मैंने कहा।

'वैसे दूसरी बात जो उन्हें ठीक-ठाक रखती है, वह यह कि अभी हवालाती हैं, उनको सज़ा नहीं हुई है। इसलिए उनसे काम नहीं लिया जाता। वरना पाकिस्तान की जेलें हिन्दुस्तानियों के लिए दोज़ख़ हैं। तुम ख़ुद अपने-आप देख लोगे।' उसने कहा।

'राजा साहब, कौन जानता है मेरी क़िस्मत में क्या है? जिस मालिक ने अभी तक बचाया है, हो सकता है वही हालात बदल दे और मैं अपने घर पहुँच जाऊँ।' मैंने कहा।

'ख़ुदा करे ऐसा ही हो। लेकिन इतनी उम्मीद मत रखो। अगर ऐसा न हुआ तो तुम यह झटका बर्दाश्त नहीं कर सकोगे, उन दूसरे लोगों की तरह जो अपना दिमाग़ी तवाजन खो बैठे हैं। ख़ैर, छोड़ो, आओ तुम्हारे मज़हब की बात करें, जो कभी हमारा मज़हब हुआ करता था। तुम ब्राह्मण सीधे-सादे लोगों को ठगते क्यों हो?' उसने पूछा।

मैंने कहा, 'राजा साहब; यह हमारी क़ौम के ज़वाल (पतन) की लम्बी दास्तान है जिसे आप नहीं जानते होंगे। पुराने वक़्तों की बात है जिसे हम हिन्दू लोग सतयुग कहते हैं। लोगों के पास खाने को काफ़ी था और वह अपना सबसे बड़ा फ़र्ज़ इबादत (भक्ति) समझते थे, ताकि उनको निज़ात (मुक्ति) मिल सके। क्या दुनिया की

तवारीख में राम की मिसाल मिलती है, क्या दुनिया की मज़हबी किताबों में कोई ऐसी शख़्सियत है जिसका भगवान बुद्ध और महाराजा अशोक के साथ मुक़ाबला किया जा सके?

'यह उस ज़माने की बात है, जब हमारी क़ौम के लोगों ने अपने दानिशमन्दों, वैज्ञानिकों, विद्वानों की पनाह ली और इस बात के लिए इल्तज़ा की कि वे इन्हें रास्ता दिखाएँ। वही हमारे सबसे बड़े रहबर थे जिन्हें दुनिया बनानेवाले ब्रह्मा के बारे में इल्म हासिल था। इसीलिए उनको ब्राह्मण कहते हैं। उनका सबसे बड़ा काम लोगों की रहनुमाई करना था। इसके अलावा वह कुछ नहीं करते थे और अपनी ज़िन्दगी ख़ैरात (भीख) पर काट देते थे। भारत में तालीम झुकना और भिखारी बनकर रहना सिखलाती थी। उन दिनों लोग अपना फ़र्ज़ समझते थे कि वे ब्राह्मणों की ज़िन्दगी की ज़रूरतें पूरी करें। लेकिन वक़्त के साथ-साथ क़ौम का ज़वाल (पतन) हो गया, भगवान कृष्ण ने गीता में कलियुग आने के बारे में कहा ही है। लोग ब्राह्मणों की बेक़दरी करने लगे। उन्होंने भी भूख और अकाल से बचने के लिए जीने के रास्ते निकाल लिये। वे बहुत सारे अलग-अलग देवताओं के नाम पर लोगों को ठगने लगे। वहमपरस्त लोग उनका शिकार होते चले गए। आप भगवद्गीता पढ़ें तो आपको पता चलेगा कि भगवान कृष्ण ने इस वक़्त के ज़माने (कलियुग) के बारे में यह कहा था कि कल का मतलब मशीन और युग का मतलब है ज़माना। यह भी कहा गया कि कलियुग कलह (झगड़े-फ़साद) और अकाल का ज़माना होगा।'

'एक भी बात झूठी नहीं है भास्कर, वाक़ई यह फ़साद और भुखमरी का ज़माना है। घरों में फ़साद है, गलियों में फ़साद है, गाँव में फ़साद है, नगरों में फ़साद है, सूबों में फ़साद है, मुल्कों में फ़साद है...चारों तरफ़ भूख ही भूख नाच रही है। भगवान कृष्ण ने ठीक ही कहा था जैसा कि तुम बतला रहे हो। जी चाहता है, उन्हें सजदा करूँ। और कितनी दिमाग़ी तौर पर दिवालिया रही होगी वह क़ौम जिसने उनकी चेतावनी की तरफ़ ध्यान नहीं दिया।

टैक्सला (तक्षशिला) जो कि अब पाकिस्तान में है, किसी ज़माने में हिन्दुओं की सबसे बड़ी यूनिवर्सिटी हुआ करती थी। लेकिन अफ़सोस, इस अज़ीम मुल्क के बेटे और बेटियाँ आज मामूली कामों के लिए दूसरे मुल्कों में धक्के खाते हैं। वे ग़ैर-मुल्की लोगों के जूते तो ज़बान से चाटकर चमकाते हैं लेकिन अपने मुल्क के लोगों को हिकारत की निगाह से देखते हैं। कितना गन्दा मुल्क है! बिलकुल रहने के क़ाबिल नहीं है। और वह जो कुछ हमारे मज़हबों की नींव हैं, वह सब देखने तक को नहीं मिलता है। रूह को चैन नहीं, लेकिन शराब, पैसा और औरत के पीछे दिन-रात भटकते हुए कुत्तों की तरह हैं और...' वह कहते हुए रुके।

'आप बिलकुल दुरुस्त फ़रमा रहे हैं राजा साहब! हिन्दोपाक खित्ते का हर समझदार बशर ऐसे ही ख़यालात रखता है, जैसे आपके हैं। लेकिन आस-पास की दुनिया ऐसी है कि हम सब कठपुतली बनकर रह गए हैं। बड़ा बनने की दौड़ में हम उन बेवक़ूफ़ लड़कों की तरह हैं जो वक़्त गुज़ारने के लिए साबुन के बुलबुले बनाकर हवा में फेंकते हैं और उनके पीछे भागते हैं। आख़िर में जब ज़िन्दगी की नंगी सच्चाइयाँ हमें मुँह चिढ़ा रही होती हैं तो हम उन बेजान दीवारों और क़ब्रों की तरह होते हैं जिनको गिराने पर कोई आवाज़ नहीं आती। कुएँ में गिरे हुए इनसान को डुबोने की ज़रूरत नहीं। उसका अपना बोझ काफ़ी है। इन्सानियत गुनाहों के बोझ से इस क़दर भारी हो गई है कि वह धीरे-धीरे डूब रही है।' मैंने कहा।

'कितनी प्यारी बातें करते हो भास्कर! कहीं तुम शायर तो नहीं?' उसने कहा।

'मामूली-सा, राजा साहब! मुझे फख़्र हासिल है कि में हिन्दी शायर 'बच्चन' के नज़दीक रहा हूँ। जनाब नजीर बनारसी, मेला राम वफ़ा, अता मुहम्मद शीला जैसे उर्दू शायर मैंने क़रीब से सुने हैं और इसलिए कई बार मैं शायराना अन्दाज़ में बोलता हूँ। मैंने मिर्ज़ा ग़ालिब, हकीम मोमिन, मीर तकी 'मीर', सौदा, हफीज़ जालन्धरी, फ़ैज़ अहमद 'फ़ैज़' और शकील बदायुँनी का सारा कलाम पढ़ा है। मैं ख़ुद हिन्दी में लिखता हूँ और मेरे गीतों के रिकॉर्ड स्टार हिन्द रिकॉर्डिंग कम्पनी, बनारस ने उस वक़्त भरे जबकि मेरी उम्र सिर्फ़ अठारह साल थी। मेरा कलमी नाम मधुमोहन भास्कर है।' मैंने कहा।

'यह मधु क्या है?' उसने पूछा।

'वह मेरी पहली महबूबा थी। यह चढ़ती जवानी का प्यार था। मैं उसके लिए पागल था। वह मुझे मसूरी में मिली। फ्रांसिस गर्ल्स हायर सेकंडरी स्कूल, दरियागंज, नई दिल्ली की तालिबा थी। जॉन कीट्स की नज़्म 'दि नाइट' के हीरों की तरह उसने मुझ पर बोसों की बौछार लगा दी और फिर ग़ायब हो गई, अपना ग़लत पता देकर। मैं महीनों दरियागंज, नई दिल्ली की गलियों में भटकता रहा, पढ़ाई की परवाह किए बग़ैर। मैं बिलकुल पागल हो गया था। यह 1960 की बात है। तब हिप्पी लोग पैदा भी नहीं हुए थे, जब मैंने इनकी तरह लम्बे-लम्बे बाल बढ़ाए थे। उस वक़्त मैं अपने ज़माने से 10 साल आगे था। लड़के और लड़कियाँ जब मेरे पास से गुज़रते तो फ़िक़रे कसते, लेकिन मैं उसके ख़यालों में इस क़दर खोया हुआ होता कि ज़रा भी परवाह न करता। नतीजा यह निकला कि मैं बारहवीं में फिजिक्स में फेल हो गया। मेरे लिए बहुत बड़ा झटका था। मैं बहुत होशियार तालिबेइल्म रहा था। मैट्रिक में मेरे 72 प्रतिशत अंक थे। मेरे होश ठिकाने आ गए। फिर मैंने सितम्बर में इम्तिहान पास किया। उसके बाद निजी तौर पर बी.ए. किया। फिर बी.एड. करने के लिए मोगा चला गया। यहाँ मेरी मुलाक़ात मेरी मौजूदा

बीवी से हुई। इसने वे सब ज़ख़्म भर दिए। चार साल की मुहब्बत के बाद हमने शादी की। इसके बाद आप जानते ही हैं।' मैंने कहानी ख़त्म की।

'यह दल्ला अमरीकसिंह तुम्हें कहाँ मिला?' उसने पूछा।

'मेरे ख़याल में यह दफ़्तरवालों की ग़लती थी जो मुझे उसके सामने किया और मेरे कमरे में ठहराया।' मैंने जवाब दिया।

'ख़ैर, भास्कर, तुम्हारे साथ बहुत दिलचस्प दिन बीता है आज और ऐसे ही कई दिन और बीतेंगे, मुझे तुमसे हमदर्दी है इसलिए अपने-आपको ख़ुश रखो। यही एक रास्ता है। गीत गाओ, किताबें पढ़ो। हमारे यहाँ बड़ी अच्छी लाइब्रेरी है। मैं तुम्हें कुछ किताबें वक़्त गुज़ारने के लिए भिजवा दूँगा।' इसके बाद उन्होंने सन्तरी को बुलाया और मुझे ले जाने को कहा। फिर मैं अपनी कोठरी में था। चन्द मिनट बाद राजा साहब मेरी कोठरी में आए और दो किताबें दीं। 'रिडल्ज़ ऑफ़ दि यूनिवर्स' और 'लेडी चैटरलीज़ लवर'। पहली अरनेस्ट हेकल की और दूसरी डी.एच. लॉरेंस की लिखी हुई थी। मैंने दूसरी किताब पढ़ रखी थी, इसलिए उसे वापस कर दिया और पहली वाली रख ली। यह दुनिया के मज़हबों पर एक बहुत शानदार किताब थी जिसने मेरी आँखों के सामने नए आसमान रोशन कर दिए। उसके बाद मैं इसे बार-बार पढ़ता रहा और राजा साहब मिलते रहे। मैं वहाँ छह महीने रहा। किसी ने मुझे हाथ तक नहीं लगाया, थप्पड़ मारना तो बहुत दूर की बात है।

पहली मार्च, 1969 को राजा साहब सुबह-सुबह मेरे पास आए और बोले, 'भास्कर, मुबारक हो। तुम एक बेटे के बाप बन गए हो!'

'आपसे किसने बतलाया जनाब?' मैंने पूछा।

'ख़ुद मेरा आदमी जो फ़ीरोज़पुर गया था, ख़बर लाया है। क्या तुम्हें मुझ पर यक़ीन नहीं है?' उन्होंने पूछा।

'आप पर यक़ीन न करने का तो सवाल ही नहीं उठता। लेकिन आपके ग़रीब दुश्मन के पास मुँह मीठा करवाने को भी कुछ नहीं है।' मैंने कहा।

'मैं ख़ुद ले आया हूँ। यह खाओ मेरे भतीजे के नाम पर।'

मेरी आँखों से आँसू ढलक पड़े। उन्होंने मेरी पीठ थपथपाते हुए कहा, 'बहादुर बनो, रोओ मत। हो सकता है, तुम्हारे लिए वह ख़ुशक़िस्मत साबित हो और तुम वापस चले जाओ।' वह मुझे तसल्ली देते हुए रोने से मना कर रहे थे, लेकिन अपनी आँखों में आए हुए आँसू को छुपा नहीं सके थे। वह फ़ौरन ही वहाँ से चल दिए। मैं अपनी हालत बयान नहीं कर सकता।

दिन गुज़रते गए। एक के बाद एक। कभी मैं माँ-बाप के बारे में सोचता, कभी बीवी और बच्चे के बारे में। कैसा लगता होगा? क्या कहेंगे, जब वह अपने बाप के

बारे में पूछेगा? हो सकता है तब तक बोलने लगे, जब मैं घर पहुँच जाऊँ। और अगर ऐसा न हुआ तो? मेरा दिल डूबने लगता।

13 मार्च को राजा साहब ने मुझे बताया कि मुझे शाही क़िला लाहौर से एफ़.आई.सी., रावलपिंडी भेजा जाएगा। ऊपर के ऑफ़िसर मुझसे पूछताछ करेंगे। और वह दिन आ गया। उस दिन शाम को एक असिस्टेंट सब-इंस्पेक्टर दो सिपाहियों के साथ मुझे लेने आ गया। राजा साहब ने हाथ मिलाकर अलविदा कहा। मेरी आँखों से आँसू बह रहे थे। लग रहा था जैसे मैं अपना दिल यहाँ छोड़ चला हूँ। जैसे मेरा कोई बहुत प्यारा यहाँ बसता है जिसने मुझे उस बूचड़ख़ाने में मेहमान की तरह रखा और वह था राजा गुल-अनार ख़ान। सिर्फ़ एक हाथ में हथकड़ी लगाई गई। आँखों पर पट्टी भी नहीं बाँधी गई। मैं क़िले से गारद के साथ बाहर निकला। सात महीने बाद मैं लाहौर के बाज़ारों को देख रहा था जो मार्शल लॉ हुकूमत की वजह से सूने-सूने दिख रहे थे।

एफ़.आई.सी., रावलपिंडी

रास्ते में मुझे ए.एस.आई. ने समझाया, 'देखो, तुम किसी से फ़ालतू बात नहीं करोगे और किसी को यह नहीं पता चलने दोगे कि तुम हिन्दुस्तानी हो। मैंने, तुम्हारी आँखों पर पट्टी नहीं बाँधी है ताकि बेवजह का हजूम इकट्ठा न हो। हमारे लोग बहुत सिरफिरे हैं; और न जाने कोई तुमसे ग़लत हरकत कर दे जिसे हमारे लिए सँभालना मुश्किल हो जाए। 1965 की जंग का असर अभी लोगों के दिमाग़ से गया नहीं। तुम्हारे बारे में अगर कोई पूछेगा तो मैं यही बतलाऊँगा कि तुम एक फ़रार फ़ौजी हो और हम तुम्हें तुम्हारी यूनिट में रावलपिंडी छोड़ने जा रहे हैं। वही बात तुम कहना।'

मैंने 'बहुत बेहतर' कहकर जवाब दिया। भगवान जाने क्यों, जब हम गाड़ी में दाख़िल हुए तो मेरा दिल डूब रहा था। अभी गाड़ी चली नहीं थी कि सूबेदार मुहम्मद असलम 596 एफ़.आई.यू., लाहौरवाला वहाँ आ टपका। जब उसने मेरी आँखें खुलीं और हथकड़ी एक हाथ में लगी देखी तो वह ए.एस.आई. पर बरस पड़ा, 'तुमने इसके दोनों हाथ पीछे को क्यों नहीं बाँधे? और इसकी आँखों पर पट्टी क्यों नहीं बाँधी?' थानेदार ने जवाब दिया, 'इसे बन्द डिब्बे में रात का सफ़र करना है, दो सिपाही मेरे साथ हैं, लिहाज़ा मैंने इसकी कोई ज़रूरत नहीं समझी। मैं इसे बेवजह का तमाशा भी नहीं बनाना चाहता। इसकी असलियत जानकर लोग इस पर हमला कर सकते हैं और मेरे लिए मुसीबत खड़ी हो सकती है?'

'अगर तुम मुसीबत से नहीं निपट सकते तो तुम्हारे पास हथियार किसलिए हैं? वही करो, जैसा मैंने कहा है।' उसने कहा। तब तक लोग डिब्बे के आस-पास

इकट्ठे होने शुरू हो गए थे। उन्होंने 'या अली, या अली' के नारे भी लगाने शुरू कर दिए। प्लेटफ़ॉर्म पर पेट्रोलिंग करते हुए फ़ौजी दौड़कर आए और उन्हें वहाँ से खदेड़ दिया। सूबेदार अपनी अहमकाना हरकत का नतीज़ा देखकर वहाँ से खिसक गया। डिब्बे के दरवाज़े बन्द कर दिए गए। थानेदार ने एक बार फिर हथकड़ी मेरे एक हाथ में कर दी और आँखें खोल दीं। वह बड़बड़ा रहा था, 'बिना शक फ़ौजी लोग दिमाग़ से ख़ाली होते हैं। बेवजह मुसीबत खड़ी करते हैं। वह साला बेवकूफ़ यहाँ से भाग गया और बदक़िस्मती हमारी यह है कि मार्शल लॉ की वजह से इन उल्लू के पट्ठों का कहा मानना पड़ता है।'

अगले स्टेशन पर गाड़ी रुकी तो बहुत सारे हाथ दरवाज़ा पीट रहे थे। पाकिस्तानी डिब्बे के बाहर जमा हो गए थे। वे मुझे देखना चाहते थे। दरवाज़ा बुरी तरह झिंझोड़ा गया। लगता था कि जैसे इसके पेच अब उखड़े। लोग थानेदार पर गालियाँ बरसा रहे थे। शायद कोई छोटा-मोटा स्टेशन था, जहाँ फ़ौज की व्यवस्था नहीं थी। हालत एक बार फिर बिगड़ गई। थानेदार सूबेदार को गालियाँ दे रहा था, जिसने उसके लिए सिर-दर्द पैदा कर दिया। अब ईंटें बरसनी शुरू हो गईं। दरवाज़े और खिड़कियों पर धमाके हो रहे थे। इस वक़्त दरवाज़ा खोलना अक़्लमन्दी की बात नहीं थी, क्योंकि हजूम क़ाबू से बाहर हो चुका था।

अचानक मशीनगन की गोलियों की आवाज़ सुनाई दी। लोग चीख़ते हुए अपनी जान लेकर भाग गए। बाहर ख़ामोशी छा गई थी। थानेदार ने दरवाज़ा खोला और खिड़कियों के शटर हटा दिए। मद्धिम रोशनी में एक फ़ौजी प्लाटून दिखाई दी। प्लाटून कमांडर हमारे पास आया और बोला, 'मुझे स्टेशन मास्टर ने टेलीफ़ोन किया था। बेफ़िकर रहो। अब कोई तुम्हारे पास नहीं फटकेगा। हमने उन्हें सबक़ दे दिया है, चार ज़ख़्मी हैं, उनको अस्पताल भेज दिया गया है। लेकिन लोगों को कैसे पता चला कि तुम्हारे पास एक हिन्दुस्तानी है? तुम्हें चौकस रहना चाहिए था।'

ए.एस.आई. ने ग़ुस्सा दिखाते हुए सूबेदार की ग़लती के बारे में बतलाया। तब प्लाटून कमांडर मेरे नज़दीक आया और मेरे मुँह पर मुक्का मारता हुआ बोला, 'तुम साले क़ाफ़िर लोग हमारे लिए हमेशा मुसीबत रहे हो।' यह देखकर थानेदार को ग़ुस्सा आ गया और वह वहीं से डाँटकर बोला, 'नहीं मिस्टर, आप ऐसा नहीं कर सकते। बराए मेहरबानी परे हट जाएँ। इसकी हिफ़ाज़त मेरी ज़िम्मेदारी है। आप इसे हाथ नहीं लगा सकते।' प्लाटून कमांडर बुड़बुड़ाता हुआ चला गया। थानेदार अभी भी ग़ुस्से से उबल रहा था। वह अपने सिपाहियों से बोला, 'हर स्टेशन पर तुम दोनों नीचे उतर जाना और जो कोई भी नज़दीक आकर ग़लत हरकत करने की कोशिश करे, बेझिझक गोली मार देना। तब मैं समझ लूँगा।'

फिर मुझसे बोला, 'उस बेवकूफ़ ने तुम्हारे साथ जो सलूक किया है, मुझे उसका अफ़सोस है। लेकिन बेफ़िकर रहो, ऐसा नहीं होगा।' मैं हथेली से अपना बायाँ गाल दबाए हुए था। ऊपर की दाढ़ में बड़े ज़ोर का दर्द शुरू हो रहा था और दर्द के मारे सिर फट रहा था। गाड़ी चल पड़ी। थानेदार मुझसे बोला, 'अब क्या बात है, आँखों में आँसू क्यों हैं?' ''दाढ़ में बहुत दर्द है जनाब!' मैंने कहा। 'अगला स्टेशन आने दो, तुम्हारे लिए चाय मँगा देंगे।' वह बोला। 'बहुत-बहुत शुक्रिया जनाब!' लेकिन दर्द इतना था कि मेरी चीख़ें निकलने लगीं। दाढ़ का दर्द कम्बख़्त बहुत बुरा होता है और इसे वही अच्छी तरह जानते होंगे, जिन्हें कभी यह दर्द हुआ हो। दोनों कनपटियाँ और सिर दर्द से फटे जा रहे थे। एक सिपाही के पास सिगरेट थी। मैंने उसे सिगरेट जलाकर देने को कहा। सिगरेट का जलता हुआ सिरा मैंने दाढ़ से छुआया, कुछ आराम मिला। फिर सारे रास्ते यही क्रम जारी रहा।

इस वक़्त मुझे अपने पड़ोसी नत्थू धोबी की याद आ रही थी, जो बचपन में दाढ़ दर्द होने पर गरम सूए लगाकर मुझे आराम दिया करता था। अब यह इलाज मेरे काम आ रहा था। अगले स्टेशन पर सिपाही जाकर चाय ले आया, लेकिन दर्द नहीं गया। अभी रात के 12 बजे थे और गाड़ी दो बजे पिंडी पहुँचनेवाली थी। मगर वहाँ पहुँचकर भी दर्द का क्या इलाज होगा। अगर मैं शाही क़िले में होता तो राजा साहब फ़ौरन डॉक्टर बुलवा देते। इसमें कोई शक नहीं कि थानेदार का सलूक इन्सानियत और रहमवाला था लेकिन वह भी मजबूर था। मुसीबत की घड़ियाँ लम्बी होती हैं। घड़ी की सुइयाँ कछुए की तरह धीरे-धीरे सरक रही थीं। दो घंटे इस तरह बीते जैसे कि दो साल गुज़र गए हैं।

गाड़ी पिंडी पहुँच गई। उनके लिए मुश्किल था कि इस अँधेरी रात में वे छावनी जाकर एफ.आई.सी. की तलाश करते। लिहाज़ा उन्होंने मुझे थाने में बन्द करके अगली सुबह वहाँ पहुँचाने का निश्चय किया। वहाँ बन्द करते हुए थानेदार ने हवलदार को मेरे दर्द के बारे में बतलाया और कहा, अगर वह कुछ कर सकता है तो करे। हवालात में एक और पाकिस्तानी बन्द था। हवलदार ने उसे आवाज़ दी, 'ओ महीदे, इसको थोड़ी अफ़ीम दे दो। इसके दाढ़ में बहुत दर्द है।' वह शख़्स ऊँघता हुआ उठा, अपनी बग़ल में हाथ मारा और अफ़ीम की एक डली निकालकर दी। थानेदार बोला, 'इतनी नहीं। इससे तो यह मर जाएगा। इसका चौथा हिस्सा दे दो। मैं अभी चाय भिजवाता हूँ।' हवलदार बोला, 'जनाब, आप जाकर आराम करें, मैं सब सँभाल लूँगा।'

मैंने ज़िन्दगी में पहली बार अफ़ीम खाई, जिसे मैं बेहद नफ़रत की निगाह से देखता था। अब महसूस किया कि बहुत सारी बुरी चीज़ कभी-कभी हमारे भले के लिए भी काम आती हैं। लग रहा था कि जैसे किसी ने जादू की छड़ी फेर दी हो। अफ़ीम खाते ही मैं नींद की गोद में जा पहुँचा।

अगले रोज़ सुबह ताँगे में सवार हम रावलपिंडी छावनी की तरफ़ चल दिए। जब ताँगा मिलिटरी अस्पताल के नज़दीक पहुँचा तो मैंने थानेदार से कहा, वे मेरे दोनों हाथ में हथकड़ी लगा दें और आँखों पर पट्टी बाँध दें। हमारी मंज़िल क़रीब ही थी। मुझे मालूम था, फ़ौजी अस्पताल नज़दीक ही है। इतवार या छुट्टी का दिन था। वहाँ सिर्फ़ हवलदार अब्दुल रहमान खटक मौजूद था। दफ़्तर बन्द था। उसने गारद के सिपाही से सूबेदार शेर ख़ान को बुलाने के लिए कहा। लम्बा-तगड़ा जनूनी क़िस्म का इनसान। आते ही उसने थानेदार का शुक्रिया अदा किया कि वह मुझे ठीक तरह से आँखों पर पट्टी बाँधकर लाया और कि मैं हिन्दुस्तान का ख़तरनाक क़िस्म का जासूस हूँ। उसने उसे क़ैदी हासिल करने की रसीद दी।

जब मेरी आँख की पट्टी खुली तो मैंने अपने-आपको बन्द कोठरी में पाया। आगे चलकर यहीं मुझे सवा साल से अधिक समय बिताना पड़ा। जाने से पहले थानेदार ने उन्हें मेरी दाढ़ के दर्द के बारे में बतला दिया था। सूबेदार ने गारद कमांडर को एक आदमी साथ भेजने का हुक्म दिया। चन्द मिनट बाद उसने 'फैरो पायरीन' की शीशी भेजी, और यह असरदार साबित हुई। लगाते ही दर्द ग़ायब हो गया। एफ.आई.सी. का यह केंद्र एक बड़ी बिल्डिंग में स्थित था जिसके चारों ओर कँटेदार तार लगे हैं। उन दिनों एक और आठ की गारद हुआ करती थी यानी एक गारद कमांडर और आठ सिपाही। हर वक़्त दो सिपाही पहरा देते। एक संगीन ताने मेरे सिर पर खड़ा रहता, दूसरा चक्कर लगाता रहता। वह चक्कर लगाकर पहले की जगह आ जाता और संगीन तानकर खड़ा हो जाता, फिर पहला चल देता और यह क्रम चौबीस घंटे चलता रहता। अगले दिन नया हवलदार और नए सिपाही आ जाते। महीने के बाद उसकी जगह दूसरी यूनिट से गारद आती। यह इसलिए किया जाता ताकि क़ैदी किसी के साथ कोई पहचान पैदा न कर ले।

एफ.आई.सी. के स्टाफ में एक बददिमाग़ पठान मेजर कमाल रज़ा जादून होता था। यातना देने में माहिर कैप्टन सईद भी था जिसे चीन में ट्रेनिंग मिली थी। दो जे.सी.ओ., एक सूबेदार शेर ख़ान और दूसरा नायब सूबेदार अनवर। क्लर्कों में एन.सी. ओज़ थे। हवलदार अब्दुल रहमान खटक पठान ज़िन्दादिल इनसान था। शायद इन दरिन्दों में वही एक रहमदिल था। बाक़ी सब भेड़िए जिनकी जीभ हर वक़्त ख़ून पीने को लपलपाती रहती। मेरा खाना गारद के साथ होता, और मुझे वही खाने को मिलता था जो कि वे खाते।

न जाने क्यों मेरी भूख मर गई थी। एक अनजाना ख़ौफ़ मेरे दिलो-दिमाग़ पर छा गया था। मैं बेचैन रहता जैसे अनजाने-अनदेखे हाथ गला घोंटने के लिए मेरी तरफ़ बढ़ रहे हों और मैं 'डचेज ऑफ़ मलफी' की तरह क़ैद में घिरा हुआ था, जिसके चारों ओर पागल बौराए गीदड़ों की तरह चीख़ रहे थे। हर रोज़ केटू सिगरेट

की एक डिबिया मेरी कोठरी में फेंक दी जाती, जिसे मैं छूता तक नहीं था। यह देखकर सूबेदार शेर ख़ान ने कहा, 'अगर तुम यह ब्रांड नहीं पीते तो जो सिगरेट तुम पीते हो, वह बतला दो, तुम्हें वही दिए जाएँगे। यह तुम्हारे राशन का कोटा है, इसलिए झिझकने की ज़रूरत नहीं है।'

मैं कभी सिगरेट पीता भी नहीं था। यूँ ही उसे टरकाने के लिए मैंने कह दिया, 'जनाब, मैं थ्री कासल सिगरेट पीता हूँ।' मैंने कभी सपने में भी नहीं सोचा था कि मुझे वही सिगरेट मिलेगी क्योंकि उन दिनों उस सिगरेट की डिब्बी आठ रुपए की आती थी। मुझे हैरानी हुई कि अगले दिन से वही सिगरेट देने शुरू कर दिए गए। अब मैं मुसीबत में फँस गया। अगर सिगरेट नहीं पीता तो झूठा समझा जाऊँगा और अगर पीना चाहूँ तो पी नहीं पाऊँगा। धुएँ से मुझे सख़्त नफ़रत थी और मेरे पिता भी कभी जलती हुई सिगरेट लेकर मेरे कमरे में नहीं आया करते थे। अब मैं किसी अभ्यस्त की तरह सिगरेट पीने लगा और दो-तीन दिन के बाद ही मुझे ख़ुद ख़ासा मज़ा आने लगा। अब मैं अपने कोटे की सिगरेट ख़त्म करके गारदवालों से टोटे माँग-माँगकर पीता। वे मेरे सामने इस तरह से सिगरेट का टोटा फेंकते जैसे कुत्ते के आगे रोटी फेंकी जाती है।

अब मुझे एकान्त बिताने का साधन मिल गया। आदत न सही, समय बिताने का एक ज़रिया ही सही, मेरे जीवन की ख़ाली घड़ियाँ धुएँ से भर गईं। लगता था जैसे जीवन के सभी सपने किसी ने बारूद लगाकर उड़ा दिए हों और उनका धुआँ हवा में तैर रहा हो। मैं उसी हवा में हर समय साँस लेता, साँस छोड़ता था।

यहाँ मेरा तीसरा दिन था। मैंने गारद के सलामी देने की आवाज़ सुनी। लकड़ी का दरवाज़ा खुला और सामने घुँघराले बालोंवाला एक मोटा पठान ऑफ़िसर मुझे घूर रहा था। मैंने उसे सलाम किया। उसने सिर हिलाकर सलाम का जवाब दिया और कहा, 'तुम शाही क़िला में कितनी देर रहे?'

'तक़रीबन छह मास, जनाब!' मैंने कहा।

'तुम्हें उन्होंने क्या-क्या तकलीफ़ें दीं?'

'मुझे थप्पड़ तक नहीं मारा, जनाब!' मैंने कहा।

'हैं!' यह कहकर उसने अपनी आँखें फैलाईं और बोला, 'हमसे इस क़िस्म के सलूक की उम्मीद न रखना। हमें पूरी सच्चाई बतलाओ, नहीं तो हम ख़ुद निकाल लेंगे।'

'मैंने पहले ही सच बतलाया है। यही वजह थी कि शाही क़िलेवाले अफ़सरों ने मुझे बिलकुल कुछ नहीं कहा, वरना मैं उनका रिश्तेदार नहीं था।' मैंने जवाब दिया।

'तुमने तो हमें सच का एक परसेंट भी नहीं बतलाया है, पूरा सच तो बहुत दूर की बात है। ज़्यादा चालाक बनने की कोशिश मत करो। मुझे मालूम है कि तुम एक

तरबियतयाफ़्ता जासूस हो; लेकिन याद रखो, आदमी हर एक को बेवक़ूफ़ नहीं बना सकता। अगर तुम हमें तंग नहीं करोगे तो हम भी तुम्हें तंग नहीं करेंगे, वरना ज़िन्दगी तुम्हारे लिए दोज़ख़ बन जाएगी। यह एफ.आई.सी. है–फाइनल इंटेरोगेशन सेंटर ऑफ़ पाकिस्तान। यहाँ आकर या तो इनसान टूट जाते हैं या उनकी साँस टूट जाती है।' यह कहकर वह बड़ी मक्कारी से मुस्कराया और धड़ाक से दरवाज़ा बन्द करके चल दिया।

मेरा शक सही निकला, जिस बात का डर था, वही सामने आ गई। आनेवाले ख़तरों की परछाइयाँ मेरी आत्मा के परदे पर पड़ रही थीं और भयानक शक्लें बना रही थीं। पाकिस्तान का यह आख़िरी पूछताछ केन्द्र...मेरी ज़िन्दगी का आख़िरी पड़ाव बनने जा रहा था।

उस शाम खाना आया, लेकिन मैं दो ग्रास भी नहीं खा सका। यही कम खाना उस रात मेरे लिए वरदान साबित हुआ। शाम को सूबेदार शेर ख़ान आया। उसने मुझे कच्छे के अलावा सभी कपड़े उतार देने को कहा और हुक्म दिया कि चारों कम्बल तह करके सिर पर रखूँ और सारी रात टहलता रहूँ। उसने मेरे एक हाथ में हथकड़ी लगवा दी और गारद कमांडर को हुक्म दिया कि जब भी मैं टहलना बन्द करूँ, वह मुझे जँगले के पास घसीट के थप्पड़ मारे। हर घंटे के बाद मैं पाँच मिनट बैठ सकता था।

यातना आख़िर यातना है और इसकी कोई सीमा नहीं है। अगर हम किसी को यातना देने पर तुल जाएँ तो उसके हज़ारों रास्ते हैं। सूबेदार ने उस रात मेरे लिए यही तरीक़ा सोचा था। कम रोटी खाने के कारण मुझे नींद महसूस नहीं हो रही थी; लेकिन ठंडी हवा जिस्म को चीरे चली जा रही थी। रोंगटे खड़े हो गए थे और 596 एफ.आई.यू. लाहौर की मार दर्द जगा रही थी। रात के तीन बजे मैं बेहोश होकर गिर पड़ा। गारद कमांडर ने मुझे घसीटकर चाँटे लगाए, लेकिन बेसूद। उसने मुझ पर पानी फेंका, फिर भी होश नहीं आया। उसने सूबेदार को बुलाने आदमी भेज दिया। रात को कोठरी के ताले की चाभी उसी के पास रहती थी। रात को ताले लगाने के बाद उसे कपड़े से सील कर दिया जाता था जिसे सुबह आकर नया गारद कमांडर खोला करता था। वह आया, ताले की सील तोड़ी गई और ताला खोला गया। उसने आकर मेरी नब्ज़ देखा, मैं ज़िन्दा था। उसने हुक्म दिया कि मुझे कम्बलों में लपेटकर एक कोने में डाल दिया जाए।

दो-तीन घंटे के बाद चिड़िया के शोर से मेरी आँख खुली। उसका घोंसला कोठरी में ही था। मुल्ला फज़र की अज़ान दे रहा था। मैंने आँखें मलीं। पूर्व से सूर्य की लाली झाँक रही थी। सन्तरी ने मुझे इशारा किया, वैसे ही पड़े रहो। मैंने फिर कम्बल लपेटे और सो गया। आठ बजे सूबेदार ने कोठरी खुलवाई। मैंने उसे सलाम

किया, सिर हिलाकर उसने जवाब दिया। नाश्ता आया तो मैंने सिर्फ़ चाय पी। सूबेदार ने पूछा, 'अब तुम कैसे हो?' मैंने जवाब दिया, 'जनाब, थकावट बहुत है।' इस पर वह बोला, 'यह सब तुम्हारी करनी का नतीजा है। तुम मेजर साहब की तसल्ली करा दो, तभी बच सकते हो वरना कोई उम्मीद नहीं।'

कहकर वह चला गया। दरवाज़े बन्द कर दिए गए। गाड़ियों का आवागमन बढ़ रहा था। एक के बाद एक कार या जीप एफ.आई.सी. में दाख़िल हो रही थी। 'ऐसा क्यों हो रहा है?' मैंने सोचा। मुझे इसका जवाब भी मिल गया। दरवाज़ा खुला। गारद ने मेरी आँखों पर पट्टी बाँधी, हाथों को पीछे की तरफ़ करके हथकड़ी लगाई और मुझे यातनाकक्ष की ओर ले चले। जब आँखों से पट्टी उतरी तो मेजर जादून अपनी फ़ौज के साथ मेरे सामने था। उसके बग़ल में यातना देने में माहिर (टॉर्चर एक्सपर्ट) डॉक्टर सईद बैठा था, मेज़ पर बहुत सारी शीशियाँ तथा इंजेक्शन पड़े थे और यूँ लगता था कि जैसे मदारी का खेल होने जा रहा हो।

डॉक्टर सईद ने मुझे कुर्सी पर बिठाया और मेरी पलकें खोलकर उनमें गाढ़ा पदार्थ डाल दिया, फिर मेरे हाथ में अख़बार थमाकर पढ़ने को कहा। कुछ भी नहीं पढ़ा जा रहा था, हर चीज़ धुँधली नज़र आ रही थी। वे मुझे यही ख़ौफ़ देना चाहते थे कि उन्होंने मेरी देखने की ताक़त छीन ली है। मुझे पता था कि यह सब ड्रामा है। काश, मैं अपनी आँखें पोंछ सकता, लेकिन हाथ पीछे को बँधे थे। झूठ पर सच्चाई की मोहर लगाने के लिए डॉक्टर सईद ने कहा, 'चलो, इस पर रहम करते हैं। इसकी आँखें ठीक कर दें।' यह कहकर उसने सीरिंज भरी और बाज़ू में इंजेक्शन चढ़ा दिया। उसने मेरे हाथ खोले और आँखें पोंछने को कहा। जब मैंने आँखें पोंछीं तो मैं बिलकुल ठीक-ठाक देख सकता था। कुछ भी धुँधला नहीं था।

मैंने उससे कहा, 'कैप्टन साहब, क्यों अपने-आपको तंग कर रहे हो और मुझे भी। आपका यह मार्फ़िया का इंजेक्शन मुझ पर कोई असर नहीं करेगा। मैं व्हिस्की की पूरी बोतल पीकर आराम से चल सकता हूँ। आपके इस तमाशे का मुझ पर कोई असर नहीं होगा। मैं अच्छी तरह समझता हूँ आप मुझे ज़ेहनी तौर पर ख़ौफ़ज़दा करना चाहते हैं, जब आपका मरकज़े अमाल (जिसको डराया जा रहा हो) आपके इरादों से वाक़िफ़ हो तो आपकी हर कोशिश फ़िज़ूल है। आपने मेरी आँखों में ख़ाली गोंद डालकर मुझे यह अहसास कराना चाहा कि आप मुझे अन्धा करने जा रहे हैं।'

यह सुनकर उसने अपनी आँखें फैलाईं और बोला, 'ओह, यह तो मैं भूल ही गया कि तुम साले पक्के शराबी हो।' यह कहकर उसने मुझे मार्फ़िया का एक और इंजेक्शन दे दिया। उससे मेरा ब्लडप्रेशर एकदम बढ़ गया और चन्द मिनट बाद मैं होश खो बैठा। अब उसने अपनी कार्रवाई शुरू की और मेरा मनोवैज्ञानिक विश्लेषण करने लगा। उसने मेरे अचेतन मन को यह सुझाव दिया कि मैंने किसी का नाम लिया

है। मैंने पूछा, 'कितने अक्षर का नाम था?' वह बोला, 'पाँच अक्षर का।' इसके बाद मैंने एक के बाद एक अंग्रेज़ी में पाँच अक्षरवाले हामीद, सलीम, रफ़ीक़ वग़ैरह नाम बोलने शुरू कर दिए। टेप-रिकॉर्डर चालू था। मेरे हाथ छत से लटकती एक रस्सी के साथ बँधे थे। जो कुछ मैं बड़बड़ा रहा था, वह रिकॉर्ड हो रहा था। मालूम नहीं कि मैंने क्या कहा। लेकिन कुछ भी ऐसा नहीं कहा जो मेरे लिए मुसीबत खड़ी करता, क्योंकि यहाँ तक पहुँचने से पहले मैं मनगढ़ंत कहानी को इतनी बार दोहरा चुका था कि वह मेरे अचेतन मन पर पूरी तरह छा गई थी। उनके सभी मनोवैज्ञानिक ढंग असफल हो रहे थे।

छब्बीस घंटे के बाद मुझे होश आया। मैं उसी कमरे में था, डॉक्टर सईद मेरे सामने मुस्करा रहा था। वह बोला, 'भास्कर, आख़िर तुमने हमें रास्ता दिखा ही दिया। तुमने हमें एटॉमिक एनर्जी कमीशन इस्लामाबाद के दो अफ़सरों के नाम बतलाए हैं जो कुछ देर बाद ही तुम्हारे साथ होंगे।'

'इस झूठ का मज़ा न लो मेरे दोस्त, इससे तुम्हें कुछ फ़ायदा नहीं पहुँचनेवाला। तुम बेवजह अपने आदमियों को सताओगे।' मैंने कहा।

'अब हमें भटकाने की कोशिश मत करो। मुझे मालूम है कि तुम्हें उनसे हमदर्दी है।' उसने कहा।

तभी हमने चारदीवारी में एक कार को रुकते देखा। उसमें से सादा कपड़ों में दफ़्तर के दो आदमी उतरे। उनके साथ सूट-बूट में दो और अजनबी थे। उनकी शक्ल और सूरत से ही उनकी अक़्ल झाँकती थी। जब वे चल रहे थे तो यूँ लगता था जैसे उन्हें पता नहीं कि वे किस दोज़ख़ में आ घुसे हैं। यानी दो मेमनों को भेड़ियों के एक झुंड की तरफ़ घेरकर ला रहे हों, जो उनका बेसब्री से यही इन्तज़ार कर रहे थे कि कब वे आएँ और कब उनका ख़ून पिएँ। सारे के सारे आते ही उन पर टूट पड़े और एक साथ बोले, 'तुम इस आदमी को जानते हो?' और मेरी तरफ़ इशारा किया।

मुझे देखकर दोनों हक्का-बक्का रह गए। बोले, 'यह माजरा क्या है? हमें तो यह कहकर लाया गया है कि डॉक्टर फ़िगार हमारे साथ हैवी वाटर पर कुछ तबादले ख़याल करना चाहते हैं।'

मेजर जादून यह सुनते ही शैतान की तरह ठहाके लगाकर हँसा और बोला, 'बिलकुल ठीक फ़रमाया। मेरे अज़ीज़, यह हैवी वाटर की फ़ाइल थी जो तुमने तेरह हज़ार रुपए में इस शख़्स के हवाले की और तुम्हारे साथी ने, जो कि एटॉमिक एनर्जी कमीशन की सिक्योरिटी में है, तुम्हारी पूरी-पूरी मदद की।'

यह सुनते ही उनके चेहरे का रंग उड़ गया, एकदम पीला, मानो रहम की भीख माँग रहे हों। फिर मुझे वहाँ से हटा दिया गया। दो घंटों तक उनकी चीख़ो-पुकार

सुनाई देती रही। वे अपने-आपको बेगुनाह बता रहे थे, मगर उनकी बात कौन सुनता था। फिर उन्हें साथवाली कोठरियों में मेरे दाएँ-बाएँ बन्द कर दिया गया। उनका रोना अभी तक नहीं रुका था। मैं उनसे बातें नहीं कर सकता था। दफ़्तर छोड़ने से पहले सूबेदार मेरे पास आया और बोला, 'अब बतलाओ पुत्तर!' 'आप बेगुनाह लोगों पर ज़ुल्म कर रहे हैं।' मैंने जवाब दिया। 'हाँ-हाँ! तुम भी तो बेगुनाह हो!' वह व्यंग्य से मुस्कराया, 'हमें किसी फ़ैसले पर पहुँच लेने दो, फिर तुमसे बात करूँगा। अब तो तुम्हारी हड्डियाँ भी तुम्हारे मुल्क नहीं जा सकेंगी। तुम्हारे ज़िन्दा वापस लौटने की बात तो बड़े दूर की है।' यह कहकर उसने दरवाज़ा भड़ाक से बन्द किया और चल दिया।

इस तरह दिन बीतते गए और छह महीने तक उन दोनों की धुनाई करते रहे और मेरी भी। उनकी जान कैसे छूटी और मेरा पीछा कैसे छूटा, बाद में बयान करूँगा, जनरल गुलहसन ने मुलाक़ात के अध्याय में। यहाँ मैं मेजर कमाल रज़ा जादून, सूबेदार शेर ख़ान और रहमदिल अब्दुल रहमान खटक हवलदार का ज़िक्र करना चाहूँगा।

मेजर कमाल रज़ा जादून

यह बेरहम पठान, मेजर रजा जादून परले दर्जे का बेवकूफ़ आदमी था। इसका सलूक देखकर अक्सर मुझे उन शैतान बच्चों की याद आ जाती थी, जो स्कूल से लौटते हुए सर्कस के शेरों को गालियाँ देते हैं, उन पर पत्थर बरसाते हैं। वह अचानक आकर मेरा दरवाज़ा खोलता और मक्काराना अन्दाज़ में मुस्कराता दिखाई देता। यह मुस्कराहट ऐसी थी जो अक्सर रंडियों और भँडुवों के चेहरों पर मिलती है। वह बोलता, 'कहिए महाराज, मुक्ति के लिए प्रार्थना कर रहे हैं। हाय! हाय! लेकिन अफ़सोस, तुम्हारे लिए मुक्ति के दरवाज़े बन्द हो चुके हैं क्योंकि तुम ख़ुद ही ख़तना (सुन्नत) करवाकर मुसलमान बन चुके हो। मगर बेफ़िकर रहो, हम जल्द ही तुम्हारे लिए जन्नत का टिकट काटनेवाले हैं।' वह अक्सर अहमक बच्चों की तरह मेरे सामने मुँह बनाता, रामलीला के रावण की तरह ठहाके लगाता और अक्सर कहता, 'भास्कर, मैं बीस साल तक तुम्हें इस कोठरी से नहीं निकलने दूँगा।'

अक्सर रात में शराब में धुत्त होकर दफ़्तर आता और गारद को अहमकाना क़िस्म के हुक्म देता। सूबेदार को इसकी हरकतों का पता था, इसीलिए वह कभी रात को वहाँ नहीं आता था। एक रात इसने ख़ूब डटकर शराब पी, आते ही उसने गारद कमांडर को बुलाया और बाज़ारे-हुस्न से लौंडिया लाने का हुक्म दिया। गारद

कमांडर ने जाकर सूबेदार को रिपोर्ट की तो सूबेदार ने कहा, 'आप ही बक-बक करके चला जाएगा। तुम आठ बजे जब गारद बदलती है मेरे घर से तैयार होकर ही वहाँ जाना।'

सारी रात एफ.आई.सी. का दफ़्तर उसकी चीख़ों और गालियों से गूँजता रहा। नशा कुछ उतरा तो वह वहाँ से दफ़ा हो गया। फिर तीन-चार दिन तक दिखाई नहीं दिया। शायद छुट्टी पर रहा हो। फिर एक दिन आया तो उसे बतलाया गया कि मुझे थूक के साथ ख़ून आता है। उसने सूबेदार को हुक्म दिया कि वह फ़ौजी अस्पताल रावलपिंडी जाकर मेरा एक्स-रे करवाए।

गारद एक स्टेशन-वैगन में मुझे वहाँ ले गई। एक्स-रे लिया गया और तीन दिन बाद रिपोर्ट आई कि मैं बिलकुल ठीक-ठाक हूँ। फिर मेरे थूक में ख़ून कैसे आया? ख़ैर, मुझे टी.बी. तो नहीं लगी, लेकिन यह साला बेरहम पठान मेरे पीछे लग गया। वह कई बार तकलीफ़ देने के बहुत ही अहमकाना क़िस्म के हुक्म देता। कई बार मुझसे यह कहा जाता कि मैं जानवरों की तरह हाथों का इस्तेमाल किए बग़ैर खाना खाऊँ और चाय पीऊँ और जब मैं इनकार करता तो वे मुझे तब तक मारते रहते जब तक कि उनकी ख़्वाहिश पूरी न हो जाती। वह क़सम खाकर कहा करता था कि वह मुझे सूअर बनाकर ही दम लेगा।

उसकी ज़्यादतियाँ बढ़ती गईं। मेरे सब्र का पैमाना भी लबरेज़ हो गया। अब मैं सोचता कि ये लोग मुझे मार तो देंगे ही; क्यों न बग़ावत ही कर दी जाए, ताकि जल्द ही मौत मिल सके। मैंने उनके दिए हुए कपड़े फाड़ दिए और नंगा रहने लगा। शेव करवानी भी बन्द कर दी। खाना एक वक़्त खाने लगा। तीन महीने के अन्दर-ही-अन्दर दाढ़ी बढ़ आई, बाल पीछे की तरफ़ लटकने लगे। सफ़ाई न रहने के कारण जुएँ पड़ गईं। एक रात उसने हुक्म दिया कि सुबह मेरी दाढ़ी का एक-एक बाल पकड़कर नोचा जाए। मैं आनेवाली तकलीफ़ के बारे में सोचने लगा और अपने हाथों ख़ुद दाढ़ी नोचने लगा। सारी रात बैठा यही करता रहा। दूसरे के हाथों बहुत दर्द होता है, लेकिन अपने हाथों उतना दर्द महसूस नहीं होता। सुबह तक दाढ़ी और मूँछ साफ़ हो चुकी थीं।

सुबह आठ बजे जब सूबेदार शेर ख़ान ने आकर मेरा दरवाज़ा खुलवाया, तो यह देखकर हक्का-बक्का रह गया कि दाढ़ी और मूँछें साफ़ हैं। मैंने कहा, 'सूबेदार साहब, जो काम आप करने आए हैं, वह मैं पहले ही कर चुका हूँ।' वह बोला, 'साले, तुम भी कमाल के हो। पता नहीं किस मिट्टी के बने हो। अब अपने उस बाप से यह मत कहना कि तुमने ख़ुद अपनी दाढ़ी नोची है, नहीं तो वह साला मुझे नोच खाएगा। यह गारदवाले भी साले उल्लू के पट्ठे हैं जो चुपचाप तमाशा देखते रहे।'

गारद बदलकर जा चुकी थी। नए गारद कमांडर को कुछ नहीं मालूम था कि रात क्या गुज़री। मेजर जादून ने जब मेरा चेहरा देखा तो पागलों की तरह ठहाके लगाकर बोला, 'अरे वाह, तुम तो बिलकुल बालकटी परी लग रहे हो। जी चाहता है तुम्हें अपने साथ सुलाऊँ। ओ सूबेदार, आज इस साले के सिर पर मशीन फिरवाकर गंजा करवा दो, वरना यह हमारा ईमान ख़राब कर देगा।' यह कहता हुआ वह ठहाके लगाता चला गया। चन्द मिनट बाद नाई आ गया और उसने सिर पर मशीन फेर दी।

अभी यह कार्रवाई चल रही थी कि जादून फिर वहाँ आ टपका और बोला, 'यार सूबेदार, इसको पूरा हिन्दू संन्यासी बनाओ। इसकी भँवें भी साफ़ कर दो।' चुनांचे नाई ने वहाँ पर भी उस्तरा चला दिया। फिर गारदवालों को, दफ़्तरवालों को बुला-बुलाकर मेरी नुमाइश करने लगा। वह हँस रहा था पागलों की तरह। मैंने उससे कहा, 'मेजर साहब, यह वक़्त का चक्कर है कि आप मुझ पर मनमाना जुल्म करके हँस रहे हैं। पता नहीं, वक़्त आपको भी मेरे जैसे हालात से दो-चार कर दे। आपको कुछ तो ख़ुदा का ख़ौफ़ करना चाहिए।'

'जुल्म अभी शुरू होगा। तुम हमें पूरी कहानी बतलाओ कि तुम्हें एटॉमिक एनर्जी कमीशन के इन दो आदमियों से किसने मिलवाया था और तुम्हारी पहली मुलाक़ात कब और कहाँ हुई?' उसने पूछा।

'यह सरासर झूठ है, मेजर साहब! आपके मजबूर करने पर मैंने बीस-पच्चीस नाम गिनवाए थे, जिनमें से ये दो बेचारे क़िस्मत के मारे क़ाबू में आ गए। वरना आज से पहले मैंने इनकी शक्ल तक नहीं देखी। आप बेवजह एक ग़लत कहानी को सच्चा साबित करना चाहते हैं। अगर आप मेरी हड्डियाँ भी छील डालेंगे तो भी इस कहानी में कुछ नहीं निकलेगा।' मैंने कहा।

'अगर हड्डियाँ छीलने की नौबत आई तो वे ज़रूर छीली जाएँगी। लेकिन मैं समझता हूँ कि तुम उससे बहुत पहले ही हथियार डाल दोगे। यह वह सेंटर है, जहाँ पत्थर बोलने लगते हैं, तुम तो फिर भी एक मामूली इनसान हो।' वह बोला।

'आपकी मर्ज़ी है मेजर साहब, आप जो भी रास्ता चाहें अपना लें, मेरे पास आपको बतलाने के लिए कुछ नहीं है।' मैंने जवाब दिया। इस पर वह बोला, 'ठीक है। सूबेदार, आज से भास्कर का राशन थोड़ा बढ़ा दिया जाए। इसको एक चुटकी मिर्च पिसी हुई सुबह और शाम पीछे से खिलाई जाएँ और अगले हुक्म तक यह ख़ुराक जारी रहे।' यह कहकर वह चला गया और उसके बाद यह सिलसिला हर रोज़ का अमल बन गया। फिर बर्फ़ पर लिटाने का सिलसिला शुरू हुआ। उसके बाद एक दिन हाथ ऊपर और पाँव नीचे जकड़ दिए गए, पैर पर दहकता हुआ कोयला रख दिया गया और मेरी चीख़ो-पुकार पर वह जी भरकर ठहाके लगाता

रहा। उसने इस क़दर ज़ुल्म किए कि बयान से बाहर है। मैं मर जाना चाहता था लेकिन मरने की कोई राह नज़र नहीं आती थी।

एक रात मैंने एक गारद कमांडर से, जो तम्बाकू का बीड़ा खाता था, कहा, 'मेरी दाढ़ में दर्द है, मुझे थोड़ा तम्बाकू दे दो।' उसने तम्बाकू की डिबिया मुझे देकर कहा कि जितनी चाहिए, ले लो। मैं पूरी की पूरी डिबिया गले में उड़ेलकर पानी के साथ गटक गया। फ़ौरन ही चक्कर खाकर गिर पड़ा। सारी रात उल्टियाँ करता रहा।

गारद कमांडर के हाथ-पाँव फूल गए। वह काँप रहा था। फ़ौरन सिपाही भेजा गया सूबेदार की तरफ़। सूबेदार भागता हुआ आया। सील तोड़कर ताला तोड़ा गया। डॉक्टर ने पीने के लिए एक मिक्सचर दिया। तम्बाकू का असर धीरे-धीरे कम होता गया। सूबेदार ने धक्के मारते हुए मुझे गाड़ी में धकेला। बोला, 'साले, तू अपने साथ राज़ लेकर मरना चाहता है। फ़िकर मत कर, हम तुझे मौत देंगे, लेकिन हक़ीक़त जानने के बाद।' उसने आते ही मुझे उलटा लटकवा दिया और तब तक नहीं उतारा जब तक कि मेरी आँखों में ख़ून नहीं उतर आया।

जनरल गुलहसन से मुलाक़ात

16 जून, 1970 को कोठरी का दरवाज़ा खुला। गारद कमांडर ने मुझे कपड़े पहनने को कहा। मैं उन दिनों बिना कपड़ों के रहा करता था और उनसे कह रखा था कि मैं पाकिस्तान का बना हुआ कपड़ा नहीं पहनूँगा। मैंने गारद कमांडर को कह दिया कि मैं कपड़े नहीं पहनूँगा। तुम्हें जहाँ भी ले जाना है इसी तरह ले चलो। वह बोला, 'बेवकूफ़, मुझे तुम्हें जनरल साहब के सामने पेश करना है। क्यों अपने साथ मेरी भी कमबख़्ती लाते हो। चुपचाप कपड़े पहन लो वरना मुझे सख़्ती करनी पड़ेगी।' कम्बलों की तह के नीचे से मैंने उसे वह पाकिस्तानी कुरता-पाजामा निकालकर दिख़लाया जिसे मैं अपने हाथों फाड़कर तार-तार कर चुका था। उसने जाकर सूबेदार को रिपोर्ट की। सूबेदार ने उसी वक़्त सन् '65 में क़ैद हुए भारतीय कैप्टन रामपाल की वर्दी मुझे पहनने के लिए भेजी, जिसे मैंने ख़ुशी-ख़ुशी पहन लिया।

कमीज़ के कॉलर की अन्दर की तरफ़ रामपाल का नाम और नेशनल डिफेंस एकेडमी, देहरादून की स्लिप लगी थी। कपड़े पहनने के बाद उन्होंने मुझे हथकड़ी लगाई और एक बार फिर इंटेरोगेशन चैम्बर की तरफ़ ले चले। पता नहीं आज दिल क्यों नहीं धड़क रहा था। मैं बड़े हौसले से अन्दर गया। जनरल के सामने जब मेरे हाथ से हथकड़ी और आँखों से पट्टी उतारी गई तो मैंने अटेंशन होकर उसे फ़ौजी

सैल्यूट किया, जिसका उसने बड़े प्यार से जवाब दिया और सामने कुर्सी पर बैठने को कहा।

वह बोला, 'वेल मिस्टर भास्कर, जिन्होंने पैंसठ में एक-दूसरे पर गोलियाँ चलाईं, वे भी वापस चले गए हैं और इंशा अल्लाह तुम भी चले जाओगे। फिर किसलिए अपनी जान के दुश्मन बनकर अपने और हमारे लिए मुसीबतें पैदा कर रहे हो? क्यों नहीं सच-सच बात बयान कर देते? जितनी जल्दी सच उगल दोगे, उतनी जल्दी तुम्हारा छुटकारा हो जाएगा। मान लो, तुम्हें दस साल सज़ा होती है और तुम सात साल इसी तरह इंटेरोगेशन में गुज़ार देते हो तो यह सात साल किसी गिनती में नहीं आएँगे। इसलिए क्यों नहीं सबकुछ सच बतलाकर यहाँ से अपनी जान छुड़ाते ताकि तुम पर मुक़दमा चले और जो सज़ा तुम्हें मिलती है, मिले। जिसे काटकर तुम घर लौटने लायक़ बन सको।'

'आप दुरुस्त फ़रमा रहे हैं जनाब! आज ग़ालिबन सवा दो साल से ऊपर हो रहे हैं मुझे जुल्म सहते-सहते। मैं शाही क़िला लाहौर में भी रहा। वहाँ किसी ने हाथ तक नहीं लगाया। वहाँ मुझे गिरफ़्तार करवानेवाला अमरीकसिंह भी था और मेरा गाइड समुन्दसिंह भी। वहाँ के लोगों ने हम लोगों के बयान नोट किए और सच्चाई को तौलने के बाद कार्रवाई की। आप ही बतलाएँ, मेरे जैसा कमज़ोर जिस्म इनसान उन जुल्मो-सितम के आगे कुछ छिपाने की हिम्मत कर सकता है? आज सवा साल हो गया है यहाँ, और यहाँ के मेजर जादून साहब वही एटॉमिक एनर्जी कमीशन की रट लगाए हैं जिसका न कोई सिर है न पैर।' मैंने जवाब दिया।

'फिर तुमने एटॉमिक एनर्जी कमीशन के दो अफ़सरों का नाम क्यों लिया था?' उसने पूछा। मैंने उसे बतलाया कि किस प्रकार ये लोग मुझे तंग कर रहे थे। फिर मैंने सोचा कि अगर झूठ बोलकर ही मेरी जान छूट सकती है तो इनको झूठ का मज़ा लेने दो, झूठ बोलने के बाद ही मैंने बार-बार कहा भी कि मैंने सताने पर झूठ बोला है, और उन दो अफ़सरों का मेरे साथ कोई ताल्लुक़ नहीं है, लेकिन किसी ने मेरी बात नहीं सुनी। यही कहते रहे कि मैं उनसे हमदर्दी रखता हूँ और उनको बचाने के लिए यह सब कह रहा हूँ। ये लोग उन पर ज़ुल्म ढाते रहे, मैं अपने कमरे में बैठा उनकी चीख़ें सुना करता और जब मैं इनको यह सब करने से रोकता तो ये उलटा मुझे ही मारने लगते। लिहाज़ा मैंने भी कहा—मुझे क्या है, मारो। कौन मेरे ये रिश्तेदार लगते हैं!—यह छह महीने से उन पर ज़ुल्म ढा रहे थे। ख़ुदा जाने अब वे कहाँ हैं! लेकिन इतना ज़रूर कहूँगा, ये निहायत बेअक़्ली से उन बेगुनाहों को सताते रहे।'

मेजर जादून मुझे खा जानेवाली आँखों से घूर रहा था कि जनरल उससे मुख़ातिब हुआ, 'तुम इस शख़्स को कब से इंटेरोगेट कर रहे हो?' 'ग़ालिबन सवा साल से ऊपर हो चुका है, जनाब!' उसने जवाब दिया। यह सुनते ही जनरल ने आँखें

चढ़ाईं और बोला, 'ओए दल्ले का बच्चा; यह साला पिद्दी के माफ़िक़ इनसान, जिसको हम एक थप्पड़ मारें तो तीन दिन तक पानी नहीं माँगे, उसको तुम सवा साल से लेकर बैठे रहे! क्या हासिल किया है तुमने इससे? वही ढाक के तीन पात। बात जहाँ थी वहीं की वहीं है। तुम इस क़ाबिल ही नहीं हो कि इंटेलीजेंस के इतने बड़े इदारे के सरबरा की हैसियत से काम कर सको। लिहाज़ा फ़ौरन इसी वक़्त यहाँ से पाँच ईस्ट बंगाल रेजीमेंट 'कोमिला' को कूच करो। मैं अभी फ़ोन पर तुम्हारी रवानगी का बन्दोबस्त करता हूँ। तुम अपने घर, बीबी-बच्चों से मिलने भी नहीं जाओगे। यहाँ से तुम्हें सरकारी गाड़ी सीधी एयरपोर्ट छोड़कर आएगी।' फिर उसने अपने बटमैन को हुक्म दिया कि वह एयरपोर्ट उसके साथ जाए और अगर यह जीप से उतरकर कहीं और जाने की कोशिश करे तो फ़ौरन गोली मार दे।

जनरल अभी तक बड़बड़ा रहा था। फिर वह मुझसे मुख़ातिब हुआ, 'अच्छा भास्कर, हम तुम्हें लाहौर भेज रहे हैं जहाँ तुम्हारा पहले समरी कोर्ट मार्शल और फिर फील्ड जनरल कोर्ट मार्शल होगा। अब यह तुम्हारी क़िस्मत है कि तुम्हें सज़ा-ए-मौत हो या बीस साल या दस साल की क़ैद। इससे मेरा कोई वास्ता नहीं है।' 'बहुत बेहतर है, जनाब!' मैंने ख़ुशी और जोश में एक बार फिर अटेंशन होकर सैल्यूट किया और गारदवाले मुझे मेरी कोठरी में बन्द कर गए।

आज मेरी ख़ुशी का अन्दाज़ा नहीं था। मेरी जान तफ़तीश के चक्कर से छूट चुकी थी। अब कम-से-कम कोई मुझे हाथ तो नहीं लगा सकेगा। बन्द सलाखों के पीछे भी मैं अपने-आपको आज़ाद महसूस कर रहा था। अब यह सलाख और चारदीवारी मेरे लिए एक गेस्ट-रूम की तरह थीं, जिसमें सिवाय राहत और आराम के कुछ नहीं था। न कोई खाने-कमाने की चिन्ता न किसी जवाब-तलबी का डर। बिलकुल आज़ाद, बेफ़िकर। क़ैद की ज़िन्दगी को एक नया मोड़ मिल गया था।

आख़िर में चन्द अल्फ़ाज़ हवलदार अब्दुल रहमान खटक के बारे में ज़रूर कहूँगा जो इस क़ैदे तनहाई में मेरा हौसला बढ़ाता रहा। वह दफ़्तर में ही रहता था। जब लोग दफ़्तर बन्द करके चले जाते तो वह ट्रांजिस्टर लगाकर मेरी कोठरी के सामने रख देता और कहता, 'लो मियाँ भास्कर, अपना दिल बहलाओ।' जब कभी मार पड़ती तो वह आकर हौसला देता। उसका प्यार और ख़ुलूस तपते रेगिस्तान में एक झरने की तरह था। इस शीतल जल को मैं कभी नहीं भूल सकता। वह सही मायनों में नेकदिल था जिसने कभी मेरी तरफ़ नफ़रत भरी निगाहों से नहीं देखा। एफ.आई.सी., रावलपिंडी का केंद्र, जिसकी याद आज भी आती है तो दिल काँप उठता है, वहीं इस फ़रिश्तानुमा इनसान की जैसे ही याद आती है तो दिल उसके प्रति अहसान से झुक जाता है।

सूबेदार शेर ख़ान

मियाँवाली का लम्बा-चौड़ा पठान शेर ख़ान अंग्रेज़ों की तरह गोरा, नीली आँखें फ़िल्मों के हीरो ग्रेगरी पैक की याद दिलाती थीं। शुरू-शुरू में तो उसका सलूक इन्सानियत से भरपूर था लेकिन रफ़्ता-रफ़्ता मेजर जादून के इशारों पर बदलता चला गया। जिस दिन मैंने ख़ुदकशी की कोशिश की, उसके बाद तो मेरा जानी दुश्मन बन गया। अब तो जब-तब आते-जाते कोठरी खुलवाकर मुझे डंडों व ज़ंजीरों से पीटने लगता। मुझ पर भी जनून सवार हो गया। मैं भी उसे देखते ही दूर से उसको माँ-बहन की गालियाँ देने लगता। मुझे मालूम था कि यह तो मुझे मारेगा ही। मैं उसको ग़ुस्से से इस क़दर पागल कर देना चाहता था कि वह मुझे मार डाले। जिस दिन मार नहीं पड़ती थी, दिन नहीं गुज़रता था। मैं सैडिस्ट बन गया था। उसने गारदवालों को हुक्म दे दिया कि जब भी उसे आता देखें, मेरा दरवाज़ा बन्द कर दें।

बाहर का लकड़ी का दरवाज़ा तो हर ऑफ़िसर या किसी बाहर वाले आदमी के आने पर बन्द कर दिया जाता था, मगर मुझे सूबेदार के पैरों की आवाज़ से ही पता चल जाता था कि वह आ रहा है। मैं अन्दर से ही उसे गालियाँ देने लगता। वह भी मुझे मार-मार कर तंग आ गया था। समझ गया था कि मैं उसके हाथों मरना चाहता हूँ। अब उसने पक्के बरामदे में चलना छोड़ दिया था और कच्चे रास्ते से होकर दफ़्तर जाने लगा। मैं कई बार गारद कमांडर से पूछता कि सूबेदार शेर ख़ान नहीं आता क्या। दस दिन तक मुझे मार नहीं पड़ी मेरी हड्डियाँ खुजा रही थीं। मैंने गारद कमांडर से कहा, 'वह दल्ले का बच्चा सूबेदार शेर ख़ान आए तो उसे कहना कि तुम्हारा बहनोई तुम्हें याद कर रहा है। साला, नाई का बच्चा इतने दिन से मालिश करने नहीं आया।' गारद कमांडर को सुनकर बहुत ग़ुस्सा आया। लेकिन क़ायदे के मुताबिक़ बिना हुक्म के मुझे हाथ नहीं लगा सकता था।

जब दफ़्तर लगा तो उसने मेरे अल्फ़ाज़ ज्यों के त्यों शेर ख़ान तक पहुँचा दिए। ग़ुस्से में उफनता हुआ दनदनाता आया और कोठरी खुलवाते ही मुझे डंडों और मुक्कों पर रख लिया। साले ने दस दिन की कसर पूरी कर दी। ऊपर और नीचे की दाढ़ें तक हिला दीं। होंठ फट गए, जिस्म ख़ून से नहा उठा तभी उसका बट मैन भागता हुआ आया और बोला, 'जनाब, आपका अज़ीज़ छत से गिर गया है।' यह सुनते ही उसके हाथ वहीं रुक गए और मुझसे मुख़ातिब हुआ, 'साले, क्यों मुझसे अपनी जान पर ज़ुल्म करवाते हो? तुम तो साले पागल हो ही, मुझे भी पागल कर दिया कि तुम्हारे पीछे मैं भी अपने होश खो बैठा। शायद इसी बात की ख़ुदा ने मुझे सज़ा दी है कि मेरा लड़का छत से गिर पड़ा है।'

उसने गारद कमांडर को हुक्म दिया कि वह नायब सूबेदार अनवर साहब को ले जाकर मेरी मरहम-पट्टी करवा लाए। उसके बाद उसका सलूक मेरे प्रति बदलता गया। अब वह बड़ी ख़ामोशी से मेरे पास से गुज़र जाता। मैंने भी अपना सलूक बदल लिया था। अब मैं भी उसे कुछ नहीं कहता था। अगर मेजर जादून उसको मुझ पर ज़ुल्म करने का कोई हुक्म देता तो वह टरका जाता। उसके मुँह पर कहता, 'ठीक है जनाब, ऐसा ही होगा।' लेकिन बाद में कुछ नहीं कहता।

एक शाम मेरे पास आया और बोला, 'तुम पढ़े-लिखे होकर क्यों डंगरों की तरह सलूक कर रहे हो? अपना वक़्त अल्ला की इबादत में गुज़ारो, अपने भगवान को याद करो। वह बड़ा कारफ़रमा है। शायद तुम्हारे दुख के दिन कट जाएँ। किसी से मत कहना, तुम्हें एक बात बताऊँ, हम छह महीने लगाकर भी इन दोनों एटॉमिक एनर्जी के अफ़सरों से कुछ भी नहीं निकाल पाए हैं। जादून के लिए मुसीबत बनी है कि उन अफ़सरों के बारे में वह क्या जवाब दे, उसने इतनी देर से उन्हें यहाँ रखा है। पहले तो हम भी उनके पीछे लगकर बहुत ख़ुश हुए कि हमने एटॉमिक एनर्जी कमीशन में दो ग़द्दारों को पकड़ लिया है। मेजर जादून इतना जल्दबाज़ और जिद्दी है कि किसी की बात ध्यान से सुनने की जगह अपनी मनमानी करता है, बोलने में इस क़दर बदतमीज़ है कि जल्दी से उसके सामने अपनी राय ज़ाहिर करने की किसी को हिम्मत नहीं होती। खै़र, जैसा किया है, वैसा भुगतेगा। हम तो जूनियर हैं, हमें इससे क्या! इसलिए तुम ख़ामोशी से अपने दिन बिताओ। अगर उसकी किसी बात का जवाब तुम्हारे पास है तो दे दो, वरना ख़ामोश रह जाओ। इस वक़्त बौखलाया हुआ है। वह न जाने क्या कर बैठे। अपनी ग़लती का ग़ुस्सा तुम पर भी उतार सकता है।' यह कहकर सूबेदार शेर ख़ान चला गया।

उसी रात मेजर जादून दफ़्तर आया। गारद सन्तरी की ग़लती से मेरा लकड़ी का दरवाज़ा खुला रह गया था। आते ही सन्तरी पर पिल पड़ा। उसकी बेल्ट अरेस्ट कर ली और उसे वापस यूनिट भेज दिया। उसके बाद उसने मेरा लकड़ी का दरवाज़ा खुलवा लिया और बग़ैर कुछ पूछे-बतलाए, मारना शुरू कर दिया। बार-बार वह वही एटॉमिक एनर्जी कमीशन की कहानी पूछ रहा था जिसका मेरे पास कोई जवाब न था।

मैं मार खाता रहा। जब बेहोश हो गया तो वह चल दिया। सुबह उठा तो सारा बदन टूट रहा था। सूबेदार शेर ख़ान जब आया तो मैंने उसे रात की घटना सुनाई। वह बोला, 'मैंने तो तुम्हें पहले ही कह दिया था कि नज़ला तुम पर ही गिरनेवाला है। अब क्या किया जा सकता है! बस चन्द दिनों की बात है, तुम्हारा इधर या उधर फ़ैसला हो जाएगा। इसीलिए मैंने तुम्हें उस दिन भी कहा था कि अपने भगवान से दुआ करो। वही तुम्हें बचा सकता है। इनसान के बस में कुछ नहीं है।'

उसके बाद मैं सारा-सारा दिन पूजा पर बैठा रहता। ध्यान तफ़तीश से हटाकर इधर ही लगे रहने से सेहत भी सुधरने लगी। कोई अज्ञात शक्ति कानों में बार-बार कह रही थी कि अगर तुम्हारे जीवन में खुली हवा में साँस लेना लिखा है तो ये जँगले और दीवारें तुम्हें अपने अन्दर क़ैद नहीं रख पाएँगी। पानी के गिलास में अपनी परछाईं देखता तो चेहरे पर कुछ रौनक़ नज़र आती। जैसे मैं, मैं नहीं, कोई और था।

एक दिन दोपहर को बाहर हंगामा-सा सुनाई देने लगा। एफ.आई.सी. की गारद कुछ लोगों को अन्दर आने से रोक रही थी और बाहरवाले चिल्ला-चिल्लाकर कह रहे थे कि तुमने हमारे आदमियों को बेवजह यहाँ हिरासत में रखा हुआ है। हम उन्हें लेकर ही जाएँगे। उधर गारद कमांडर कह रहा था कि अगर किसी ने अन्दर घुसने की कोशिश की तो गोली मार दूँगा। मुझे बाद में पता चला कि एटॉमिक कमीशन के अधिकारी अपनी गारद समेत अपने आदमी छुड़वाने आए थे। दोनों तरफ़ से जब गोली चलने का इमकान पैदा हो गया तो मेजर जादून ने जनरल गुलहसन को हालात से आगाह करते हुए फ़ोन किया। वे इस वक़्त पर रावलपिंडी में कोर कमांडर थे और बाद में चलकर भुट्टो के दौर में पाकिस्तान के सी.एम.सी. बने, सुनकर उसने कहा कि 'आख़िर हैं तो ये पाकिस्तानी। उनको चले जाने दो और पीछे निगरानी लगा दो। ज़रूरत पड़ी तो फिर उन्हें ले आएँगे। मैं तुम्हारे पास आ रहा हूँ। मैं ख़ुद उस व्यक्ति से बात करूँगा जिसने तुम्हें इनके बारे में क्लू दिया है।'

इसके फ़ौरन बाद ही मैंने साथ वाली कोठरियों के जँगले खुलने की आवाज़ सुनी। फिर उनके बीच ही निकलनेवाले क़ैदियों के क़दमों की आवाज़ सुनी। वे इस तरह भागे मानो उन्हें डर हो कि कहीं फिर कोई उनको बन्द न कर दे। उनके जाने के बाद मेरे दिल को कुछ तसल्ली हो गई कि अब मेरा छुटकारा यहाँ से हो जाएगा। चाहे कहीं भी क्यों न भेज दिया जाए, लेकिन जहाँ भी जाऊँगा इससे अच्छा रहूँगा।

रावलपिंडी से लाहौर

एक सुबह सूबेदार ने मुझे सब्ज़ रंग का नया सिला हुआ जोड़ा लाकर दिया। नई चप्पलें, बनियान और अंडरवियर। कहा, 'भास्कर, आज तुम यहाँ से लाहौर जाओगे। वहाँ तुम पर मुक़दमा चलेगा।' सात बजे मेरी आँखों पर पट्टी बाँधी गई और दफ़्तर की स्टेशन-वैगन मुझे रावलपिंडी स्टेशन पर छोड़ने के लिए आ पहुँची। आज जो गारद मुझे लेने आई, वह 14 पंजाब रेजीमेंट, लाहौर की थी। गारद कमांडर ने मेरे आँखों पर पट्टी बाँधी, हाथों पर पीछे की तरफ़ हथकड़ी लगाई और गाड़ी में बैठा दिया।

एक और चार की गारद थी अर्थात् एक हवलदार, चार सिपाही। सूबेदार शेर ख़ान ने विदा होते हुए कहा, 'अच्छा भास्कर, ख़ुदा हाफ़िज़'। उसके बाद सूबेदार

शेर ख़ान बँगलादेश में 1971 की जंग में गिरफ़्तार हुआ। कोमिला छावनी पर, जहाँ मेजर कमाल रजा जादून पोस्ट होकर गया था, मुक्तिवाहिनी का सबसे पहला हमला हुआ। कोमिला छावनी में फ़ौजी अफ़सरों के बच्चे तक मार डाले गए।

यह सब मुझे 1971 की जंग के अख़बार पढ़ने पर मालूम हुआ। सूबेदार शेर ख़ान उन दिनों मेरठ में क़ैद था। उसने सन्देश दिया था, 'मैं हिन्दुस्तान से सूबेदार शेर ख़ान बोल रहा हूँ जी, मैं मियाँवाली पुनूखैल का रहनेवाला हूँ जी, अगर कोई भाई मेरा सन्देश सुनता हो तो उसे मेरे बीवी-बच्चों तक पहुँचा दे। मैं यहाँ बिलकुल ठीक-ठाक हूँ।' रावलपिंडी से चलते हुए मैंने कभी यह ख़्वाब में भी नहीं सोचा था कि क़ुदरत मुझ पर ज़ुल्म करनेवालों से इस तरह बदला लेगी।

ख़ैर, पिंडी एक्सप्रेस लाहौर की तरफ़ चल पड़ी। गारद कमांडर ने मेरी आँखें खोल दीं और हथकड़ी एक हाथ में कर दी। उस गारद में सभी सिपाही ख़ूबसूरत नौजवान लड़के-से थे। ये सारे रास्ते बड़ी मुहब्बत से पेश आए। अपने साथ कई बार उन्होंने चाय पिलाई और जो कुछ भी खाया, वही मुझे दिया। मैं डिब्बे में लोगों की निगाहों का केन्द्र था। लोग उनसे पूछते थे, 'तुम इस नौजवान को हथकड़ी लगाकर क्यों ले जा रहे हो,' तो वे यही जवाब देते, 'यह हमारी यूनिट का सिपाही है, फ़रार हो गया था। अब इसे वापस यूनिट ले जा रहे हैं।'

उन्होंने किसी को यह नहीं पता चलने दिया कि मैं हिन्दुस्तानी हूँ। शाम पाँच बजे हम लाहौर पहुँच गए। हमें रिसीव करने के लिए यूनिट की थ्री टनर गाड़ी आई हुई थी, जिसमें बिठाकर मुझे यूनिट की क्वार्टर गारद में ले गए। मैं चन्द महीनों से सिर्फ़ एक टाइम खाना खा रहा था। सोमवार और शुक्रवार का व्रत रखा करता था, और सिर्फ़ उबले हुए आलू खाया करता था। यहाँ तक़रीबन दो महीने गुज़रे कि मुझे एक दूसरी क्वार्टर गारद में भेज दिया गया जहाँ दिन-रात हाथ पीछे को बाँध दिए जाते और पाँव में भी बेड़ी लगाई जाती।

मैंने इसका विरोध किया, क्योंकि बग़ल में बड़ी गाँठें पड़ गई थीं। मैंने खाना खाना छोड़ दिया। लिहाज़ा उनको मेरी हथकड़ी एक हाथ में करनी पड़ी। बेड़ी भी हटा दी गई। यह 13 पंजाब रेजीमेंट थी जो 65 की लड़ाई में डोगराई क्षेत्र में हथियार फेंककर भागी थी। इसके बहुत से जवान मारे गए थे। इसीलिए इस रेजीमेंट के जवानों का बरताव मेरे साथ ठीक नहीं था। हाँ, क़ानूनन वे मुझे हाथ नहीं लगा सकते थे। क्वार्टर गारद के सामने परेड ग्राउंड था। सुबह बिगुल बजते ही यूनिट के जवान परेड ग्राउंड में परेड के लिए आ जाते और मैं परेड देखा करता।

फिर एक दिन यूनिट के सूबेदार सिकन्दर सुल्तान ने मुझे बतलाया कि बहुत जल्द मेरा कोर्ट मार्शल होनेवाला है, मुझ पर सेक्शन थ्री ऑफ़ दी ऑफिशियल सीक्रेट एक्ट के तहत मुक़दमा चलाया जाएगा। मैं हर रोज़ इस बात का इन्तज़ार

करता कि कब मुक़दमा चले। एक रोज़ रात को सपना आया कि मुझे कुछ सिपाही एक मोटर में बिठाकर किसी ऐसी जगह छोड़ आए हैं जिसके चारों तरफ़ ऊँची-ऊँची दीवारें हैं। मैं हड़बड़ाकर उठ बैठा। दिल बहुत परेशान था, डर रहा था कहीं अटक के क़िले में न भेज दिया जाए। इस क़िले में जो हिन्दुस्तानी जाता है वह फिर कभी बाहर नहीं आता। उसकी क़िस्मत में वहाँ का खाना और मरने पर मिट्टी का तेल छिड़ककर जला दिया जाना लिखा होता है। ऐसे क़ैदियों पर 32वीं डिफेंस ऑफ़ पाकिस्तान रूल्ज़ लगाया जाता है, लेकिन मुझ पर तो 29 डिफेंस ऑफ़ पाकिस्तान रूल्ज़ लगा था। फिर भी इन लोगों का कुछ पता नहीं कब दफ़ा बदलकर मुझे वहाँ भेज दें।

दस-ग्यारह बजे के क़रीब कोठरी का दरवाज़ा खुला और एक हवलदार तथा चार सिपाही मेरे सामने खड़े थे। मैंने सोचा कि आज शायद अदालत लगेगी और मुझे उसमें पेश किया जाएगा, लेकिन उन्होंने मेरी आँखों पर पट्टी बाँधी, हथकड़ी लगाई और गाड़ी पर बिठाकर ले चले। गाड़ी लाहौर की रौनक भरी सड़कों के बीच गुज़र रही थी। अचानक एक जगह गाड़ी रुकी, आखों से पट्टी उतारी तो मेरा दिल ख़ुशी से झूम उठा। मैं शाही क़िला लाहौर में था।

ऊँची दीवारोंवाला सपना सच हो गया और मेरे सामने इंस्पेक्टर दुर्रानी साहब बैठे थे, जो अब डी.एस.पी. बन चुके थे। बड़ी मुहब्बत से पेश आए। हाथों से हथकड़ी उतरवा दी और कुर्सी पर बैठने के लिए कहा। बड़े प्यार से उसी तरह हाल-चाल पूछने लगे, जैसे हम किसी बाहर से आए सम्बन्धी का पूछते हैं।

एक बार फिर शाही क़िला, लाहौर में

अभी बातें हो ही रही थीं कि राजा गुल-अनार ख़ान वहाँ आ पहुँचे। दौड़कर मुझसे बग़लगीर हुए और बोले, 'शुक्र है ख़ुदा का, भास्कर, तुमने हमारी इज़्ज़त रख ली, वरना हम तो यहाँ काँप रहे थे कि अगर पिंडीवाले तुमसे कुछ नई बात निकाल लेंगे तो हमारे लिए जवाब देना मुश्किल हो जाएगा। लेकिन तुमने उनसे यह क्यों कहा कि हमने शाही क़िले में तुम्हें हाथ तक नहीं लगाया? हमने तो उनको लिखा था कि हम सभी तरीक़े इस्तेमाल करके भी तुमसे कुछ नहीं निकाल सके हैं।'

मैं बोला, 'राजा साहब, सुख और दुख तो मुक़द्दर की बात है, मैं किसलिए उनसे झूठ बोलता? आपने जिस प्यार से मुझे यहाँ रखा, वह मैं कभी भुला नहीं सकता और वहाँ अक्सर आपकी याद आया करती थी। आपने मुझे किन भेड़ियों के हवाले कर दिया? आप उनको अपने से बहुत बड़ा समझते हैं, दरअसल वे आपके

क़दमों में बैठने लायक़ भी नहीं। उन्होंने तंग करने का हर तरीक़ा इस्तेमाल किया। बात वहीं है जहाँ थी। बेवजह एक बात के पीछे पड़े रहे, जिसका न कोई सिर था, न पैर। आख़िर तंग आकर उनको मुझे छोड़ना पड़ा। बात मेरी समझ में नहीं आती, अब मुझे किसलिए यहाँ भेजा है?'

वह बोले, 'तुम्हारे साथ जो कुछ हुआ है हमें वह सब मालूम है। हमें उसका सख़्त अफ़सोस भी है। लेकिन क्या करें, इन फ़ौजी लोगों के आगे हम मजबूर हैं। तुम्हारा यहाँ आने का मक़सद भी तुम्हें बतला दिया जाएगा। उसके बारे में तुमसे दुर्रानी साहब बात करेंगे। सोच-समझकर जवाब देना और कोई ऐसा वादा मत करना जो तुम निभा न सको। अब तुम दुर्रानी साहब से बात करो, मैं चलता हूँ।'

उनके जाने के बाद दुर्रानी साहब बोले, 'देखो भास्कर, हमें अफ़सोस है कि तुम्हें इस क़दर मुश्किलों का सामना करना पड़ा। हम तो चाहते हैं कि तुम्हें आज़ाद कर दें और तुम हिन्दुस्तान जाकर हमारे लिए काम करो।' मैं बोला, 'क्या बचपने की बात करते हैं चौधरी साहब! तीन साल लगातार मुझे सताकर आज अचानक आपको मुझसे काम लेने का ख़याल आया। आपके लिए यह सोचना भी हिमाकत है कि मैं आपके लिए हिन्दुस्तान जाकर काम करूँगा। अब अगर मैं आपका एतबार करूँ तो मुझसे बड़ा बेवक़ूफ़ कोई नहीं। अगर आप मेरा एतबार करें तो यही बात आपके लिए भी सच है।'

वह बोला, 'देखो, बेवक़ूफ़ी की बात मत करो। हम तुम्हें एक मौक़ा दे रहे हैं अपनी ज़िन्दगी बनाने का। हिन्दुस्तानवालों ने तो तुम्हारी ज़िन्दगी ख़राब कर दी। अब अगर तुम लौट भी जाओ, जिसकी अभी दस-पन्द्रह साल तक कोई उम्मीद नहीं, तो वे ही तुम्हें शक की निगाह से देखेंगे, दूसरे वे तुम्हें कौड़ी के मोल नहीं पूछेंगे। वे अफ़सर, जिन्होंने तुम्हें भेजा है, तुम्हें पहचानने से इनकार कर देंगे। तुम तो यहाँ आराम से बैठे जेल की रोटियाँ तोड़ रहे हो, उधर तुम्हारी बेबस माँ लोगों के बर्तन माँजकर गुज़ारा चलाती है और तुम्हारी बीवी नौकरानियों जैसी ज़िन्दगी गुज़ार रही है। अपने बेटे की तरफ़ सोचो, जिसका अभी मुँह नहीं देखा। हम जेल से तुम्हारे फ़रार होने का नाटक रचेंगे। तुम्हारी फ़रारी की ख़बर अख़बारों और रेडियो में देंगे। तुम्हें सिर्फ़ इतना करना है कि या तो किसी तरह ख़त लिखकर अपने माँ-बाप को यहाँ बुला लो या अपनी बीवी या बहन को। वह ज़मानत के तौर पर हमारे पास रहेंगे। हम उन्हें मेहमानों की तरह रखेंगे। जब तुम पाँच साल तक हमारे लिए काम कर चुके होंगे, तो हम उन्हें वापस भेज देंगे।'

मैंने कहा, 'बहुत ख़ूब दुर्रानी साहब, क्या ड्रामा रचा है! यह कौन जानता है कि यह फ़रारी का ड्रामा होगा या मौत का? आप मुझे फ़रार दिखाकर वहीं पर गोली भी मार सकते हैं। रही माँ-बाप या बीवी या बहन को बुलाने की, तो उसके बारे में

मेरा कहना है कि मेरी क़िस्मत में जो दुख-सुख लिखा है, वह मैं भोग ही रहा हूँ। मैं अपने किए की सज़ा उनको क्यों दूँ? मुझे आपका सुझाव बिलकुल मंज़ूर नहीं।' मेरा जवाब सुनकर वह झुँझला उठे, बोले, 'देखो, ज़्यादा अक़्लमन्द बने की कोशिश मत करो। सन् 1953 के क़ैद हुए जासूस अभी तक हमारी जेलों में सड़ रहे हैं, उनके माँ-बाप को किसी ने पूछा तक नहीं। वे दाने-दाने को मोहताज़ भिखमंगों की ज़िन्दगी गुज़ार रहे हैं। अपनी जवानी पर तरस खाओ और मेरी बात मान लो। मैं तुम्हारे भले के लिए कह रहा हूँ।'

'अपना भला तो जो होना था, हो चुका चौधरी साहब! अब तो बुरा ही बुरा है, और मैं उसके लिए पूरी तरह तैयार हूँ। आप नाराज़ न हों। मिटे हुए को मिटने की कुछ परवाह नहीं होती। इसलिए आपका समझाना बेमानी है।' मैंने जवाब दिया।

'ठीक है, जैसी तुम्हारी मर्ज़ी।' वह बोले, 'तुम जैसा पढ़ा-लिखा आदमी भी अनपढ़ों की तरह सलूक करेगा, इसकी मुझे उम्मीद न थी। जाओ, जाकर अपनी कोठरी में आराम करो।'

गारद मुझे मेरे कमरे में छोड़ गई। अब मुझे हाथीख़ाने में नहीं बल्कि गेट के क़रीब की कोठरियों में बन्द किया गया था। इन कोठरियों में वही क़ैदी रखे जाते थे जिनकी तफ़तीश मुकम्मल हो चुकी हो। मेरी कोठरी में था खोहसिंह वल्द फ़ैसलासिंह।

शाम ढले खोहसिंह को मेरे साथ बन्द कर दिया गया। उसके सारे जिस्म पर सलाखों से जलाए जाने के निशान थे। रात ढले जब मैं पूजा करने बैठा तो वह ग़ुस्से से बोला, 'बकवास बन्द कर। दुनिया को नींद आई है। क्यों सोए हुए परमात्मा को तकलीफ़ देता है। यह अल्लाह की नगरी है, यहाँ तेरे परमात्मा की नहीं चलेगी।' फिर वह बड़ी देर तक बड़बड़ाता रहा। कह रहा था, 'कहाँ से मेरे साथ पंडित को बन्द कर दिया। पहले साला मुसल्ला बनकर कट्टे खाता रहा। अब भगवान कृष्ण को याद कर रहा है। गउओं का रखवाला यहाँ आकर क्या करेगा? चुपचाप सो जा और दूसरों को सोने दे।'

उसकी भयानक शक्ल और भयानक आवाज़ और बोलने के रंग-ढंग से लगता था कि पागल हो गया है। मैं चुपचाप मन-ही-मन अपना पाठ करने लगा। खाना खाकर हटे तो वह सन्तरी से बोला, 'ओ दल्ली क़ौम के नमूने, सिगरेट लगवा।' मैं सोचने लगा कि सिपाही उसे फिर निकालकर मारेंगे। लेकिन ऐसा नहीं हुआ। वे लोग उसे मार-मारकर तंग आ चुके थे। सिगरेट पीने के बाद वह फिर मुझसे बोला, 'क्यों भई, ज़िन्दा हो कि मर गए साले! कोई बात करो, क्या मनहूसियत फैला रखी है।' मैं तो ख़ुद बात करने को तरस रहा था। मैंने उससे पूछा, 'तुम्हारा असली नाम क्या है?'

'अबे ओ साले, बामन की औलाद, मेरा एक हाथ पड़ा तो तेरा भेजा निकल जाएगा। मेरा नाम खोहसिंह है और बाप का नाम फ़ैसलासिंह। इससे ज़्यादा तो ये साले नहीं पूछ सके, तू साला कौन होता है पूछनेवाला? ख़बरदार, जब तक मेरे साथ बन्द है, जाती ज़िन्दगी के बारे में बात मत करना।'

मैं सकपकाकर रह गया। वह एकदम ठहाका मारकर हँसा। बोला, 'अरे साले, डर क्यों गया है। देख, न मैं तुझसे पूछूँगा कि तू यहाँ क्या करने आया था और न तुम मुझसे पूछना। इसी में भलाई है। तुझे बारह टाहनी (शतरंज जैसा खेल) खेलनी आती है?' मैंने कहा, 'हाँ,' इस पर उसने घड़े का किनारा तोड़कर लकीरें खींचकर बारह टाहनी बनाई और खेल शुरू हो गया।

वह साथ-साथ बातें भी करता जाता था। बोला, 'यह खेल शतरंज की बहन है और तू जानता है कि शतरंज बादशाह लोगों का खेल है जिन्हें कोई काम नहीं होता। न नौकरी की चिन्ता, न रोटी की फ़िकर। एक के बाद एक बाज़ी जमती चली जाती है। नौकर हैं, कोई खाना दे रहा है, कोई पानी भर रहा है, कोई हुक़्क़ा लगा रहा है। वही हाल हमारा है। यहाँ कोई काम नहीं। ख़ानसामाँ खाना दे जाता है, भिश्ती पानी भर जाता है और सन्तरी साले ग़ुलामों की तरह सिगरेट सुलगाते हैं। बेटा, इतने नौकर तो तुम्हें घर पर भी नहीं नसीब हुए होंगे।'

उसकी इस कल्पना पर मैं ठहाका लगाकर हँस पड़ा और बड़ी देर तक हँसता रहा। दिल के बहलाने को ग़ालिब यह ख़याल अच्छा है। वह खेलने में बहुत माहिर था और हर बार मेरी बाज़ी मात हो जाती थी। उसको हराने की हसरत दिल ही में रह जाती थी। या तो मैं हार जाता या बाज़ी बराबर रह जाती।

इस तरह कितने ही दिन बीत गए कि एक शाम राजा साहब ने बताया कि मुझे मजिस्ट्रेट के सामने पेश किया जाना है जहाँ मेरे दफ़ा 164 के बयान होंगे। उसके बाद मुझे कोट लखपत जेल, लाहौर भेज दिया जाएगा। 27 नवम्बर, 1970 की सुबह मुझे हथकड़ी लगाई गई और एक वैन में बिठाकर लाहौर कचहरी फर्स्ट क्लास मजिस्ट्रेट सैयद मिर्ज़ा जावेद दस्तगीर के सामने पेश किया गया। मेरे साथ राजा गुल-अनार ख़ान भी था। यह दफ़ा 164 के बयान हक़ीकी नहीं थे, महज एक ड्रामा था। जो कुछ राजा साहब को लिखाना था, लिख दिया और उसने मुझसे दस्तख़त करवा लिये।

शाम पाँच बजे मुझे कोट लखपत जेल ले जाया गया। जेल की ड्योढ़ी में मुझे डिप्टी दारोग़ा सैयद काज़मी ने रिसीव किया। राजा साहब ने मेरी बाबत सबकुछ बतला दिया था। वह मुझे फाँसी की कोठरियों में ले गया जहाँ लगभग तेरह हिन्दुस्तानी क़ैदी थे। मुझे भी बन्द कर दिया गया। सबसे पहले मुझे भारतीय क़ैदी सोहनलाल मिला। यह आदमपुर का रहनेवाला था और चौदह साल की सज़ा काट

रहा था। उसके बाद चननसिंह, भुल्लर, यूनस मसीह, जैकब मसीह, गुलजारसिंह आदि दूसरे हिन्दुस्तानी क़ैदी थे। उन्होंने मुझे गले लगा लिया। मेरा हुलिया बिलकुल ब्राह्मणोंवाला था। घुटा हुआ सिर, लम्बी चोटी, माथे पर हल्दी का तिलक और गले में माला। पंडितों की तरह धोती बाँध रखी थी। कमीज़ पहननी छोड़ी हुई थी। सर्दी के दिन थे।

उनसे मालूम हुआ कि वहीं क़रीब बारह नम्बर बैरक में अमरीकसिंह भी क़ैद है। सोहनलाल और चननसिंह को भी अमरीकसिंह ने ही गिरफ़्तार करवाया था। उन्होंने बतलाया कि अमरीकसिंह, शिवकुमार उर्फ़ टेडी के साथ जब मुझे पकड़वाने के बाद फिर पाकिस्तान आया तो ये दोनों पाकिस्तान की इंटेलीजेंस यूनिट 595 एफ.आई.ए., लाहौर (जिसने मुझको गिरफ़्तार किया था) के मेजर ऐजाज़ मक़सूद के पास ठहरे। उस रात जब उनको मेजर मक़सूद से पैसा मिला तो यह आपस में जुआ खेलने बैठ गए। जिसमें टेडी सब कुछ हार गया, यहाँ तक कि अपने हाथों की अँगूठियाँ भी। टेडी ने अमरीकसिंह से उधार माँगा तो उसने इनकार कर दिया। इस पर टेडी ने एक चाल चली। 596 एफ.आई.ए. के कुछ काग़ज़ात निकाले। अमरीकसिंह ने जो अफ़ीम भारत स्मगलिंग करने के लिए रखी हुई थी उसके बीच दबा दिया। फिर मेजर ऐजाज़ से कहा कि अमरीकसिंह पाकिस्तान को धोखा दे रहा है। यक़ीन न हो तो उसकी अफ़ीम की तलाशी ली जाए। उसमें ज़रूर कुछ निकलेगा। मैंने उसे छुपाते हुए देखा है।

अमरीकसिंह सोया हुआ था। मेजर ऐजाज़ ने उसे उठाया और कहा, ‘चलो, तुम्हें सरहद पार करवा आऊँ।’ चलने से पहले जब उसकी अफ़ीम की चेकअप की गई तो उसमें सीक्रेट पेपर्स थे। अमरीकसिंह के होश उड़ गए। उसको वहीं से मारते हुए गाड़ी में बिठाकर शाही क़िलेवालों के हवाले कर गए जहाँ उसकी तक़रीबन एक साल तफ़तीश होती रही।

शिवकुमार जब अमरीकसिंह को गिरफ़्तार कराकर लौट रहा था तो उसके साथ उसका एक और स्मगलर दोस्त महिन्दर भी था। शिवकुमार के पास काफ़ी पैसा था। यह अमरीकसिंह से छीनकर मेजर ऐज़ाज ने उसे दे दिया था। इनाम के तौर पर अमरीकसिंह की एक मन अफ़ीम भी थी। जब महिन्दर और शिवकुमार भारत की सीमा पर पहुँचे तो महिन्दर ने लालच में आकर शिव को गोली मारकर दरिया में बहा दिया।

ये बातें शिव और अमरीकसिंह के एक और साथी बलवीरसिंह से मालूम हुईं जो आजकल पाकिस्तान में नज़रबन्द था। इस तरह क़ुदरत ने देशद्रोहियों के साथ इन्साफ़ कर दिया था! अमरीकसिंह बहुत बुरी हालत में बारह नम्बर बैरक में दिन गुज़ार रहा था। हालत पागलों जैसी थी। हिन्दुस्तानी उसे मुँह नहीं लगाते थे और

पाकिस्तानी उसे ग़द्दार समझते थे। वे कहते थे, 'जो अपने देश का नहीं हो सकता, हमारा कैसे हो सकता है?' वह सबकी नज़रों का शिकार था। उसको बेड़ियाँ लगी हुई थीं। आरामपरस्त इनसान को जब काम करना पड़ जाता है तो वह उसके लिए मौत ही है। वह पागलों की तरह जेल के अधिकारियों से लड़ता, 'मैं तुम्हारा वफ़ादार रहा हूँ। तुम्हें मुझसे ऐसा सलूक नहीं करना चाहिए।' जिस पर जेलवाले आकर उसे पीटते और कहते, 'तुम वफ़ादार होते तो कभी जेल में न आते और हिन्दुस्तानवालों को ही तुम बेवकूफ़ बना सकते हो, हमको नहीं।'

नज़रबन्द हिन्दुस्तानी क़ैदियों की चाय इकट्ठी बना करती थी। बारह नम्बर बैरक में एक बार सोहनलाल के साथ मैं चाय लेने गया तो सोहनलाल ने मुझे इशारा करके बतलाया कि तुम्हारा यार अमरीकसिंह बैठा है। मैं उसे पहचान नहीं पाया। बढ़ी हुई दाढ़ी, झुर्रीदार चेहरा, पहलवानोंवाला जिस्म ढल गया था। वह मरे-मरे हाथों से बान बट रहा था।

उबलता हुआ चाय का पतीला मैं उठाकर चलने लगा। उसने मुझे सलाम किया। एक बार जी में आया कि उबलती हुई चाय उसके ऊपर गिरा दूँ। फिर सोचा, क़ुदरत जिसे सज़ा दे, उसे इनसान को सज़ा देने का क्या हक़ है! क्यों न क़ुदरत का तमाशा देखूँ!

हमारी बैरक उसकी बैरक के पीछे पड़ती थी और कई बार हमें अमरीकसिंह की चीख़ें सुनने को मिलीं। मशक़्क़त उससे होती नहीं थी इसलिए मार पड़ती थी। एक बार एक पागल ने उसके सिर में ईंट मार दी लेकिन हममें से कोई उसका हाल पूछने तक नहीं गया। यूँ लग रहा था, उसके पाप उसके आगे आ रहे हैं। वह ख़ुद मौत के लिए दुआएँ माँगता था, लेकिन मौत उसे मिलती नहीं थी। अभी तो उसकी सज़ायाफ़्ता ज़िन्दगी का पहला साल था और आगे बरसों का सफ़र तय करना था।

क्या वह यहाँ से ज़िन्दा लौट सकेगा–लौट भी गया तो क्या जीने के क़ाबिल रहेगा? क्या हिन्दुस्तानी सरकार उसे ज़िन्दा छोड़ेगी? यही ख़यालात उसे हर घड़ी पागल किए दे रहे थे। शिकारी अपने ही जाल में फड़फड़ा रहा था।

घर को पहला पत्र और उसका उत्तर

कोट लखपत जेल में मैं पंडित के नाम से मशहूर हो गया था। क़ैदी लोग आकर मुझे हाथ दिखाते और भेंट में फल, सिगरेट या कभी-कभी कुछ पैसे दे जाते, जो मैं अपने साथियों में बाँट देता। साथी लोगों की मौज थी। इन्हीं हाथ दिखानेवालों में एक पन्द्रह साल का लड़का था लियाक़त; क़सूर का रहनेवाला। उसे क़त्ल के केस में

बीस साल की क़ैद हुई थी। हाईकोर्ट में उसकी अपील चल रही थी। उसने मुझे हाथ दिखाया। रमल का हिसाब लगाकर मैंने उसे बताया कि वह तीन महीने के अन्दर घर पर होगा। उसके ज़रिए मैंने पहला ख़त घर के पते पर हिन्दुस्तान भिजवाया, जिसका एक हफ़्ते बाद ही जवाब आ गया।

पत्र पर मेरे लड़के झलकेश्वर का अँगूठा लगा था। वह इस वक़्त तक़रीबन सवा दो साल का था। गिरफ़्तारी के वक़्त माँ के पेट में था और मेरी गिरफ़्तारी के चार महीने बाद पैदा हुआ था। घर में सब कुशल से थे। पत्र पाते ही मैं नाचने लगा। मुंशी नज़ीर को पैसे देकर मैंने मिठाई मँगवाई और चिट्ठी लानेवाले मुंशी को पाँच रुपए का इनाम दिया। पहले तो उसे वह ले नहीं रहा था, लेकिन मेरे बहुत इसरार करने पर ले लिये। बैरक के सभी क़ैदियों का मुँह मीठा करवाया। अभी यह ख़ुशी मनाई ही जा रही थी कि लियाक़त की रिहाई का समाचार आ गया। वह जाते वक़्त काफ़ी मिठाई, पैसे, पोस्टकार्ड और लिफ़ाफ़े मुझे दे गया। उसके बाद ही घरवालों के साथ चिट्ठियों का सिलसिला जारी हुआ।

जब अमरीकसिंह को बारह नम्बर बैरक में मेरे यहाँ चिट्ठियाँ आने की ख़बर मिली तो तत्काल उसने दारोग़ा से शिकायत की कि मैं नज़रबन्द होने की हैसियत से चिट्ठी नहीं लिख सकता। तलाशी ली गई लेकिन मेरे पास कुछ होता तो मिलता, मेरा तो सारा सामान पाकिस्तानी दोस्तों के पास रहता था। जेल-दारोग़ा हाजी इफ़्तख़ार ने मुझे बतला दिया, 'अमरीकसिंह ने तुम्हारी लिखित रूप में शिकायत की है और उसकी कॉपी सी.आई.डी. वालों को भी भेजी है। लिहाज़ा हम मजबूर हैं, हाँ, तुम्हारे घर से जो चिट्ठियाँ आएँगी, वे तुमको मिल जाएँगी। तुमने अमरीकसिंह को घर से चिट्ठी आने की मिठाई भिजवाकर अच्छा नहीं किया। वह बहुत कमीना है। तुम निजी तौर पर अगर घर चिट्ठी लिखो तो उसमें लिख देना कि वे लोग ख़त मिलने का ज़िक्र अपनी चिट्ठी में न किया करें। तुम परदेश में हो, मैं तुम्हारा दर्द समझता हूँ। मगर क्या करूँ, मेरे भी हाथ बँधे हुए हैं। चन्द रोज़ बाद तुम हवालाती हो जाओगे और तुम पर मुक़दमा चलने लगेगा। तब तुम पर ऐसी कोई पाबन्दी नहीं होगी। तब तक के लिए ज़रा एहतियात बरतो और अपने घर से ख़त आने की ख़बर किसी को मत लगने दो। मैं चिट्ठी लानेवाले मुंशी को भी समझा दूँगा।'

उसके बाद मैं इस तरफ़ से बिलकुल चौकस हो गया और किसी को कानोकान मेरे ख़त आने का पता न चलता। माँ-बाप की हालत, जैसे कि पत्रों से पता चलता था, बहुत बुरी थी, लेकिन मैं कर क्या सकता था! एक बार तो मैंने उनके दुख भरे पत्रों से झुँझलाकर लिख दिया कि 'आइन्दा पत्र लिखना हो तो मेरा हौसला बढ़ानेवाला पत्र लिखें, वरना बन्द कर दें। मैं तो दुश्मनों की क़ैद में हौसला रखकर

दिन गुज़ार रहा हूँ और मुझे यह तक नहीं पता कि ये लोग मुझे सज़ाए-मौत देंगे या उमर क़ैद! क्या वे अपने देश में बैठे, इकट्ठे रहते हुए हौसले से काम नहीं ले सकते?' उसके बाद घरवालों ने अपने ख़तों का स्वर बदल दिया। पता नहीं किस शक्ति से प्रेरित होकर मैंने माँ को लिखा कि मैं तीन-चार साल में वापस लौट आऊँगा। इस पर मेरी बीवी प्रभा ने लिखा कि मैं हौसले से रहूँ। सारी उम्र भी उसे मेरा इन्तज़ार करना पड़ा तो करेगी।

बीवी का मासूम चेहरा अब हर घड़ी आँखों के आगे रहने लगा, जिसे क़िस्मत ने आठ महीने बाद ही जुदा कर दिया था। वह बेटा, जिसे मैंने अभी तक देखा नहीं था और जिसके चेहरे-मोहरे की मैं कल्पना किया करता, आँखों के आगे बाँहें फैलाए खड़ा यूँ लगता जैसे कह रहा हो, 'पापा, घर कब आओगे?'

अब सिर्फ़ एक ही चिन्ता थी कि कहीं मुझे सज़ाए-मौत न हो जाए। फिर उस ईश्वर पर यक़ीन करता जिसने शाही क़िला और एफ.आई.सी., रावलपिंडी की ढाई साल की तफ़तीश में मुझे ज़िन्दा रखा और वहाँ से निकाल लाया। ज़रूर एक न एक दिन वह मुझे घर भी ले जाएगा और यही विश्वास सदा मेरे साहस का आधार बना रहा। जिसमें सहायक थी मेरे अपनों की दुआएँ। मुझे उनके लिए ज़िन्दा लौटना है, चाहे कुछ भी हो जाए।

भगवान ज़रूर कुछ-न-कुछ रास्ता निकालेगा, मुझे विश्वास था। मैंने कोई ऐसा पाप तो नहीं किया है, जो कुछ भी किया है अपनी जननी जन्मभूमि के लिए ही। अगर इस राह पर चलते हुए शहीद भी होना पड़ा तो कोई बात नहीं।

ग़ालिब ने लिखा है :

'जान दी दी हुई उसी की थी
हक़ तो यह है, कि हक़ अदा ना हुआ।'

मेरी बीवी

बीवी जिसे उर्दू में रफ़ीक़े हयात (जीवनसाथी) कहते हैं, इनसान के जीवन में एक बहुत महत्त्वपूर्ण कार्य करती है। बहुत सारे महान पुरुषों के जीवन की पृष्ठभूमि में उनकी पत्नी का चेहरा हर पहलू झाँकता रहा है। अनगिनत लेखक, कवि, कलाकार, नेता, अभिनेता अपनी पत्नी से प्रेरणा पाकर सिद्धि एवं प्रसिद्धि की चरम सीमा को पहुँचे हैं। उनके जीवन की उपलब्धियों में से यदि उनकी पत्नी की भूमिका हटा दी जाए तो वह महत्त्वहीन होकर रह जाएँगे। मेरी जीवनसाथी प्रभा भी मेरे लिए प्रेरणा, साहस, आत्मविश्वास की मूर्ति रही है।

उससे मेरी मुलाक़ात मोग़ा में हुई थी, जब मैं बी.एड. कर रहा था। हमने उसके माता-पिता की इच्छा के विरुद्ध विवाह किया। उसके पिता श्री सतप्रकाश सूद, दारोसलाम, तंजानिया में रेलवे चीफ़ कंट्रोलर थे। काफ़ी अमीर घर था, लेकिन मैं उसे तीन कपड़ों में विवाह कर लाया था।

जब मैं इधर पाकिस्तान में क़ैद था तो उन्होंने बहुत ज़ोर लगाया कि बेटी को अपने साथ ले जाएँ लेकिन वह किसी तरह भी उनके साथ जाने को राज़ी नहीं हुई। यहाँ तक कि घर से बाहर निकलकर उन्हें रेलवे स्टेशन पर विदा करने भी नहीं गई। कहा, 'मेरे पति लौट आएँगे तो फिर मैं उनके साथ आपको जहाज़ पर सी-ऑफ़ करने दिल्ली भी चली जाऊँगी। लेकिन उनकी अनुपस्थिति में मैं घर का दरवाज़ा भी लाँघने को तैयार नहीं।' उसका विचार करके लक्ष्मण जी की पत्नी उर्मिला का चेहरा सामने घूम जाता है जिसके प्रति मैथिलीशरण गुप्त ने लिखा था :

अवधि शिला का था उर पर गुरु भार,
तिल-तिल काट रही थी दृग जल धार।

किन्तु यहाँ तो अवधि शिला का माप भी अनन्त था और अनिश्चित भी। मुझे याद है वह गीत जो उन दिनों मैं क़ैद में गाया करता था :

'वादा किया था हमने है साथ जीना-मरना,
ज़िन्दा हूँ मैं यहाँ, तुम मेरा इन्तज़ार करना...
आएँगी फिर बहारें, पतझड़ नहीं रहेगी,
और यह ग़म की हवा भी—यूँ न हमेशा बहेगी
जो मुझसे प्यार है तो मेरे ग़म से प्यार करना
मेरा इन्तज़ार करना...

और उसने इन्तज़ार किया। इतना ही नहीं, मुझे प्रेरणा भरे, साहस भरे पत्र लिखकर नया जीवन दिया।

जेल में जिन दिनों मुझे पत्र आते थे, मैं अपने साथियों के साथ बहुत कम बोलता, और कभी किसी से झगड़ा नहीं करता था। मुझे याद है, एक दोपहर जब मैं उसकी चिट्ठी बार-बार पढ़ रहा था तो मेरा एक हिन्दुस्तानी साथी सतीश मुझे बार-बार छेड़ते हुए कुछ मनहूस बातें अपने मुँह से निकाल रहा था। मैंने उसे बहुत मना किया, लेकिन वह नहीं माना। मैं भी अपना सब्र खो बैठा। सब्ज़ी छीलनेवाला चाक़ू लेकर मैं उसके पीछे दौड़ा तो वह 'मार दिया, मार दिया' कहता हुआ भागा। उसके पाँव में बेड़ियाँ थीं। मगर वह जान बचाने के लिए बहुत तेज़ भाग रहा था। बैरक से दूसरे क़ैदी निकलकर बाहर आ गए। नम्बरदार भी हैरान, कि आज मुझे क्या हो गया है। ऐसी हालत में वह आमतौर पर ख़तरे की सीटी बजा देते हैं। उन्होंने

ऐसा नहीं किया। मुझे पकड़ लिया और पूछा, 'पंडित, क्या हुआ?' मेरे बतलाने से पहले ही सतीश छोकरियों की तरह रो-रोकर उनसे कहने लगा, 'इससे चाक़ू छीन लो, नहीं तो यह मुझे मार देगा।' मुझे उसकी हालत देखकर हँसी आ गई और तरस भी। मैंने उसे चाक़ू थमा दिया और बोला, 'साले, रोता क्यों है? तुझे मैंने पहले कितनी बार मना किया था कि मुझे मत छेड़।'

नम्बरदारों को जब असल बात का पता चला तो उनको भी बहुत ग़ुस्सा आया, मेरे रोकते-रोकते उसे दो-तीन डंडे जमा दिए। बोले, 'पहले साले पंगा लेता है, फिर छोकरियों की तरह रोता है!' वे तो उसे क़सूरी बैरक में बन्द करने जा रहे थे, जहाँ सुबह-शाम जूतियाँ पड़ती हैं! लेकिन मेरे कहने पर रुक गए। इसका नतीजा यह निकला कि उसके बाद मेरे साथ किसी हिन्दुस्तानी क़ैदी ने वाहियात या मनहूस मज़ाक करने की जुर्रत नहीं की।

मार्शल लॉ के वे दिन

यह उन दिनों की बात है जब पाकिस्तान पूरी तरह मार्शल लॉ के शिकंजे में था। हर क्षेत्र में फ़ौजी हुक्मरानों की मनमानी चलती थी। ज़रा-ज़रा-सी बात पर सड़क पर लोगों के कान पकड़वा दिए जाते और बेंत लगाए जाते। लाहौर में हज़ारों स्त्री-पुरुषों को साइक़िल पर डबल राइडिंग के अपराध में सरेआम कान पकड़कर सौ-सौ बैठकें लगाने पर मजबूर किया गया। याह्या ख़ाँ जान-बूझकर अपनी हुकूमत क़ायम रखने के लिए चुनावों को टरका रहा था। इसलिए चारों तरफ़ हड़ताल और प्रदर्शन हो रहे थे। जगह-जगह चलती-फिरती फ़ौजी अदालतें क़ायम की गई थीं जो लोगों को वहीं के वहीं सज़ा सुना देतीं। सज़ा में अक्सर कोड़े लगते और भारी जुर्माने होते। उन दिनों मार्शल लॉ एडमिनिस्ट्रेटर चीमा हुआ करते थे। उनके पड़दादा सिक्ख थे और वह हर मुल्ज़िम को यह कहा करते थे, 'दिस इज़ दी कोर्ट ऑफ़ रणजीतसिंह! धुनकर रख दूँगा।'

एक बार उनकी अदालत में एक गाँव के झगड़े का मुक़दमा आया। शाम के तक़रीबन पौने पाँच बजे थे। झगड़ा पीपल के एक पेड़ के लिए था जिस पर दोनों पार्टियाँ आपस में झगड़ पड़ी थीं। अदालत उठने को ही थी कि थानेदार पेश हुआ और बोला, 'जनाब, इलाक़ा क़सूर चुनिया, गाँव का एक झगड़ा है।' इस पर चीमा साहब ने पूछा, 'वैल, क्या झगड़ा है?' थानेदार बोला, 'जनाब, एक पीपल है।' चीमा साहब ने उसकी अगली बात सुनने से पहले ही हुक्म दाग दिया, 'ठीक है, सुबह पीपल को अदालत में पेश करो।' और यह कहकर वह चलते बने। थानेदार हैरान-

परेशान, करे तो क्या करे। बेचारा रातो-रात ट्रक लेकर गाँव गया, पेड़ कटवाया और ट्रक में लदवाकर सुबह अदालत के अहाते में ले आया। जब थानेदार पेश हुआ तो चीमा साहब ने फ़रमाया, 'वैल, तुम पीपल को लाए?' तो थानेदार बोला, 'जी, हुज़ूर!'

'तो पेश क्यों नहीं करते?'

'जनाब, वो बाहर कटा पड़ा है।'

चीमा साहब ग़ुस्से में आ गए। बोले, 'तुम कैसे निकम्मे थानेदार हो, जो एक रात उसकी हिफ़ाज़त नहीं कर सके और उसे कोई मार-काटकर चला गया? अब लाश लेकर मेरे पास पहुँचे हो?' थानेदार बोला, 'जनाब वो आदमी नहीं, दरख़्त है जिस पर दोनों पार्टियाँ अपना हक़ जता रही हैं। जनाब के हुक्म के मुताबिक़ मैं उसे कटवाकर ट्रक में लदवा लाया हूँ।'

'तो बेवकूफ़ इनसान, पहले क्यों नहीं बताया कि आदमी नहीं, दरख़्त है। सुबह से अदालत का वक़्त जाया कर रहे हो। याह्या ख़ाँ फ़रमाते हैं कि तुम सिविल लोग हुकूमत चलाने के क़ाबिल नहीं हो। चलो बाहर, और दोनों पार्टियों को लाइन में खड़ा करो। कितने आदमी हैं वह?'

'बत्तीस जनाब! एक तरफ़ पन्द्रह, एक तरफ़ सत्रह।'

'ठीक है, मैं बाहर आ रहा हूँ।' यह कहते हुए चीमा साहब बाहर आ गए।

ट्रक के दोनों तरफ़ पार्टियाँ क़तार बाँधे खड़ी थीं। बाहर आते ही उन्होंने हुक्म दिया, 'गारद के आठ जवान बुलाओ।' फ़ौरन ही आठ सिपाही अटेंशन होकर खड़े हो गए तो उन्होंने हुक्म फ़रमाया, 'वैल, जवान, तुम चार इस पार्टी के साथ और चार इस पार्टी के साथ, यह दोनों पार्टियाँ आधी-आधी लकड़ी सिर पर उठाकर गाँव को पैदल मार्च करेंगी। जहाँ कोई साला रुकने की कोशिश करे, उसको वहीं दस जूते लगा देना और थानेदार साहब, तुम इनके पीछे साइक़िल पर चलोगे और जो जवान अपना फ़र्ज़ पूरा न करे, उसकी बेल्ट अरेस्ट कर लेना। फिर हम उसको देखेंगे। नाउ वन टू थ्री, गो! क्विक मार्च, यही हमारा इन्साफ़ है।'

यह कहते हुए वे वापिस अन्दर चले गए और मुसीबत आ गई बेचारे गाँववालों की जिन्हें लकड़ी सिर पर उठाकर तीस किलोमीटर लगातार पैदल चलकर अपने गाँव पहुँचना था। इस क़िस्म की लतीफ़ेबाज़ियाँ उनकी अदालत में रोज़ का काम था। एक हलवाई का दूध में पानी मिलाने के कारण चालान हुआ। उस पर यह हुक्म नादर किया गया कि सुबह नौ बजे से लेकर शाम पाँच बजे तक जब तक कि अदालत उठती नहीं है, उसका नाक एक मिनट पानी के अन्दर और फिर एक मिनट पानी के बाहर रखकर उसे गोते दिए जाएँ और पाँच बजे के बाद वह अपनी नाक ज़मीन पर रगड़ता हुआ रेंगता-रेंगता अपनी दुकान तक जाए।

इस प्रकार की सज़ाओं का अच्छा असर भी देखने को आया। लोग अपराध करते हुए डरने लगे। लेकिन फ़ौज़ हुकूमत के नशे में चूर कमीनी हरकतों पर भी उतर आई। जिनको फ़ौज में कोई दर्जा हासिल था, वे आपस की दुश्मनियाँ निकालने लगे। जब जिसे चाहें, उसे पकड़कर नज़रबन्द कर दे। कोई पूछनेवाला नहीं था।

लेकिन बिगड़ी हुई क़ौम मार्शल लॉ के बिना सीधी भी नहीं हो सकती थी क्योंकि देश का एक बड़ा हिस्सा ज़राइम और जोरू की कमाई पर पल रहा था। चार शादियों की इजाज़त का जो दुरुपयोग यहाँ होता है, वह न तो भारत में देखने को मिलता है और न ही किसी और इस्लामी मुल्क में। बहुतों ने तो यह पेशा ही बना लिया है कि चार बीवियों में से एक को लाहौर में रखा है, दूसरी को मुलतान में, तीसरी को सियालकोट में और चौथी लायलपुर में। आप मियाँ अपने-आपको ट्रेवलिंग सेल्समैन पोज़ करते हैं। एक की कमाई लेकर दूसरी के पास जा पहुँचते हैं और जो उनकी दिखाई राह पर चलने से इनकार करती है, पटाख से तलाक़ देने में कोई कठिनाई नहीं।

हक़ मेहर के नाम पर अक्सर ग्यारह या इक्यावन रुपए औरत को दिए जाते हैं। बड़े घरानों में तो हक़ मेहर अब लाख तक जा पहुँची है, लेकिन मरना तो ग़रीब लड़कियों को पड़ता है और सबसे अधिक वही इस ज़ुल्म का शिकार होती हैं। इनके ख़ाविन्द इनके लिए ग्राहक तलाश करते हैं, उनकी कमाई पर ऐश करते हैं।

यहाँ अपराध के अनेक रूप देखने को मिलते हैं। कोई मलंग बनकर अपने चेलों-चपाटों द्वारा पहुँचा हुआ पीर होने का दावा करता है। लोग उसके पास नोट दुगुने कराने आते हैं। 'डब्बा' पीर इस बारे में बहुत मशहूर हुआ और जिस दिन वह गिरफ़्तार हुआ, उस दिन के सारे अख़बार उसकी काली करतूतों से भरे पड़े थे।

इन पीरों का पाखंड भी देखते ही बनता है। जी भरकर चिलम में चरस भरकर दम लगाते हैं और अपने क़रीब आनेवालों को नंगी गालियाँ देते हैं। चिमटे मारते हैं। जो जितना अधिक लोगों को अपने से दूर भगाता है, वह उतना ही अधिक पहुँचा हुआ माना जाता है।

क़सूर का 'नाड़ा' पीर करामत अली शाह भी बड़ा मशहूर हुआ है। वह अपने कमरे में औरतों को एक-एक करके बुलाता था। उसने एक खूँटी पर एक नाड़ा बाँध रखा था। ख़ूबसूरत औरत को कहता था, 'नाड़ा खोल'। अगर औरत अपनी सलवार का नाड़ा खोल देती तो पीर साहब के पौ बारह, उनकी मुराद पूरी, और अगर वह ऐसा करने पर कुछ बोलने लगती, तो ग़ुस्से में फ़रमाते, 'बेवकूफ़, तुम्हारी क़िस्मत फूट गई। हमने तुम्हें उस खूँटी पर से नाड़ा खोलने को कहा था। जहाँ तुम्हारी क़िस्मत को गाँठ लगी हुई है। तुमने पीर पर शक करके गुनाह किया है,

जिसकी तुम्हें सज़ा मिलेगी।' औरत बेचारी ख़ौफ़ज़दा होकर काँपने लगती। बहुत मिन्नत-समाजत के बाद जनाब उस पर रहम फ़रमाते और फ़रमान करते, 'तुम जुमेरात के दिन हमारे हजूर में एक मुर्ग़ा और ज़र्दे की देग़ हाज़िर करो, अल्लाह तुम्हारा यह गुनाह बख़्श देगा। दूसरे काम के बारे में फिर देखेंगे।' जिस दिन उनकी पोल खुली, उनकी बहुत धुनाई हुई। उनका मुँह काला करके गधे पर उनका जुलूस निकाला गया। उसके बाद वह कभी क़सूर के आस-पास दिखाई नहीं दिए।

ग़ैर-क़ानूनी तौर पर हथियार यहाँ आम मिलते हैं और यही राज़ है वहाँ अपराध पनपने का। पेशावर के आगे एक जगह है 'लंडी-कोतल' जहाँ विदेशी पिस्तौलों के ढेर लगे होते हैं, जिसकी इच्छा हो वह ख़रीद ले। वहां से यह हथियार पंजाब पहुँचते हैं और फिर भारत स्मगल होकर आते हैं। क़लमनुमा एक गोलीवाला पिस्तौल 100 रुपए में बिकता है। लाहौर के हर घर में प्राय: ग़ैर-क़ानूनी हथियार पाया जाता है और इस रविश को तीन फ़ौजी हुकूमतें भी नहीं बदल सकीं। जब इस क़िस्म के संगीन हथियार लोगों के पास आम होंगे तो ज़ाहिर है, वे उनसे पटाखे तो चलाएँगे नहीं, लूटमार ही करेंगे। दिन-दहाड़े बाज़ार में चाक़ू और पिस्तौल दिखाकर लोगों को लूटा जाता है और पुलिस इन गुंडों से महीना लेती है।

लेकिन मज़हब के प्रति जितने पाकिस्तानी भाई कट्टर हैं, वह जज़्बा हमारे धर्मनिरपेक्ष भारत के मुसलमानों में भी कम ही दिखाई देता है। हमारे यहाँ तो मज़हब के नाम पर छुरा ताने हुए हाथ अधिक उठते हैं, अल्लाह की दुआ के लिए कम। लेकिन पाकिस्तान में अधिकतर लोग रोज़े और नमाज़ के पाबन्द हैं। जुमे (शुक्रवार) के दिन दफ़्तर दोपहर को बन्द हो जाते हैं और ज़्यादातर लोग खुतबे में शरीक होते हैं। रमज़ान के महीने के नज़ारे देखने लायक़ हैं। सारा दिन होटल और रेस्तराँ बन्द। रोज़ाख़ोरी करना और उसमें मदद देना क़ानूनन जुर्म है। अगर कोई ऐसा करता हुआ पकड़ा जाता है तो कोड़ों की सज़ा दी जाती है। लोग शाम को बड़े चाव से एक-दूसरे का रोज़ा खुलवाते हैं हाथों में नमक और सन्तरे लिये हुए। और इसे बहुत पुण्य का काम समझा जाता है। सुबह रोज़ा लगते और खुलते वक़्त जंग के दिनों जैसे सायरन बजाकर सूचना दी जाती है। यह अमल पूरा रमज़ान का महीना चलता रहता है। जब ईद का चाँद दिखाई देता है तो तोपों के गोले चलाकर ख़ुशी प्रकट की जाती है। लाहौर की शाही मस्जिद में ईद की नमाज़ का मंज़र देखने के क़ाबिल होता है।

मेरे कहने का यह अर्थ नहीं है कि वहाँ इस्लामी फ़िरके नहीं हैं। शिया और सुन्नी मुसलमानों में मुहर्रम के दिनों में अक्सर टकराव होता है। कई बार तो हालात इतने क़ाबू से बाहर हो जाते हैं कि फ़ौज को दख़ल देना पड़ता है। मुहर्रम के दिनों में मुलतान का नज़ारा देखनेवाला होता है। शिया मुसलमान क़ाफ़िले की शक्ल में

'या हसन, या हुसैन' करते हुए सोग़वार (शोक) पोशाक पहने निकलते हैं, छाती पीटते हुए। कइयों ने ज़ंजीरें पहनी होती हैं जिन पर छोटी-छोटी छुरियाँ लगी होती हैं। यह 'या अली' का नारा बुलन्द करते हुए अपनी छाती पर छुरियाँ मारते चले जाते हैं। ख़ून की ततीरियाँ बहती हैं। जहाँ-जहाँ से वह जुलूस गुज़रता है, वहाँ-वहाँ की सड़क ख़ून से नहा उठती है, लेकिन सुन्नी मुसलमानों को उनकी यह हरकत नहीं जँचती। उनका कहना है कि हज़रत मुहम्मद साहब के नवासे हसन और हुसैन ने राहे इस्लाम में शहादत पाई थी। उनका इस तरह मातम मनाना उसकी शहादत को दाग़दार करना है। लिहाज़ा वह जुलूस पर पत्थर बरसाने लगते हैं। फिर दोनों तरफ़ से छुरे, लाठियाँ और बन्दूकें चल जाती हैं। गुंडों की मौज बन जाती है। वे इस झगड़े की आड़ में दुकानें लूटकर आग लगा देते हैं।

शिया लोगों से भी बदतर हालत बेचारे मिरजई मुसलमानों की है। उनको शिया और सुन्नी नफ़रत की निगाह से देखते हैं। मिरजई मुसलमानों का पैगम्बर 'कादिया' शहर (पंजाब, भारत) का निवासी था जहाँ उसने जन्नत और दोज़ख़ बनाए हुए थे। उसके पैरोकार मिरजई कहलाते हैं। सन् '68 में तो मिरजई मुसलमानों के ख़िलाफ़ पाकिस्तान में जिहाद उठ खड़ा हुआ था और जमीयते इस्लाम पाकिस्तान ने तमाम उलेमाओं से सरकार के लिए यह फ़तवा ले लिया था कि आइन्दा किसी मिरजई मुसलमान को सरकारी नौकरी पर न रखा जाए और न ही उन्हें वोट देने का हक़ हासिल हो। अगर फ़ौजियों को खाने की मेज़ पर यह पता चल जाता कि उनके बीच कोई मिरजई मुसलमान है तो वे खाना छोड़कर उठ खड़े होते और उसको अलहदा बैठकर खाने पर मजबूर कर देते।

इनसे भी बुरी दशा बेचारे दीनदार मुसलमानों की है। ये लोग ज़ात के भंगी और भिश्ती हैं। एक तो यह वैसे ही अहसासे कमतरी का शिकार हैं, और उनकी औलाद अपना पैतृक पेशा ही अपनाने को मजबूर है। दूसरे, पाकिस्तान में इन्हें वे सुविधाएँ हासिल नहीं हैं जो भारत में भंगियों को मिलती हैं। इनकी जुर्रत नहीं होती, अपने से ऊँची ज़ात के मुसलमानों के बराबर बैठने की। अधिकतर इन लोगों का काम अपना पैतृक पेशा, मज़दूरी करना, मरे हुए जानवरों की खाल उतारना और हड्डियों का व्यापार है। कोई इक्का-दुक्का दीनदार ही किसी इज़्ज़तदार जगह को हासिल कर पाता है वरना अधिकांश दीनदारों की ज़िन्दगी शेख़ों के तलवे चाटते गुज़रती है।

सैयद मुसलमान अपनी पोजीशन का जिस क़दर दुरुपयोग करते हैं वह बयान से बाहर है। सैयदों को आले रसूल हज़रत मुहम्मद साहब का वंशज कहा जाता है। उनको हक़ हासिल है दूसरों की बहू-बेटी हथियाने का, लेकिन किसी दूसरे की मजाल नहीं कि वह सैयदानी की तरफ़ आँख उठाकर भी देख सके। सैयद चाहे चोर,

बदमाश या लफंगा ही क्यों न हो, लोग फिर भी उसकी क़दमबोसी ही करते हैं। उससे ताबीज बनवाते हैं, चढ़ावा चढ़ाते हैं, उनकी शान के ख़िलाफ़ ग़लती से भी अगर कोई लफ़्ज़ निकल जाए तो अस्तफिग़ार पढ़ते हैं। उसकी हुक्म-अदूली करना गुनाह समझते हैं। सैयदों के इशारे पर क़त्ल हो जाते हैं, घर फूँक दिए जाते हैं। इतना होने के बावजूद किसी की जुर्रत नहीं कि इन सैयदों के ख़िलाफ़ आवाज़ उठा सके, क्योंकि वह आले रसूल के ख़िलाफ़ बग़ावत समझी जाएगी और कोई मुसलमान मरने के बाद दोज़ख़ में जाना स्वीकार नहीं करता, चाहे उसे सारी ज़िन्दगी दोज़ख़ अर्थात् नरक में ही क्यों न गुज़ार देनी पड़े। इसी अन्धविश्वास का इनके द्वारा फ़ायदा उठाया जाता है और ये एक फ़र्ज़ी जन्नत का भुलावा देकर भोले-भाले अनपढ़ अन्धविश्वासी लोगों को लूटकर उनकी ज़िन्दगी दोज़ख़ से भी बदतर बनाए रखते हैं।

फाँसी की कोठरियों के बीच

कोट लखपत की जेल में फाँसी पहरे में बत्तीस कोठरियाँ थीं, जिसमें एक सिरे की तीन कोठरियों में हिन्दुस्तानी क़ैदी थे। बाक़ी सबमें तीन-तीन या पाँच-पाँच की गिनती में सज़ा-ए-मौत के क़ैदी थे। हर रोज़ कोई-न-कोई फाँसी पर लटकाया जाता और हर रोज़ बाहर से कोई-न-कोई उसकी जगह मौत की सज़ा सुनकर नया आ जाता। उनकी संख्या में कमी होने की बजाय दिन-प्रतिदिन वृद्धि होती थी। वहाँ अक्सर वे क़ैदी थे जिनकी हाईकोर्ट और सुप्रीमकोर्ट से अपील ख़ारिज हो चुकी थी, या प्रेसीडेंट के पास रहम की फ़रियाद चल रही थी जहाँ 80 प्रतिशत फ़रियादें ख़ारिज कर दी जाती थीं। बहुत हैरानी होती थी उनको देखकर कि वे मौत के मुँह में बैठकर भी ठहाके लगाते, गीत गाते और अपनी जवाँमर्दी का भरम क़ायम रखने के लिए 'या अली' का नारा बुलन्द करते हुए फाँसी चढ़ जाते थे।

मैंने बहुत कम लोगों को फाँसी लगने से पहले रोते या आँसू बहाते देखा। रोए भी तो वे जो बेक़सूर थे। किसी-किसी को अपनी जवान बीवी के लिए आँसू बहाते देखा। कई बार तो एक-एक दिन में इकट्ठे छह-छह आदमी फाँसी लगाए गए। फाँसी देने की इत्तला एक दिन पहले क़ैदी को दे दी जाती थी और उस दिन घरवालों से उसकी आख़िरी मुलाक़ात कराई जाती थी। फाँसी का फट्टा इसी बैठक के एक कोने में था जिसके चारों ओर चारदीवारी थी। जिसे फाँसी देना होता, उसे फाँसी के कुएँ के क़रीब की कोठरी नम्बर बत्तीस में बन्द किया जाता। अगर फाँसी पानेवालों की तादाद एक से अधिक होती तो साथ वाली दूसरी कोठरियाँ भी ख़ाली करवाकर

उसको उनमें बन्द कर दिया जाता। कुछ लोग ऐसे भी होते थे जो अपना मानसिक सन्तुलन खो बैठते थे और ऊल-जलूल बकने लगते थे। लेकिन ऐसे लोगों की संख्या कम ही थी।

एक दिन का ज़िक्र है कि फाँसी पहरे में हंजरवाल, ज़िला लाहौर गाँव के छह क़ैदी सैदा, अनवर, वट्टू, सरवर वग़ैरह सज़ाए-मौत पाकर आए। सैदा की अपने चचाजाद भाई से बहुत दुश्मनी थी और इससे पहले भी दोनों ख़ानदानों में काफ़ी क़त्लोग़ारत हो चुकी थी। एक शाम सैदा अपने दो भाइयों, दो बेटों और एक भतीजे को साथ लेकर अपने चचाज़ाद भाई के यहाँ गया। इन्होंने जाते ही उसके घर को चारों तरफ़ से घेर लिया और मिट्टी का तेल छिड़ककर आग लगा दी। जिस किसी ने भी निकलकर भागने की कोशिश की, उसे गोली मार दी। इसके भतीजे की बहू के पेट में बच्चा था। वह सैदे की बहन की लड़की थी। वह पाँवों में आकर गिर पड़ी और गिड़गिड़ाई कि मैं तो तेरी बहू-बेटी हूँ, मुझे तो न मार। मेरे पेट में बच्चा है, इस पर तरस खा। लेकिन पत्थरदिल सैदा बिलकुल मोम नहीं हुआ। बोला, 'तेरे पेट से जो भी पैदा होगा, वह सैदा का दुश्मन होगा। इसलिए मैं यह ख़तरा क्यों मोल लूँ?' सैदा ने उसकी बाँहें पकड़ीं और अनवर ने उसके पाँव और उस रोती-कुरलाती को आग की लपटों के बीच उछाल दिया। इस तरह इन्होंने ग्यारह इनसानों की जान ली। दो बच्चे, जो तक़रीबन पाँच और सात साल के थे, वे गेहूँ के दाने रखनेवाले मिट्टी के पिटारा में जा छुपे। जब मलबा हटाया गया तो वे उन पिटारों में धुएँ की वजह से बेहोश पड़े थे। वही इस नर-संहार के चश्मदीद गवाह थे। सैदा और उसके पाँच साथियों पर बारह लोगों के क़त्ल का मुक़दमा चला, जिसमें वह बच्चा भी शामिल था, जिसे दुनिया देखना भी नसीब नहीं हुआ, और सात महीने का वह माँ के पेट में ही जलकर राख हो गया।

बच्चों के बयान पर इन सबको सज़ाए-मौत हुई और ये फाँसी पाने के लिए हमारी बैरक में बन्द किए गए। इनमें सबसे ख़ूबसूरत और नौजवान बाईससाला सरवर था। उस जैसा ख़ूबसूरत जवान मैंने अपनी ज़िन्दगी में नहीं देखा। जिस दिन इनको फाँसी का हुक्म आया उस दिन भी इनके चेहरे पर कोई ग़म की परछाईं नहीं दिखी। सुबह चार बजे जब इन्हें नहलाकर बारी-बारी से मौत के कुएँ की तरफ़ से ले जाया गया तो ये बहुत ज़ोर से 'या अली' का नारा बुलन्द करते हुए फाँसी की कोठरियों की तरफ़ गए और इन्हें एक साथ तीन-तीन खड़े करके फाँसी दे दी गई। गले में फन्दा डालने तक इनके नारों की आवाज़ें हमें अपनी कोठरी में सुनाई देती रहीं, उधर उस सुनसान रात में जेल के बाहर इन छहों की बीवी और बच्चों की चीख़ें भी साफ़ सुनाई दे रही थीं। अगले दिन इनकी लाशें जेल से बाहर उनके घरवालों के हवाले की गईं।

एक और ज़ालिम जिसे फाँसी की सज़ा पाते मैंने देखा, वह था मुहम्मद सादिक 'उर्फ़ ज़च्ची घुट'। इसे छोटे-छोटे बच्चे उठाकर अगवा करने के जुर्म में सज़ाए-मौत दी गई थी। पाकिस्तान में बच्चे उठाने का जुर्म इस क़दर बन्द हो गया कि इस अपराध के लिए दफ़ा 364-ए के तहत मुक़दमा चलता है और क़ैदी को चौदह साल से लेकर सज़ाए-मौत तक की सज़ा दी जाती है। यह शख़्स भी अक्सर मेलों में थानेदार पुलिस की वर्दी पहनकर जाता, जो बच्चे माँ-बाप से भटक गए होते, उनको यह कहकर हासिल कर लेता कि वह बच्चे के माँ-बाप को ढूँढ़कर बच्चे को उनके हवाले कर देगा। इस तरह इसने ढाई सौ बच्चे उठाए और उन्हें या तो भिखारियों के हाथ बेचा या ख़ूबसूरत बच्चों को इलाक़ा ग़ैर में पठानों के हाथ। जो बदसूरत या कम ख़ूबसूरत होते उन्हें यह भीख मँगवानेवाले गिरोह को बेच देता, जो इन मासूम बच्चों की आँखें फोड़कर, हाथ-पैर तोड़कर उनसे भीख मँगवाते थे। बड़े बच्चों की भी आँखें फोड़ दी जाती थीं, चेहरा बदशक्ल कर दिया जाता। छोटे बच्चों को तहख़ानों में रखा जाता। जब तक बड़े न हो जाते, उन्हें वहाँ से नहीं निकलने दिया जाता था और जब यह यक़ीन हो जाता कि अब इनके माँ-बाप भी इन्हें नहीं पहचान सकेंगे तो तहख़ानों से बाहर निकालकर जेब काटने की ट्रेनिंग दी जाती और इस तरह ये मासूम बच्चे सारी ज़िन्दगी दूसरों के मोहताज होकर उनकी जेबें भरते रहते।

लाहौर में भिखारियों के अपने-अपने इलाक़े हैं और इन्हें गुंडे सरदार नीलाम करते हैं। कोई भी भिखारी ठेका भरे बग़ैर किसी इलाक़े में भीख नहीं माँग सकता। ख़ूबसूरत बच्चे इलाक़ा ग़ैर में पठानों के यहाँ बेच दिए जाते जिनको वह बड़ा हो जाने पर लौंडा बनाकर रखते और उससे बदफ़ेल (बुरा कर्म) करते। पठानों में लौंडा रखना बड़ी शान की बात समझी जाती है और जिस पठान सरदार के यहाँ लौंडा नहीं होता, उसकी क़दर नहीं होती।

जिस दिन मुहम्मद सादिक गिरफ़्तार हुआ उस दिन भी मेले में से एक बच्चे को पुरानी तरकीब भिड़ाकर हासिल करके ले जा रहा था। तभी पाकिस्तान सी.आई.डी. के एक आदमी को उस पर शक हो गया और उसने उसका पीछा किया। जब उसे पुलिस स्टेशन की बजाय शहर से बाहर सुनसान इलाक़े की तरफ़ जाते देखा तो उसका शक और भी गहरा हो गया। इस तरह उसके ठिकाने का पता लगा लिया। शाम को जब छापा पड़ा तो उस बच्चे समेत तहख़ानों से बीस बच्चे और बरामद हुए, जो बचपन से लेकर वहाँ पल रहे थे और अपने माँ--बाप का पता तक भी नहीं जानते थे। इसे सज़ाए-मौत हुई। यह वाकई बुज़दिल की तरह रोता, गिड़गिड़ाता, चीख़ता, पुकारता फाँसी पर चढ़ा। काश, यही सज़ा भारत में भी बच्चे उठानेवालों को दी जाती वरना जिस तेज़ी से यह जुर्म हमारे देश में भी बढ़ रहा है, हो सकता है, एक दिन यह पाकिस्तान में इस जुर्म की होनेवाली संख्या को भी पछाड़ दे।

अच्छा पहलवान

पाकिस्तानी फ़िल्म 'मलंगी' के मशहूर डायरेक्टर निर्माता मुहम्मद अशरफ़ उर्फ़ अच्छा पहलवान कोट लखपत जेल में बीस साल की क़ैद काट रहे थे। उनके ऊपर क़त्ल का इल्ज़ाम था और उनके भाई मुहम्मद अकमल उर्फ़ अक्का पहलवान सज़ाए-मौत के क़ैदी थे। अच्छा पहलवान का सलूक हिन्दुस्तानी क़ैदियों के प्रति बहुत बिरादराना था। वे मेरा बहुत आदर करते थे। मुझे याद है कि जब उन्होंने मुझे सर्दियों में नंगे पाँव घूमते देखा तो फ़ौरन बाज़ार से नए जूते मँगवाकर दिए। बहुत साधु तबीयत थी उनकी। मुहम्मद अकमल, उनके छोटे भाई, को आए हुए चन्द ही दिन हुए थे कि उसको फाँसी लगने का हुक्म आ गया। बेचारे फ़ौरन दौड़ते हुए मेरे पास आए। बोले, 'पंडित जी, आप अपने भगवान के आगे मेरे भाई के लिए दुआ करें कि आज रात उनकी जान बच जाए। मुझे आपमें पूरा अक़ीदा (विश्वास) है।' मैं बोला, 'अच्छा पहलवान, मैं इन ज़ंजीरों में जकड़ा हुआ ख़ुद अपने लिए कुछ नहीं कर पा रहा हूँ तो तुम्हारे लिए क्या करूँगा!' इस पर उसने उर्दू का एक शेर पढ़ा :

'निगाहे मरदे मोमिन से
बदल जाती हैं तक़दीरें
जो हो ज़ौक़े यक़ीं पैदा
तो कट जाती हैं ज़ंजीरें।

बोला, 'मुझे कामिल यक़ीन है कि तुम्हारा उस ख़ुदा की ज़ात में पूरा यक़ीन है। इसीलिए मैं तुम्हारे पास आया हूँ।' मैं बोला, 'ठीक है, अच्छा पहलवान, तुम एक बार मुझे अपने भाई के पास ले चलो, मैं उसका हाथ देखना चाहता हूँ।' अच्छा पहलवान ने फ़ौरन चीफ़ वार्डन रफ़ीक़ शाह को बुलाया और मेरी कोठरी खुलवाई और मुझे अकमल के सामने ले गए।

मुहम्मद अकमल तक़रीबन अपना दिमाग़ी सन्तुलन खो बैठा था। देखते ही बोला, 'आओ पंडित जी, मुझे फाँसी कोई नहीं लगा सकता। अगर ज़रूरत पड़ी तो जँगले काटकर आपको अपने साथ लेकर आपके मुल्क चला जाऊँगा।' मैं बोला, 'अकमल पहलवान, एक मिनट अपना दायाँ हाथ दिखाओ।' मैंने देखा कि आयु-रेखा चालीस साल की उम्र में टूटकर फिर जुड़ी है। मैं बोला, 'अच्छा पहलवान, ज़िन्दगी और मौत ख़ुदा के हाथ है, लेकिन इस शख़्स को तो 80 वर्ष की ज़िन्दगी बितानी है। चाहे ख़ुदा कोई भी करिश्मा दिखाए, इसकी ज़िन्दगी बच जाएगी। आप इत्मीनान रखें।' वह बोला, 'पंडित जी, आज रात चार बजे इसे फाँसी लगनी है। सदर (प्रेसीडेंट) से अपील भी ख़ारिज हो चुकी है। मन नहीं मानता लेकिन फिर भी मुझे आपके अल्फ़ाज़ पर यक़ीन है।'

हम अभी बातें कर ही रहे थे कि तभी अच्छा पहलवान की मुँहबोली बहन मलिकाए तरन्नुम नूरजहाँ, पाकिस्तान की मशहूर फ़िल्मी हस्ती और गायिका अपने छठे पति मुहम्मद यूसुफ़ के साथ अकमल पहलवान से मुलाक़ात के लिए आ पहुँची और बोली, 'अच्छा भाई जान, मैं सिर्फ़ आपको यह बतलाने आई हूँ कि अभी हवाई जहाज़ से सदर याह्या ख़ाँ के पास जा रही हूँ अक्का पहलवान को माफ़ी दिलवाने के लिए, आप यक़ीन रखें, मुझे कुछ भी क्यों न करना पड़े, मैं इन्हें फाँसी नहीं लगने दूँगी। अब बराए करम वक़्त बरबाद न करें। मैं चलती हूँ, ख़ुदा हाफ़िज़।' यह कहते हुए वह करोड़ों दिलों की धड़कन चल पड़ी। उसके पीछे-पीछे चल रहा था उसका छठा पति ख़ूबसूरत नौजवान यूसुफ़ ख़ान, जिसके बारे में पाकिस्तानी फ़िल्मी दुनिया में मशहूर है कि उसने सिर्फ़ फ़िल्मी दुनिया में अपना कैरियर बनाने के लिए और नूरजहाँ की बहुत बड़ी दौलत पाने के लिए उससे शादी की थी, अब ग़ुलाम की तरह चल रहा था।

नूरजहाँ पचास साल की उम्र में भी तीस से अधिक नज़र नहीं आ रही थी। हाल ही में इंग्लैंड से अपने सारे जिस्म की प्लास्टिक सर्जरी कराकर लौटी थी, और उसका जिस्म देखकर फ़रिश्तों का भी ईमान डगमगा सकता था। जब वह यह कहकर चली कि मैं याह्या ख़ाँ के पास जा रही हूँ, मैंने तभी अन्दाज़ा लगा लिया कि चाहे सूरज पूर्व की बजाय पश्चिम से क्यों न निकल आए, अक्का पहलवान को फाँसी नहीं लगेगी। मैं जनरल याह्या ख़ाँ की आशिक़ाना तबीयत के बारे में बहुत कुछ सुन चुका था। वह शराब और शबाब का रसिया था। पाकिस्तान की मशहूर तवायफ़ जनरल अकलीम अख़्तर रानी की चौखट पर वह जिस तरह सिर रगड़ा करता था, उसका बयान आगे चलकर करूँगा। तो ऐसा शख़्स नूरजहाँ के साँचे में ढले जिस्म को पाकर क्या नहीं कर देगा। किसी की जान बख़्शना तो मामूली बात थी।

मैंने अच्छा पहलवान से कहा, 'अशरफ़ भाई, जिस ख़ुदाई करिश्मे का मैं ज़िक्र कर रहा था, वह हो गया है। आप यक़ीन रखें, आज की रात एक बजने से पहले ही अकमल भाई की सज़ा-ए-मौत ख़त्म।' जैसा मैंने पहले कहा, अच्छा पहलवान ग़रीब क़ैदियों, ख़ासतौर पर हम परदेशी हिन्दुस्तानियों के लिए अपने दिल में बहुत प्यार रखता था। वह हर किसी के पास जाता और पूछ-पूछकर उसकी ज़रूरतों को पूरा करता। किसी को सर्दी में सिकुड़ते देखता तो अपनी शॉल उतारकर उसे दे देता, यह सोचे बग़ैर कि उसकी क़ीमत कितनी है। हर क़ैदी उसे सच्चे दिल से चाहता था। उसके भाई अकमल का दूसरे क़ैदियों से न तो सलूक अच्छा था और न ही उसके आमाल। लेकिन फिर भी अच्छा पहलवान का भाई होने के नाते सबकी यही ख़्वाहिश थी कि वह फाँसी से बच जाए।

शाम छह बजे हमें अपनी-अपनी कोठरियों में बन्द कर दिया गया। अक्का पहलवान की कोठरी पर ख़ास पहरा बिठा दिया गया, क्योंकि सुबह चार बजे उसे फाँसी दी जानी थी। नींद मेरी आँखों से कोसों दूर थी। मैं जँगले के पास बैठा इसी बात की राह देख रहा था कि कब कोई आए और मुझे बताए कि अक्का पहलवान की सज़ाए-मौत माफ़ कर दी गई है। रात के बारह बजे जेल का डॉक्टर आकर अकरम पहलवान का डॉक्टरी मुआयना भी कर गया। उसके बाद जेल का मौलवी आया, आख़िरी खुतबा देने के लिए, वह भी चला गया।

घड़ी ने एक बजाया कि तभी नम्बरदार नज़ीर मेरे पास भागा हुआ आया। बोला, 'पंडित जी, अच्छा पहलवान ने आपके लिए यह मिठाई भेजी है। अकरम पहलवान की फाँसी की सज़ा टूट गई है।' दिल बहुत ख़ुश हुआ। मेरा उनका सिर्फ़ इन्सानियत का सम्बन्ध था, वरना मैं उनका बदतरीन दुश्मन था और वे मेरे। फिर भी मैं उनके लिए प्रार्थना कर रहा था। उस जेल के बीच न हम हिन्दू थे, न मुसलमान। सब के सब अपने हालात और आमाल के नतीजों में घिरे हुए बेकस मजबूर इनसान थे।

पीर सादक शाह और मुल्ला मुज़फ़्फ़र

जेल की बन्द सलाखों और चारदीवारी के भीतर कुछ ऐसे क़ैदी भी होते हैं जो जेल में रहकर भी जेल के क़ानूनों का आदर नहीं करते और किसी पर जुल्म होता देखकर बर्दाश्त नहीं करते। ऐसे ही दो क़ैदी थे, मुल्ला मुज़फ़्फ़र और पीर सादक शाह। दोनों में बहुत गहरी छनती थी। जेल का अमला भी उनसे डरता था। दोनों के तक़रीबन सौ-सौ शागिर्द क़ैदी थे जो उनके एक इशारे पर जान देना, जान लेना मामूली बात समझते थे।

एक बार ऐसा हुआ कि हिन्दुस्तानी क़ैदियों से दुगुनी मशक़्क़त ली जाने लगी जो उनके बस से बाहर की बात थी। लिहाज़ा उन्हें रोज़ मार पड़ती। इस क्रम को चलते कुल तीन दिन ही हुए थे कि आवाज़ मुल्ला मुज़फ़्फ़र के कान में पड़ी। जब उसे हक़ीक़त पता चली तो वह वहीं से चाक़ू लहराता हुआ, जेल अमले को गालियाँ निकालता हुआ, बैरक में घुसा। उसको देखते ही जेल अमला भाग खड़ा हुआ। जेल अमले में से किसी ने बाहर जाकर सीटी बजा दी जिस पर जेल में अलार्म हो गया। जब सादक शाह को इस बात का पता चला तो वह भी आ धमका। उनके साथ उनके शागिर्द भी जेल बैरक की छत पर चढ़ गए और जेल 'या अली' के नारों और उनकी गालियों से गूँजने लगी।

डिप्टी दारोग़ा मुहम्मद अकील जब गारद लेकर आया तो हक्का-बक्का रह गया। उसने आते ही पूछा, 'तुम लोग इस बैरक में क्या करने आए हो?' तो मुल्ला मुज़फ़्फ़र ने जवाब दिया :

'हम इन बेकस परदेशियों पर जुल्म होते देखना पसन्द नहीं करते। आप इन बेचारों से दुगुनी मशक़्क़त लेते हैं, जो ये नहीं कर पाते। ख़ुदा का कुछ तो ख़ौफ़ करें, इनको रोज़ मार पड़ती है। आज तीन दिन हो गए हैं हमें देखते हुए।'

'दुगुनी मशक़्क़त! यह किसने किया?' 'पूछिए अपने चीफ़ वार्डन से जो अमीर पाकिस्तानियों से पैसे खाता है और उनके हिस्से की मशक़्क़त भी इनको करने को देता है।' यह सुनते ही चीफ़ वार्डन का चेहरा फक हो गया। चौधरी अकील ग़ुस्से से उस पर उबल पड़ा और बोला, 'आप बैरक से नीचे उतर आएँ। मैं आपको यक़ीन दिलाता हूँ, अब यह अमल दोहराया नहीं जाएगा।' इस पर मुल्ला मुज़फ़्फ़र और उसके साथी बैरक से नीचे उतर आए। गारद चली गई थी। थोड़ी देर बाद मुल्ला मुज़फ़्फ़र और सादक शाह भी अपने साथियों समेत चले गए।

उनके जाने के बाद चीफ़ वार्डन आया और हिन्दुस्तानी क़ैदियों से बोला, 'अब मैं देखूँगा कि तुम किस तरह सारी जेल में आज़ाद फिरते हो! किसी से सिगरेट लेते हो, किसी से चाय, किसी से पैसे। मैंने तुम्हें कभी नहीं रोका। ज़रा-सा काम करते हुए तुम्हें मौत आती है।' उसके बाद उनकी बैरक का दरवाज़ा बन्द कर दिया गया और नम्बरदार को सख़्त हिदायत दे दी कि कोई बाहर का क़ैदी उनसे मिलने न आए। अब यह रोज़ का अमल था कि हमारे कुछ क़ैदी मुल्ला मुज़फ़्फ़र और सादक शाह के यहाँ जाया करते, उनके लिए भंग घोंटते और गपशप लड़ाकर शाम को वापस आते। जब उस दिन वे नहीं गए तो तक़रीबन दस बजे ये दोनों बैरक के दरवाज़े पर आ धमके। नम्बरदार ने जब ताला खोलने से इनकार किया तो मुल्ला मुज़फ़्फ़र ने उसे एक थप्पड़ मारकर चाबी छीन ली। उसकी टोपी हवा में उड़ती दूर जा गिरी और कहा, 'अगर साले चीफ़ से एक लफ़्ज़ भी कहा तो चाक़ू मरवा दूँगा।'

नम्बरदार ख़ामोश खड़ा रहा। उसने कुछ क़ैदियों को नाम लेकर बुलाया और उन्हें अपने साथ ले गया। इसके थोड़ी देर बाद जब चीफ़ आया तो उसने क़ैदियों की गिनती की। चार क़ैदी कम थे। वह नम्बरदार पर बरस पड़ा। नम्बरदार ने डरते-डरते हक़ीक़त बतला दी। वह बोला, 'कोई बात नहीं, आ जाने दो उन सालों को, देख लूँगा।' शाम को जब वे वापस आए तो चीफ़ अपने साथ छह-सात नम्बरदारों को लेकर आ धमका। उन्होंने उन क़ैदियों को ज़मीन पर घसीटकर जूते मारने शुरू कर दिए और एक नम्बरदार से कहा, 'जाओ जाकर नाई बुलवाओ। इन सब सालों को गंजा करवाकर चक्की बन्द करेंगे।' नम्बरदार दौड़कर गया और नाई क़ैदी अपने उस्तरे लिये आ पहुँचे।

ख़बर मुल्ला मुज़फ़्फ़र के पास भी पहुँच गई, पीछे-पीछे वह भी आ गया। उसको देखते ही नम्बरदार भाग खड़े हुए और चीफ़ अकेला उन्हें गालियाँ देता खड़े का खड़ा रह गया। मुल्ला आते ही चीफ़ से मुख़ातिब हुआ, 'हद होती है बेशर्मी की भी। अभी तुम्हारे साथ कल इतनी हुई है, फिर भी तुम बाज़ नहीं आए! क्या मिलता है तुम्हें इन ग़रीबों को सताकर! क्या तुम समझते हो कि हम पाकिस्तानी नहीं, हमें अपने मुल्क से प्यार नहीं, हम मुसलमान नहीं? लेकिन इन्सानियत भी कोई चीज़ होती है? अगर इन्होंने कभी जुर्म किया है तो उसकी ये सज़ा काट रहे हैं। तुम कौन होते हो उसमें इज़ाफ़ा करनेवाले? क्या कहेंगे ये अपने दिल में कि मुसलमान अफ़सर इस क़दर बेहया, बेग़ैरत होते हैं कि चन्द पैसों की ख़ातिर अमीर पाकिस्तानियों की मशक़्क़त का बोझ हम ग़रीबों पर डाल देते हैं! क्या सोचेंगे ये अपने दिल में कि दूसरे पाकिस्तानी क़ैदी भी इस क़दर नामर्द हैं कि हम पर ज़ुल्म होता देखकर ख़ामोश बैठे रहते हैं!

'मेरे पास जो क़ैदी आते हैं उनकी मेरी बैरक में मशक़्क़त लगी है। वे वहाँ झाड़-पोंछा करके अपनी मशक़्क़त निपटाने के बाद ही मेरे पास बैठते हैं। अगर मैं उन्हें कुछ दे देता हूँ तो तुम्हारे पेट में क्यों दर्द होता है? और मैं कौन होता हूँ देनेवाला? सब अल्लाह का दिया हुआ है जिसे तुम तो क्या, तुम्हारा बाप भी नहीं रोक सकता। बेहतर यही है तुम्हारे लिए कि या तो तुम अपनी बदली यहाँ से करवा लो या अपना सलूक बदल डालो, वरना मैं किसी भी पट्ठे को लगाकर चक्कू मरवा दूँगा और तुम साले भूल जाओगे कि तुम यहाँ कभी चीफ़ होते थे। आइन्दा इनके साथ कोई हरकत करने से पहले यह बात ज़ेहन में रखना कि मुल्ला इनका मुहाफ़िज़ है। या तो तुम इनका पीछा छोड़ दो वरना किसी दिन इस जेल से तुम्हारी लाश बाहर जाएगी।'

चीफ़ बकरी की तरह ख़ामोश खड़ा सुनता रहा। एक महीने तक कोई हरकत नहीं हुई। उसके बाद अचानक एक रात को पता चला कि मुल्ला मुज़फ़्फ़र का चालान इस जेल से दूसरी जेल में कर दिया गया है। उस रात काफ़ी वक़्त बीते अचानक ही उसे ड्योढ़ी में बुलाया गया और गारद के हवाले करके बाहर भेज दिया गया। पीछे सादक शाह और इलियास रह गए। अब इनका अमल यह था कि यह रोज़ किसी-न-किसी बात पर जेल अमले को तंग करते। एक शाम इन्होंने कोठरी में बन्द होने से इनकार कर दिया और पिस्तौल से गोलियाँ चलाते हुए ड्योढ़ी पहुँच गए। आगे गारद ने भी जवाबी फ़ायर खोल दिया जिससे मजबूरन इनको अपनी कोठरियों में आकर पनाह लेनी पड़ी।

लेकिन गारद ने इन्हें बख़्शा नहीं। वे गोलियाँ चलाते हुए उनकी बैरक में आ घुसे। ये पाँच साथी, जिनमें से तीन एक कोठरी में थे और दो एक में, कोठरी के अन्दर से ही दीवार की आड़ में होकर फायर का जवाब देते रहे। लिहाज़ा उन्होंने

छत फाड़कर इन पर गोलियाँ बरसाईं। सबसे पहले इलियास मारा गया। सादक शाह ने उसकी लाश अपने ऊपर कर ली। उसका दूसरा साथी भी मर गया। अब वह इनकी लाशों के नीचे बेहिस होकर पड़ गया। जब गारद ने यह समझा कि पाँचों ख़त्म हो चुके हैं तो वह दारोग़ा समेत नीचे उतरी। इनकी लाशें घसीटकर बाहर निकाली गईं। ऐसा करते समय सादक शाह ने हाथ खड़े कर दिए। चीफ़ तो उसको भी गोली मारना चाहता था, लेकिन दारोग़ा ने रोक दिया।

सादक शाह अभी हवालाती था। उसकी अनवर झेदू स्मगलर से बहुत दुश्मनी चलती थी। बोस्टर जेल, लाहौर में उसने उसके भाई नुकरे को छुरी मारकर क़त्ल किया था। वह अभी हवालाती था और उसके मुक़दमे लाहौर अदालत में चल रहे थे। एक रोज़ सादक शाह अपनी तारीख़ पर अदालत गया। जब वह वापस लौट रहा था तो जेल से चन्द क़दम ही दूर अनवर झेदू स्मगलर पार्टी ने उसकी टैक्सी रुकवा ली और उसे घसीटकर नीचे उतार फेंका। गारद के सिपाही अपनी बन्दूक़ें छोड़कर भाग खड़े हुए। सादक शाह के पैर में बेड़ियाँ थीं और हाथ में हथकड़ी। उन्होंने उसे वहीं गिराकर स्टेनगन की गोलियों से भून डाला। जब सादक शाह के मरने की ख़बर मिली तो हिन्दुस्तानी क़ैदियों के हाथों से रोटी छूट गई। बहुत दिन तक हम उसका अफ़सोस करते रहे। हमारे दोनों मुहाफ़िज़ हमसे जुदा हो गए थे... आज भी जब उन महान इनसानों की याद आती है तो दिल रो उठता है। उनमें से एक तो ख़ुदा को प्यारा हो चुका है और दूसरा शायद अभी किसी जेल में शेर की तरह दहाड़ रहा होगा, मज़लूमों और बेकसों का मुहाफ़िज़ बनकर।

प्रोफ़ेसर 'शहजाद' जालन्धरी

उस दिन बैरक में सोहनलाल एक पढ़े-लिखे मुसलमान क़ैदी से बात कर रहा था। जब वह चला गया तो मैंने उससे पूछा, 'यह कौन था?' तो सोहनलाल बतलाने लगा, 'पाकिस्तान के हर बड़े शहर में वेश्यालय और कॉल हाउसेज़ तथा सड़कों पर, बस स्टैंड पर शरीर बेचनेवाली स्त्रियाँ काफ़ी अधिक संख्या में मिलती हैं, फिर भी इस देश में समलिंगी मैथुन की कुटेव शायद एशिया में सबसे अधिक है। लौंडे पालने का यह रोग पठानी इलाक़ों से शुरू हुआ और धीरे-धीरे सिन्ध, बलोचिस्तान, यहाँ तक कि सारे पाकिस्तान में फैल गया। 70 प्रतिशत फ़ौजी इसके शिकार हैं। पठानों में तो जिस ख़ान के पास लौंडा नहीं होता उसकी क़द्र नहीं होती। हर अमीर ख़ान अपने लौंडे को लड़कियों से अधिक सज़ाकर रखता है—लम्बे पट्टेदार बाल, काजल की धारवाली आँखें, यहाँ तक कि लौंडों पर क़त्ल हो जाते हैं। ख़ान अपनी बीवी

को तो चाहे अकेला छोड़ दे, लेकिन लौंडे को नहीं छोड़ता। कई तो नमाज़ अदा करते हुए उसे दूर आँखों के सामने बैठा लेते हैं कि कहीं ऐसा न हो कोई उसे उड़ा ले जाए। इस कुटेव के कारण 25 प्रतिशत लोग जिंसी रोगों, जैसे–सूज़ाक आतशक आदि के शिकार हैं।

लौंडों के ऐसे ही एक रसिया थे यह लाहौर के प्रोफ़ेसर 'शहजाद' जालन्धरी। ये साहब एक कर्नल साहब के लड़के पर फ़िदा हो गए। लड़का स्कूल से निकलते देखा, दिल बेईमान हो गया। आगे बढ़कर बड़े प्यार से उसके गाल थपथपाए, उसकी तारीफ़ की, उसका पता पूछा और अपना बतला दिया। उसे एक रेस्टोरेंट में ले जाकर उसकी ख़ूब ख़ातिर की। बच्चे प्यार के भूखे होते ही हैं। वह बेचारा इसके अन्दर छुपे शैतान को न समझ सका। फिर तो रोज़ ही इनसे मुलाक़ात होने लगी और प्रोफ़ेसर साहब इस फ़िराक़ में कि कैसे अपना मतलब साधें।

एक बार ऐसा हुआ कि लड़का सुबह का गया, रात दस बजे तक घर नहीं आया। फिर क्या था, लगी कर्नल साहब की जीप दौड़ने। लड़के के यार-दोस्तों ने प्रोफ़ेसर साहब का पता बतला दिया। अब जब कर्नल साहब प्रोफ़ेसर साहब के मकान पर गए तो न लड़का मिला, न प्रोफ़ेसर। रात एक बजे एक थ्री व्हीलर पर वे दोनों सिनेमा शो देखकर वापस लौटे तो कर्नल साहब के बटमैन ने, जो उनके घर पर ही पहरा दे रहा था, लड़के को घर चलने को कहा। लड़के ने कहा, 'तुम जाओ, मैं सुबह आ जाऊँगा।' कर्नल साहब को पता चला तो जीप लेकर वे दनदनाते जा पहुँचे। अब प्रोफ़ेसर साहब फ़रमाने लगे कि बच्चा मुझे बहुत प्यार करता है, मैं इसकी पढ़ाई में बहुत दिलचस्पी रखता हूँ, इसलिए मेरे पास आ जाता है। कर्नल साहब ने उस वक़्त तो कुछ नहीं कहा, चुपचाप लड़के को लेकर चले गए। लेकिन घर जाकर उसके दो हाथ जमाए तो वह सबकुछ उगलने लगा। लड़के ने बतलाया कि किस प्रकार प्रोफ़ेसर ने उसे नशावर गोलियों का आदी बना दिया था और वह उससे क्या हरकतें करते रहे। कर्नल साहब उसी वक़्त लड़के को बैठाकर थाने जा पहुँचे और शहजाद साहब के ख़िलाफ़ दफ़ा 364-ए ताजीराते पाकिस्तान के तहत पर्चा दर्ज करवा दिया। यह दफ़ा बच्चों को अगवा (अपहरण) करनेवालों पर लगती है। इसमें मौत तक की सज़ा दी जाती है। रातोरात शहजाद साहब को हथकड़ियाँ पहनाकर घर से लाया गया और अच्छी तरह धुनाई करके हवालात में बन्द कर दिया गया। और कर्नल साहब जाते हुए थानेदार को ताक़ीद कर गए कि शहजाद साहब के जिस्म पर सारी रात म्यूजिक बजनी चाहिए।

उन दिनों शहजाद साहब के मामा मेजर और मार्शल लॉ एडमिनिस्ट्रेटर थे। अगली सुबह वे थाने आ धमके। जब भानजे की बिगड़ी हुई हालत देखी तो थानेदार पर चढ़ दौड़े। कहने लगे, 'अदालत जो सज़ा दे सो दे, आप कौन होते हैं इनको

मारनेवाले? अब इनको हाथ लगाया तो पेटी उतरवाकर घर भिजवा दूँगा।' थानेदार साहब ने शहजाद को हवालात से निकलवाया, गरम पानी से नहलवाया, कुर्सी पर बैठाकर नाश्ता करवाया। मेजर साहब का ग़ुस्सा कम हुआ। जाते हुए उन्होंने थानेदार से हाथ मिलाया और कह गए कि वह शहजाद साहब का पूरा ख़याल रखें।

उनके जाने के दस-पन्द्रह मिनट बाद टेलीफ़ोन की घंटी बज उठी और पूछा गया कि शहजाद का क्या हाल है? थानेदार ने जवाब दिया, 'जनाब, बड़े आराम से हैं। मेरे सामने कुर्सी पर बैठे सिगरेट नोश फ़रमा रहे हैं। कहिए तो बात करवा दूँ?' दूसरी तरफ़ से गालियों की बौछार सुनाई दी, 'उल्लू के पट्ठे, तुम्हारी ये मजाल कि हमारी हुक्म-अदूली करो। मैंने तो रात कहा था कि उसकी खाल खिंचवा दो, और तुमने उसे कुर्सी पर बैठा रखा है! मैं अभी थाने पहुँचता हूँ और तुम्हें घर भेजता हूँ।' चन्द ही मिनट बाद कर्नल साहब दनदन करते थाने पहुँच गए। उनके आने से पहले ही थानेदार ने शहजाद को उल्टा टँगवा दिया, जिसे देखकर कर्नल साहब बोले, 'अभी तुमने फ़ोन पर मुझसे क्या कहा था?' थानेदार ने फ़रमाया, 'जनाब, मैंने समझा, इसके मामा का फ़ोन आया है। वो लाहौर के मार्शल लॉ एडमिनिस्ट्रेटर हैं। वरना मैंने तो सारी रात उसे उलटा रखा है। अगर इजाज़त दें तो उतार लें?' कर्नल साहब बोले, 'नहीं, अभी लटका रहने दो। मैं घर जाकर तुम्हें फ़ोन करूँगा। फिर उतार देना।' यह कहकर कर्नल साहब चल दिए।

उनके जाने के पन्द्रह मिनट बाद फिर टेलीफ़ोन की घंटी बजी और पूछा गया, 'शहजाद का क्या हाल है?' थानेदार ने बड़े जोश में कहा, 'जनाब, अभी तक उलटा लटका रखा है। दो आदमी लगा रखे हैं धुनाई करने के लिए। कहें तो फ़ोन उसके नज़दीक करके रंग-बिरंगी आवाज़ें सुनाऊँ?' उधर से आवाज़ दहाड़ती हुई आई, 'ओ खंजीर की औलाद, मैं तेरे थाने में आग लगवा दूँगा। मैंने तुझे अभी सुबह कहा था कि इसे कुछ नहीं कहना! मैं आता हूँ और तेरा दिमाग़ ठीक करता हूँ।'

थानेदार की सिट्टी-पिट्टी गुम। बेचारा माथा पकड़कर बैठ गया। उसने शहजाद से कहा, 'देखो शहजाद साहिब, मेरी नौकरी बचा लो। अपने मामा से कहना, मुझे इन्होंने कुछ नहीं कहा। लो, सिगरेट पीओ और कुर्सी पर बैठो।' इतनी देर में मेजर साहब भी पहुँच गए। शहजाद को कुर्सी पर बैठा देखकर उन्हें भी कुछ तसल्ली हुई। वे थानेदार से मुख़ातिब हुए, 'अभी तुमने फ़ोन पर क्या बकवास की थी?' थानेदार बोला, 'झूठ बोलनेवाले के मुँह में खाक। हजूर, आप शहजाद से पूछ लें, मैंने इन्हें हाथ तक नहीं लगाया। मैंने सोचा, वो उल्लू का पट्ठा कर्नल बोल रहा है। इसलिए कह दिया।' मेजर साहब शहजाद से मुख़ातिब हुए, 'तुम्हें किसी ने कुछ कहा तो नहीं?' शहजाद बोला, 'नहीं मामाजान, मज़े कर रहा हूँ आपकी दुआ से।' मेजर ने थानेदार से हाथ मिलाया और चल दिए।

थानेदार ने उसी वक़्त एक हवलदार और दो सिपाही लगाकर शहजाद को ज़िला कचहरी पेश करने के लिए भेज दिया। और ताक़ीद की कि 'वे इसे किसी क़ीमत पर भी थाने वापस न लाएँ। बल्कि जुडिशियल रिमांड लेकर जेल भिजवा दें। वरना जब तक यह यहाँ रहेगा, हमारे लिए सिर दर्द बना रहेगा। कर्नल इसको लटकवाने आएगा और मेजर इसको छुड़वाने। अगर इसे वापस लाना हो तो फ़ोन कर देना। मैं छुट्टी पर चला जाऊँगा।' ख़ैर, उसके बाद शहजाद मियाँ हवालाती बनकर जेल में आ गए। उन पर मुक़दमा चला, लड़के के बयान बिलकुल साफ़ थे। हाँ, इतना ज़रूर हुआ कि अपने मामा की वजह से सज़ाए-मौत से तो बच गए लेकिन उनको चौदह साल की सख़्त क़ैद सुनाई गई है।' यह बतलाकर सोहनलाल चुप हो गया।

बदनसीब बंगाली अकील रहमान

यह बेचारा बदक़िस्मत हिन्दुस्तानी भारतीय पासपोर्ट पर पाकिस्तान आया था। पासपोर्ट छह महीने का था, लेकिन शायद भारत लौटना इसके नसीब में नहीं था। यह लाहौर में एक सुनार के यहाँ काम करने लगा। आबनूस की तरह काला रंग, भद्दा चेहरा, लम्बा-चौड़ा जिस्म। पता नहीं, क्या देखकर, जिस दुकान पर यह काम करता था, उस सुनार की बीवी आमना बेग़म इस पर आशिक़ हो गई। अब ये दोनों किसी-न-किसी बहाने सुनार को बाहर भेज देते और उसकी ग़ैर-हाज़िरी में जी भर के रंगरलियाँ मनाते। लेकिन फिर भी सुनार इनकी आँखों में काँटों की तरह खटकता था।

एक रात सोते हुए आमना ने अपने पति के दोनों हाथ कसकर पकड़ लिये और अकील रहमान ने छुरी से उसका पेट चीर दिया। जब वह ठंडा पड़ गया तो आमना ने शोर मचा दिया कि कोई उसके शौहर को क़त्ल कर गया है। इन्होंने बतलाया कि डाकू लोग आए और सेफ़ तोड़कर जेवर भी ले गए और सुनार को क़त्ल भी कर गए। क़त्ल की तफ़तीश कर रहे इंस्पेक्टर के दिमाग़ में न जाने क्या बात आई कि उसने अकील रहमान को भी तफ़तीश में शामिल कर लिया। चार हाथ पड़ते ही बोदा बंगाली सबकुछ बक गया।

आमना बेग़म इसकी भी उस्ताद निकली। उसने थानेदार की आग़ोश गरम कर दी और वह उसे साफ़ बचा गया। क़त्ल इसके सिर पर आ पड़ा। आमना ने भी इससे हवालात में मुलाक़ात की और इसको पट्टी पढ़ाई कि वह अदालत में उसका नाम न ले तो मुक़दमे का सारा ख़र्चा उठाएगी और उसे साफ़ बरी करा लेगी। यह उन

दिनों की बात है, जब बँगलादेश में शेख़ मुजीबुर्रहमान दनदना रहे थे और पाकिस्तानी लोग बंगालियों को साँप की तरह समझते थे। मुक़दमा मार्शल लॉ अदालत में पहुँचा। आमना बेग़म ने पूरा ज़ोर लगा दिया इसे छुड़ाने के लिए, जैसा कि यह कहता था, लेकिन हक़ीक़त बाद में खुली।

आमना दरअसल इससे नहीं, गली के एक दूसरे जवान से इश्क करती थी। लेकिन उस हसीन नौजवान में इतनी जुर्रत नहीं थी कि वह आमना के शौहर को क़त्ल कर सके। इसलिए आमना ने इसको अपनी मोहब्बत के चक्कर में फँसाकर क़त्ल इसके हाथों करवाया था। जब इसे सज़ाए-मौत हुई तो आमना अकसर इसकी मुलाक़ात के लिए जेल आया करती थी। उसके साथ वह ख़ूबसूरत नौजवान भी होता था जिसको वह अपना भाई बतलाया करती। आमना इस क़दर ख़ूबसूरत थी कि उस जैसा साँचे में ढला जिस्म कम ही देखने को मिलता है। गालों पर सुर्ख़ी लिये संगमरमरी बदन, हिरनी जैसी बड़ी-बड़ी आँखें। जब वह जेल में इसकी मुलाक़ात के लिए आती तो सज़ाए-मौत के क़ैदी उसके बेमिसाल हुस्न को खड़े के खड़े देखते रह जाते थे और हैरान होते थे कि इन बनमानुस पर यह हसीना कैसे मर मिटी।

वे अक्सर इससे पूछा करते, 'अबे साले अकील, तूने इसको फाँस कैसे लिया?' तो वह बड़े चटखारे लेकर बयान करता, 'अमाँ यार, इस साली के शौहर में इतना दम तो था नहीं कि इसके बदन की आग बुझा सके। अपना सेहत देखी तो लट्टू हो गई। लगी चक्कर पर चक्कर देने। जब भी दुकान पर आती तो मौक़ा बचाकर कभी साली आँख मार देती, कभी चुटकी काट जाती। मैं भी कब तक सबर करता। एक दिन मियाँ इसका दुकान पर था नहीं। यह आई तो पूछने लगी कि 'वह कहाँ है?' मैंने कहा, 'अन्दरवाले कमरे में।' ज्यों ही यह अन्दरवाले कमरे में पहुँची, मैंने साली को उठाकर चित कर दिया। डेढ़ घंटा जमकर वो रगड़ाई की कि इसको अगली-पिछली भूल गई। बस, तब से यह हमारी ग़ुलाम बन गई। क्या है, साला फाँसी पर चढ़ गए तो कोई बात नहीं। जीते जी जन्नत का मज़ा तो ले लिया। देखते नहीं, साली एकदम हूर है हूर!'

लेकिन उस बेचारे को क्या इल्म था कि हक़ीक़त क्या है। एक दिन मैं तारीख़ पर गया हुआ था। शाम को जब वापस आया तो बंगाली ने मुझे इशारे से बुलाया। उसकी कोठरी रास्ते में ही पड़ती थी। वह बोला, 'पंडित, यह मेरा दो सौ रुपया रख लो, मुझे आज फाँसी मिलनी है। अगर बच गया तो तुमसे ले लूँगा वरना तुम्हारे काम आ जाएँगे।' मैंने रुपए तो पकड़ लिये, लेकिन दिल में सोचने लगा-हे भगवान, आज तू इसको बचा ले। कहीं साला फाँसी चढ़ते हुए यह न सोचे कि पंडित ने दुआ माँगी होगी कि यह फाँसी चढ़ जाए और ये दो सौ रुपए मेरे काम आ जाएँ। यह सोचता हुआ मैं बड़ी रात तक जागता रहा कि करिश्मा हो गया।

आधी रात को ही जेल दफ़्तर से परवाना आया कि उसकी फाँसी की सज़ा चन्द दिन के लिए रोक दी गई है। वह हिन्दुस्तानी था और भारतीय राजदूत को बतलाए बग़ैर पाकिस्तानी हुकूमत उसे फाँसी नहीं लगा सकती थी। अगले रोज़ पता चला कि जल्लाद की तबीयत अचानक ख़राब हो जाने से उसकी फाँसी मुल्तवी करनी पड़ी। अगले रोज़ आमना बेग़म उसकी मुलाक़ात के लिए आई और बतलाया कि 'मैं तुम्हारी जान-माफ़ी के लिए सदर याह्या ख़ाँ के पास जाना चाहती हूँ, लेकिन क्या करूँ, मेरे पास पैसा नहीं है।' इस पर उसने दूसरे सज़ाए-मौत के क़ैदियों से मदद माँगी। जो दो सौ रुपए उसने मुझे दिए थे, मैंने उसे लौटा दिए। बैरक के क़ैदियों ने अपनी-अपनी हैसियत के मुताबिक़ उसकी मदद की और उसको तक़रीबन डेढ़ हज़ार रुपया इकट्ठा करके दिया। आमना अपने मुँहबोले भाई को लेकर चलती बनी।

वह यह कहकर गई थी कि रावलपिंडी जा रही है। जाते ही उसे ख़त लिखेगी और अगर सदर उसकी जान-माफ़ी के लिए मान गया तो तार देकर ख़बर करेगी। लेकिन चार दिन बीत गए, न तो आमना की कोई चिट्ठी आई, न कोई तार। पाँचवें दिन सुबह फिर जेल दफ़्तर से हुक्म आ गया कि उसे आज रात फाँसी दे दी जाए। वह बेचारा एड़ियाँ उठा-उठाकर आमना का रास्ता देख रहा था। मैंने कहा, 'लगता है, आमना तुम्हें धोखा दे गई। तुम किसी पाकिस्तानी क़ैदी के किसी मुलाक़ाती द्वारा उसके घर से पता तो लगवाओ कि वह कहाँ है और क्या कर रही है। मुझे लगता है कि उसके साथ उसका मुँहबोला भाई नहीं, बल्कि उसका यार आया था और वह हम सबको बेवकूफ़ बनाकर पैसा इकट्ठा करके ले गई।' वह बोला, 'पंडित, ऐसा नहीं हो सकता।' लेकिन दूसरे क़ैदियों ने मेरी बात की ताईद की कि उनको भी आमना के चलन पर शक है।

लिहाज़ा जब सज़ाए-मौत के मुहम्मद का भाई उसकी मुलाक़ात के लिए आया तो उसे आमना के ठिकाने पर दौड़ाया गया। उसने आकर जो ख़बर सुनाई, अकील के होश उड़ गए। उसने बतलाया कि आमना कहीं नहीं गई थी, लाहौर में ही है और अपने यार उर्फ़ मुँहबोले भाई के साथ गुलछर्रे उड़ा रही है। यह सुनकर अकील अपना दिमाग़ी सन्तुलन खो बैठा। लगा आमना का नाम लेकर उसे गालियाँ बकने। एक भयानक हक़ीक़त उसके सामने थी। लेकिन यह हक़ीक़त तब खुली जब मौत उसके बिलकुल क़रीब आ चुकी थी। वह कभी पागलों की तरह फूट-फूटकर रोने लगता, कभी ठहाके लगाने लगता और कभी हवा में मुक्के लहराता हुआ गालियाँ बकने लगता।

शाम के छह बजे जब गिनती बन्द हो गई तो उसकी कोठरी से रात तीन बजे तक उसकी चीख़ें, उसकी गालियाँ और कुरलाने की आवाज़ें सुनाई देती रहीं। वह

बहुत ज़ोर-ज़ोर से 'आमना' कहकर चिल्ला रहा था। लेकिन आमना उससे दूर अपने नए आशिक़ की गोद में अपने शौहर को मारकर, अपने एक यार को फाँसी चढ़ाकर दूसरे यार से रंगरलियाँ मना रही थी। रात चार बजे उस चीख़ते-कुरलाते को गारद मौत के कुएँ ही ओर घसीटकर ले गई। फट्टा खींचे जाने तक उसकी चीखें सुनाई देती रहीं। सुबह उस ग़रीब की लाश लेने को भी आमना नहीं आई। जब उसके पास सन्देशा भिजवाया गया तो वह सन्देशा देनेवाले पर बरस पड़ी, 'वह मेरा कौन होता है जो मैं उसकी लाश को दफ़नाऊँ। वह मेरे शौहर का क़ातिल है। उसने अपने किए की सज़ा पाई है। मेरा उससे कोई सरोकार नहीं।'

लिहाज़ा जेल के अमले ने सरकारी ख़र्चे पर लाश को दफ़नाया। सच कहते हैं कि औरत के चरित्र को और इनसान की क़िस्मत को देवता भी नहीं जान सकते, आदमी तो चीज़ ही क्या है! जब ख़ूबसूरत औरत किसी बदसूरत इनसान पर मेहरबान होती है तो उसका कोई-न-कोई स्वार्थ छुपा होता है। वह उसे कठपुतली की तरह नचाती है, बुरे से बुरा काम करवाती है और जब वह मुसीबत में फँस जाता है तो उसका साथ छोड़ जाती है।

ड्राइवर मुहम्मद आज़म

इन्हीं दिनों कोट लखपत जेल की फाँसी की कोठरियों में ड्राइवर मुहम्मद आज़म सज़ाए-मौत का क़ैदी बनकर आया। यह फ़ौज में सिपाही था। लाहौर छावनी के एक मेजर का ड्राइवर था। मेजर साहब की बेग़म के उनके बटमैन के साथ ग़लत ताल्लुक़ात थे। इस बात का इल्म मुहम्मद आज़म को भी था, लेकिन उसने अपनी ज़ुबान बन्द रखी यह सोचकर कि मेजर साहब उसकी बात पर यक़ीन नहीं करेंगे और बेग़म उलटा कोई-न-कोई इल्ज़ाम धरकर उसे मुसीबत में फँसा देगी। एक रात वह तक़रीबन बारह बजे नशे में धुत मेजर को क्लब से लाया। मेजर साहब ने उस रात उसे वहीं ठहर जाने को कहा। वह वहीं सो गया।

रात दो बजे उसने एक साया बटमैन की कोठरी की तरफ़ जाते देखा। वह अँधेरे में भी पहचान गया कि वह मेजर की बेग़म थी। उसके आधा घंटा बाद मेजर की आँख खुल गई। उन्होंने बेग़म को इधर-उधर तलाश किया और किसी शक में मुब्तला होकर बन्दूक़ निकाल लाए। फिर आज़म ने मेजर को दबे पाँव बटमैन की कोठरी की तरफ़ जाते देखा। ग़ुस्से में उन्होंने दरवाज़े पर लात मारी। दरवाज़ा भड़ाक से खुला। बेग़म और बटमैन उस वक़्त एक-दूसरे की बाँहों में मदहोश पड़े हुए थे। जिस्म पर कोई कपड़ा तक न था। बेग़म ने ख़्वाब में भी नहीं सोचा था कि नशे में

धुत मेजर इतनी जल्दी जाग जाएगा। दोनों थर-थर काँपने लगे। मेजर ने ग़ुस्से के जनून में एक साथ तीन गोलियाँ बटमैन के जिस्म में उतार दीं।

अचानक उसे होश आया कि वह क्या कर बैठा है। बटमैन अभी मरा नहीं था। उसकी नब्ज़ चल रही थी। क़त्ल से बचने के लिए मेजर ने ड्राइवर को आवाज़ लगाई और बटमैन को गाड़ी की पिछली सीट पर लिटाकर फ़ौरन अस्पताल चलने को कहा। ड्राइवर आज़म ने बटमैन की ज़िन्दगी के लिए दुआ माँगते हुए फ़ौरन गाड़ी तेज़ रफ़्तार से अस्पताल की तरफ़ भगा ली। मेजर उसके साथ अगली सीट पर बैठा था। गाड़ी अस्पताल पहुँची। ज्यों ही वह उसे उतारने लगे तो देखा कि बटमैन दम तोड़ चुका था। मेजर साहब का रंग उड़ गया।

ड्राइवर से बोले, 'अब क़त्ल तो मुझसे हो ही गया है, क्यों न लाश ले जाकर थाने में पेश हो जाऊँ। हो सकता है, अदालत हालात को मद्‌देनज़र रखते हुए मुझे माफ़ कर दे, वरना इस क़त्ल से भागकर तो मैं अपने जुर्म में और इज़ाफ़ा कर लूँगा।' 'बेहतर जनाब,' कहते हुए ड्राइवर आज़म नें गाड़ी पुलिस स्टेशन की तरफ़ बढ़ा दी। पुलिस स्टेशन पहुँचकर मेजर साहब ने उसे बाहर रुकने के लिए कहा, 'तुम यहीं ठहरो, मैं थानेदार से बात करता हूँ।' तक़रीबन आधे घंटे बाद दो सिपाहियों सहित वह थानेदार के साथ बाहर आया। सिपाहियों ने लाश उतरवाई और थानेदार ड्राइवर आज़म से बोला, 'तुम अन्दर आओ, तुम्हारे बयान लेने हैं।' और मेजर से कहा, 'आप बेग़म साहब को लेकर यहाँ पहुँच जाएँ, तब तक मैं इसके बयान लिखता हूँ।'

ग़रीब पठान आज़म को क्या इल्म था कि क़िस्मत उसके साथ क्या गुल खिलाने जा रही है। मेजर गाड़ी लेकर कोठी की तरफ़ चल दिया और आज़म थानेदार समेत अन्दर आ गया। अन्दर आते ही थानेदार ने उससे कहा, 'ओह बेवक़ूफ़, यह तुमने क्या जुल्म किया? ज़रा-सी तक़रार पर तुमने अपने ही फ़ौजी भाई को गोली मार दी!' यह सुनते ही आज़म के पाँव के नीचे से ज़मीन खिसक गई। वह बोला, 'ख़ुदा की पनाह थानेदार साहब! आप यह क्या फ़रमा रहे हैं! मेरी तो उससे कोई तक़रार नहीं हुई। इसको गोली तो मेजर साहब ने मारी क्योंकि उन्होंने इसे अपनी बीवी के साथ ऐश करते पकड़ लिया था।'

'सूअर के बच्चे, बकवास बन्द करो, तुम्हें शर्म नहीं आती अपने ऑफ़िसर की पगड़ी उछालते हुए? अगर उसने क़त्ल किया होता तो तुम्हारे जैसे चश्मदीद गवाह को भी ज़िन्दा न छोड़ता और न ही लाश लेकर थाने में ख़ुद हाज़िर होता। अभी उसकी बेग़म आ जाती है। सब मामला साफ़ हो जाएगा।' थानेदार ने कहा।

बेक़सूर आज़म की तो रोते-रोते हिचकियाँ बँध गईं। उसने गिड़गिड़ाकर दलीलें दीं; लेकिन उसकी सुननेवाला कोई नहीं था। उसको धक्के मारकर

हवालात में बन्द कर दिया गया। चन्द मिनट बाद ही मेजर अपनी बेग़म को लेकर आ पहुँचा। रास्ते में उसने बेग़म को पढ़ा दिया था कि उसे क्या कहना है।

बेग़म ने अपना बयान यूँ लिखवाया, 'बटमैन सादक और ड्राइवर आज़म तक़रीबन एक साल से हमारे साथ हैं। सादक सुन्नी मुसलमान था और आज़म शिया पठान। इन दोनों को बहुत बार झाड़ा भी लेकिन ये झगड़ा करने से बाज़ नहीं आते थे। आज भी दोपहर को बटमैन ने इसको मज़ाक में कहा–मोहर्रम नज़दीक आ रहा है, तुम्हारे स्यापा करने के दिन आ गए हैं। इस पर आज़म ने उसे गाली देकर कहा–ख़ामोश, खंजीर की औलाद, वरना साले सीने में गोली उतार दूँगा और तुम्हारी माँ-बहन स्यापा करती फिरेंगी।

'इस पर ये दोनों गुत्थम-गुत्था भी हो गए। मैंने इनको झाड़कर एक-दूसरे से अलग किया। ये एक-दूसरे को मार देने की धमकियाँ दे रहे थे। मेरे ख़्वाब में भी नहीं था कि आज़म अपनी धमकी को अमली जामा पहना देगा। आज रात जब मेजर साहब को लेकर आज़म आया तो बटमैन उस वक़्त फ़िल्म देखने गया हुआ था। इसलिए मेजर साहब ने आज़म को बाहर वाले कमरे में आराम करने को कहा और घर की हिफ़ाज़त के लिए बन्दूक़ भी दे दी। इसके बाद हम सो गए।'

'रात तक़रीबन ढाई बजे हमने एक साथ दो गोलियाँ चलने की आवाज़ सुनी और बटमैन की चीख़ भी। मैं और मेजर साहब दौड़कर बाहर आए तो देखा कि बटमैन अपने बिस्तर पर छटपटा रहा था और आज़म ग़ुस्से से उस पर बन्दूक़ ताने खड़ा था। हमारे देखते-देखते उसने उसे एक गोली और मार दी जो उसकी बाज़ू में लगी। इस पर मेजर साहब ने दौड़कर उससे बन्दूक़ छीन ली। बटमैन में अभी जान बाक़ी थी। मेजर साहब ने उसे गाड़ी में डलवाया और अस्पताल ले गए। लेकिन अभी-अभी मेजर साहब ने मुझे जाकर बतलाया कि बटमैन ने अस्पताल के रास्ते में ही दम तोड़ दिया है। और मुझे अपना बयान दर्ज करवाने पुलिस स्टेशन चलना है। लिहाज़ा मैं इनके साथ पुलिस स्टेशन आकर अपना बयान दे रही हूँ। मैंने जो कुछ लिखवाया है, इसके अलावा मैं कुछ नहीं जानती।'

इसके बाद थानेदार ने मेजर साहब का बयान रिकॉर्ड किया, फिर आज़म को अपना बयान देने को कहा। उस ग़रीब ने रोते-कुरलाते हक़ीक़त बयान कर दी, लेकिन थानेदार ने उसके बयान पर यक़ीन न करते हुए उसके ख़िलाफ़ जेरे दफ़ा 302 में क़त्ल के इल्ज़ाम का पर्चा दर्ज कर लिया। उसका मुक़दमा मार्शल लॉ की अदालत में चला जहाँ मेजर और उसकी बेग़म के बयानों के सामने उसकी कोई दलील नहीं सुनी गई और तीन महीने के अन्दर-अन्दर सज़ाए-मौत देकर कोट लखपत जेल, लाहौर भेज दिया।

उसने सदर के यहाँ रहम की अपील की थी, वह भी ख़ारिज हो गई। उसके आने के बीस दिन के अन्दर-अन्दर उसको फाँसी लगने का हुक्म आ गया। वह बेवा माँ का इकलौता बेटा था। उसकी ग़रीब माँ रोती-कुरलाती सदर के यहाँ गई। सदर ने उसको एक लड्डू देकर कहा, 'लो माँ, अपना मुँह मीठा करो। मैंने तुम्हारे बेटे की सज़ाए-मौत माफ़ कर दी है और जेलवालों को भी हुक्म भेज दिया है कि वो उसे फाँसी न लगाएँ। तुम्हारे वहाँ पहुँचने से पहले मेरा तार वहाँ पहुँच गया होगा। जाओ, जाकर आराम करो, कल तुम्हारा बेटा तुम्हारे पास होगा।'

लेकिन कोट लखपट जेल में इस क़िस्म का कोई तार नहीं पहुँचा। अगली सुबह जब माँ ख़ुश-ख़ुश अपने बेटे को लेने आई तो जेलवालों ने उसकी लाश उसके हवाले कर दी, जिसे देखकर बुढ़िया बेहोश हो गई और फिर कभी नहीं उठी। उस दिन जेल की ड्योढ़ी से एक साथ दो जनाज़े निकले। इस तरह के न जाने कितने ही जनाज़े पाकिस्तान अवाम के मार्शल लॉ के हाथों निकले। लेकिन अफ़सोस, यह क़ौम बरसों से मार्शल लॉ का बोझ अपने मासूम कन्धों पर उठाए हुए है। एक ही मसीहा उठा था जुल्फ़िकार अली भुट्टो। उसको भी फ़ौज ने फाँसी पर चढ़ा दिया। अब लगता है कि पाकिस्तान में जम्हूरियत का हमेशा-हमेशा के लिए गला घोट दिया गया है। जिस क़ौम की मुहाफ़िज़ फ़ौज को भेड़ियों की तरह अपने ही लोगों का ख़ून पीने की आदत पड़ जाए, उसे जुल्मो-सितम से कोई बाहरी ताक़त तो चाहे बचा ले, वह क़ौम अपने-आप उससे निज़ात नहीं पा सकती।

वार्डन रफ़ीक़ शाह

कोट लखपत जेल की फाँसी की कोठरियों का इंचार्ज वार्डन रफ़ीक़ शाह था। हर आनेवाले सज़ाए-मौत के क़ैदी की जेबों और टीनों पर उसकी ख़ास निगाहें होती थीं। रिश्वत में उसे पचास पैसे भी मिल जाते तो नहीं छोड़ता था। उसने घर में दो भैंसें पाल रखी थीं जो जेल की रोटियों और चनों पर पलती थीं। वह क़ैदियों को इस बात पर मजबूर करता कि कम-से-कम एक-एक रोटी फालतू लें और शाम को इकट्ठी करके उसे दे दें।

तक़रीबन 80 क़ैदियों से दोनों वक़्त 160 रोटियाँ मिल जाती थीं। दो रोटियों का वज़न तक़रीबन साढ़े छह छटाँक होता था। इस तरह हर रोज़ रफ़ीक़ शाह की भैंसों के लिए फाँसी-पहरे से तक़रीबन पचास किलो रोटियाँ और दस किलो चने जाया करते थे। कुछ लोग यहाँ तक कहते थे कि रफ़ीक़ शाह के घर रोटी नहीं पकती, बल्कि उसका परिवार भी जेल की रोटियों पर पलता है। इसके अलावा गुड़,

सरसों का तेल और साबुन जो क़ैदियों को जेल की तरफ़ से मिलता था, वह भी क़ैदी रफ़ीक़ शाह की भेंट चढ़ा दिया करते। अमीर क़ैदी तो अपनी मुलाक़ात में आनेवाले सामान में से फल, मिठाई, देशी घी, ख़ुशबूदार साबुन और नगद पैसे भी दिया करते।

क़ैदियों की अपनी-अपनी कमज़ोरियाँ होती थीं। कोई चरस का शौक़ीन था तो कोई अफ़ीम का, किसी को शराब का चस्का था तो किसी को औरत का। और रफ़ीक़ शाह तक़रीबन कुछ-न-कुछ ले-देकर सबके शौक़ पूरे कर दिया करता था। हैरत तो इस बात की होती थी कि लोग मौत के मुँह में बैठकर भी गुनाहों से तौबा नहीं करते थे। कई बार फाँसी पहरे में क़ैदियों की रिश्तेदार बनकर बाज़ारू औरतें आतीं। रफ़ीक़ शाह को इसका पूरा इल्म था। पाकिस्तान में परदे का बहुत अदब किया जाता है, इसलिए जब कोई बुर्क़ापोश औरत मुलाक़ात के लिए आती तो दूसरा क़ैदी वहाँ जाने से गुरेज करता था।

किसी के ख़्वाब में भी यह बात नहीं आ सकती थी कि सज़ाए-मौत के क़ैदी से तख़लिया (एकान्त) में मुलाक़ात करनेवाली औरत उसकी रिश्तेदार न होकर तिब्बी बाज़ार या रंगमहल या शाही मुहल्ला या गुलबर्ग के इलाक़े की ऊँचे दर्जे की तवायफ़ (वेश्या) है। वह क़ैदी के पास तक़रीबन दो-तीन घंटे ठहरकर चली जाती। क़ैदी भी ख़ुश, रफ़ीक़ शाह भी ख़ुश और सबसे ज़्यादा ख़ुशी तो अल्ला मियाँ को होती जो आसमान पर बैठा देख-देखकर ख़ुश होता होगा कि मौत के मुँह में बैठकर भी न ख़ौफ़े-ख़ुदा है, न ख़ौफ़े-क़ज़ा।

लेकिन जब वह चलन आम हो गया तो क़ैदी एक-दूसरे के रिश्तेदारों को भी शक की निगाहों से देखने लगे। कई बार तो आवाज़ें कसी जाने लगीं। इस पर जेल के अन्दर ही ख़ून-ख़राबे की नौबत आ पहुँचती। एक बार फाँसी-पहरे में यह हैवानियत का नंगा नाच जारी था कि किसी दिलजले ने ऑफ़िसर को शिकायत कर दी। फ़ौरन ही छापा पड़ा और कोट लखपत जेल-डिप्टी दारोग़ा ख्वाज़ा साहब ने एक क़ैदी को रँगे हाथों पकड़ लिया।

मुसीबत रफ़ीक़ शाह की भी आ गई। लेकिन वह यह कहकर साफ़ बरी हो गया, 'जनाब, इसमें मेरा क्या क़सूर है? आप लोग जिस मुलाक़ाती को अन्दर भेजते हैं, मेरा काम उसे क़ैदी की कोठरी तक पहुँचाना है। ख़्वातीन (औरतों) के मामले में परदे का अदब तो करना ही पड़ता है। अब यह किसी औरत के बुर्क़े पर तो लिखा नहीं होता कि उसका क़ैदी से वह रिश्ता नहीं है जो उसने लिखवाया है। हम उनका चेहरा तक तो देख नहीं सकते, इस्लाम में इसकी मनाही है, और न ही हम उनको इस बात के लिए मजबूर कर सकते हैं कि वह हमें अपना चेहरा दिखाएँ और हमारी मौजूदगी में ही अपने रिश्तेदार से मुलाक़ात करें। फिर एक वक़्त में बीसियों

मुलाक़ाती औरतें एक साथ फाँसी-पहरे में आती हैं। हम किस-किस की कोठरी में ताक-झाँक करते फिरें कि कौन क्या करता है? हम तो ख़्वाब में भी नहीं सोच सकते कि सज़ाए-मौत के क़ैदी होकर भी ये इस क़िस्म की नापाक हरकत को जेल की कोठरियों में सरअंजाम देंगे। मेरी जगह आप भी कुछ नहीं कर सकेंगे और न ही ख़ुद दारोग़ा साहब।'

डिप्टी दारोग़ा झुंझलाकर रह गया। हक़ीक़त में ही हालात के पेशेनज़र रफ़ीक़ शाह पर कोई कार्रवाई नहीं की जा सकती थी, इसलिए उसके बाद भी यह धन्धा जारी रहा। हाँ, इतना ज़रूरी हुआ कि पहले से कुछ एहतियात बरती जाने लगी।

जिन लोगों को फाँसी दी जाती, सुबह ही उनके क़ीमती कपड़े, जर्सी, स्वेटर, मफलर, दूसरे सामानों को रफ़ीक़ शाह ग़ायब करवा देता। जिनके आदमी को फाँसी लगी होती वे बेचारे क़ैदी की लाश हासिल करते या सामान की फ़िकर? जब कोई मालदार आसामी सज़ाए-मौत पाकर आता तो रफ़ीक़ शाह की लालची नज़र यह कह रही होती, 'बच्चा चढ़ जल्दी फाँसी, क्योंकि जिस दिन तू फाँसी पाएगा, अल्ला के फ़ज़ल से यह तेरा सारा सामान मेरे घर जाएगा।'

मगर वह बेचारा भी क्या करता! महँगाई दिन-ब-दिन बढ़ती जा रही थी। जिन दिनों मैंने पाकिस्तान जाना शुरू किया था उन दिनों पाकिस्तान में खाना बहुत सस्ता था। एक आम ढाबे में चार आने में पेट भर जाता था। दो आने अर्थात् 12 पैसे में एक बड़ी नान मिलती थी, जिसका वज़न तीन छटाँक (150 ग्राम) होता और साथ में खुश्क माष की दाल। साधारण मनुष्य दो-तीन रोटियों से अधिक नहीं खा पाता था। अनारकली में एक शख़्स भैंस के दूध की लस्सी का घड़ा लेकर बैठता था। उसके पास मक्की और बाजरे की रोटियाँ होती थीं और साथ में मक्खन। वह आधा छटाँक मक्खन और एक रोटी के आठ आने लेता था। लस्सी जितनी आप पी सकें। सड़कों के किनारे परात में बना-बनाया हलवा तीन रुपए सेर बिकता था। इसमें पिस्ता और बादाम पड़ा होता और उसकी ख़ुशबू राह चलते राही को बरबस अपनी ओर खींच लिया करती। ख़ालिस सन्तरे तथा किनो के जूस से बनी शीजान की बोतल आठ आने में मिलती थी। बादाम की गिरी दस रुपए सेर थी। सन्तरे और (ब्लड रेड) माल्टे से एक नया फल किनो तैयार किया गया था जो एक रुपए के बीस बिका करते। रोटी खाने की ज़रूरत ही नहीं सिर्फ़ फल खाते रहो और सेहत बनाते रहो। चाय का कप दो आने में।

इसी हिसाब से वेतन होते थे। पुलिस के सिपाही को 70 रुपए महीना मिलते थे। उस समय भारतीय पुलिस सिपाही को 255 रुपए मिला करते थे। भारत का थानेदार 700 रुपए वेतन पाकर भी टूटी साइक़िल पर चला करता था, जबकि पाकिस्तानी थानेदार 350 रुपए लेकर भी कार में घर से आता और कार में घर जाता।

क्या मजाल टैक्सीवाले की कि वह किराया माँग ले। लड़के-लड़कियों में फ़ैशन शहरों तक ही सीमित था। गाँव अभी इससे बचे हुए थे। उन दिनों चुस्त कपड़ों का रिवाज़ था, लाहौर में जिसे टैडी-फ़ैशन कहते थे।

पाकिस्तान में अक्सर दैनिक जीवन की ज़रूरत का सामान बाहर से आता है। यहाँ तक कि सुइयाँ भी विदेशी होती हैं। विदेशी घड़ियाँ, टी.वी., कैमरे बहुत सस्ते मिलते थे। भारत में सोना उस समय दो सौ रुपए तोला था, जबकि पाकिस्तान में नब्बे रुपए तोला। अरब मुल्कों का सोना यहाँ से स्मगल होकर भारत पहुँचता। विदेशियों का हर समय पाकिस्तान में जमघट-सा लगा रहता। हज़ारों की तादाद में विदेशी पैदल सफ़र करते हुए पाकिस्तान की सड़कों पर दिखाई देते। चीनी सामान, चीनी साहित्य की बाज़ारों में भरमार थी।

मिलों-कारख़ानों में यूनियनें उभर रही थीं। दिशाहीन लोगों को दिशा मिल गई थी। लोग अयूबशाही के ख़िलाफ़ उठ खड़े हुए थे। पाकिस्तान में पहली बार सही मायनों में एक सही विरोधी पार्टी का गठन हुआ था। पाकिस्तान के चारों सूबों में इसका पूरा-पूरा प्रभाव था। पाकिस्तान के सभी अख़बार इमरोज़, नवाए वक़्त, डॉन इसकी पीठ पर थे। इसीलिए प्रेस पर सेंसर लगा दिया गया था। लोग लाखों की तादाद में धड़ाधड़ पीपुल्स पार्टी में भर्ती हो रहे थे। क़ायदे आज़म मुहम्मद जिन्ना से भी बढ़कर अगर किसी शख़्स को पाकिस्तानियों ने प्यार दिया तो वह थे 'क़ायदे अवाम जनाब ज़ुल्फ़िकार अली भुट्टो'।

जहाँ भी वह भुट्टो की एक झलक पाने के लिए जाते, लाखों का हजूम जुड़ जाता। लोग उनके एक इशारे पर मर-मिटने को तैयार थे। लोगों को चौराहों पर कोड़े लगाए जाते, पीपुल्स पार्टी के कारकुनों को थाने में बुलवाकर बेतहाशा पीटा जाता, उनकी औरत की बेहुरमती की जाती, उन पर झूठे मुक़दमे बनाए जाते, लेकिन उस उमड़ते सैलाब को रोकना, लड़खड़ाती अयूबशाही के बस की बात नहीं थी। रोज़ किसी-न-किसी शहर में बम के धमाके होते, सरकारी इमारतें आग की नज़र कर दी जातीं। पीपुल्स पार्टी ने यह सोच लिया था कि अगर इसके लिए उन्हें गुरिल्ला जंग भी लड़नी पड़ी तो लड़ेंगे।

आधी-आधी रात तक छुपकर मजलिसें होतीं, जिसमें भाग लेनेवाले अधिकतर कॉलेज के नौजवान होते। उस कच्चे ख़ून में भुट्टो साहब ने वह ज्वार भर दिया था जिसे न तो कोई अयूबशाही दबा सकी थी और न ही कोई याह्या ख़ाँ। यह पाकिस्तान की बदक़िस्मती है कि भुट्टो साहब ज़रूरत से अधिक सादा दिल और लापरवाह साबित हुए और जिया उल हक़ द्वारा उनका तख़्ता उलट दिया गया। उनके ख़िलाफ़ 1972-73 में जो पहली बग़ावत हुई और षड्यंत्र रचा गया था उसमें 127 पाकिस्तानी फ़ौजी अफ़सर क़ैद हुए थे। उससे वह ज़रा भी सावधान नहीं हुए। कैसे

भुट्टो को फाँसी पर लटकना पड़ा और जिया उल हक़ कैसे सत्ता में आए, इस पर आगे के पृष्ठों में प्रकाश डालूँगा।

हर पाकिस्तानी दूसरे पर यह ज़ाहिर करना चाहता है कि वह और उसका परिवार गोश्त के साथ रोटी खाता है। चाहे सब्ज़ी में सिर्फ़ एक ही बोटी क्यों न डाली जाए, गोश्त ज़रूर होगा। दाल खाना ग़रीबी की निशानी मानी जाती है। बहुतों ने मज़हब बदल लिया है, लेकिन उनके लहू से हिन्दुस्तानी संस्कार नहीं गए। बसन्त पर पतंग उड़ाए जाते हैं। शबे-महाराज को जिस रात हज़रत मुहम्मद साहेब अल्लाह की बारगाह में पहुँचे थे और जिस दिन उनका निकाह हुआ था, दोनों रोज़ पाकिस्तान के तमाम शहरों में दीवाली जैसी रौनक़ होती है। रोशनी की जाती है, पटाखे चलाए जाते हैं।

शादी के वक़्त उसी तरह मेहँदी रचती है। गीत गाए जाते हैं, दहेज़ दिया-लिया जाता है। लड़की विदा होते रोती है, डोली पर पैसे लुटाए जाते हैं, पटाखे छूटते हैं। इनसान के मरने पर भी सिवाय जलाने और दफ़नाने के और कोई फ़र्क़ नहीं। उसी तरह जैसे भारत में होता है, मरनेवाले की रूहों की निजात (आत्मा की शान्ति) के लिए सामूहिक प्रार्थना की जाती है, यहाँ खानेवाले पंडित हैं तो वहाँ मौलवी; लेकिन रस्म अदाई वही। यह देखकर कानों में गूँज उठते हैं 1965 में कहे गए हमारे मंत्री जनाब मुहम्मद करीम भाई छागला के वह अल्फ़ाज़, 'बर्रे सगीर (महाद्वीप), हिन्दो-पाक में बसनेवाले सभी मुसलमानों के पूर्वज हिन्दू थे। उनकी रगों में हिन्दू ख़ून बहता है। मज़हब का लेबल बदलने से ख़ून के रिश्ते टूटा नहीं करते।'

फिर सोचने लगता है कि अगर यह सब सही है जैसा कि आँखें देखती हैं तो फिर वह कौन है जो हमारे बीच नफ़रत की दीवारें खड़ी करता है? लोग हिन्दुस्तानी रेडियो से बजनेवाले फ़रमाइशी गाने बड़े चाव से सुनते हैं। आज भी उर्दू मजलिस का प्रोग्राम सुनते हुए, या रफ़ी का नग़मा सुनते ही वे जहाँ के तहाँ खड़े रह जाते हैं। लता के गीत वहाँ बच्चे-बच्चे मंत्र-मुग्ध होकर सुनते हैं।

इधर हम हिन्दुस्तानी भी नूरजहाँ और मेंहदी हसन की ग़ज़लों पर पागल हो जाते हैं। फ़ैज़ अहमद 'फ़ैज़' को शौक़ से पढ़ते हैं और गुनगुनाते हैं। जनाब जोश मलीहाबादी, जो बड़े जोश में भारत छोड़कर पाकिस्तान गए थे, आज पछताते हैं और अपने कलाम में वह सन्देश सुनाते हैं दोनों क़ौमों के नाम :

'आओ नफ़रत की तलवारें तोड़कर
गले मिल जाएँ और दोनों एक-दूसरे से पूछें
कौन दुश्मन है जिसने हममें नफ़रत बोई है।'

दोनों तरफ़ के लोग एक-दूसरे से मिलने के लिए छटपटाते हैं। जज़्बात में खींची हुई सीमाओं की दीवार गिराना चाहते हैं लेकिन दोनों तरफ़ के क़ौमी-रहनुमा ऐसा

करते हुए घबराते हैं। अगर हम एक हो गए तो उनकी रहनुमाई कहाँ जाएगी और फिर हम लड़ेंगे नहीं तो विदेशी ताक़तें अपने हथियार किसे बेचेंगी? पाकिस्तान ने फ्रांस के बने मिराज ख़रीदे, एटॉमिक एनर्जी कमीशन इस्लामाबाद में अणु तोड़ा गया। अमरीका से लाखों की लागत का भारी पानी, यूरेनियम और प्लूटोनियम मँगाया गया। क्या यह सब इस छोटे मुल्क की अर्थव्यवस्था को प्रभावित नहीं करेगा? किन्तु तथाकथित राष्ट्रीय सम्मान और दुश्मन से बचाव के लिए दोनों देश ऐसा करते हैं।

पाकिस्तान में कोई ख़ास तामीरी (रचनात्मक) काम नहीं हुआ था। लाहौर का डी.ए.वी. कॉलेज और स्कूल, इस्लामिया स्कूल बना दिए गए थे, दयालसिंह कॉलेज और लाइब्रेरी अपनी जगह क़ायम हैं। लाहौर का गुलाब देवी अस्पताल बख़ूबी काम कर रहा है।

गाँवों का हाल बहुत बुरा है। बिजली नहीं पहुँची है। पाकिस्तान हुक्मरानों का इस ओर ध्यान भी नहीं है। उनकी भरसक कोशिश और ख़र्चे तो यही हैं कि किस तरह अवाम को भारत के ख़िलाफ़ भड़काया जाए। उनका ध्यान हुकूमत की अन्धेरगर्दी से हटाकर भारत की तरफ़ उलझाया जाए। जब भी अपनी हुकूमत ख़तरे में पाते हैं, 'कश्मीर पाकिस्तान का है' का नारा लगाते हैं। यही अयूब ने किया, यही याह्या ख़ाँ ने और शायद हर शासक ऐसा ही करता चला जाएगा। सन् '65 की जंग लड़कर दोनों तरफ़ के लोग पछताए हैं लेकिन नफ़रत को भरने नहीं दिया जाता, उसे और बढ़ाया जाता है। हर साल 6 सितम्बर को बड़े-बड़े शहरों में पाकिस्तानी झंडे को ख़ून में डुबोकर फहराया जाता है। 'हिन्दुस्तान का भेड़िया आया: भेड़िया आया' की गुहारें मचाकर वहाँ का हर डिक्टेटर और हर मुल्ला जनता को बेवकूफ़ बनाता है और ख़ुद मलाई-मक्खन उड़ाता है। यही कारण है कि वहाँ के शासक 'राष्ट्रनिर्माण' की बातें कम और इस्लाम के पुनर्जागरण की बातें ज़्यादा बोलते हैं। ख़ुद इक्कीसवीं सदी में रहकर जनता को सोलहवीं सदी से आगे नहीं बढ़ने देना चाहते।

बँगलादेश में उथल-पुथल

दिन-रात हड़तालों और मुज़ाहरों से तंग आकर याह्या ख़ाँ को पाकिस्तान में आम चुनाव कराने पड़े। उस वक़्त पश्चिमी पाकिस्तान में भुट्टो साहब की पीपुल्स पार्टी और पूर्वी पाकिस्तान में शेख़ मुजीबुर्रहमान की अवामी पार्टी का ज़ोर था। इनके अलावा एयर मार्शल असग़र ख़ान, मौलाना मौदूदी की जमीयते इस्लामी आदि

दूसरी पार्टियाँ भी थीं लेकिन इनकी ताक़त नहीं के बराबर थी। असली ज़ोर तो भुट्टो और शेख़ साहब की पार्टी का ही था।

याह्या ख़ाँ चुनाव तो करा बैठा, पर हुकूमत नहीं छोड़ना चाहता था। लिहाज़ा उसने ऐसे हालात पैदा कर दिए कि अवामी लीग और पीपुल्स पार्टी किसी तरह मिलकर हुकूमत न बना सकें। भुट्टो साहब ने तो एक बार अपनी स्पीच में मुजीब को मुख़ातिब करते हुए कहा था, 'उधर तुम, इधर हम।' जिस पर याह्या ख़ाँ के चेले-चपाटों ने भुट्टो के ख़िलाफ़ सारे मुल्क में मुज़ाहरे करवा दिए। इस पर भुट्टो की बहुत बदनामी हुई कि पाकिस्तान को दो भाग करके ख़ुद एक हिस्से पर राज़ करना चाहता है।

इधर शेख़ मुजीबुर्रहमान ने, जो बंग-बन्धु के नाम से मशहूर थे, हुकूमतसाज़ी के लिए सातसूत्री प्रोग्राम रखा क्योंकि वह बरसों से देख रहे थे कि किस तरह बंगालियों को पाकिस्तान में दूसरे दर्जे का शहरी समझा जाता है और किस तरह पश्चिमी पाकिस्तानवाले पूर्वी पाकिस्तानवाले लोगों का ख़ून चूस-चूसकर अमीर हो रहे हैं जबकि स्थिति यह थी कि पाकिस्तान को प्राप्त होनेवाली विदेशी मुद्रा में 70 प्रतिशत हिस्सा पूर्वी बंगाल का होता था। चाय, पटसन और क़ुदरती गैस जैसी चीज़ों का वह घर था। ये सब विदेशी मंडियों में बिकतीं और उसकी कमाई पर ऐश करता था पश्चिमी पाकिस्तान। पूर्वी बंगाल के बंगाली अधिक ग़रीबी में ही दिन बिता रहे थे।

पाकिस्तान में शेख़ मुजीबुर्रहमान को उसके हुकूमत करने के क़ानूनी हक़ से वंचित करने के लिए याह्या ख़ाँ और ज़ुल्फ़िकार अली भुट्टो ने एक षड्यंत्र रचा, जिसके अन्तर्गत मुजीबुर्रहमान की सात सूत्री योजना पर बातचीत करने के लिए याह्या ख़ाँ पूर्वी पाकिस्तान गए। शेख़ मुजीब को भनक भी नहीं थी कि उनके साथ ऐसा नाटक खेला जा रहा है। लिहाज़ा शेख़ मुजीबुर्रहमान के घर हमला हुआ, फ़ौजी हमला, जिसमें उनके बेशतर लोग मारे गए और शेख़ मुजीब को गिरफ़्तार करके पश्चिमी पाकिस्तान भेज दिया गया।

पाकिस्तानी फ़ौज की इस हरकत पर बंगालियों का ख़ून खौल उठा। सारे पाकिस्तान में उथल-पुथल मच गई। जगह-जगह प्रदर्शन और हड़ताल होने लगीं। इस बात पर पाकिस्तानी फ़ौज ने बौखलाकर निहत्थे बंगालियों का क़त्लेआम शुरू कर दिया। विशेषतौर पर हिन्दू बंगाली चुन-चुनकर मारे गए। पाकिस्तानी फ़ौज ने ढाका यूनिवर्सिटी के हॉस्टल पर टैंक और तोपें चढ़ा दीं और बर्बरता का वह नंगा नाच दिखाया कि इन्सानियत थर्रा उठी।

लड़कियों के कॉलेज के हॉस्टल में घुसकर सामूहिक बलात्कार किए गए। कुछ मासमू लड़कियाँ तो इस वहशियाना हरकत की ताब न लाकर दम तोड़ गईं और

बाक़ी के इन लोगों ने संगीनों की नोक से जिस्म छेद दिए। स्तन काट डाले। यहाँ तक कि उन्होंने दस साल की बच्चियों तक को नहीं बख़्शा। अब बंगालियों के सामने दो ही रास्ते थे–या तो हमेशा-हमेशा के लिए गले में ग़ुलामी की ज़ंजीरें पहनकर पश्चिमी पाकिस्तान के तलवे चाटते या फिर जुल्म के ख़िलाफ़ सिर पर कफ़न बाँधकर जंग के मैदान में उतरते।

वे भारतीय सीमा में शरणार्थी बनकर पहुँच गए। पूर्वी बंगाल में तो वे पाकिस्तानी फ़ौज के मुक़ाबले टिक नहीं सकते। इसलिए उन्होंने शिवाजी के छापामार युद्ध का तरीक़ा अपनाया। पाकिस्तानी फ़ौजें बँगलादेश की भौगोलिक हालात से वाक़िफ़ नहीं थीं, इसलिए उनको पता नहीं चलता था कि बंगाली लोग कब, कहाँ से अचानक उनके फ़ौजी दस्तों पर घात लगाकर टूट पड़ते और पल भर में उनको तहस-नहस करके नौ-दो ग्यारह हो जाते।

पूर्वी पाकिस्तान की पुलिस में भी बग़ावत फैल गई थी। पुलिस की राइफलें, ईस्ट बंगाल रेज़ीमेंट्स की बन्दूक़ें पाकिस्तानी फ़ौजों पर ही आग बरसाने लगीं। उधर पाकिस्तान की बदक़िस्मती कि दो कश्मीरी मुसलमान मोहम्मद अशरफ़ और हाशिम क़ुरैशी, जो कि कश्मीर को भारत से अलग करने की ख़्वाहिशमन्द पार्टी के सदस्य थे, एक भारतीय जहाज़ अगवा करके पाकिस्तान ले गए। इस पर भारत सरकार ने पाकिस्तानी जहाज़ों की भारत पर से उड़ान बन्द कर दी, भारतीय समुद्र से भी उसके समुद्री जहाज़ों के गुज़रने पर रोक लगा दी। नतीजा यह कि चारों तरफ़ से कटी हुई पाकिस्तानी फ़ौजें बँगलादेश में क़ैद होकर रह गईं जैसे चूहेदानी में चूहे।

अब पाकिस्तान की ओर से फ़ौज को न तो कुमुक भेजी जा सकती थी और न ही हथियार। इसका बदला भी पाकिस्तानी फ़ौज ने बंगालियों का ख़ून बहाकर चुकाना शुरू कर दिया। जुल्म का दौर और तेज़ हो गया। एक बार तो यूँ लगा कि बस अब बंगाली हमेशा-हमेशा के लिए पाकिस्तान की धरती से ग़ायब हो जाएँगे। लेकिन यह ख़ामोशी अपने अन्दर एक बहुत बड़ा तूफ़ान छुपाए हुए थी। यह सब आगे चलकर भारत-पाकिस्तान की 1971 की जंग के रूप में दिसम्बर 1971 में सामने आया।

बँगलादेश की उथल-पुथल का असर पाकिस्तान की जेलों में क़ैद हम हिन्दुस्तानी लोगों पर भी पड़ा। अधिकतर लोग हम लोगों को नफ़रत की निगाह से देखते और कुछ तो हमें देखना तक भी गवारा नहीं करते। जब भी कोई इक्का-दुक्का हिन्दुस्तानी जेल में कहीं घूमता-फिरता हुआ उनके हत्थे चढ़ जाता, वे उसकी पिटाई कर देते।

मुझे याद है, फाँसी को कोठरियों में एक सज़ाए-मौत का क़ैदी शाह मुहम्मद थानेदार हुआ करता था। बँगलादेश की गड़बड़ से पहले वह मेरे साथ बहुत मुहब्बत

से पेश आया करता था। लेकिन ज्यों ही बँगलादेश में गड़बड़ हुई, उसका रवैया बदल गया। एक दोपहर मैं जब उसकी कोठरी के आगे से गुज़र रहा था तो उसने मुझे आवाज़ लगाई। बोला, 'पंडित, आओ, तुम्हें सिगरेट देता हूँ।' ज्यों ही मैं उसके पास गया, उसने जँगले में से दोनों हाथ निकालकर मेरा गला पकड़ लिया और बोला, 'साले कुत्ते हिन्दुस्तानी, मैं तो सज़ा-ए-मौत का क़ैदी हूँ, अगर एक क़त्ल और कर दूँगा तो इससे बढ़कर सज़ा मिलने से रही। क्यों न मरने से पहले तुम्हें भी जहन्नुम में पहुँचा दूँ। तुम्हें मारकर अगर फाँसी भी लग गई तो क़ौमी शहीद कहलाऊँगा। अल्लाह की जन्नत के दरवाज़े मेरे लिए खुले होंगे।' यह कहकर वह मेरा गला दबाने लगा। उस पैंसठ साल के बुड्ढे में न जाने कहाँ से बला की ताक़त आ गई। मैंने बहुत ज़ोर की चीख़ मारी जिस पर वार्डन और नम्बरदार भागकर आ पहुँचे। उसकी हरकत पर हक्के-बक्के रह गए। एक नम्बरदार ने उसके सिर पर डंडे का वार किया जिससे उसके हाथों की पकड़ ढीली हो गई। मैं जान छुड़ाकर सीधा अपनी कोठरी की तरफ़ भागा। जब यह हालत एक पढ़े-लिखे थानेदार की हो सकती है तो उस वक़्त अनपढ़ और कट्टर पाकिस्तानी क़ैदियों की दिमाग़ी हालत क्या होगी, इसका आप ख़ुद ही अन्दाज़ा लगा सकते हैं।

इस घटना के बाद कई दिन मैं कोठरी से नहीं निकला। उधर जेल के दारोग़ा ने हुक्म दे दिया कि जिस वक़्त पाकिस्तानी क़ैदी खुले हों, उस वक़्त हिन्दुस्तानी क़ैदियों को बन्द कर रखा जाए। हिन्दुस्तानी क़ैदियों को अपनी बैरक छोड़कर दूसरी बैरक में जाने पर भी पाबन्दी लगा दी गई। अब सिर्फ़ क़ैदियों का ही सलूक नहीं बदला था, जेल के अफ़सरों की भी निगाहें बदल गई थीं। ज़रा-ज़रा-सी बात पर बेवजह हिन्दुस्तानी क़ैदियों की पिटाई की जाती, उसकी मशक़्क़तें दुगुनी कर दी गईं और उनसे जानवरों की तरह काम लिया जाने लगा। शुक्र है कि पाकिस्तानी जेलों में चक्की पीसने और तेल के कोल्हू में बैल की जगह इनसान जोतने की मशक़्क़त क़ानूनन ख़त्म हो चुकी थी, वरना शायद पाकिस्तानी अफ़सर सभी हिन्दुस्तानियों को या तो चक्की पीसने पर लगा देते या तेल के कोल्हू में।

अब मैं अपने अज़ीज़ पाकिस्तानी दोस्त के पास उसके बुलाने पर भी नहीं जाता था। सबकी नज़रें बदल गई थीं। हवाओं में ज़हर फैल गया था और हम मजबूर थे उस ज़हर भरी दम घोंट देनेवाली हवा में साँस लेने के लिए। बिलकुल वही नफ़रत उस वक़्त पाकिस्तानी क़ैदियों की निगाहों में थी जो सन् सैंतालीस में हिन्दुस्तान-पाकिस्तान में बँटवारा होने पर मैंने बचपन में देखी थी।

इसका क्या अंजाम निकलेगा, यही सोच-सोचकर परेशान हो जाता था। अभी तो मेरा मुक़दमा भी नहीं चला था। न जाने उसमें कितनी सज़ा होगी और कितने सालों तक इन ज़हर भरी नफ़रत की निगाहें और हवाओं का सामना करना पड़ेगा।

समरी कोर्ट मार्शल

जिस दिन का मुझे इन्तज़ार था, वह आ पहुँचा, अर्थात् मुझे सूचित किया गया कि मेरा समरी कोर्ट मार्शल शाही क़िला, लाहौर में होगा। यह बात बहुत हैरान कर देनेवाली थी कि समरी कोर्ट मार्शल की अदालत एक इंटेरोगेशन सेंटर में लगाई जाए जहाँ पुलिस का पूरा दबदबा हो और जहाँ पुलिस गवाहों से और यहाँ तक कि क़ैदी से भी मनचाहे बयान दिलवाने की जुर्रत रखे। वहाँ पर पुलिस जिसे चाहे क़ैदी को दिखाकर, उसकी शिनाख़्त करवा ले, उसके ख़िलाफ़ जो भी चाहे बयान दिलवा ले।

समरी मार्शल का चेयरमैन एक मेजर था जो अभी नौजवान था। जाति का सैयद था और जब कभी मैं कार्रवाई के बीच बोलने की कोशिश करता तो वह मुझे खा जानेवाली नज़रों से घूरता। पहले दिन अदालती कार्रवाई के लिए जब मुझे शाही क़िला ले जाया गया तो वहाँ मुझे सारा दिन बिठाकर वापस भेज दिया गया। बतलाया गया कि आज समरी कोर्ट मार्शल के चेयनमैन मेजर साहब नहीं आए हैं। हक़ीक़त में यह पुलिस का हथकंडा था ताकि वे मुझे अपने गवाहों को दिखा सकें, और उनको पक्का कर सकें जिससे वे अदालत में मेरी सही पहचान कर लें।

अगले दिल भी बारह बजे मेजर साहब नहीं आए। इस बीच मुझे शाही क़िले के डी.एस.पी. जनाब मुहम्मद अज़ीम दुर्रानी ने अपने कमरे में बुला लिया। वहीं पर फर्स्ट क्लास मजिस्ट्रेट सैयद मिर्ज़ा जावेद दस्तगीर भी आ पहुँचे। मैं समझ गया कि उनको भी आज मेरे ख़िलाफ़ गवाही देनी है।

दुर्रानी साहब ने चाय मँगवाई और हम दोनों को पेश की। मुझसे मुख़ातिब हुए, 'देख लो भास्कर, आख़िर तुम मेरी बात नहीं माने और उसका नतीजा यह है कि तुम्हारा कोर्ट मार्शल होने जा रहा है जिसमें तुम्हें सज़ा-ए-मौत तक हो सकती है। बच भी गए तो पाकिस्तान की जेलों में सड़-सड़कर मर जाओगे। तुम्हारी क़ैद ख़त्म होने पर भी तुम्हें यहीं नज़रबन्द करके डाल दिया जाएगा। अब तुम्हारा नसीब पाकिस्तानी जेल की रोटियाँ और मिट्टी के तेल का एक कनस्तर है जो तुम्हारे मरने पर तुम्हें जलाने को मिलेगा। तुम्हारे माँ-बाप को शायद तुम्हारी हड्डियाँ भी नसीब न हों क्योंकि भारतीय हाई कमीशनवाले आजकल हिन्दुस्तानी क़ैदियों की हड्डियाँ भी नहीं लेने आते।'

वे आगे बोलते गए, 'अगर हमारी बात मान लेते और अपने मुल्क जाकर पाकिस्तान के लिए काम करने का वचन देते तो हम यहाँ जेल से तुम्हारी फ़रारी का ड्रामा रचते, तुम्हारी फ़रारी को अख़बारों, रेडियो और टेलीविज़न में पब्लिसिटी देते जिससे तुम हिन्दुस्तानियों की नज़र में हीरो भी बने रहते और बिना किसी शक-शुबहे के हमारे लिए भी काम करते रहते।'

मैने कहा, 'क्या बच्चोंवाली बातें करते हैं दुर्रानी साहब! आप क्या समझते हैं कि हिन्दुस्तानी इंटेलीजेंस इस क़दर बेवकूफ़ है कि वे आपके द्वारा पब्लिसिटी की गई मेरी फ़रारी की कहानी पर यक़ीन कर लेंगे? पाकिस्तान में क़ैद हुए सन् पचास से लेकर अब तक अनगिनत भारतीय में से तो कोई फ़रारी नहीं कर सका। मैं क्या कोई सुपरमैन हूँ जो वह मेरी फ़रारी पर यक़ीन कर लेंगे? और इस बात की भी कहाँ गारंटी है कि वह ड्रामा सिर्फ़ मेरी फ़रारी का होगा? मेरी मौत का भी तो हो सकता है। जहाँ तक सज़ाए-मौत मिलने का ताल्लुक़ है, उसकी मुझे कोई सूरत नज़र नहीं आती। आप ढाई साल की जानलेवा तफ़तीश के बाद भी मेरा किसी पाकिस्तानी से कोई लिंक साबित नहीं कर सके हैं और न ही मेरे पास कोई काग़ज़, कोई नक़्शा, कोई फ़ोटोग्राफ़ पकड़ा गया है जो यह साबित करता हो कि मैं पाकिस्तान में जासूसी का काम सरअंजाम दे रहा था। ले-दे के सबूत के नाम पर आपके पास मेरा सुन्नत किया हुआ नफ़स है। अगर इसी वजह से आपका क़ानून सज़ाए-मौत दे देगा तो ख़ुद उसकी अपनी हँसी उड़ेगी, क्योंकि सज़ा देने के बाद आपको फ़ैसले की एक कॉपी भारतीय हाई कमीशन को भी देनी होगी। महज़ अनुमान करके कि मैं भारतीय जासूस हूँ, कोई अदालत मुझे सज़ाए-मौत नहीं दे सकती। रही बात समुन्दसिंह की गवाही की, तो वह इस वक़्त हुकूमते पाकिस्तान का क़ैदी है। वह जो कुछ भी कहेगा, उसके बारे में मेरा कहना यही होगा कि पाकिस्तान सरकार उसे रिहाई का लालच देकर मेरे ख़िलाफ़ बयान दिलवा रही है।'

इस पर वे बोले, 'बहुत ऊँचे उड़ रहे हो मेरे अज़ीज़, तुम्हें नहीं मालूम कि यह नफ़सकटों की बादशाही है। जिस दिन अदालत का हुक्म सुना, सारा क़ानून भूल जाओगे।' इस पर मैं बोला, 'कमाल है यहाँ के क़ानून का कि पुलिस पहले ही अदालत के निर्णय से वाक़िफ़ है जो मुझे सज़ाए-मौत देने का फ़ैसला कर चुकी है। अगर यही बात है तो यह सारा ड्रामा किसलिए है? ख़त्म कीजिए क़िस्सा, चढ़वा दीजिए मुझे फाँसी।'

वह मुस्काकर बोले, 'कुछ ड्रामे बहुत ज़रूरी होते हैं मेरे अज़ीज़! ज़िन्दगी भी एक ड्रामा है। ठीक है, तुम अपना किरदार अदा करो, हम अपना अदा कर रहे हैं। लेकिन तुम जैसे हसीन-ज़हीन नौजवान की मौत का हमें बड़ा दुख है।'

अभी ये बातें हो ही रही थीं कि एक नौजवान सादा कपड़ों में दाख़िल हुआ जिससे चौधरी साहब मुख़ातिब हुए, 'आओ, सैयद दिलशाद हुसैन!' फिर मुझसे बोले, 'भारस्कर इनको पहचानते हो? अरे यार, तुम इनके ग्रैंड होटल गुजराँवाला में ठहरा करते थे।' मैं हैरान! मैंने उस शख़्स को इससे पहले ज़िन्दगी में कभी देखा नहीं था। मैं बोला, 'ठीक है चौधरी साहब, ड्रामा जारी रखें। लगता है, घंटे भर बाद

आप किसी ख़ातून को मेरी बीवी बनाकर भी पेश कर देंगे और कहेंगे, अमा यार, पहचानते नहीं हो, इसके साथ तुम कितनी रातें बिता चुके हो?'

इस पर वह थोड़ा ग़ुस्से में आ गए। बोले, 'देखो यार, बदतमीज़ी मत करो। हम तुम्हारे साथ किस अदब से पेश आ रहे हैं। न तो हम इस क़दर गिरे हैं और न ही कोई पाकिस्तानी ख़ातून ऐसी है कि तुम्हें शौहर कहकर दावा करे।' इस पर मैंने ख़ामोश रह जाना ही बेहतर समझा।

सिपाही ने आकर इत्तला दी कि समरी कोर्ट मार्शल के चेयरमैन मेजर साहब तशरीफ़ ला चुके हैं। ड्रामा शुरू हो गया। हर गवाह अपने रटे-रटाए बयान पेश कर रहा था। जिसमें ग्रैंड होटल, गुजराँवाला का मैनेजर सैयद दिलशाद हुसैन भी था। मुझे बड़ी हैरानी हुई जब उसने क़ुरान की क़सम खाकर झूठा बयान लिखवाना शुरू किया। उसके बाद साहीबाल के गाँव का भागदीन भी क़ुरान की क़सम खाकर मेरे ख़िलाफ़ बयान दे गया। इसके बाद एक-एक करके गवाह आते गए और मैं ख़ामोश तमाशाई बना रहा। जब मजिस्ट्रेट सैयद जावेद दस्तगीर अपना बयान लिखवाने लगे तो मैंने उनसे सवाल किया, 'पीर साहब, क्या आप बतलाएँगे कि जिस वक़्त आप मेरा बयान लिख रहे थे, उस वक़्त इंस्पेक्टर राजा गुल अनार ख़ाँ आपके चैम्बर में थे या बाहर?'

वह बोले, 'चैम्बर के बाहर।'

मैंने कहा,' क़ुरान की क़सम खाकर एक ऑफ़िसर इस क़दर झूठ बोले, यह बात आपको ज़ेबा नहीं देती।'

यह सुनते ही समरी कोर्ट मार्शल के चेयरमैन ग़ुस्से से मुझ पर उबल पड़े और बोले, 'ख़ामोश गुस्ताख़, तुम्हें ऐसी बदतमीज़ी से बात नहीं करनी चाहिए। तुम्हें अपने सवाल का जवाब मिल गया है। आइन्दा किसी गवाह पर कोई रिमार्क्स नहीं दोगे, समझे?' अब मैं क्या कह सकता था, ख़ामोश होकर रह गया। उसके बाद मैंने किसी गवाह से कोई सवाल नहीं किया। जब राजा गुल अनार ख़ाँ की बारी आई तो अपना बयान लिखवाने के बाद वह बोले, 'भास्कर, कुछ तो पूछ लो!'

मैं बोला, 'राजा साहब, अगर कुछ कहूँगा तो वह तौहीने-अदालत होगी, इसलिए बेवजह अपने जुर्म में इज़ाफ़ा क्यों करूँ? अगर यहाँ दस्तूरे जुबाँबन्दी है तो ज़बान खोलना फ़िज़ूल ही नहीं, हिमाकत भी है। फिर भी अगर आप कहते हैं तो अर्ज करता हूँ क्या बतलाएँगे कि जिस वक़्त मजिस्ट्रेट सैयद मिर्ज़ा जावेद दस्तगीर मेरा बयान लिख रहे थे, उस वक़्त आप उनके चैम्बर के अन्दर थे या बाहर?'

वह बोले, 'न मैं चैम्बर के अन्दर था, न बाहर, मैं चैम्बर की चौखट पर खड़ा था।'

मैं बोला, 'बतला सकेंगे कि दरवाज़ा मजिस्ट्रेट साहब की कुर्सी से कितनी दूर था? आपको मेरा बयान सुनाई दे रहा था या नहीं?'

वह बोले, 'जहाँ तक मुझे याद है, मैं आप दोनों से तीन-चार फ़ीट के फ़ासले पर था और जो कुछ भी क़लमबद्ध किया जा रहा था, वह मुझे पूरी तरह सुनाई दे रहा था।'

मैं बोला, 'बहुत-बहुत शुक्रिया साहब! मुझे और कुछ नहीं पूछना।' यह एक बहुत अहम क़ानूनी नुक्ता था। क़ानून के मुताबिक़ जब मुजरिम के दफ़ा 164 के तहत इकबालिया बयान लिखे जाते हैं तो यह लाज़िम होता है कि मजिस्ट्रेट और मुजरिम के अलावा कोई कमरे के अन्दर न हो, यहाँ तम कि कमरे के बाहर भी पुलिस को इतनी दूर खड़ा किया जाता है कि वह मुजरिम के बयान न सुन सके। जब राजा साहब ने मेरी ख़्वाहिश के मुताबिक़ सवाल का जवाब दे दिया तो समरी कोर्ट मार्शल का चेयरमैन अपनी कुर्सी पर बेचैन हो गया और मुझे खा जानेवाली नज़रों से देखता हुआ राजा साहब से मुख़ातिब हुआ, 'यह बहुत चालाक शख़्स है राजा साहब, आप इसकी चालाकी को नहीं समझ सके।'

राजा साहब बोले, 'मैं सब समझता हूँ मेजर साहब, क़ुरान की क़सम खाकर हक़ीक़त से इनकार कैसे कर सकता हूँ? मैं ख़ुद भी नहीं चाहता था कि उस वक़्त चैम्बर में रहूँ लेकिन ऊपर से ऐसा ही हुक्म था। इसमें मैं क्या कर सकता था?' यह सुनकर तो मेजर साहब की भवों पर और भी बल पड़ गए। वह मुझसे बोला, 'तुमको अपने बचाव में कुछ कहना है?'

मैंने कहा,' जहाँ तक मेरे बयान का सवाल है, मेरी नज़रों में पुलिस हेडक्वार्टर इंटेरोगेशन सेंटर, शाही क़िला में समरी कोर्ट मार्शल की अदालत का लगाना ही एक ग़ैरक़ानूनी हरकत है लिहाज़ा अदालत बाज़ाब्ता ख़ुद ग़ैरक़ानूनी है और इस ग़ैरक़ानूनी अदालत के सामने कोई बयान देना बेमानी है। इसलिए मैं अपने बयान देने का हक़ महफ़ूज़ रखता हूँ। मुझे जो कुछ भी कहना है, फील्ड जनरल कोर्ट मार्शल की अदालत में कहूँगा।'

यह सुनते ही वह बादल की तरह फट पड़ा और बोला, 'तुम अपने-आपको समझते क्या हो? तुम बहुत देर से टर्रा रहे हो। लगता है, सज़ा के ख़ौफ़ ने तुम्हारे होश बिगाड़कर रख दिए हैं। मैं चाहूँ तो अभी तुम्हें तौहीने अदालत के जुर्म में कोड़े लगवा सकता हूँ लेकिन मरनेवाले पर रहम करना चाहिए। गवाहों के बयानात सुनने के बाद मैं इस नतीजे पर पहुँचा हूँ कि तुम पाकिस्तान की सलामियत के लिए एक संगीन ख़तरा हो, लिहाज़ा मैं तुम्हारे लिए सज़ाए-मौत की सिफ़ारिश करता हूँ और देखूँगा फील्ड जनरल कोर्ट मार्शल की अदालत तुम्हें किस तरह माफ़ करती है।'

मैं बोला, 'बहुत-बहुत शुक्रिया मेजर साहब, मुझे आपसे यही उम्मीद थी। इससे ज़्यादा आप कर भी क्या सकते हैं? रही बात मौत से ख़ौफ़ज़दा होकर होशो-हवास खोने की, तो एक बात ध्यान में रखें कि मौत से ख़ौफ़ज़दा होनेवाले कभी

संगीनों की छाँव में बॉर्डर क्रॉस करके दुश्मन की सफ़ों में नहीं घूमा करते। आपको जो करना था, सो कर दिया। अब जो मेरी क़िस्मत में है, वह मुझे मिल जाएगा। आप क्यों ज़बान कड़वी करते हैं? सदरे-अदालत की मुलज़िम से यह तल्ख़ज़ुबानी किसी तरह भी ज़ेब नहीं देती और न ही क़ानून इसकी इजाज़त देता है?'

मेरे इस जुमले पर वह कटकर रह गया और मैं उसे 'ख़ुदा हाफ़िज़' कहकर अदालत के कमरे से बाहर आ गया। सिपाहियों ने मुझे हथकड़ी लगाई और मैं पाँव की बेड़ियाँ झनझनाता हुआ क़िले की सीढ़ियाँ उतरने लगा। बाहर राजा साहब खड़े थे। उनसे दुआ-सलाम के बाद मैंने उनसे कहा, 'राजा साहब, एक गुज़ारिश है, क़िले के सामने गुरु अर्जुनदेव जी का गुरुद्वारा है जहाँ उन्होंने शहादत हासिल की थी। मैं जहाँ सजदा करना चाहता हूँ, बराए-करम, गारद को कह दें कि वह रास्ते में मुझे इसकी इजाज़त दे दें।'

वह बोले, 'भास्कर, क़ानूनन इसकी इजाज़त नहीं है। फिर भी मैं गारद से कह देता हूँ। और बोलो, मैं तुम्हारे लिए क्या कर सकता हूँ?' मैं बोला, 'बहुत-बहुत शुक्रिया, राजा साहब! आपके एहसान किस ज़बान से कहूँ। आपनें अदालत में सच बोलकर मुझ पर पहले ही बहुत बड़ा एहसान किया है।' वह बोले, 'इसमें एहसान की कोई बात नहीं। वह मेरा फ़र्ज़ था। मैं सच्चा मुसलमान हूँ और क़ुरान की क़सम खाकर झूठ नहीं बोल सकता। अच्छा, ख़ुदा हाफ़िज़।'

यह कहकर वे चल दिए और मैं बड़ी देर तक भीगी आँखों से इस आदमी को देखता रहा जिसे लोग शाही क़िले का जल्लाद कहते थे। गारद के हवलदार ने मुझे चलने को कहा। शाही क़िले से निकलते ही बिलकुल सामने गुरु अर्जुनदेव जी का गुरुद्वारा है, जिसकी नए सिरे से तामीर हो रही थी। गुरुद्वारे की ड्योढ़ी में पहुँच हवलदार ने मेरे हाथ से हथकड़ी खुलवा दी और बोला, 'अज़ीज़, जाओ सजदा कर लो।'

पाँव में बेड़ियों लगी हुई थीं। उनको झनझनाता हुआ मैं बड़े अदब के साथ गुरुद्वारे में दाख़िल हुआ। यह वह जगह थी जहाँ गुरु अर्जुनदेव जी के सिर पर भुनी हुई गरम रेत डाल-डालकर उनको शहीद किया गया था। मेरी जेब में एक रुपया था जो मैंने जेल से चलते हुए किसी पाकिस्तानी क़ैदी से माँगा था। भेंट चढ़ाकर मैंने सजदा किया और उस वक़्त गुरु गोविंदसिंह जी की पक्तियाँ मेरे कानों में गूँज उठीं :

'जी तू मेरे नाल है ताँ केहा मोह छन्दा।
तुद् सबकुछ मैनू सौंपिया जाँ तेरा बन्दा।'

(जब तू मेरे साथ है तो किसी प्रकार का मोह और शंका करने की क्या ज़रूरत है? तूने सब कुछ मेरे हवाले किया है, मैं तेरा प्रतिनिधि हूँ।)

उस ख़याल से ही मैंने एक रूहानी ताक़त महसूस की। मुक़दमे की सज़ा का ख़ौफ़ न जाने कहाँ उड़ गया था। इसके बाद ताँगे में बैठकर कोट लखपत जेल पहुँच गए। जहाँ आकर मैंने घरवालों को पत्र लिया कि बहुत जल्द मुझ पर मुक़दमा चलनेवाला है। आप मेरे लिए प्रार्थना करें। मैं समरी कोर्ट मार्शल और सज़ाए-मौत की सिफ़ारिश की बात बिलकुल गोल कर गया। नहीं चाहता था कि घरवाले परेशान हों, लेकिन फिर भी जैसा कि बाद में पता चला, यह ख़बर अख़बार और रेडियो के ज़रिए उन तक पहुँच गई थी। वे तो यही समझ बैठे थे कि मुझे फाँसी लगने का हुक्म दे दिया गया है। यह ख़बर सुनकर मुझ इकलौते बेटे के माँ-बाप और बेसहारा बीवी पर क्या गुज़री होगी, इसकी सिर्फ़ कल्पना ही की जा सकती है।

फील्ड जनरल कोर्ट मार्शल

इसके तक़रीबन एक महीने बाद सुबह-सुबह हुक्म आया कि आज मुझे अपने फील्ड जनरल कोर्ट मार्शल के लिए जाना है। फील्ड जनरल कोर्ट मार्शल की अदालत में एक कर्नल और चार मेजर जजों की कुर्सी पर बैठते हैं। इस बेंच का सदर कर्नल होता है। एक मेजर सरकारी वकील होता है और एक मेजर वकील क़ैदी की ओर से मुक़दमा लड़ता है।

जब मुझे कोर्ट मार्शल के सदर कर्नल ख़ुरशीद ने बतलाया कि मेरी तरफ़ से मुक़दमा मेरा वकील लड़ेगा और मुझे जो कुछ भी अदालत से कहना है, मैं उसकी मार्फ़त कहूँगा तो इस पर मैंने प्रतिवाद किया और कहा, 'मुझे किसी सफ़ाई के वकील की ज़रूरत नहीं है। मैं अपना मुक़दमा ख़ुद लड़ूँगा।' इस पर कर्नल बोला, 'क़ानूनी तौर यह ज़रूरी है कि तुम्हें सफ़ाई का वकील दिया जाए। लेकिन यह बात तुम्हें लिखकर देनी होगी कि तुम गवाहों से जिरह ख़ुद करोगे और अपना डिफेंस भी ख़ुद ही पेश करोगे।'

मैंने लिखकर दे दिया। इसके बार अदालत के पूरे बेंच ने खड़े होकर क़ुरान पर हाथ रखकर क़सम खाई कि वह क़ैदी के साथ पूरा इन्साफ़ करेंगे और जहाँ उन्हें गवाह या क़ैदी का बयान मश्कूक नज़र आएगा वहाँ वे अपनी आत्मा की आवाज़ सुनकर फ़ैसला देंगे। इसके बाद सरकारी वकील ने क़सम खाई कि वह पाकिस्तान की सलामियत के लिए सच्चा मुक़दमा लड़ेगा और बेवजह क़ैदी को फँसाने की कोशिश नहीं करेगा।

फिर मेरे वकील ने क़सम खाई कि वह क़ैदी की ख़्वाहिश के मुताबिक़ अपना रोल अदा करेगा। मुझे तो क़सम दिलाई गई कि मैं सच कहूँगा और सच के सिवा कुछ नहीं कहूँगा। अब अदालती कार्रवाई शुरू हुई।

सबसे पहले 596 एफ़.आई.यू. लाहौर के नायब सूबेदार मुहम्मद असलम बतौर गवाह पेश हुए। अब मैंने उनसे जिरह करनी चाही तो वे अदालत से बोले कि मैं उनसे सवाल नहीं कर सकता। इस पर कर्नल ख़ुरशीद ग़ुस्से में आ गए और बोले, 'जब हम क़ैदी को हक़ दे रहे हैं सवाल करने का, तो तुम कौन होते हो जवाब न देनेवाले? ईमानदारी ने उसके सवाल का जवाब दो।'

मैंने उससे पूछा, 'क्या मेरी गिरफ़्तारी के वक़्त आपको मेरे पास से कोई ऐसा काग़ज़, कोई कैमरा, कोई वायरलेस सेट या ऐसा सबूत मिला जो मुझे जासूस साबित करता हो?' उसने जवाब दिया, 'नहीं?' मैंने फिर पूछा, 'क्या दौराने-तफ़तीश मेरा किसी पाकिस्तानी शहरी से कोई लिंक साबित हो सका?' उसने कहा, 'नहीं।' उसके बाद मैंने अदालत से कहा कि अब मुझे कुछ और नहीं पूछना।

सरकारी वकील ने अपना दूसरा गवाह पेश किया, दिलशाद हुसैन सैयद, मैनेजर, ग्रैंड होटल, गुजराँवाला। उसने बयान दिया, 'आज से तीन साल पहले की बात है कि एक शाम यह शख़्स अपने तीन साथियों के हमराह मेरे होटल में आया। इन्होंने अपने नाम तरतीबवार मुहम्मद असलम, इमामदीन और अब्दुल रहमान बतलाए। कहा कि ये सात चक साहीवाल मिंटगुमरी के रहनेवाले हैं और इनके साथ जो बूढ़ा इमामदीन था, उसकी आँखों के इलाज के लिए इनको अगले दिन डसका जाना है। चुनांचे मैंने उनके नाम रजिस्टर में दर्ज किए और इनको सोने के लिए चारपाई दे दी। मेरे होटल में यह ग़ालिबन तीन दिन ठहरे। सुबह-सबेरे निकल जाते थे और रात को वापस आते थे। इनकी गिरफ़्तारी के बाद इनके बयानों से ही पुलिस ने मुझे तलब किया और मैं वो रजिस्टर लेकर हाज़िर हूँ, जिसमें इनके नाम दर्ज हैं।' यह कहकर वह चुप हो गया।

इस पर मैं उठा और उससे पूछा, 'सैयद दिलशाद हुसैन, आप कहते हैं कि आपने रजिस्टर में यह नाम लिखे। क्या आप दुबारा यही नाम काग़ज़ पर लिखेंगे।' वह बोला, 'क्यों नहीं साहब!' इस पर उसने होटल की वही ऐंटरी एक सादा काग़ज़ पर उतार दी।

मैंने वह काग़ज़ कर्नल ख़ुरशीद को थमाते हुए कहा, 'सदरे-अदालत, ज़रा मुलाहज़ा फ़रमाए कि क्या यह लिखाई रजिस्टर से मिलती है?' इस पर अदालत ने ग़ौर से उसका रजिस्टर से मिलान किया और कहा, 'तक़रीबन मिलती-जुलती है।' इस पर मैं बोला, 'बात तक़रीबन की नहीं, हुजूर, जनाब ने क़सम खाई है सही इनसाफ़ करने की, या तो आप अभी ही इस वक़्त टेलीफ़ोन करके राइटिंग एक्सपर्ट बुला लें वरना कल को कोई आएगा तो उसे पढ़ा दिया जाएगा कि उसे क्या कहना है।'

वे बोले, 'ठीक है।' उन्होंने उसी वक़्त टेलीफ़ोन किया तो वह पन्द्रह मिनट में आ पहुँचा। जब कर्नल ख़ुरशीद ने दोनों तहरीरें रखीं और पूछा कि क्या यह एक ही

शख़्स की लिखी हुई हैं तो उसने ग़ौर से दोनों तहरीरों को देखा और बोला, 'नहीं जनाब, इसमें ज़मीन-आसमान का फ़र्क़ है।' इस पर कर्नल ख़ुरशीद क़हर भरी आँखों से दिलशाद हुसैन की तरफ़ देखने लगे। बोले, 'तुम साला, दल्ले का बच्चा, सैयद की जान होकर क़ुरान की क़सम खाकर झूठ बोला। यह परदेशी आदमी, इसने तुम्हारा क्या बिगाड़ा है? यह तुम्हारे बयान पर फाँसी भी लग सकता था। अदालत को गुमराह करने के जुर्म में हम तुम्हें दस कोड़े और छह मास की सज़ा देते हैं।'

इस पर दिलशाद हुसैन कमराए-अदालत में ही रोने और गिड़गिड़ाने लगा। फ़ौजी सिपाही उसे धकेलते हुए बाहर ले गए। इसके बाद सैयद मिर्ज़ा जावेद दस्तगीर ने अपना बयान रिकॉर्ड करवाया। मैंने जिरह में वही सवाल किया जो समरी कोर्ट मार्शल ने किया था जिसका जवाब उन्होंने वही दिया। इसके बाद राजा गुल-अनार ख़ान ने अपना बयान दिया और समरी कोर्ट मार्शल की तरह ही उन्होंने इस बात को तसलीम किया कि मेरे इकबालिया बयानात के वक़्त वह मिर्ज़ा जावेद दस्तगीर के चैम्बर में ही मौजूद थे।

जैसा कि मैंने बताया, क़ानूनी नुक्ता कहता है कि जिस वक़्त दफ़ा 164 के बयान हो रहे हों, क़ैदी के क़रीब कमराए-अदालत में पुलिस नहीं होनी चाहिए, वरना क़ैदी का वह इकबालिया बयान पुलिस के ख़ौफ़ से दिया गया माना जाता है और अदालत कोई कार्रवाई करते हुए उस बयान को जेरे-ग़ौर नहीं रखती।

इसके बाद गाँव सात चक साहीवाल मिंटगुमरी का भागदीन, उमर पैंसठ साल, मेरे ख़िलाफ़ बयान देने आया। उसने अपना बयान इस तरह दिया, 'आज से तीन साल पहले का ज़िक्र है कि मुलज़िम मोहनलाल भास्कर उर्फ़ मुहम्मद असलम एक रात शाम को सात बजे के क़रीब आया। समुन्दसिंह उर्फ़ इमामदीन और एक और नौजवान अब्दुल रहमान भी साथ थे। इमामदीन से मेरी वाक़िफ़ियत है, चुनांचे मैंने इन्हें रात अपने यहाँ ठहराया, खाना खिलाया। ये ज़िक्र कर रहे थे कि सुबह की बस पकड़कर इन्हें मुलतान जाना है। सुबह नाश्ता करवाकर मैंने इन्हें रुख़सत कर दिया। उसके बाद ख़ुदा जानता है कि ये कहाँ गए, उससे पहले और उसके बाद कभी यह शख़्स मेरे यहाँ नहीं आया।'

इस भागदीन ने छह महीने पहले मेरे गाइड समुन्दसिंह उर्फ़ इमामदीन के ख़िलाफ़ भी फील्ड जनरल कोर्ट मार्शल में गवाही दी थी। समुन्दसिंह के ख़िलाफ़ उसका बयान इतना लम्बा था कि वह लगातार दो दिन अदालत में पेश रहता रहा था और इस वक़्त जो मेजर वकील मुझे दिया गया था वही समुन्दसिंह के मुक़दमे में फील्ड जनरल कोर्ट मार्शल के जजों की बेंच में भी बैठा था। भागदीन लगातार उसके सामने दो दिन पेश हुआ था। मैंने सवाल किया, 'भागदीन, क्या तुम मेजर खालिद, जो मेरे वकील हैं और मेरे साथ बैठे हैं, इनको पहचानते हो?'

वह बोला, ‘नहीं जनाब!’

मैंने कहा, ‘ग़ौर से देखो, शायद तुमने आज से पहले इन्हें बहुत क़रीब से देखा हो।’ इस पर वह चलकर मेजर साहब के क़रीब आया। उनका चेहरा बड़ी देर तक ग़ौर से देखता रहा और फिर सिर मारकर बोला, ‘नहीं जनाब, मैंने इन्हें कभी नहीं देखा।’ इस पर मैं बोला, ‘ठीक है भागदीन, तुम जा सकते हो।’

और अदालत से मुख़ातिब हुआ, ‘शख़्स भागदीन, जो मेरे ख़िलाफ़ इस वक़्त गवाही देने आया है, समुन्दसिंह उर्फ़ इमामदीन के फील्ड जनरल कोर्ट मार्शल में आज से छह महीने पहले मोहतरम वकील मेजर खालिद के सामने पेश होता रहा है। मेजर साहब उस समय जजों की बेंच में थे। यह अभी छह महीने की ही बात है। यह उनको तो नहीं पहचानते, लेकिन मुझे इसने तीन साल पहले चन्द लमहों के लिए देखा और इसका कहना है कि यह मुझे पूरी तरह पहचानता है। साफ़ साबित होता है सदरे–मोहतरम, कि पुलिस ने गवाह को पढ़ा–लिखाकर मेरे ख़िलाफ़ गवाही देने के लिए खड़ा किया है, वरना उसके बयानात में रत्ती भर भी हक़ीक़त नहीं है।’

इस पर जजों की बेंच में आपस में खुसर–फुसर होने लगी। मुक़दमे ने फील्ड जनरल कोर्ट मार्शल की अदालत में आकर जो मोड़ लिया, उससे मेरा दिल कहने लगा कि अगर अदालत सही मायनों में इन्साफ़ करे तो मुझे सज़ाए–मौत कभी नहीं हो सकती।

उसके बाद मुझसे बयान देने ने कहा गया। मैंने कहना शुरू किया, ‘मैं मोहनलान भास्कर, उर्फ़ मुहम्मद असलम फ़िरोज़पुर का रहनेवाला हूँ। मैं सन् अड़सठ में गवर्नमेंट हाईस्कूल, अटारी, ज़िला अमृतसर में बतौर स्कूल मास्टर काम करता था। स्कूल बागा बॉर्डर की हद पर होने की वजह से कई बार दिल में ख़्वाहिश उठती थी कि मैं पाकिस्तान देखूँ। समुन्द्रसिंह एक बार किसी बच्चे को दाख़िल कराने के लिए मेरे पास आया था। बातों ही बातों में इसने ज़िक्र किया था कि उसके रिश्तेदार बॉर्डर पार रहते हैं और यह अक्सर चोरी–छिपे उनके पास जाता है। लिहाज़ा मैंने भी इससे कहा कि एक बार मुझे पाकिस्तान घुमा लाए। चुनांचे 16 सितम्बर की रात मैंने इसके साथ बॉर्डर क्रॉस किया और रात पाकिस्तान के सरहदी गाँव हुडआँए के खेतों में गुज़ारी। सुबह पहली बस पकड़कर हम लाहौर आ गए। बस में समुन्द्रसिंह का एक वाक़िफ़ मिला जिसका नाम जमील था। मैं उसको नहीं जानता था। वह हमें जमींदारा होटल, लाहौर ले आया। उसने समुन्द्रसिंह को चाय के साथ अफ़ीम खाने दो दी और बोला–मैं अभी आता हूँ। उसके जाने के बाद हमें पाकिस्तान मिलिटरी इंटेलीजेंस ने हिरासत में ले लिया। लगातार ढाई साल मेरी तफ़तीश होती रही जिसमें पुलिस और मिलिटरी मुझे हर तरीक़े से तंग करती रही, लेकिन कोई ऐसा सबूत नहीं जुटा पाई जो यह साबित कर सके कि मैं पाकिस्तान

के ख़िलाफ़ जासूसी करता रहा हूँ। रही बात मेरे ख़तना करवाने की तो वह मैंने शादी के बाद एक डॉक्टर की नसीहत पर कराया था। मैं बिलकुल बेक़सूर हूँ। सिवाय ग़ैरक़ानूनी तौर पर बॉर्डर क्रॉस करने के मैंने कोई जुर्म नहीं किया है। जिसकी सज़ा हद से हद छह महीने है। मैं तो पहले ही तक़रीबन पौने तीन साल जेल में गुज़ार चुका हूँ। लिहाज़ा मैं अदालत से दरख़्वास्त करता हूँ कि वह मुक़दमे की नौईयत को देखते हुए मुझे रिहा कर दे और अगर फिर भी वह सज़ा देना ज़रूरी समझे तो ग़ैरक़ानूनी तौर पर बॉर्डर क्रास करने की जो सज़ा बनती है वह मुझे दे दे, जिसे मैं खिंदा पेशानी से क़बूल करूँगा।'

इसके बाद सरकारी वकील ने गवाहों के घिसे-पिटे बयानों को लेकर मुझे संगीन मुजरिम क़रार देते हुए अदालत से दरख़्वास्त की कि वह मुझे सख़्त से सख़्त सज़ा दे ताकि फिर कोई हिन्दुस्तानी पाकिस्तान की सलामियत के लिए ख़तरा बनने की जुर्रत न कर सके। इसके बाद कर्नल ख़ुरशीद मुझसे बोला, 'ठीक है, भास्कर, अब हम तुम्हें जेल भेज रहे हैं जहाँ बेंच में से कोई एक जाकर तुम्हें अदालत का हुक्म सुना आएगा।'

कर्नल ख़ुरशीद चन्द महीने पहले ही बँगलादेश की उथल-पुथल का सामना करता हुआ पाकिस्तान वापस आया था, इसलिए मैं दिल ही दिल में डर भी रहा कि वह उन तलखियों की भड़ास मुझ पर न निकाले जिनसे उसे पूर्वी पाकिस्तान में दो-चार होना पड़ा था। एक हफ़्ता बाद, जब मैं किसी के कमरे में था तो जेल के दफ़्तर से परवाना आया कि मुझसे कोई फ़ौजी अफ़सर मिलने आया है। नम्बरदार मुझे दफ़्तर ले आया। वहाँ पर फील्ड जनरल कोर्ट मार्शल जजों में से मेजर आया हुआ था। वह मुझसे मुख़ातिब हुआ, 'भास्कर, मैं तुम्हें तुम्हारे मुक़दमे का हुक्म सुनाने आया हूँ।' मैं साँस रोककर, उसके हुक्म का इन्तज़ार करने लगा। उसने हुक्म सुनाया, 'मोहनलाल भास्कर उर्फ़ मुहम्मद असलम सन ऑफ इमामदीन, अदालत मुक़दमे की कार्रवाई के बाद इस नतीजे पर पहुँची है कि तुम्हारा पाकिस्तान में ग़ैरक़ानूनी ढंग से दाख़िल होना और मुख़्तलिफ़ मुकामात पर आना-जाना यह साबित करता है कि तुम सचमुच ही पाकिस्तान की सलामियत के ख़िलाफ़ कार्रवाई करते रहे हो और जासूसी के जुर्म में मुब्तला रहे हो, लिहाज़ा अदालत तुम्हें सेक्शन थ्री ऑफ दी ऑफिशियल सीक्रेट एक्ट और 59 पाकिस्तान आर्मी एक्ट के तहत चौदह साल क़ैद बामशक़्क़त की सज़ा देती है। तुम चाहो तो इसके ख़िलाफ़ सदरे-पाकिस्तान से रहम की अपील कर सकते हो।'

हुक्म सुनना था कि मैं ख़ुशी से उछलता हुआ बैरक की तरफ़ भागा। नम्बरदार बहुत पीछे रह गया था। बैरक के क़ैदियों ने जब मुझे ख़ुश-ख़ुश आते देखा तो बोले, 'पंडित, बड़ा ख़ुश आ रहा है। लगता है बरी हो गया है।' मुझसे हिन्दुस्तानी क़ैदियों

ने पूछा, 'क्या हुआ?' मैंने जवाब दिया, 'राम बनवास!' तो वह बोले, 'तुम ख़ुश तो बहुत नज़र आ रहे हो?' तो मैंने जवाब दिया, 'यह कम ख़ुशी की बात है कि मैं सज़ाए-मौत से बच गया हूँ!' इसके बाद मैंने घरवालों को चिट्ठी लिख दी कि मुझे चौदह साल क़ैद हो गई है और साथ यह भी लिख दिया कि वे फ़िक्र न करें। भगवान जल्द ही कोई न कोई सूरत निकालेगा कि हमारा मिलन हो।

लाहौर से मियाँवाली

क़ैद होने के बाद अभी दिन लाहौर में ही कट रहे थे। मुझे इसी बात की ख़ुशी थी कि मैं सज़ाए-मौत से बच गया था। उधर बंगाल में हालात दिन-ब-दिन बिगड़ रहे थे, इसलिए क़ैदियों का हमारे साथ सलूक भी बुरे से बुरा होता जा रहा था। जब क़ैदी को सज़ा हो जाती है तो उसका चालान सेंट्रल जेल में कर दिया जाता है। मुझे भी बताया गया था कि मेरे बारे में चिट्ठी लिखी जा चुकी है। वे मुझे या तो मुलतान सेंट्रल जेल भेज देंगे या मियाँवाली जेल।

अभी मेरा चालान आया नहीं था और मैं चालान की तैयारियाँ करने लगा। मेरे पास दो कनस्तर थे। इनमें मैंने दैनिक ज़रूरतों का सामान, जैसे—गुड़, साबुन, तेल, चायपत्ती, सिगरेट वग़ैरह जमा कर रखे थे। अच्छा पहलवान अभी भी कभी-कभी मेरे पास आ जाया करते थे। जब मैंने उनसे चालान की बात कहीं तो उन्होंने मुझे दस-दस के नोटों में दो सौ रुपए दिए और बोले, 'लो पंडित, ये मेरी तरफ़ से रख लो। कभी ज़रूरत पड़ने पर तुम्हारे काम आ जाएँगे।'

मेरे लिए वे दो सौ रुपए उस वक़्त दो हज़ार से कम नहीं थे। इसके अलावा एक और पाकिस्तानी दोस्त सेठ जमील ने मुझे पचास रुपए दिए। इस प्रकार मेरे पास एक अच्छी-ख़ासी रक़म हो गई जो मेरी ज़रूरत पूरी करने के लिए काफ़ी थी। इस रक़म से अपनी क़ैद का सफ़र शुरू करने में मुझे काफ़ी हौसला मिला। फिर चालान का दिन आ पहुँचा। गारद मुझे लेने आ गई। एक हवलदार और तीन सिपाही। चलते वक़्त पैरों से बेड़ियाँ उतार दी गईं।

शाम को हमने लाहौर से साढ़े सात बजे 'माढ़ी इंडस' ट्रेन पकड़ी। अच्छा पहलवान तो मुझे पिस्तौल तक देने का तैयार थे कि रास्ते में मैं मौक़ा पाकर गारद को धमकी देकर निकल भागूँ। लेकिन मैंने पिस्तौल लेना जायज़ न समझा। मुझे उम्मीद थी कि जेल से जाते हुए गारद मेरी पूरी तलाशी लेगी। अगर पिस्तौल पकड़ी गई तो इन्क्वायरी होने पर अच्छा पहलवान भी लपेट में आ जाएँगे। इसलिए मैंने यह कहकर इनकार कर दिया, 'नहीं दोस्त, अब तो ख़ुदा ही कोई रास्ता निकालेगा।

अगर मेरी क़िस्मत में, मेरे देश का अन्न-दाना लिखा है तो इंशा अल्लाह, बा-फ़ज़ले ख़ुदा, अपने देश ज़रूर पहुँच जाऊँगा।'

भीगी आँखों से उन्होंने मुझे ख़ुदा हाफ़िज़ कहा था। 'माढ़ी इंडस' ट्रेन कोई ख़ास तेज़ रफ़्तार गाड़ी नहीं थी। एक बार तो जी में आया कि हाथ से हथकड़ी खिसकाकर चलती गाड़ी से छलाँग मार जाऊँ, लेकिन फिर सोचा कि नहीं, अब तो सब कुछ भाग्य पर ही छोड़ देना चाहिए, बेवजह ख़तरा मोल लेने की क्या ज़रूरत है? गाड़ी सुबह नौ बजे मियाँवाली आ पहुँची।

मियाँवाली तपता हुआ रेतीला इलाक़ा है। जेल स्टेशन से तक़रीबन ढाई मील के फ़ासले पर है। हवलदार ने एक ताँगा किराए पर लिया। आगे की सीट पर दो सिपाही मेरे अगल-बग़ल बिठाए और ताँगा मंज़िले-मक़सूद की तरफ़ चल पड़ा, जहाँ मुझे अपनी जवानी का एक बेहतरीन हिस्सा जेल की दीवारों में रहकर काटना था। हवलदार ने सिपाहियों से कहा कि इसका ख़ास ध्यान रखना, कोई हरकत न करे। मैं बोला, 'हवलदार साहब, हरकत करनी होती तो रास्ते का सफ़र बहुत लम्बा था, उसमें कर गुज़रता।'

वह बोला, 'मेरी मुराद तुम्हारे भागने से नहीं है। अभी एक साल पहले की बात है कि हम तुम्हारे ही ज़िले के एक हिन्दुस्तानी क़ैदी जोगिन्दर को सेंट्रल जेल मिंटगुमरी से लेकर आए थे। उसकी भी चौदह साल की सज़ा हुई थी। सज़ा सुनने के बाद वह अपना दिमाग़ी तवाजन खो बैठा था। उसने जेल में अपना नफ़स (लिंग) काटकर ख़ुदकुशी करने की कोशिश की, बहुत दिनों तक इलाज होता रहा तो वह बच गया। जब हम उसको लेकर मियाँवाली स्टेशन पर आए, तो इसी तरह जैसे तुम बैठे हो, वह दो सिपाहियों के बीच ताँगे की आनेवाली सीट पर बैठा था। हम जेल की सामनेवाली सड़क पर उतरे। शक्लो-सूरत से वह निहायत शरीफ़ क़ैदी नज़र आता था। सिपाहियों के ख़्वाब में भी नहीं था कि वह क्या हरकत कर गुज़रेगा। जैसे ही उसे लेकर जेल की तरफ़ बढ़ने लगे कि उसने सड़क पर तेज़ रफ़्तार आते हुए ट्रक के नीचे सिर दे दिया। सिपाही भौचक्के खड़े देखते रह गए। कुछ भी नहीं हो सकता था। मुझे सस्पेंड कर दिया गया। अगर उसने जेल में ख़ुदकुशी करने की कोशिश न की होती तो शायद मैं अपनी नौकरी से भी हाथ धो बैठता। बड़ी मशक़्क़त से बहाल हुआ। इसलिए मैं डरता हूँ क्योंकि तुम भी चौदहसाला क़ैदी हो।'

मैं बोला, 'आपकी बात ठीक है हवलदार साहब! लेकिन मेरा ऐसा कुछ करने का इरादा नहीं है। मुझे ज़िन्दा वापस लौटना है अपने बूढ़े माँ-बाप के लिए, अपनी बीवी के लिए, अपने बच्चे के लिए।' इस पर वह बोला, 'शाबाश जवाँ मर्द को इसी तरह हौसला दिखाना चाहिए। मुसीबतें मर्दों पर ही आती हैं। पिजरे में शेर और

बुलबुल ही क़ैद किए जाते हैं। तुमने कभी किसी कौए या कुत्ते को पिंजरे में बन्द हुए देखा है? तुम्हारी क़िस्मत में हुआ तो ज़रूर अपने वतन पहुँच जाओगे।'

जेल का फाटक आ गया था। हम ताँगे से उतरकर जेल की ड्योढ़ी में दाख़िल हुए। जेल को बाहर से देखकर ही मन निराश हो गया। इसकी दीवारें कच्ची मिट्टी की बनी हुई थीं। इसी से अन्दाज़ा लगा कि अन्दर बैरकों की हालत क्या होगी। कोट लखपत लाहौर की जेल बिलकुल पक्की थी। कोठरियों के अन्दर फ्लश सिस्टम था, अन्दर ही पानी की टोंटियाँ और हवा के लिए पंखे लगे हुए थे।

ख़ुशी थी तो इस बात की कि मैं अपने उन हिन्दुस्तानी भाइयों के बीच पहुँच रहा हूँ जो मेरी तरह लम्बी सज़ाएँ काट रहे होंगे। ड्योढ़ी में हमारी तलाशी ली गई। पैसे मैंने ऐसी जगह छुपाकर रखे थे कि उनकी जेल अमले को हवा भी नहीं लग सकती थी। हमें जेल दारोग़ा के सामने पेश किया गया। उसे ऊँचा सुनाई देता था। चुनांचे मुझे बहुत ज़ोर-ज़ोर से बोलकर अपना नाम वग़ैरह बतलाना पड़ा। फिर मुझे नम्बरदार के साथ हिन्दुस्तानी क़ैदियों की बैरक नम्बर दो में भेज दिया गया जिसे सिक्खों का अहाता कहते थे।

बैरक में दाख़िल होते ही हिन्दुस्तानी क़ैदियों ने मुझे हाथों पर उठा लिया और गले मिलकर बोले, 'हमने तो सुना था कि तुम्हें सज़ाए-मौत हो गई है। शुक्र है भगवान का कि तुम सही सलामत हो।' इस बैरक में अस्सी हिन्दुस्तानी क़ैदी थे। इनमें से आठ तो बिजली के झटके और दूसरी मानसिक यातनाओं से पागल हो चुके थे। मिट्टी से सने उनके लम्बे-लम्बे बाल, बढ़ी हुई दाढ़ियाँ और नंगे जिस्म, उनकी ख़ौफ़नाक हरकतें देखकर दिल दहल जाता था।

मुझसे पहले क़ैद होनेवाले क़ैदी भी मुझे मिले और मुझसे बाद में आनेवाले क़ैदी भी, जिनमें फ़िरोज़पुर का सदाजीतसिंह भी था जिसे मैं बचपन से जानता था। वह 'सिलाजीत' के नाम से मशहूर था। उससे मुझे घर के हालात भी मालूम हुए। उस दिन बैरक में बड़ा जश्न मनाया गया। बैरक में तक़रीबन पन्द्रह कोठरियाँ थीं, इनमें पाँच-पाँच या छह-छह करके क़ैदी बन्द किए जाते, और लगभग हर कोठरी में एक पागल भी बन्द किया जाता था।

यहाँ मौजूद क़ैदियों में तीस क़ैदी और चालीस नज़रबन्द थे। नज़रबन्दों को कोई काम नहीं करना पड़ता था; हाँ, क़ैदियों से जान-तोड़ काम करवाया जाता था। शुक्र यही था कि हमें काम करने के लिए अहाते से बाहर नहीं ले जाया जाता था। इसलिए नज़रबन्द लोग काम में हमारी मदद कर दिया करते थे। अगली सुबह नम्बरदार मेरे लिए दस सेर मूँज ले आया, जिससे बान बनता है। मुझे उसे कूट-कूटकर औरतों के बालों की तरह बारीक़ बनाना था। मैं परेशान था कि क्या करूँ? ज़िन्दगी में कभी यह काम नहीं किया था। तभी दो-तीन नज़रबन्द मेरे पास आ गए। बोले, 'तुम जाकर

आराम करो। हम कर लेंगे।' बहुत मना करने पर भी वे काम में जुट गए। देखते ही देखते बारह बजने से पहले ही उन्होंने सारा काम निपटा दिया।

अब यह रोज़ का मामूल बन गया। मैं दूसरी बैरकों में जाकर क़ैदियों से सम्बन्ध बढ़ाता। उनके हाथ देखता और उन्हें उनकी क़िस्मत का हाल बतलाता। बदले में मुझे वे जो सिगरेट, गुड़, साबुन वग़ैरह देते वह अपने साथियों में बाँट देता। वैसे भी मेरे पास पैसे थे। मैंने बाहर से तरह-तरह के सिगरेटों के चार डिब्बे मँगवा लिये। इन्हें हम पाकिस्तानी क़ैदियों में बेच दिया करते थे। हर डिब्बा बेचने पर हमें चार-पाँच डिब्बियों का मुनाफ़ा होता था। ये मेरे साथियों के काम आ जाती थीं।

मियाँवाली में ग़ज़ब की गर्मी पड़ती है। दिन में झुलसा देनेवाली गर्मी और रात को ठंड। सारे जिस्म पर बहुत भयानक पित्त निकल आती है। जैसे फुंसियाँ हों, इसके कारण रंग काला पड़ने लगा। सबसे बड़ा नुक़सान तो यहाँ आकर यह हुआ कि घर से चिट्ठी का जवाब आना बन्द हो गया। यहाँ का डिप्टी दारोग़ा 'मिर्ज़ा' बहुत कमीना था। हिन्दुस्तानियों की चिटठ़ी बिना सेंसर किए जला डालता था। इसलिए अब मेरी चिटिठ्याँ तो भारत पहुँच जाती थीं, लेकिन वहाँ से कोई जवाब नहीं आता था।

बाहर कोई भी ऐसा विश्वसनीय दोस्त नहीं था जिसके पते पर चिट्ठियाँ मँगवाता। फिर एक जासूस की चिट्ठियाँ मँगवाने का ख़तरा कौन मोल ले? यह थी क़ैद के सफ़र की शुरुआत, जिसमें मुझे चौदह साल गुज़ारने थे। सबसे बड़ी फ़िकर इस बात की थी कि क्या क़ैद काटने के बाद भी अपने देश वापस जा सकूँगा? क्योंकि हमारे बीच महिन्दरसिंह जैसा क़ैदी भी था, जिसे सन् तिरपन में चौदह साल की क़ैद हुई थी और वह पूरी क़ैद काटने के बाद भी वहाँ नज़रबन्द होकर पड़ा था।

वह मेरी तरह पच्चीस साल की जवान उम्र में क़ैद हुआ था और इस वक़्त देखने में सत्तर साल का मालूम हो रहा था। सिर और दाढ़ी के बाल बिलकुल सफ़ेद हो चुके थे। उसकी जवानी जेल खा गई थी। मैं हैरान था कि भारत सरकार अपने सपूतों के प्रति इस क़दर लापरवाह है कि इन मौत के मुँह में फँसे लोगों की सुध भी नहीं लेती थी कि उसके लाड़लों के साथ दूसरे मुल्क में क्या सलूक होता है।

नए दारोग़ा चौधरी नसीर को सलामी

हिन्दुस्तानी क़ैदियों में बीच राजस्थान के डाकू माधोसिंह के साथी ठाकुर जगमाल, ठाकुर पन्नासिंह, ठाकुर मूलसिंह और दो और क़ैदी रह रहे थे। ये हिन्दुस्तान और पाकिस्तान की सरहद पर लगनेवाले गाँव में डकैती डाला करते थे। हिन्दुस्तान में वारदात करके पाकिस्तान खिसक जाते और पाकिस्तान में वारदात करके हिन्दुस्तान

खिसक आते। अक्सर ये अमीर घरानों के बच्चे उठाकर उनके माँ-बाप से फिरौती लिया करते थे। हिन्दुस्तान में भी इनके सिरों पर भारी इनाम था। वहाँ पर इन्होंने क़त्ल भी कर रखे थे।

एक बार इनके गिरोह ने जब पाकिस्तान के सरहदी गाँव में डाका डाला तो गाँववालों ने जवाब में गोलियाँ चला दीं। दोनों तरफ़ से गोलियाँ चलने लगीं। पाकिस्तान बॉर्डर रेंजर्स ने यह समझा कि हिन्दुस्तानी फ़ौजों ने हमला कर दिया है, लिहाज़ा इन पर हेलीकॉप्टर से फायरिंग की गई। डाकू माधोसिंह मारा गया और इसके पाँच साथी गिरफ़्तार हो गए। उनको पाकिस्तान में डाकाज़नी के अपराध में उम्रक़ैद हुई।

इन लोगों में एक नुक़्स यह था कि ये हिन्दुस्तानी क़ैदियों के साथ बहुत बदतमीज़ी से पेश आते थे। बात-बात में अपने डाकू होने की डींग मारा करते थे। हाँ, ये पाकिस्तानी लोगों के साथ बहुत तमीज़ से पेश आते। हिन्दुस्तानियों को ऐसा अछूत मानते कि उन्हें अपने किसी बर्तन तक को भी हाथ नहीं लगाने देते थे। यह अपने-आपको ऊँचे दर्जे का हिन्दू कहते थे और हम सभी को अपने से नीच समझते थे। अगर ग़लती से कोई हिन्दुस्तानी इनके साथ छू जाता या इनके बर्तन को हाथ लगा देता तो उस पर गालियों की बौछार करके उसको मारने दौड़ते थे। जामातलाशी में इनके पास काफ़ी पैसा निकला था, जो जेल के दफ़्तर में इनके नाम जमा था।

इन्होंने खाने-पीने का लालच देकर हमारे कुछ हिन्दुस्तानी क़ैदियों को भी अपना चमचा बना रखा था। ये ग़ुलामों की तरह इनकी मशक़्क़त करते और इनके साथ किसी की लड़ाई हो जाने पर इनका साथ देते थे। इनके पास गीता और रामायण थी जिसे ये किसी भी हिन्दुस्तानी क़ैदी को छूने तक नहीं देते थे।

जब मैं मियाँवाली जेल में आया तो मुझे इनका यह सलूक बड़ा खटका। मैंने साथियों से बात की। वे पहले ही इनके सलूक से तंग आए हुए थे। लिहाज़ा हिन्दुस्तानी क़ैदी दो ग्रुपों में बँटे हुए थे। एक तरफ़ वे पाँच डाकू और इनके पाँच-छह चमचे; दूसरी तरफ़ पन्द्रह-सोलह ग़ैरतमन्द नौजवान, जो इनको सबक़ सिखाना चाहते थे। बाक़ी क़ैदी अपने बुढ़ापे, लाचारी या बीमारी की वजह से किसी झगड़े में हिस्सा नहीं लेना चाहते थे।

सर्दियों के दिन थे। चौधरी नसीर उस दिन लायलपुर से मियाँवाली में तब्दील होकर नया-नया दारोग़ा बनकर आया था। उस दिन उसने चार्ज सँभाला था। उसके आने से एक दिन पहले उन डाकुओं को सबक़ सिखाने का हमारा प्लान बना था। हमारे ग्रुप में फ़िरोज़पुर का सदाजीतसिंह, लुधियाने का लालचन्द और दस दूसरे जवान थे। हमारा अपना लंगर होता था जिसमें जलानेवाली लकड़ियाँ भी रखी होती थीं।

उस दिन शाम को जब ठाकुर पन्नासिंह नलके पर बर्तन माँज रहा था सदाजीतसिंह वहाँ जाकर मुँह-हाथ धोने लगा। पलटकर पन्नासिंह ने उसको गालियाँ देनी शुरू कर दीं। उम्मीद के ख़िलाफ़ सदाजीतसिंह ने उसकी नाक पर ऐसा मुक्का मारा कि उसके होश उड़ गए। देखते-देखते डाकू और दूसरे साथी कोठरियों से निकल-निकलकर सदाजीतसिंह को मारने दौड़े। उस पर हम सब लंगर से लकड़ियाँ उठाकर उन पर टूट पड़े। चारों ठाकुर चित करके ज़मीन पर डाल दिए गए।

बुर्जी पर खड़े नम्बरदार ने जब अहाते में लड़ाई होते देखी तो ख़तरे का अलार्म बजा दिया। सुनते ही गारद के नम्बरदार और सिपाही लाठियाँ-डंडे लेकर बैरक की तरफ़ दौड़े, लेकिन हमने बैरक के दरवाज़े को इस बीच अन्दर से ताला लगा दिया था। उनके दीवार फाँदकर आने तक हमने उनके साथियों की भी ख़ूब जमकर पिटाई की। चूँकि वह हमारे पेशेवर भाई थे, इसलिए उन पर लकड़ी का वार किसी ने नहीं किया। हाँ, ठुडों और मुक्कों से उनको बेहोश कर दिया। वे पिटते हुए गिड़गिड़ाकर माफ़ियाँ माँगते रहे कि अब वह कभी भी उन डाकुओं का साथ नहीं देंगे।

नम्बरदार कूदकर अन्दर आ चुके थे। कुछ लाठियाँ और डंडे भी पड़े। फिर हममें से पाँच-छह को पकड़कर वह क़सूरी बैरक में (जहाँ क़सूर करनेवाले क़ैदी रखे जाते हैं) ले गए। ठाकुरों को जेल के अस्पताल में भर्ती करवा दिया। वहाँ वे तक़रीबन एक महीना ज़ेरे-इलाज रहे।

दारोग़ा नसीर को हिन्दुस्तानी क़ैदियों का यह पहला सलाम था। इस पर उसने हुक्म दिया कि सभी हिन्दुस्तानी क़ैदियों को चार दिन तक कोठरियाँ में बन्द रखा जाए और इनके पैरों में बेड़ियाँ लगा दी जाएँ। चुनांचे जेल की मोटी-मोटी बेड़ियाँ चुन-चुनकर हिन्दुस्तानी क़ैदियों के लिए लाई गईं। अगला हुक्म यह आया कि इन सबको मूँज कूटने के लिए दे दी जाए। कोठरियों के अन्दर ही पत्थर गाड़ दिए गए और वहीं पर हर क़ैदी के लिए दस-दस सेर मूँज कूटने के लिए आ गई।

हमारी बैरक में यह रिवाज़ था कि सिर्फ़ नया क़ैदी पन्द्रह दिन के लिए मूँज कूटता था। उसके बाद किसी से मूँज की मशक़्क़त नहीं ली जाती थी। इस पर बैरक में हड़ताल हो गई, भूख-हड़ताल। न तो हमारे लंगरियों ने खाना पकाया और न ही हमने खाया। अब वे हमें मार भी नहीं सकते थे। इस पर दारोग़ा नसीर बौखलाकर रह गया। हिन्दुस्तानी क़ैदी उसके लिए सिरदर्द बन गए थे। तीन दिन बाद तंग आकर उसने मूँज कुटवाने का हुक्म वापस ले लिया। जब डाकू लोग सेहतयाब हो गए तो उन्होंने दारोग़ा से अर्ज किया कि वे उनको दुबारा उसी बैरक में न भेंजे। लेकिन दारोग़ा ने उनकी एक न सुनी। एक महीने के अन्दर-अन्दर

उनका साथ देनेवाले हिन्दुस्तानी क़ैदी भी अब टूटकर हमारे साथ आ मिले थे। लिहाज़ा वहाँ से आने के बाद डाकू लोग बिलकुल बकरी बनकर रहने लगे। अब उनका दम-खम निकल चुका था। उन्होंने आते ही हम सबसे कहा कि 'देखो भाई, हमारी तुमसे एक प्रार्थना है। हम तुम्हें कभी कोई कड़वा लफ़्ज़ नहीं कहेंगे, लेकिन हम अपने चौके-बर्तन की पवित्रता को बरक़रार रखना चाहते हैं। बस, हमारे बर्तन को हाथ मत लगाओ।'

इस पर मैंने साथियों को समझाया कि इनके साथ बहुत हो गई है। छोड़ो, इनके चौका-बर्तन से हमें क्या लेना है। ये अन्धविश्वासी लोग हैं, लकीर के फ़क़ीर हैं, हम इनको नहीं बदल सकते। जिस तरह से ये रहना चाहते हैं, रहने दो। इतना ही बहुत है कि ये हमारे साथ तमीज़ से बात करें। चुनांचे सारी बैरक ने यह भी फ़ैसला किया कि वे अगले दिन दारोग़ा नसीर से मिलकर अपील करें कि वह हमारी बेड़ियाँ उतरवा दे और हमारे जो साथी क़सूरी बैरक में बन्द है, उनको हमारे पास ले आए।

अगले दिन सुबह जब चौधरी नसीर ने बैरक का दौरा किया तो सारी बैरक ने एक साथ मिलकर उससे यही अपील की। यहाँ तक कि इन डाकुओं ने भी कहा, 'जनाब, कुछ ग़लतफ़हमी की वजह से हमारा आपस में झगड़ा हो गया था। अब कभी ऐसी हरकत नहीं होगी। आप हम सबकी बेड़ियाँ उतरवा दें और जो लोग क़सूरी बैरक में बन्द हैं उनको भी हमारे पास वापस ले आएँ।'

चौधरी नसीर पहले तो बहुत गरम हुआ। बोला, 'तुम लोगों को शर्म नहीं आती है जो इस तरह एक-दूसरे को मारने पर तुल जाते हो? अगर कोई मर जाता तो मैं क्या जवाब देता? तुमने यह भी नहीं सोचा कि दारोग़ा नया आया है, तुम्हारे बारे में क्या सोचेगा?' इस पर सारी बैरक ने कहा कि 'जनाब, हमको आपके बदलकर आने का बिलकुल पता नहीं था। फिर अचानक ही झगड़ा एकदम बढ़ गया जिसमें कुछ लोग ज़ख़्मी हो गए। इसका हमें अफ़सोस है लेकिन हम आपको यक़ीन दिलाते हैं कि आइन्दा ऐसी हरकत नहीं दोहराई जाएगी।'

इस पर चौधरी नसीर ने बेड़ियाँ उतारने का हुक्म दे दिया। हमारे साथियों को भी बैरक में वापस लाने का ऑर्डर दिया गया। उस शाम बैरक की रौनक़ देखने लायक़ थी। सबके लिए हलवा बनाया गया। इसमें ठाकुरों ने भी अपना हिस्सा डाला। उस रात हर कोठरी में गाने-बजाने का प्रोग्राम बहुत देर तक चलता रहा। डाकुओं के पिट जाने का असर यह हुआ कि अब पाकिस्तानी क़ैदियों पर भी हमारी धाक बैठ गई। अब वे क़ैदी भी हमारे साथ बदतमीज़ी से पेश नहीं आते थे। जेल का अमला भी अब ढंग से बात करने लगा था। एक बार फिर हम लोग चैन से और इज़्ज़त से दिन गुज़ारने लगे।

डिप्टी दारोग़ा फ़ज़लदाद

दिन बड़े आराम से गुज़र रहे थे कि मिंटगुमरी से तब्दील होकर डिप्टी दारोग़ा फ़ज़लदाद मियाँवाली आ गया। उसके बारे में सुन रखा था कि उसका हिन्दुस्तानी क़ैदियों के साथ सलूक बहुत बुरा था। ज़रा-ज़रा सी बात पर बड़ी सज़ा देता था। ज़ात का दर्ज़ी था। लम्बा-चौड़ा, तराशी हुई सूफ़ियाना दाढ़ी, भद्दी शक्ल, पेट बाहर को निकला हुआ, हद दर्जे का लालची, रिश्वत में दो रुपए भी मिल जाएँ तो चुपचाप जेब में डाल तो। हमारी बदक़िस्मती कि चौधरी नसीर ने उसे ही हमारी बैरक का इंचार्ज बना दिया।

उसे कहीं से पता चल गया कि मैं स्कूल मास्टर हूँ। स्कूल मास्टरों का वह ख़ास दुश्मन था। कहते हैं कि उसकी बेटी को एक स्कूल मास्टर ट्यूशन पढ़ाया करता था और भगाकर ले गया था। बस साहब, मेरी शामत आ गई। उसने मेरा नाम पंडित मुरलीधर रखा था। जब भी आता, दूर से ही आवाज़ लगाता, 'ओ पंडित मुरलीधर, हाथ इधर कर!' और जब मैं हाथ फैलाता तो वह उन पर ताबड़तोड़ बेंत बरसाने लगता। यह उसका हर तीसरे-चौथे दिन का शगल हो गया था। मैं क्या कर सकता था? डाकू जगमाल वग़ैरह उसे अपने राशन में से काफ़ी सामान दे दिया करते थे। उसने डाकू पन्नासिंह को हमारा मेट बना दिया था। अब वह बात-बात पर हमारी उससे चुगली किया करता और हमें पिटवाया करता था।

एक बार एक मुस्लिम क़ैदी हमारी बैरक में बन्द कर दिया गया, क्योंकि जेल में उसके दुश्मन भी क़ैद थे और उसे ख़तरा था कि कहीं वे उसे मार न दें। इसलिए वह हमारे अहाते में बन्द किया गया था। हमारी बैरक के साथ बैरक नम्बर तीन में उसका रिश्तेदार नब्बू रहता था जो मियाँवाली का ख़ूँख़ार पठान था। जेल में उसकी बहुत बनी हुई थी। उसने बहुत कहा कि वह उसके साथ बन्द हो जाए। लेकिन वह नहीं माना और हमारे अहाते में बन्द हो गया। क़ैदी पढ़ा-लिखा था और झगड़े-फ़साद से दूर भागता था। उधर नब्बू वाली बैरक में अक्सर क़ैदियों में चाक़ू चला करते थे।

एक दिन फ़ज़लदाद अहाते में आया और मेरे हाथ फैलाने पर बेंत बरसाने लगा। वह क़ैदी बोल बड़ा, 'चौधरी साहब, क्यों जुल्म करते हो, इसको किसलिए मार रहे हो?' हुकूमत के नशे में उसने उसको पहचाना नहीं और समझा कोई हिन्दुस्तानी क़ैदी बोल रहा है। बस फिर क्या था, मुझे छोड़कर बेंत लेकर उस पर पिल पड़ा। उसने भी आगे से उसका गिरेबान पकड़कर ऐसा झटका मारा कि फ़ज़लदाद रावण के बुत की तरह नीचे जा गिरा। अब वह फ़ज़लदाद के ऊपर था और उस पर मुक्के बरसा रहा था, नम्बरदार उसको डंडे मार रहे थे। उन नम्बरदारों

में उसका एक दुश्मन भी था। साथ ही बैरक में फ़ौरन नब्बू को ख़बर लग गई कि उनका दुश्मन फ़ज़लदाद की मदद लेकर उसके रिश्तेदार को पिटवा रहा है। वह वहीं से पचास क़ैदियों को साथ लेकर हमारी बैरक में घुस आया, सबके हाथों में डंडे और चाक़ू थे, चारों नम्बरदारों को तो वहीं मार-मारकर बेहोश कर दिया। फ़ज़लदाद अभी भी नीचे पड़ा मार खा रहा था। कई डंडे उसके भी लगे। नब्बू तो चाक़ू मारने लगा था कि उसके रिश्तेदार ने रोक दिया।

बुर्जी के नम्बरदार ने दूर से ही नज़ारा देखा तो ख़तरे का अलार्म बजा दिया। सारे क़ैदी बैरक की छतों पर चढ़ गए। हम अपनी-अपनी कोठरियों में जा घुसे क्योंकि अलार्म के वक़्त जब गारद आती है तो यह नहीं देखती कि क़सूर किसका है, जो भी सामने आता है, उसी पर लाठियाँ बरसने लगती हैं। हाथ-पाँव तोड़ दिए जाते हैं और कई बार तो कोठरी के अन्दर बैठे लोगों को भी नहीं बख़्शा जाता।

ख़ैर, उस दिन डाकू पन्नासिंह ने एक अक़्ल का काम किया कि जब हम सब हिन्दुस्तानी कोठरियों में चले गए तो उसने बाहर से जल्दी-जल्दी ताले लगा दिए। उधर दारोग़ा नसीर ने यह समझा कि फिर हिन्दुस्तानी आपस में झगड़ पड़े। वह दूर से ही हमें गालियाँ बकता हुआ आया। 'मार दो, सालों के हाथ-पैर तोड़ दो। इन साले हिन्दुस्तानियों को आराम की रोटी नहीं पचती है।' गारद दनदनाती हुई अन्दर घुसी तो यह देखकर हैरान रह गई कि हम सब अपनी-अपनी कोठरियों में बन्द हैं। चार नम्बरदार ख़ून से लथपथ बेहोश पड़े हैं। गारद को देखकर फ़ज़लदाद भी, जो कहीं चक्कर में जा छुपा था, फ़ौरन भागकर वहाँ आ गया। उसका हुलिया देखने लायक़ था। साँस फूली हुई, मिट्टी से सना हुआ मुँह और दाढ़ी। उसने बतलाया कि उसकी बुरी हालत पाकिस्तानी क़ैदियों ने बनाई है। उसने सारी दास्तान बयान कर दी।

चौधरी को जब हक़ीक़त का पता चला तो वह माथे पर हाथ मारकर रह गया। उसको जेल में नब्बू की ताक़त का पता था, इसलिए वह नहीं चाहता था कि कोई ऐसा क़दम उठाए कि सारी जेल बाग़ी हो उठे। उसने नब्बू को समझाया कि फ़ज़लदाद ग़लती से उसके रिश्तेदार पर हाथ उठा बैठा था, लेकिन नब्बू का कहना था कि 'बात फ़ज़लदाद के हाथ उठाने की नहीं है। हमारे दुश्मन नम्बरदार ने मेरे रिश्तेदार को डंडा मारकर सिर फोड़ा है। फ़ज़लदाद ख़ुद इस साज़िश में शरीक़ है। जब तब इस बात की आप पूरी तरह तहक़ीक़ात करवाने का वायदा नहीं करते, हम बैरक की छत से नहीं उतरेंगे। बल्कि अभी मेरी आवाज़ पर दूसरी बैरकों में बन्द क़ैदी भी अपनी-अपनी बैरकों की छत पर चढ़ जाएँगे। फिर मरवा लेना सबको गोली।'

चौधरी नसीर भी इसी बात से डरता था जिसकी वह धमकी दे रहा था। चुनांचे उसने वायदा किया कि वह ख़ुद पूरे मामले की तहक़ीक़ात करेगा और

क़ुसूरवार को सज़ा देगा। जब जाकर नब्बू अपने साथियों समेत नीचे उतर आया। ख़ैर, उस दिन के बाद चौधरी फ़ज़लदाद ने मुझे हाथ नहीं लगाया। उसकी वह अकड़-फूँ भी जा चुकी थी। उस अहाते में उसकी इस क़दर बेइज़्ज़ती हुई थी कि उसने हमारे अहाते में आना ही छोड़ दिया और अगर कभी आता भी तो चुपचाप चक्कर लगाकर चला जाता। मुआमले की तहक़ीक़ात करने के बाद दारोग़ा नसीर ने फ़ज़लदाद को हमारे अहाते से बदल दिया। उसकी जगह मलिक अतामुहम्मद ख़ान को हमारे अहाते का इंचार्ज बना दिया।

अब फ़ज़लदाद की शक्ल भी दिखाई देनी बन्द हो गई थी। कहते हैं, खुदा की लाठी बेआवाज़ है। उसे अपने किए की सज़ा मिल गई थी। अब कभी आते-जाते उसका मुझसे सामना भी हो जाता तो बड़े प्यार से पूछता, 'पंडित, क्या हाल है?' मैं 'मालिक का शुक्र है,' कहकर आगे चल देता। उसके चेहरे पर पश्चात्ताप की परछाइयाँ लहरा रही होतीं; जैसे वह मुआफ़ी माँगकर अपने दिल का बोझ हल्का करना चाहता हो। लेकिन कई बार भूल का अहसास होने पर भी हम उसके लिए क्षमा नहीं माँगते। हमारा दम्भ, हमारी पदवी हमें ऐसा करने से रोक देती है।

एक बार बैसाखी का त्योहार आया। उस दिन हमें अपनी मशक़्क़त की छुट्टी थी। हमें अलग से राशन दिया गया था। कुछ हमने इधर-उधर में माँगकर इकट्ठा किया था। उस दिन हम लोग साफ़-सुथरे कपड़े पहनकर भजन-कीर्तन करते फिर उसके बाद कहाड़ प्रसाद (हलवा) सबमें बाँटा जाता। हम रस्मी तौर पर जेल-अधिकारियों को भी आने की दावत देते थे पर शायद ही कोई आता हो। आता भी तो सिर्फ़ हमारी रस्म देखकर चला जाता था। जब हमने देखा कि चौधरी फ़ज़लदाद सादे कपड़ों में हमारे अहाते में आया और कीर्तन में हमारे साथ बैठ गया तो हम हैरान रह गए।

फिर जब अरदास हुई तो वह बराबर हमारे साथ खड़ा रहा। उस वक़्त तो हमारी हैरानी अपनी सीमाएँ लाँघ गई जब उसने, 'बोले सो निहाल' के जयकारे का जवाब 'सतश्री अकाल' कहकर हमारा साथ दिया, और बाक़ायदा हाथ फैलाकर प्रसाद लिया। खाकर सिक्खों की तरह हाथ अपनी दाढ़ी से पोंछे। फिर बाद में जब पन्नासिंह हलवे की प्लेट लेकर उसके पास गया तो वह बोला, 'पंडित कहाँ है, उसको भेजो, मैं तो उसके हाथ से खाऊँगा।' मैंने पन्नासिंह के हाथ से प्लेट लेकर उसके आगे कर दी। उसने बड़े प्यार से प्लेट और चम्मच पकड़ा तथा मेरे सिर पर हाथ फेरा। उसने चाहे अपने मुँह से अपने दुर्व्यवहार की क्षमा नहीं माँगी, लेकिन आँखें उसके दिल की जुबान बनी हुई थीं। हलवा खाकर उसने शुक्रिया कहा और चला गया।

शेख़ मुजीब मियाँवाली जेल में

अभी तक की ख़बरों के अनुसार शेख़ मुजीब लायलपुर जेल में थे। सर्दी अभी शुरू हुई ही थी कि रात को एक हेलीकॉप्टर जेल के सहन में उतरा। हम उस वक़्त कोठरियों में बन्द थे। अगले रोज़ सुबह पता चला कि शेख़ मुजीबुर्रहमान वहाँ लायलपुर से लाए गए हैं। यह भी पता चला कि लायलपुर जेल में ईस्ट बंगाल रेज़ीमेंट के कुछ सिपाहियों ने सुरंग लगाकर वहाँ से शेख़ मुजीबुर्रहमान को निकालने को कोशिश की थी। उन्हें मियाँवाली जेल के ज़नानख़ाने में रखा गया और स्त्री क़ैदियों को वहाँ से दूसरी बैरक में भेज दिया गया। ज़नानख़ाना बैरक नम्बर दस से पिछवाड़े पड़ता था।

अब हम हिन्दुस्तानी क़ैदी भी बैरक नम्बर दस में आ गए थे लेकिन शेख़ मुजीब के चारों ओर बहुत सख़्त फ़ौजी पहरा था। उनका एक बंगाली रसोइया उनके लिए मछली और चावल का भोजन तैयार करता था। अगले दिल जब जेल में यह ख़बर फैली कि शेख़ मुजीब वहाँ आ गए हैं तो मियाँवाली के अनपढ़ पठान अपनी बैरकों पर चढ़कर शेख़ मुजीब को माँ-बहन की नंगी-नंगी गालियाँ देने लगे और टूटे हुए जूते और पत्थर ज़नानख़ाने की ओर फेंकने लगे। बाहर पहरा देते सिपाहियों को भी कुछ जूते-पत्थर लगे।

लिहाज़ा जेल की गारद ने ड्यौढ़ी की छत पर चढ़कर छह राउंड गोलियों के फायर किए जिस पर लोग दहशतज़दा होकर नीचे उतर आए। लेकिन अपनी-अपनी कोठरियों में उनका शेख़ मुजीब को गालियाँ देना बदस्तूर जारी रहा। इस पर दारोग़ा चौधरी नसीर ने जेल का राउंड लगाया और क़ैदियों को कहा, 'आप लोग इत्मीनान से रहें। शेख़ मुजीब को यहाँ फाँसी देने के लिए लाया गया है।' यह ख़बर सुनते ही पाकिस्तानों क़ैदियों ने मारे जोश और ख़ुशी में 'या अली, या अली' के नारे लगाने शुरू कर दिए।

शेख़ मुजीब की एक झलक देखने की हमारी लालसा थी लेकिन वह पूरी नहीं हो सकती थी। मन चाहता था कि उस शेरे-बंगाल के दर्शन करें, जिसने भूख, ग़रीबी और ज़ुल्मो-सितम की चक्की में पिसती क़ौम को जगाकर रख दिया और हँसते-हँसते अपने परिवार की बलि चढ़ा दी। यहाँ तक कि इसी ख़बर के अनुसार मुजीब की गिरफ़्तारी के वक़्त उसके बेटे को भी गोली मार दी गई थी। सिर्फ़ उसकी बेटी हसीना शेख़ ज़िन्दा बची थी। हाँ, तो इतने कड़े पहरे में शेख़ मुजीब की झलक देखना नामुमकिन बात थी।

वैसे जब हम गोदाम से अपना राशन लेने जाते थे तो उसके रसोइए से मुलाक़ात हुआ करती थी। वह भी शेख़ मुजीब के लिए राशन लेने आया करता था। तब हम

तो उससे बात नहीं कर सकते थे क्योंकि उसके साथ कोई न कोई अधिकारी होता था, लेकिन गोदाम का मुंशी उससे ताना मारकर पूछ लिया करता था कि ग़द्दार मुजीब का क्या हाल है? और वह बतलाया करता था कि शेख़ साहब बिलकुल तन्दुरुस्त हैं और उनका दिमाग़ी सन्तुलन क़ायम है। वे अभी भी यही कहते हैं कि जब तक मैं ज़िन्दा हूँ, बंगालियों के हक़ूक के लिए लड़ता रहूँगा।

एक बार हमारी बैरक में दारोग़ा फ़ज़लदाद नम्बरदार के साथ आया। बोला, 'आठ हिन्दुस्तानी क़ैदी बाहर निकाल लो।' सभी कोठरियाँ खुलवाने की बजाय उसने पहली दो कोठरियों के क़ैदी ही बाहर निकाले। हमें यह नहीं बतलाया गया था कि हमें क्या करना है। उसने हमें अपने पीछे-पीछे आने को कहा। जब वह हमें ज़नानख़ाने के सामने ले आया, जहाँ शेख़ मुजीब क़ैद थे, तो हमारी हैरानी की हद नहीं रही, हमें ख़ुशी हुई कि शायद हम मुजीब को देख पाएँगे। लेकिन उस वक़्त मन निराश हो गया जब हमने देखा; ज़नानख़ाने के कमरे के लोहेवाले जँगले के बाहर लकड़ी के दरवाज़े भी बन्द कर दिए गए थे।

फ़ज़लदाद ने हमें हुक्म दिया कि तुमको यहाँ पर एक आठ फ़ीट लम्बा, चार फ़ीट चौड़ा और चार फ़ीट गहरा गढ़ा खोदना है। हम फ़ौरन भाँप गए कि आज रात शेख़ मुजीब को फाँसी दी जाएगी। हम उस शख़्स की क़ब्र खोदने लगे।

हमारी इतनी हिम्मत नहीं थी कि पूछते, यह क़ब्र यहाँ किसके लिए ख़ुदवाई जा रही है?

पाकिस्तानी क़ैदियों को क़ब्र खोदने के लिए नहीं बुलावा गया। कहीं ख़बर जेल से बाहर न पहुँच जाए। रात नौ बजे तक हम क़ब्र तैयार करके वापस आ गए और अपनी-अपनी कोठरियों में दम साधे उस मनहूस घड़ी का इन्तज़ार करने लगे जिसमें बंग-बन्धु शेख़ मुजीब को फाँसी दी जानी थी। हमारे कान फाँसीघर की तरफ़ चिपके थे। मगर सारी रात कोई हरकत नहीं हुई। लगता था, फाँसी देने की कार्रवाई शायद रोक दी गई है, लेकिन दिल ही दिल में डर भी रहे थे, इस क़ौम का कुछ पता नहीं, हो सकता है उन्हें कोठरी में ही गला दबाकर मार दिया हो और गढ़े में दफ़ना दिया हो। सुबह जब कोठरियाँ खुलीं तो कुछ लोग कह रहे थे कि अभी शेख़ मुजीब ज़िन्दा हैं, कुछ लोग कह रहे थे कि उन्हें ज़हर का इंजेक्शन देकर उसी गढ़े में दफ़ना दिया गया है जो रात हम खोदकर आए थे। लेकिन सभी अटकलें थीं।

सुबह जब हम लंगर गोदाम पर अपने लिए गुड़ और चने लेने पहुँचे तो वहाँ शेख़ मुजीब का रसोइया भी उनके लिए चायपत्ती, दूध और चीनी लेने आया हुआ था, जिससे साफ़ पता चलता था कि शेख़ अभी ज़िन्दा हैं। कहते हैं कि जिस रात मुजीब को फाँसी लगने का हुक्म आया उसी रात जुल्फ़िकार अली भुट्टो ने सदरे पाकिस्तान याह्या ख़ाँ से मुलाक़ात करके फाँसी की सज़ा रोक देने को कहा। दलील

दी कि अगर शेख़ मुजीब को फाँसी दी गई तो बंगाली लोग हाथ पर हाथ धरे बैठे नहीं रहेंगे, पाकिस्तान की जितनी फ़ौजें इस वक़्त पूर्वी बंगाल में हैं, उनमें जवान से लेकर अफ़सर तक सब बंगालियों के ग़ुस्से की आग में जलकर ख़ाक हो जाएँगे और उनके बच्चे तक मार दिए जाएँगे। लिहाज़ा याह्या ख़ाँ ने भुट्टो की सलाह मानकर शेख़ मुजीब की सज़ाए-मौत रुकवा दी।

अगले दिन शाम को फिर हमें कोठरी से बुलवाया गया और वह गढ़ा मिट्टी से पाट देने को कहा गया जो हमने कल ही खोदा था। हमें इस बात की ख़ुशी थी कि कम से कम हम तो इस पाप के भागीदार नहीं बने। लेकिन यह ख़ुशी ज़्यादा देर क़ायम न रही, जब पन्द्रह दिन बाद फिर इसी तरह निकाला गया और दुबारा गढ़ा खोदने के लिए कहा गया। मगर उस दिन भी शेख़ मुजीब को फाँसी नहीं दी गई। यह अमल तीन बार दोहराया गया, और हर बार उनकी फाँसी टल जाती। इस तरह ग़ालिबन चार महीने शेख़ मुजीब मियाँवाली के ज़नानख़ाने में रहे। उनका बंगाली रसोइया उनसे बहुत प्यार करता था। जब हम लंगर गोदाम पर मिलते तो वह उनके बारे में बहुत कुछ बतलाना चाहता, लेकिन इतने संगीन पहरे में उसके लिए ज़बान खोलना आसान नहीं था।

शेख़ मुजीबुर्रहमान की क़िस्मत देखिए कि वह पाकिस्तान में चार दफ़ा फाँसी लगते-लगते बचे। इससे पहले भी वह अगरतल्ला कांड में गिरफ़्तार हुए थे। तब भी पाकिस्तान डिक्टेटर फील्ड मार्शल मोहम्मद अयूब ख़ाँ ने उन्हें फाँसी देनी चाही थी; लेकिन भुट्टो की नसीहत पर उन्हें छोड़ दिया गया था। बाद में जब बँगलादेश बना तो यह उसके सदर बने लेकिन किसी के ख़्वाब में भी नहीं था कि जिस क़ौम के लिए उन्होंने अपना परिवार ख़तरे में डाला, अपनी जान ख़तरे में डाली, जेल और ज़िल्लत बर्दाश्त की, वही क़ौम उनको एक दिन बड़ी बेरहमी से क़त्ल कर देगी।

मुजीब के बँगलादेश सदर की हैसियत से क़त्ल होने के कुछ महीने पहले हमारी हिन्दुस्तानी एजेंसी 'रा' (रिसर्च एंड एनालिटिकल विंग) को बँगलादेश की फ़ौज में होनेवाली बग़ावत की बू मिल गई थी। जिस वक़्त सदरे बँगलादेश मुजीबुर्रहमान के क़त्ल का प्लान बनाया जा रहा था, उस वक़्त सैनिक मंडली की मीटिंग में हमारा एक ख़रीदा हुआ अफ़सर भी था जिसने मीटिंग की कार्यवाही के नोट्स एक छोटी-सी स्लिप पर तोड़-मरोड़कर रद्दी की टोकरी में फेंक दिए। इसे बाद में हमारे एजेंट ने वहाँ से खिसका लिया और ख़बर दिल्ली पहुँच गई है कि शेख़ मुजीब जल्द ही फ़ौज के हाथों मार दिए जाएँगे।

इस पर हमारी गुप्तचर संस्था 'रा' के चीफ़ आर.एन. काव एक पान बेचनेवाला का वेश धरकर बँगलादेश पहुँचे। उन्होंने शेख़ मुजीब से भेंट की। उनको आनेवाले

ख़तरे से आगाह किया। शेख़ मुजीब हँसे और कहने लगे, 'यह कैसे हो सकता है? यह मेरे बेटे हैं, मुझे नहीं मार सकते।' हिन्दुस्तानी हुकूमत ने शेख़ मुजीब को ख़तरे से आगाह करके अपना फ़र्ज़ पूरा कर दिया था।

मुजीबुर्रहमान बँगलादेश की फ़ौज के चीफ़ जियाउर्रहमान के हाथों ख़ानदान समेत क़त्ल करवा दिए गए। आज भी मेरी नज़रों के आगे तैरते हैं वे दिन, जब शेख़ मुजीब मियाँवाली में क़ैद थे। उनके लिए फाँसी के फन्दे तैयार किए जाते, क़ब्र खोदी जाती। दुश्मनों के हाथों तो वह नहीं मरे, लेकिन अपनों के ही हाथों मारे गए। सच कहते हैं भाग्य के भेड़िए इनसान को सारी उम्र दौड़ाते हैं, थकाते हैं और जब उसकी घड़ी आ जाती है तब यह उसे फाड़कर खा जाते हैं।

1971 की जंग की रातें

बँगलादेश में हालात बिगड़ चुके थे और इधर पाकिस्तान में भी जंगी तैयारियाँ ज़ोरों पर थीं। मियाँवाली का हवाई अड्डा जेल के बिलकुल पिछवाड़े था। वहाँ से हर रोज़ पाकिस्तान के 'मिराज' जहाज़ उड़ा करते थे। साथ में चीनी जहाज़ों के दस्ते भी मियाँवाली के क़रीब ही सकेसर के हवाई अड्डे से उड़ान भरा करते थे। लगता था कि पश्चिम सरहद पर भी फ़ौजों की टक्कर होनेवाली है।

मियाँवाली के लोग अधिकतर जंगली पठान हैं, उनमें या तो लोग जुर्म और डाकाज़नी वग़ैरह का पेशा अख़्तियार करते हैं या फ़ौज में भर्ती होते हैं। क़ैदियों के मुलाक़ातियों से भी पता चलता था कि उनके फ़ौजी रिश्तेदार सरहद पर भेज दिए गए हैं। सर्दी पड़नी शुरू हो गई। जब सितम्बर, अक्तूबर और नवम्बर भी आराम से गुज़र गए तो हमने सोचा कि जब से ये अस्तित्व में आए हैं, सरहद पर हिन्दुस्तानी और पाकिस्तानी फ़ौजों का तनाव और जमाव तो हमेशा की बात रही है। इनमें जंग की बात हमेशा ही चलती है। सरहद पर फ़ौजों ने ज़रा-सी हरकत की कि लोग कहने लगते हैं कि जंग होने जा रही है।

लेकिन पहली दिसम्बर को बाक़ायदा लोगों को ब्लैकआउट की ट्रेनिंग दी जाने लगी। 3 दिसम्बर को हम जब रात अपनी कोठरियों में बन्द हुए, तो भी हमें इस बात का यक़ीन नहीं था कि पश्चिमी सीमा पर भी जंग शुरू हो जाएगी। रात तक़रीबन तीन बजे हवाई जहाज़ों की गड़गड़ाहट से हमारी नींद खुली। मैंने कैनबरा हवाई जहाज़ की आवाज़ पहचान ली थी। यह हमारा भारतीय बमबार है। मैंने अपने साथियों से कहा, 'हमारे बमबार आ गए हैं।' इस पर मेरा साथी सोहनलाल बोला, 'क्या बकवास करते हो? ये पाकिस्तानी जहाज़ हैं, एक्सरसाइज कर रहे हैं।' अभी

उसके यह लफ़्ज़ मुँह ही में थे कि हमने लाइट गन्स की आवाज़ सुनी। यह पाकिस्तान की हवामार तोपें थीं, जो हवाई अड्डे के चारों ओर लगी थीं।

एक साथ बारह तोपें फायर कर रही थीं। उधर कैनबरा ने मियाँवाली हवाई अड्डे पर बमबारी शुरू कर दी थी और उसके साथ आए नेट जहाज़ नीची उड़ान करके हवामार तोपों के अमलों पर मशीनगन से गोलियाँ बरसाने लगे थे। कैनबरा की बमबारी से जेल की कच्ची दीवारें हिल गईं। छतों पर चिड़ियों ने जो घोंसले बनाए हुए थे, वे घोंसलों समेत हमारे ऊपर आ गिरीं। इस पर हमारे एक साथी रघुवीरसिंह से अन्दर से ही नारा लगाया, 'इंडिया, ज़िन्दाबाद।' मैंने लपककर उसके मुँह पर हाथ रख दिया। बोला, 'बेटा, ख़ामोश रह। नहीं तो ये साले मूर्ख पठान हम सबको सुबह मुरादाबाद बना देंगे।'

हवामार तोपें ख़ामोश हो चुकी थीं। सुबह हम सबकी बड़ी ज़बर्दस्त तलाशी हुई। दारोग़ा फ़ज़लदाद की मौज आ गई। वह हमारे कनस्तरों में से गुड़, चीनी, पत्ती, सिगरेट सबकुछ निकालकर घर ले गया। बोला, 'तुम रात को सिगरेट जला-जलाकर अपने हवाई जहाज़ों को इशारा करते रहे हो।' उसके इस बहाने पर हमें हँसी भी आई। यह तर्क माल हड़पने के लिए था, वरना कौन ऐसा मूर्ख है, जो बमबारी करते जहाज़ के आगे आग जलाकर ख़ुद अपनी मौत को बुलाएगा।

अब तो हमारे जहाज़ दो-दो घंटे बाद चक्कर लगाने लगे। मियाँवाली और सकेसर का रनवे बिलकुल तबाह कर दिया। हमारे जहाज़ इस तरह मँडराते रहे जैसे ससुराल में घूम रहे हों। उधर रेडियो पाकिस्तान पर उसकी फ़तह की ख़बरें प्रसारित होती हैं। जब मैंने रेडियो पाकिस्तान को यह कहते सुना कि वे फ़िरोज़पुर बॉर्डर में पच्चीस मील अन्दर पहुँच गए हैं, तो मेरे हाथ-पाँव फूल गए क्योंकि मेरा घर बॉर्डर से केवल पाँच मील की दूरी पर है। ग़ालिब का शेर पढ़कर मन को तसल्ली दी :

'क़फ़स में मुझसे रुदादे चमन
कहते न डर हमदम
गिरी थी जिसपे कल बिजली
वो मेरा आशियाँ क्यों हो।'

लेकिन हमें क़ैदियों के मुलाक़ातियों द्वारा बतलाई हुई सच्ची ख़बरें भी हासिल होती रहती थीं। पता चला कि हमारी फ़ौजें सियालकोट के इलाक़े में साठ मील तक घुस आई हैं, कराची के बन्दरगाह में हमारी समुद्री फ़ौज ने तबाही मचा दी है। पाकिस्तान की पनडुब्बी 'ग़ाज़ी' तहस-तहस कर दी गई है।

पाकिस्तानी ख़ुद कहते थे कि हिन्दुस्तान इतनी बड़ी ताक़त है कि पाकिस्तान उसका मुक़ाबला नहीं कर सकता। हर रात जब हम कोठरियों में बन्द होते तो हमारी जानें दो तरफ़ सूली पर टँगी होतीं, इधर तो फ़िकर यह है कि कहीं हम अपने ही

जहाज़ों की बमबारी का शिकार न हो जाएँ। जेल की बैरकों पर मँडराते भारतीय जहाज़ और कोठरियों पर लगे हुए ताले। किसी मुसीबत के वक़्त हम भागकर कहीं छुप भी नहीं सकते।

जब बमबारी होती तो दीवारें थर-थर काँपने लगतीं। मियाँवाली का हवाई अड्डा बिलकुल जेल के पिछवाड़े था, इसलिए जेल किसी भी वक़्त बमबारी का शिकार हो सकती थी। मज़े की बात यह थी कि हमें मशक़्क़त से छुटकारा मिला हुआ था। सारे दिन गप्पें लड़ाने के सिवाय कोई काम नहीं होता था। दिन में तो कोठरियों के ताले खुले होते और हम बाहर बैठे जब अपने जहाज़ों को आते देखते तो ख़ुशी से नाचने लगते। उस समय पाकिस्तानी क़ैदी अपनी-अपनी कोठरियों में पनाह माँग रहे होते।

कितनी अजीब बात थी कि मौत उनके सिर पर भी मँडरा रही थी और हमारे सिर पर भी। लेकिन एक हम थे कि ठहाके लगा रहे थे कि एक वे थे कि जान बचा रहे थे। वरना जहाज़ों में बैठे हिन्दुस्तानी हवाबाज़ों को क्या मालूम था कि जहाँ वे बमबारी कर रहे हैं वहीं कहीं उनके अपने हिन्दुस्तानी भाई भी बैठे हैं। 'गला किसका कटा कैसे कटा, तलवार क्या जाने।' वे बम और गोलियाँ बरसाते और चले जाते और हम हसरत भरी निगाहों से उन्हें देखते रह जाते और उनके दोबारा आने का इन्तज़ार करते कि वे फिर आएँ और बम बरसाएँ।

एक बार दिन के ग्यारह बजे दारोग़ा फ़ज़लदाद और मलिक अतामोहम्मद हमारी बैरक में चक्कर लगाने आए। अभी वे चक्कर काट ही रहे थे कि हमारे हवाई जहाज़ आ गए। मलिक अतामोहम्मद जवान था। वह तो छलाँग मारकर बैरक से बाहर बने चक्कर के मोर्चे में जा घुसा। हमने अपनी बैरक में कभी मोर्चा खोदने की सोची भी नहीं थी। बेचारा मोटा फ़ज़लदाद छिपने के लिए जगह ढूँढ़ने लगा। इधर-उधर भागते हुए दो-चार बार गिर भी गया। हमारी हँसी छूट गई वह एक बार तो हमारी कोठरी में घुसा, परन्तु जब बमबारी से दीवारें काँपने लगीं और उसे यूँ लगने लगा कि शायद छत उसके ऊपर ही आ गिरेगी तो वह वहाँ से भी भागा और अहाते में बनी पक्की टट्टियों में दुबक गया।

हँसी के मारे हमारा बुरा हाल था। लेकिन हम हँस भी नहीं सकते थे क्योंकि हमें इसकी ख़बीस तबीयत का पता था। वह अपनी परेशानी का ग़ुस्सा हमारे ऊपर निकालेगा। जहाज़ जाने के दस मिनट बाद वह अपनी खिसकती हुई पैंट को ऊपर करता हुआ निकला। उसकी हालत देखने के क़ाबिल थी।

हमें सिगरेट और चाय की बड़ी तंगी आ गई थी। कभी कोई साथी दूसरी बैरक से अधजले सिगरेट के टुकड़े उठा लाता। हम टुकड़े को पत्ते से लपेटकर लाइन में बैठ जाते और बारी-बारी कश लगाते। किसी को एक कश से ज़्यादा खींचने की

इजाज़त नहीं थी। अगर कोई ग़लती से दूसरा कश खींच लेता तो फ़ौरन दूसरे उस पर माँ-बहन की नंगी गालियों की बौछार कर देते। चाय तो और भी मुसीबत थी। हम कीकर और टाली के पेड़ के छिलके उतरते, पतीली में डालकर गुड़ और पानी मिलाकर उबालते। फिर उस काढ़े को चाय समझकर चुस्कियाँ भरते। उसका एक अपना स्वाद था, अपना मज़ा था। आज भी कई बार चाय पीते हुए वह उबला हुआ काढ़ा आँखों के सामने आ जाता है, जीभ उसके स्वाद से सन जाती है और जब किसी को आधे से कम जली हुई सिगरेट फेंकते देखता हूँ तो उन सिगरेट के टुकड़ों की याद आ जाती है।

रात को तो और भी मुश्किल होती थी। माचिस हम अपने पास रख नहीं सकते थे, लेकिन हमने ऑटोमैटिक लाइटर बनाए हुए थे। कच्चे सूत को जलाकर हम पॉलिश की डिबिया में रख लेते। लाइटर पत्थर हमने मँगवा लिये थे। एक लकड़ी में छोटा-सा सूराख़ करके उसमें पत्थर फँसा दिया जाता और जब ब्लेड की किनारी उस पत्थर से घिसी जाती तो उसमें से चिनगारी निकलकर जले हुए सूत पर पड़ती और वह दहकने लगता। हम मज़े से सिगरेट जलाकर डिब्बी बन्द कर देते। वह अपने-आप ही बुझ जाता।

फिर सिगरेट जलाने के बाद सिगरेट पीना तो और भी मुसीबत होती थी। कोठरी के एक कोने में जहाँ पेशाब करने के लिए कम्बल ताना हुआ था, हर कोई बारी-बारी जाता और कश लगाकर अपनी जगह पर वापस आ जाता। हाँ, सिगरेट के टुकड़े को पीने में बड़ी असुविधा होती थी। इसके लिए हमने एक और तरकीब निकाली। नौ-नौ इंच लम्बे काग़ज़ के चुरुट तैयार करते और टुकड़ों का तम्बाकू निकालकर उसमें भर लेते। इस प्रकार हमारे अहाते में एक कोठरी टोटा फैक्टरी बन गई। बैरक के बाहर क़ैदी झाड़ू देते और ये टुकड़े इकट्ठे करके ले आते, फिर उस कोठरी में चुरुट तैयार किए जाते। हर कोठरी को रात को दो चुरुट पीने को मिलते थे। जब भी कभी अकेले में मैं सिगरेट का दम लगाता हूँ और सिगरेट बुझाता हूँ तो इकहत्तर की वे रातें अक्सर याद आ जाती हैं।

मुलतान को चालान

जंग शुरू हुए दसवाँ दिन था। 13 दिसम्बर की सुबह ही हुक्म आ गया कि तमाम हिन्दुस्तानी क़ैदियों को मियाँवाली जेल से मुलतान तब्दील कर दिया जाए। गारद हमें लेने आ पहुँची थी। हमें बेड़ियाँ पहनाई गईं, दो-दो आदमियों के दाएँ-बाएँ हाथ में एक ही हथकड़ी लगा दी गई। इसी तरह हमें दो-दो करके इकट्ठा बाँधा गया।

बँधे हुए हाथों से कनस्तर उठाना बड़ी मुसीबत थी। लेकिन जेल की ड्यौढ़ी से निकले तो यह देखकर ख़ुश हो गए कि हमारे लिए दो स्पेशल बसें आई हुई थीं। साथ में गारद का स्पेशल इन्तज़ाम था।

हमारे कुछ साथियों ने जेल में अपने बाल बढ़ा लिये थे। उन्होंने बड़ी शान से सिक्खोंवाले ढंग से पगड़ियाँ बाँधी हुई थीं। हमने उनको रोका भी कि वह गोल-मोल पगड़ी बाँध लें, लोगों के जज़्बात का कुछ पता नहीं। ऐसा न हो कि रास्ते में कोई नागवार घटना पेश आए। लेकिन वे नहीं माने। चुनांचे हमें बसें लेकर चल पड़ीं। हम सुबह दस बजे रवाना हुए।

जेल से बसें चली ही थीं कि हिन्दुस्तानी जहाज़ अटैक करने आ गए। इसलिए बसें दरख़्तों के नीचे खड़ी कर दी गईं। जेल में तो पहले भी हम हिन्दुस्तानी जहाज़ों के हमले देख चुके थे, लेकिन जेल की चारदीवारी के बाहर उनका अटैक देखने का यह हमारा पहला मौक़ा था। देखा, बस ड्राइवरों के चेहरे ख़ौफ़ से पीले पड़ गए और वे 'जल तू जलाल तू' का पाठ करने लगे। यही हाल उन ग़रीब सिपाहियों का था जिनके पेट में बँधी पेटियों में हमारी हथकड़ी की ज़ंजीरें बँधी थीं।

हमने उनसे कहा, 'इतना डरने की क्या बात है, हम भी तो आख़िर तुम्हारे साथ हैं।' तो बोले, 'तुम तो साले पहले ही मरे हुए हो, तुम्हारे लिए तो मौत निज़ात होगी। लेकिन हमें तो यहाँ अपने बीवी-बच्चों की फ़िकर है।' बात बढ़ाना बेकार था। ख़ामोश हो गए। हमें मियाँवाली रेलवे स्टेशन पर धमाके सुनाई दिए, वहाँ से धुआँ और आग की लपटें उठती दिखाई दे रही थीं। गाड़ी को आग लग गई थी। जहाज़ सही-सलामत बमबारी करके लौट गए थे और मज़े की बात तो यह है कि हमने इन दस दिनों में पाकिस्तानी हवाई अड्डे मियाँवाली और सकेसर से एक भी जहाज़ को उड़ान भरते नहीं देखा। या तो जहाज़ बमबारी की ज़द में आ गए थे, या हवाई अड्डे के रनवे तबाह हो चुके थे। अगर वह थोड़ा बहुत मेहनत करके रनवे को ठीक भी करते तो उतनी देर में हिन्दुस्तानी जहाज़ दुबारा पहुँचकर फिर तहस-तहस कर देते। हम खड़े-खड़े स्टेशन का मंज़र देखना चाहते थे लेकिन तभी गारद कमांडर ने कूच करने का हुक्म दिया और बसें चल पड़ीं।

हमें आठ-दस घंटे का लम्बा सफ़र तय करना था। बसें बिना रुके आगे बढ़ी जा रही थीं। मुलतान से थोड़ा इस तरफ़ जहाँ तक मुझे याद है, इस जगह का नाम आज़मगढ़ (या कुछ इससे मिलता-जुलता नाम है) का इलाक़ा है। यहाँ का आम बहुत मशहूर है। हमने रास्ते में बहुत बार गारद कमांडर से कहा कि वह बसें रुकवाकर हमें पेशाब वग़ैरह करने दे; लेकिन वह नहीं माना। आज़मगढ़ पहुँचकर ख़ुद सिपाहियों को तलब हुई, तो उन्होंने बसें रुकवा दीं। चाय के होटलवाला बहुत नेक आदमी था। उसे जब पता लगा कि हम हिन्दुस्तानी हैं तो उसने अपनी तरफ़ से

चाय बनाने की तैयारी शुरू कर दी। उसने पतीले में चाय का पानी डाल दिया, चीनी भी डाल दी। अभी पानी उबला भी नहीं था कि बसों के चारों तरफ़ लोग जमा होने शुरू हो गए। जब उन्होंने हमारी बसों में कुछ क़ैदियों को सिक्खोंवाली पगड़ियाँ बाँधे देखा तो वह समझे कि हमें अभी-अभी बॉर्डर से क़ैद करके लाया गया है। चुनांचे उन्होंने बड़े जोश के साथ 'या अली या अली' के नारे लगाने शुरू कर दिए और कुछ सिरफिरे तो बसों पर पत्थर भी मारने लगे। इस पर गारद ने अपनी चाय पीनी बीच में ही छोड़ी और भागकर बसों में आ गए।

एक सिपाही का जुमला अभी तक याद है जो उसने लोगों को बन्दूक़ का बट मारते हुए कहा था, 'साले, कुत्ते दे पुत्तर, वहाँ तो बॉर्डर से पीछे भागते हैं और यहाँ इन निहत्थों पर 'या अली या अली' करके पत्थर बरसाते हैं।' फ़ौरन ही बसें दौड़ पड़ीं और लोगों को परे धकेलते हुए सिपाही भागकर उनमें चढ़े।

शाम पाँच बजे हम मुलतान जेल के दरवाज़े पर थे। मुलतान जेल पाकिस्तान की सबसे सख़्त जेल गिनी जाती है। यहाँ का दरोग़ा जहाँगीर हुथियाना बहुत वहशी, संगदिल, जाबर क़िस्म का ज़ालिम इनसान था। कहते हैं, एक बार जेल में ड्यौढ़ी में लंगर गोदाम का राशन लानेवाले गड़े में जुता हुआ साँड़ रँभाया तो उसने उसे तीस बेंत लगवा दिए थे। दो क़ैदी इसके बार-बार बेंत लगवाने पर भी नहीं सुधरे थे। इसने उनको लंगर के तन्दूर में ज़िन्दा डलवाकर उन्हें फ़रार क़रार दे दिया था। इंक्वायरियाँ होने पर भी उनका क़त्ल साबित नहीं हो पाया था। हमारे क़ैदी दुआ करते थे कि उनका मुहम्मद जहाँगीर हुथियाना से पाला न पड़े। लेकिन जिस बात का डर था, वही सामने आई और हम ख़ूँख़ार के सामने थे।

जेल की ड्यौढ़ी में हमारी कड़ी तलाशी ली गई। लेकिन हमारे पास ऐसा कुछ भी नहीं था जो पकड़ा जाता। नम्बरदार यहाँ पर हमें मुलतान की बैरक नम्बर तीन फाँसी-पहरे में बन्द कर गए। यह सारी की सारी जेल दो मंज़िला और पक्की है। जंग अभी जारी थी और क़ैदी लोग अपनी-अपनी कोठरियों में बन्द रहते थे। सारी जेल में झाड़ू और पोंछा लगाने का काम हम हिन्दुस्तानी क़ैदियों के ज़िम्मे था। बड़ी-बड़ी लम्बी-चौड़ी बैरकों में दो-दो क़ैदी झाड़ू और पोंछा लगाने जाते। यहाँ हमारे लाख कहने पर भी हिन्दुस्तानी क़ैदियों को अलदहा रोटी पकाने की इजाज़त नहीं दी गई है। पाकिस्तानी क़ैदी ही हमारे लिए दाल बनाकर लाते। बहुत बार वे शरारतन उसमें गोश्त की हड्डियाँ डाल देते। इससे पहले भी बहुत बार क़ैदियों ने इसके बारे में शिकायतें की थीं, लेकिन जहाँगीर हुथियाना जैसे बेरहम के सामने उनकी सारी शिकायतें बेमानी थीं।

हम बैरक की ऊपरवाली कोठरियों में थे और सज़ाए-मौत के क़ैदी हमारी नीचेवाली कोठरियों में। हमें उनसे बात करने की इजाज़त नहीं थी। अगर कोई

नम्बरदार किसी क़ैदी को बात करते देख लेता तो उसकी मुसीबत आ जाती। हमारे साथ एक क़ैदी अमृतसर के पंडित सीताराम हुआ करते थे। नाम तो उनका कुछ और ही था। शायद जयराम या लक्ष्मण दास, मैं भूल गया हूँ।

हमें आए पाँच दिन हो चुके थे। छठे दिन हमने सुना कि बँगलादेश में पाकिस्तानी फ़ौजों ने हथियार डाल दिए हैं। याह्या ख़ाँ जनरल गुलहसन और जनरल टिक्का ख़ाँ के हाथों गिरफ़्तार कर लिया गया और देश की बाग़डोर जुल्फ़िकार अली भुट्टो के हाथ में आ गई थी। पाकिस्तानियों की कमर टूट चुकी थी और हमारे प्रति उनकी नफ़रत बहुत बढ़ गई थी। नम्बरदार लोग बात-बात पर हमें मारने दौड़ते। हुथियाना ने हम सभी को मूँज कूटने पर लगा दिया था। मूँज को आते हुए चौथा दिन था कि हुथियाना दौरे पर आ गया। अभी वह बैरक में दौरा कर ही रहा था कि पंडित सीताराम माँ-बहन की गालियाँ देते हुए मूँज कूटनेवाली मुँगरी लेकर उसके पीछे दौड़ पड़े। उसके पैरों में बेड़ी लगी थी। नम्बरदार ने डंडे मार-मारकर ज़मीन पर गिरा दिया। लेकिन वह मार खाते हुए भी हुथियाना को माँ-बहन की गालियाँ देते रहे और कहते रहे, 'तुम साले दल्ले, हमें दाल में हड्डियाँ खिलाते हो, ऊपर से मूँज कुटवाते हो।'

तीन दिन तक सीताराम की जमकर पिटाई होती रही। मार खा-खाकर जब वह बेहोश हो जाता तो पानी की हौदी में डाल दिया जाता। उसको नम्बरदारों ने बहुत समझाया कि वह हुथियाना से माफ़ी माँग ले लेकिन वह नहीं माना। उसकी क़िस्मत अच्छी थी कि तभी चन्द लोगों को मुलतान से मियाँवाली में जाने का चालान आ गया जिसमें उसका भी नाम था। हमारे साथी मियाँवाली जा चुके थे। ज़ालिम जहाँगीर हुथियाना के ज़ुल्म बर्दाश्त करने के लिए हम पीछे रह गए।

मुलतान जेल में सुरंग

हमारे साथी मियाँवाली जा चुके थे। पीछे सिर्फ़ आठ हिन्दुस्तानी क़ैदी मुलतान में रह गए। हमारी बैरक के नीचे, फाँसीवाली कोठरियों में तक़रीबन एक सौ सत्ताईस पाकिस्तानी क़ैदी थे जिन्हें सज़ाए-मौत दी गई थी। जब इकहत्तर की जंग चल रही थी तो सज़ाए-मौत के क़ैदियों की फाँसी रोक दी गई। लेकिन जंग बन्द होने के बाद फिर लोगों को फाँसी पर लटकाने के हुक्म आने लगे।

वैसे भी क़ैदी जहाँगीर हुथियाना जेल दारोग़ा के ज़ुल्म से तंग आए हुए थे। जेल में उस वक़्त डाकू मोहम्मद ख़ान भी था। उसको सात मुक़दमों में फाँसी की सज़ा थी। उसका बचना नामुमकिन था। इसलिए उसने जेल से फ़रार होने का प्लान

बनाया। जंग के दिनों में जेल की तलाशी लेनेवाला अमला कुछ लापरवाह हो गया था। पहले तो उसने पिस्तौलों के हिस्से जमे हुए घी के नीचे छुपाकर अपने मुलाक़ातियों के ज़रिए अन्दर मँगवाए, फिर जोड़कर काम करने लायक़ पिस्तौल बना लिये। अब जेल में यह हालत थी कि हर पाँचवें क़ैदी के पास पिस्तौल था। चाक़ू-छुरा तो तक़रीबन सबके पास था ही।

एक दिन एकदम सभी बैरकों के क़ैदी जेल अमले पर चाक़ू लेकर टूट पड़े और जेल में पिस्तौल के हवाई फायर होने लगे तो जेल दारोग़ा जहाँगीर हुथियाना हक्का-बक्का रह गया। अब जेल के अन्दर पूरी तरह क़ैदियों का राज़ था और जेल के बाहर पुलिस का। क़ैदी लोगों ने लुहारख़ाने में अपनी बेड़ियाँ और जँगले काट-काटकर उनसे लोहे के नेज़े, भाले और कमान तैयार कर लिये थे। अब मुलतान जेल क़ैदियों के लिए एक क़िला बन गई थी जिसके अन्दर वह पूरी तरह सुरक्षित थे।

जेलवालों ने क़ैदियों को तंग करने के लिए जेल के अन्दर भंगी भेजने बन्द कर दिए। इस पर क़ैदी लोग दस-दस की टोलियों में जेल के दरवाज़े के पास जाकर ट्टटी-पेशाब करने लगे। वहाँ इस क़दर बदबू फैल गई कि दफ़्तरवालों का दफ़्तर में बैठना मुहाल हो गया। जेलवालों ने क़ैदियों की मुलाक़ातें भी बन्द कर दी थीं। आख़िरकार तंग आकर जेल अमले ने ख़ुद ही वहाँ सफ़ाई करवाई और भंगी भेजने शुरू कर दिए। क़ैदियों के मुलाक़ातियों का लाया हुआ सामान भी अन्दर पहुँचने लगा।

बैरक में सज़ाए-मौत के क़ैदियों ने हिन्दुस्तानी क़ैदियों से सलाह की कि सुरंग बनाई जाए। यह काम इस तरीक़े से होना चाहिए कि उस बैरक के अलावा बाहर के किसी क़ैदी को कानो-कान ख़बर न हो।

बैरक नम्बर तीन, फाँसी-पहरा में क़ैदियों के लिए ड्रामा दिखाने की स्टेज थी और स्टेज के सामने तीन सौ फ़ीट लम्बा, दो सौ फ़ीट चौड़ा ढलानदार चबूतरा बना हुआ था। इस पर क़ैदी लोग बैठकर ड्रामा देख सकते थे। स्टेज के पास ही मेकअप के लिए एक ग्रीन रूम भी था। क़ैदियों ने उसी ग्रीनरूम से सुरंग लगाने का इरादा किया। सुरंग लगाने का काम, जम्मू के रहनेवाले हिन्दुस्तानी क़ैदी राज़िन्द्र, फ़िरोज़पुर के अशोक, अमृतसर के चरणसिंह धूलर, तिलकराज जोशी वग़ैरह बारह क़ैदियों के ज़िम्मे सौंपा गया। तय किया कि सुरंग मुकम्मल होने पर सभी हिन्दुस्तानी क़ैदी पाकिस्तानी क़ैदियों को लेकर भारत बॉर्डर क्रॉस कर जाएँगे।

अब सुरंग का काम शुरू हो गया। दो आदमी ख़ुदाई करते, दो मिट्टी हटाते। इस तरह चार-चार घंटे की बारी में तीन टोलियाँ काम करतीं। सुरंग से निकली हुई मिट्टी स्टेज के सामने बने चबूतरे पर बिछा दी जाती। हिन्दुस्तानी क़ैदियों की ख़ूब सेवा होती। सज़ाए-मौत के क़ैदी, उनके लिए अपने मुलाक़ातियों के ज़रिए मुर्ग़ा,

मीट, ज़र्दा, पुलाव, हलवा, मिठाई आदि मँगवाते। सुरंग खोदते-खोदते क़रीब पन्द्रह दिन हो गए थे। जेल सवा महीने से आज़ाद थी।

दुनिया की जेलों के इतिहास में ये पहला मौक़ा था कि कोई जेल इतने लम्बे अरसे तक आज़ाद में रही हो और क़ैदी सवा महीने खुले रहे हों। सबसे बड़ी बात तो यही कि घटना उस दारोग़ा की हुकूमत में हुई जो पाकिस्तान का सबसे ज़ालिम दारोग़ा माना जाता है। सुरंग एक सौ बीस या एक सौ पच्चीस फ़ीट खोदी जा चुकी थी और अब जेल के बाहर खेतों के बीच सुरंग का दहाना बन गया था। उस पर पत्थर रखकर दिन में वे वापस आ गए।

सुरंग बनाने का काम डाकू मोहम्मद ख़ान की देख-रेख में हुआ था। उस दिन फाँसी-पहरे की रौनक़ देखने लायक़ थी। ख़ूब भँगड़ा डाला जा रहा था, गाने गाए जा रहे थे। टीनों में जो कुछ राशन वग़ैरह बचा था, आज ख़त्म कर देना चाहते थे। रात दो बजे चाँद छुपने के बाद सबको फ़रार होना था और हिन्दुस्तान चले जाना था। इसी बीच डाकू मोहम्मद ख़ान अपने किसी मुलाक़ाती से मिलने ड्योढ़ी गया और तक़रीबन एक घंटे बाद वापस आ गया।

सब लोग आठ बजे नींद लेने के लिए लेट गए क्योंकि रात को मीलों लम्बा सफ़र तय करके बॉर्डर पार करना था। किसी को भी नींद नहीं आ रही थी। दिल में ख़ुशी भी थी और ख़ौफ़ भी, कहीं फ़रारी नाकामयाब न हो जाए।

अचानक देखा कि पौने दो बजे ही जेल की ऊँची-ऊँची दीवारों पर जिसे कोटमौक़ा कहते हैं, हाई पावर की बिजली की फ्लैश लाइट्स चमकने लगीं। क़ैदियों के दिल धड़क उठे, यह क्या हुआ। लगता था, जेल अधिकारियों को फ़रारी के प्लान का पता लग गया। वह ग़द्दार कौन हो सकता है? क़ैदी लोग बैरकों सें से निकल-निकलकर बाहर आ गए। कहने लगे, आज क़ैदियों में और पुलिस में आख़िरी जंग होगी। किसी को यह बात ख़्वाब में भी नहीं आई थी कि डाकू मोहम्मद ख़ान, जिसको सात मुक़दमों में सज़ाए-मौत थी, बाहर जाकर ग़द्दारी कर आया होगा।

फ्लैश लाइट्स के साथ-साथ जेल की चारदीवारी पर लाइट मशीनगनें भी नज़र आने लगीं। फिर माइक पर क़ैदियों को वार्निंग दी गई, 'हर कोई, हर क़िस्म का हथियार बाहर फेंककर अपनी-अपनी कोठरी में आराम से बैठ जाए। जिसने भी हुक्म-अदूली की उसे गोली मार दी जाएगी।' तीन बजे जेल का फाटक धड़ाक से खुला और पाकिस्तानी फ़ौज की दो रेजिमेंट्स, शायद नाइन बलोच और तेरह पंजाब, गोलियाँ चलाती हुई जेल के अन्दर घुसीं। क़ैदियों के होशो-हवास पहले से उड़े हुए थे। थ्री-नॉट-थ्री और एल.एम.जी. की राइफल के सामने चाक़ू और पिस्तौल की क्या औकात? फिर भी कुछ क़ैदियों ने बैरक की छतों पर पिस्तौलों से गोलियाँ चलाईं।

फ़ौज अब हर बैरक में दाख़िल हो चुकी थी। जो भी क़ैदी सामने पड़ता उसे भूनकर रख दिया जाता। क़ैदियों को कोठरियों से घसीट-घसीटकर उनके हाथ और पाँव तोड़ दिए। जहाँगीर हुथियाना की बदली हो चुकी थी और इस वक़्त ऑपरेशन की अगुवाई हाजी इफ़्तख़ार ख़ाँ कर रहे थे। तक़रीबन एक सौ सत्तावन आदमी गोली से भून दिए गए, दो सौ बासठ लोगों के हाथ और पाँव तोड़ दिए गए।

जेल में बग़ावत फैलानेवाले लोगों की लिस्ट मोहम्मद ख़ान के ज़रिए जेल अधिकारियों के पास पहुँचाई जा चुकी थी। लिहाज़ा एक-एक को नाम लेकर हुक्म दिया जाता, 'क़ैदी मोहम्मद अज़ीज़, तीन मिनट के अन्दर-अन्दर दोनों हाथ ऊपर करके बैरक से बाहर पहुँच जाए, वरना बैरक में आकर उसे गोली मार दी जाएगी।' जब क़ैदी दोनों हाथ खड़े करके बाहर पहुँचता तो पुलिस गारद उस पर अन्धाधुन्ध लाठियाँ बरसाने लगती और तब तक मारती चली जाती, जब तक बेहोश न हो जाता। हाथ और पाँव तोड़ने पर ख़ास ज़ोर दिया जाता। फिर उसे घसीटकर जेल के अस्पताल में फिंकवा दिया जाता। आठ-दस क़ैदियों के हाथ-पाँव तोड़कर उन्हें अस्पताल फिंकवाया गया। लेकिन बाद में सोचा गया कि उनको जान से ही मार देना चाहिए। अस्पताल से घसीटकर बाहर लाया गया और गोली मार दी।

हर बैरक में, हर क़ैदी की बारी-बारी से पिटाई हो रही थी। नीचे की बैरकों से निपटकर ऊपरवाली बैरकों को नम्बर आया। जब पुलिस गारद हिन्दुस्तानी क़ैदियों को बाहर घसीटने लगी तो हाजी इफ़्तख़ार ने उनको रोक दिया। बोला, 'मैं इन लोगों को अच्छी तरह जानता हूँ। सारे शरीफ़ क़ैदी हैं, मेरे साथ लाहौर रह चुके हैं। इनको कोई हाथ नहीं लगाएगा।' इस पर उसके डिप्टी दारोग़ा ने कहा, 'जनाब, बैरक में सुरंग तो इन्हीं लोगों ने लगाई है।' वह बोला, 'यह सब बकवास है। मैं इसे नहीं मानता।' चुनांचे पुलिस हिन्दुस्तानी बैरक से नीचे उतर आई। किसी हिन्दुस्तानी को थप्पड़ तक नहीं मारा गया।

हिन्दुस्तानी क़ैदियों को बाद में जेल की सफ़ाई करने का हुक्म दिया गया। जगह-जगह ख़ून बिखरा हुआ था, लाशें उठवाई जा चुकी थीं। हर बैरक, हर कोठरी से रोने और कराहने की आवाज़ें आ रही थीं। हाजी इफ़्तख़ार ने उस सुरंग को भी देखा। पुलिस और प्रेसवालों ने उसके फ़ोटो खींचे। लगातार दो दिन तक दुनिया भर के रेडियो स्टेशनों पर मुलतान जेल की सुरंग और मिलिटरी ऑपरेशन की चर्चा होती रही।

मिलिटरी ऑपरेशन के तीन दिन बाद पाकिस्तानी वज़ीर जनाब कौसर नियाजी और महमूद अली क़सूरी ने जेल का दौरा किया। क़ैदियों से बग़ावत की वजह पूछी। जब वे उन बैरकों में गए जहाँ जेल का नियम तोड़नेवाले क़ैदी थे, उन्हें क़सूरी क़ैदी कहते हैं, और उनकी दास्तानें सुनीं तो उनके रोंगटे खड़े हो गए। क़ैदियों ने उन्हें

बतलाया कि इन बैरकों में बन्द होनेवाले हर क़ैदी की दिन में तीन बार जमकर पिटाई की जाती है। चक्की के पट्टे से बने हुए लम्बे-लम्बे छित्तर उनको मारे जाते हैं। क़ैदियों ने उनके हाथ पर लकड़ी का बना हुआ वह नौ इंच लम्बा एक मोटा नफ़स (लिंग) रख दिया जो दिन में एक बार तेल लगाकर ज़बर्दस्ती क़ैदियों की बेतुल ख़ला (गुदा) में घुसेड़ा जाता था।

शायद दुनिया की किसी जेल में ऐसी गिरी हुई हरकत नहीं की जाती होगी जो उस जेल में जहाँगीर हुथियाना मामूली-मामूली क़सूर पर क़ैदियों के साथ करवाया करता था। इन क़सूरी क़ैदियों में वे कमसिन लड़के भी जनाब कौसर नियाजी और महमूद अली क़सूरी के सामने पेश हुए जिन पर जहाँगीर हुथियाना ने जेल के भंगी चढ़ा दिए थे। सारे पाकिस्तान में जहाँगीर हुथियाना के ख़िलाफ़ अख़बारों में बवंडर खड़ा हो गया था। कौसर नियाजी और महमूद अली क़सूरी ने शर्मिंदगी ज़ाहिर की और कहा कि ऐसे हालात में क़ैदियों की बग़ावत हक़-बजानिब थी। यक़ीन दिलाया कि उसके बाद फिर जेल में ऐसी दास्तान किसी क़ैदी के साथ नहीं दोहराई जाएगी।

क़ैदियों को नई वर्दियाँ और नए कम्बल दिए गए। बीमारों और ज़ख़्मियों का पूरी तरह से इलाज होने लगा और एक महीने तक किसी क़ैदी को कोई मशक़्क़त न देने का हुक्म दे दिया गया। उसके बाद हिन्दुस्तानी क़ैदियों का चालान मियाँवाली जेल भेज दिया गया। यहाँ हम अपने बिछुड़े साथियों से मिले और बहुत दिनों तक मुलतान जेल के क़िस्से-कहानियाँ सुनाते रहे।

फिर मियाँवाली जेल में

भगवान का शुक्र है कि मुलतान जैसी गन्दी जेल से हमारा चालान मियाँवाली जेल हो गया। ख़रबूज़े को देखकर ख़रबूज़ा रंग बदलता है, उसी तरह वहाँ भी धीरे-धीरे क़ैदियों का माहौल बिगड़ गया था। जेल में तीतरबाज़ी, बटेरबाज़ी, लौंडेबाज़ी आम हो गई। बात-बात पर चाक़ू चलते, जुआ खेला जाता, क़ैदी लोग वार्ड्न्स के गले पड़ जाते। यहाँ एक डकैत ग़ुलाम हसन का राज़ था। उसने जेल में बारह लौंडे पर पाल रखे थे जिनको वह बदल-बदलकर अपने साथ सुलाता था।

जब कोई कमसिन लौंडा क़ैदी होकर आता तो जेल की ड्योढ़ी में ही गुरु-घंटालों में इस बात पर चाक़ू निकल जाते कि उसका बिस्तरा किसके साथ लगेगा। अक्सर क़ैदी लौंडे बदमाश, जेबतराश, उठाईगिरे और रंडियों के दल्ले हुआ करते थे। इन लोगों का जेल के बाहर भी चरित्र कोई अच्छा नहीं होता था कि जेल में होनेवाली कुत्ता-घसीट का विरोध करते, बल्कि ख़ुश होते थे कि चलो क़ैद तो

आराम से कटेगी। खाने को मुर्ग़ा, मीट, बेहतरीन सब्ज़ियाँ मिलेंगी और नहाने को बेहतरीन साबुन, तेल, इतर।

जेल के बादशाह ख़ान लोग इनको बीवी की तरह सजाकर रखते। इन्हें जेल की परियाँ कहा जाता। जिधर से ये गुज़र जाते, इतर की ख़ुशबू चारों तरफ़ लहराने लगती। मैंने अपनी ज़िन्दगी में इतना नख़रा स्कूल और कॉलेज की लड़कियों में भी नहीं देखा, जितना इन लौंडों में होता था। रंगदार सब्ज़ गुलाबी, नसवारी सा मोतिया रंग के रेशमी कुर्ते और सलवारें पहने, पट्टेदार बाल बढ़ाए, आँखों में कजरे की धार और मुँह पर पाउडर लगाए, हाथ में तीतर या बटेर पकड़े ये जेल में यूँ चला करते जैसे मुगल राजाओं के हरम में बेग़में मटका करती थीं। और तो और इनकी सलवार के नाड़े भी जालीदार होते जिनके सिरों पर मोतियों की झालरें लगी होती थीं।

हमारी बैरक में हमारे बहुत-से हिन्दुस्तानी भाई पंडित अश्विनीकुमार, लालचन्द, महबूब मसीह, सदाजीतसिंह, मुहम्मद दीन जालीदार नाड़ा बुनने का काम करते और उन पर शानदार मोतियों की झालरें और तिल्ले का काम करते। इनके हाथ का बना हुआ एक-एक इज़ारबन्द छह रुपए से लेकर सोलह रुपए तक बिकता। इस तरह हमारी बैरक नाड़ा और पराँदा बनाने की फैक्टरी बन गई थी। और तो और, जेल के अफ़सरों की बीवियाँ-बेटियाँ उनसे हमारे हाथ का बना हुआ नाड़ा और पराँदा लाने की फ़रमाइश करतीं और हमें यह बेगार भी पूरी करनी पड़ती।

हमारे लोग तक़रीबन किसी न किसी फ़न में उस्ताद थे। अफ़ीम और चरस बिकती तो हमारी बैरक में। बाबू मदन गोपाल और मैं दोनों ही जेल में अफ़ीम और चरस बिकवाया करते। हमारे नीचे चार-चार, पाँच-पाँच आदमी होते, जिनका सिगरेट, चाय, साबुन, तेल, वग़ैरह का सब ख़र्चा हम बर्दाश्त करते। इनके ज़िम्मे होता था अफ़ीम और चरम की गोलियाँ छुपाना और उनको इधर-उधर जाकर जेल में बेचना। अगर कभी पकड़े जाने पर उन्हें मार भी पड़ती तो वे कभी हमारा नाम नहीं लेते थे।

इसके अलावा हम दोनों ज्योतिष और हाथ देखने का धन्धा भी करते थे। किसी को बरी कर देते, किसी को फाँसी चढ़ा देते। इतने क़ैदियों में किसी न किसी पर हमारा तीर-तुक्का सही बैठता और वह हमारा मुरीद हो जाता। बदले में घी, चीनी, फल, मिठाई, चाय-सिगरेट और नक़द पैसे जो कुछ भी जिसकी हैसियत होती, हमारी भेंट चढ़ाता। यह सब हम अपने चेले-चपाटों में बाँट दिया करते।

हम लोगों में पंडित ओमप्रकाश और वासुदेव बाल काटने में बड़े माहिर थे। यहाँ तक कि दूसरी बैरक के क़ैदी पैसे देकर उनसे बाल कटवाया करते थे। फ़िरोज़पुर का बलबीर हमारे जूतों की मरम्मत का कारख़ाना खोले हुए था। जेल में जिसकी जूती टूट जाती वह भागा-भागा हमारी बैरक में आता। बदले में नगद पैसा

या सिगरेट मिलते। राजस्थान का हनुमान प्रसाद माना हुआ दर्ज़ी था। वह बिना मशीन के हाथ से गरम सूट तक सी डालता। उसके हाथ के सिले हुए कपड़ों का मुक़ाबला मार्केट के दर्ज़ी भी नहीं कर सकते थे।

एक बार तो दारोग़ा ने अपनी बेटी के विवाह में सारे कपड़े उसी के सिलवाए थे। महबूब मसीह नाड़ा बुनने के अलावा कम्पाउंडरी भी किया करता और जेल के अस्पताल से तरह-तरह की गोलियाँ लाकर अपने पास रखे रहता। किसी को पेचिश लगे और रात को आराम मुश्किल हो गया तो तो वह नम्बरदार को हमारी बैरक की तरफ़ दौड़ा देता और महबूब मसीह उसे सल्फा गोनाडीन या इंट्रोवायाफोर्म की गोलियाँ दे देता। बुख़ार में ए.पी.सी., मलेरिया हो तो कुनैन, नींद न आ रही हो तो बूटा बारबीटोन, गरज़ कि उसके पास हर मर्ज़ का इलाज था और हमसे हर पाकिस्तानी बनाकर रखता था कि न जाने उसे किस वक़्त किस बात की ज़रूरत हमसे पड़ जाए।

हमारे लोग अन्दर ही अन्दर इस क़दर अमीर हो गए थे कि उन्होंने वहाँ के लोगों के बीच बैठकर जुआ खेलना भी शुरू कर दिया था। जेल में जुआ अक्सर लूडो खेलनेवाले दाने से खेला जाता, जिस पर छह तक के निशान होते। एक बार एक फड़ में अमृतसर का रहनेवाला तिलकराज जोशी नौ सौ रुपए जीत गया, लेकिन उसकी बदक़िस्मती कि वह जीतने पर भी उठा नहीं, खेलता ही रहा। आख़िर पल्ले से तीन सौ रुपए गँवाकर बैरक वापस लौटा।

यही हालत पंडित अश्विनीकुमार लुधियानावाले की थी। जो कुछ भी नाड़ा-पराँदा बुनकर कमाता, जुए की नज़र कर देता। इस पर साथी लोगों ने तौबा की। बाबा तख़्तमल चोरी में बड़ा माहिर था और अफ़ीम का बड़ा शौक़ीन। उसे कई बार बैरक में मार भी पड़ी, लेकिन उसकी आदत बन गई। बाबा बूटा मसीह बड़ा कंजूस और ख़बीस तबीयत का इनसान था। वह अपना माल तो अपने टीन में ताला लगाकर रखता और साथी लोगों से कहकर 'क़सम परमात्मा की, मेरे पास पीने को एक भी सिगरेट नहीं है,' सिगरेट माँगा करता।

बाबा तख़्तमल अन्दरूनी चोर होने की वजह से सबके माल की ताड़ रखा करता था। एक दिन शाम को इसी तरह जब बूटा मसीह हर हिन्दुस्तानी क़ैदी से सिगरेट माँगकर इकट्ठी कर रहा था, तख़्तमल ने उसके टीन पर हाथ साफ़ कर दिया। आनन-फानन में वह सिगरेट की साठ डिब्बियाँ बाहर बैरकों में औने-पौने दामों पर बेचकर पैसे वसूल कर लाया और मुझसे नगद अफ़ीम ले गया। बाबा बूटा मसीह जैसे ही अपनी कोठरी में घुसा तो उसने देखा, टीन खुला हुआ है। अब तो वह वहीं लगा चिंघाड़ें मार-मारकर रोने। कहने लगा, 'कोई मेरी साठ सिगरेट की डिब्बियाँ और बारह नहानेवाली साबुन की टिकियाँ ताला तोड़कर चुरा ले गया है।'

उसके यह कहते ही सारे क़ैदी कहले लगे, 'तुम तो कहते थे कि तुम्हारे पास एक भी सिगरेट नहीं है। अब ये साठ डिब्बियाँ कहाँ से आ गईं?'

बाबा तख़्तमल ने टूटा जूता उतारा और उसकी पिटाई करने लगा। बोला, 'साले, कमीने, सारी बैठक से माँगकर खाता है और अब हमें चोर बताता है।' उसके हाथ से माँगी हुई सिगरेट भी गिर गईं तो पागलों ने उठा लीं। हमने बड़ी मुश्किल से दोनों बूढ़ों को छुड़ाया और अलग-अलग कोठरी में बन्द कर दिया। बन्द होते हुए तख़्तमल ने मेरे कान में कहा, 'पंडित जी, यह साला रोता तो सच ही है। माल मैंने साफ़ किया है। इस साले को सज़ा मिलनी ही चाहिए थी। सबको बेवकूफ़ बनाता था और झूठी क़समें खाता था।' उसके बाद बाबा बूटा मसीह ने अगर किसी से सिगरेट माँगी भी तो क़समें खाने पर भी लोग उसका एतबार न करते और कहते, 'जा बाबा, टीन में साठ-साठ डिब्बियाँ रखकर हमसे सिगरेट माँगता है! शर्म नहीं आती।'

इस क़ैद के दिन बड़े मज़े से कट रहे थे कि तभी पाकिस्तानी क़ैदियों को न जाने क्या सूझी कि उन्होंने एकदम मशक़्क़त करने से इन्कार कर दिया। उन्होंने हमसे भी कहा कि हम लोग मशक़्क़त न करें, लेकिन हम परदेशी लोग मशक़्क़त से इनकार करने का हौसला कैसे कर सकते थे? इस पर हमारी-उनकी आपस में खटकने लगी। यहाँ तक कि अब कोई हिन्दुस्तानी उनसे कोई भी चीज़ माँगता तो वे 'दौड़ जाओ, ग़द्दार साले' कहकर उसके पीछे मारने को दौड़ते।

उन्होंने हमसे हर क़िस्म का काम लेना बन्द कर दिया जिसकी वजह से हमारे टीनों का सामान धीरे-धीरे कम होता चला गया। ऐसे भी दिन आ गए कि हमें सिगरेट के टुकड़े तक भी न उठाने देते और जान-बूझकर उन्हें नाली में गिरा देते। जेल में बदअमनी फैली हुई थी और इसमें हम अपने आपको बिलकुल लाचार और बेबस महसूस कर रहे थे। सोचा करते कि हे भगवान, इस तरह दिन कैसे कटेंगे?

मियाँवाली जेल में हंगामा और तलाशी

पाकिस्तानी क़ैदियों की खड़मस्तियाँ अपनी चरम सीमा पर थीं। मशक़्क़त न करना, सारा दिन जुआ खेलना, जेल वार्डस को माँ-बहन की गन्दी-गन्दी गालियाँ देना, बात-बात पर चाक़ू निकाल लेना। कइयों के पास पिस्तौल थे। जो उन्होंने रिश्वत देकर मँगा लिये थे। जेल में दो फ़रारियाँ हो चुकी थीं। क़ैदी कोटमौक़ा पर सीढ़ी लगाकर भाग निकले थे। कुछ के पास तो जेल के अन्द स्टेनगनें भी थीं। ग़ुलाम हसन डाकू ज़बर्दस्ती पिस्तौल के ज़ोर पर जेल के राशन से हर रोज़ पाँच

सेर घी, दस सेर गुड़, एक किलो पत्ती, दालें वग़ैरह लंगर गोदाम से वसूल करता, जुआ खिलवाता और हर हफ़्ते जेल के अन्दर से पाँच सौ रुपया महीना घर भेजा करता।

उन्हीं दिनों देश की बाग़डोर पीपुल्स पार्टी ने सँभाली और मुहम्मद हाकिम अमीन ख़ान वज़ीरे-जेल बने। वह कैमलपुर का रहनेवाला पुलिस हवलदार था और पीपुल्स पार्टी का कार्यकर्ता होने के नाते इस रुतबे तक पहुँचा था। कैमलपुर का इलाक़ा भी जुर्म और ज़रायम के लिए मशहूर है। इसके कुछ रिश्तेदार भी पाकिस्तान की जेलों में क़ैद थे। पुलिस का हवलदार होने के नाते गुंडों के साथ इसको निपटना आता था।

एक सुबह तक़रीबन पाँच बजे जेल की बैरक पुलिस गारद के भारी-भारी बूटों से गूँज उठी। जेल में पन्द्रह सौ के क़रीब बन्दूक़धारी सिपाही आ घुसे और उनमें आधे बैरकों की छतों पर चढ़ गए और आधे क़ैदियों की तलाशी लेने लगे। तलाशी क्या होती, हर कोठरी का दरवाज़ा खोला जाता और क़ैदी के बदन पर सिवाय कच्छे के कुछ भी न रहने दिया जाता। कोठरी का सारा सामान कम्बलों में लपेटकर राशन गोदाम में भिजवा दिया जाता। फिर क़ैदियों पर लाठियाँ बसरने लगतीं और तफ़तीश होती है कि उन्होंने चाक़ू-पिस्तौल वग़ैरह कहाँ छिपा रखे हैं।

जेल का दारोग़ा चौधरी नसीर अहमद जाति का नाई था। उसने बहुत देर सब्र दिखाया और हर तरह से सुधरने का मौक़ा दिया, लेकिन उन अक़्ल के अन्धों के कान पर जूँ तक न रेंगी थी। वे जेल को तमाशा समझ बैठे थे। अब हर कोई गिड़गिड़ाकर माफ़ी माँग रहा था और कह रहा था कि 'मुझे मारो मत, मैं ख़ुद ही बतलाता हूँ, हथियार कहाँ है।' पुलिस की मार से बचने के लिए लोग हथियार निकाल-निकालकर दे रहे थे, एक-दूसरे की पोल खोल रहे थे।

ज़्यादा शामत तो उन हवालातियों की आई थी जो जेल का राशन लूट-लूटकर खाते थे, लाठियों से उनकी ज़बर्दस्त पिटाई की जाती और फिर उन्हें नंग-धड़ंग कोठरियों में फेंक दिया जाता। पुलिस ने किसी के पास पानी पीने के लिए गिलास और मग तक नहीं छोड़ा। तलाशी होते-होते हमारी बैरक नम्बर दस की बारी आई। हम दसवीं कोठरी में बन्द थे। पहले तीन कोठरियों के क़ैदियों की जब पिटाई होने लगी तो वे ज़ोर-ज़ोर से चीख़ें मारने लगे कि हम तो परदेशी क़ैदी हैं। हमारे पास तो कुछ नहीं है। हम तो जेल की मशक़्क़त करते हैं और किसी काम से इन्कार नहीं करते।

उनकी चीख़ें सुनकर जेल दारोग़ा नसीर भागा हुआ आया। बोला, 'इनको हाथ न लगाना। इन बेबस ग़रीबों के सहारे ही तो मैं जेल चला रहा हूँ। यही तो जेल की सफ़ाई करते हैं, वरना यहाँ कीड़े सड़ने लगते।' जिन लोगों को मार पड़ी

थी, उनको उसने प्यार से चुप कराया। बोला, 'मुझे अफ़सोस है कि मेरी ग़लती से तुम्हें मार पड़ गई। मुझे गारद को पहले ही बता देना चाहिए था कि बैरक नम्बर दस में नहीं जाना है।' जिन क़ैदियों को मार पड़ी थी उनको उसने अस्पताल भिजवा दिया और ऑर्डर दिया कि उनको एक हफ़्ता तक जेल के अस्पताल से हर रोज़ आधा सेर दूध दिया जाए।

जेल की पूरी सफ़ाई हो चुकी थी और पाकिस्तानी क़ैदियों का सारा सामान राशन गोदाम के पास ढेरों की सूरत में पड़ा था। सिगरेट, गुड़, घी, चीनी, पत्ती, मिर्च, नमक, बर्तन, स्वेटर, मफलर, कोट-पतलून और सलवार-कमीज़ें, रज़ाइयाँ। सामान इतना था कि दस ट्रक भर जाएँ। तब आधे हिन्दुस्तानी क़ैदियों की ड्यूटी लगी कि वह राशन गोदाम पर जाकर सामान को अलग-अलग करें, अर्थात् गुड़ एक जगह, चीनी एक जगह, चाय की पत्ती एक जगह।

जेल वार्डन्स की मौज बन गई। शानदार रज़ाइयाँ, कम्बल, चादरें और देशी घी तो चीफ़ वार्डन और डिप्टी दारोग़ा इत्यादि के घर चले गए। फिर गुड़, पत्ती और मिर्चें, चीनी वार्डन लोग एक कपड़े में बँधवाते और हमसे जेल की दीवार के परली तरफ़ गिरवा देते जहाँ से उनका कोई रिश्तेदार या भाईबन्द उठाकर घर ले जाता। काम करने और शराफ़त दिखाने के बदले हिन्दुस्तानी क़ैदियों को शाम को सेर-सेर गुड़, पत्ती, सिगरेट का डिब्बियाँ और तम्बाकूवाला बीड़ा दिया जाता।

सर्दियों के दिन थे। दारोग़ा ने कहा कि हर हिन्दुस्तानी क़ैदी अपने लिए दो-दो शानदार स्वेटर, एक मफलर, एक जोड़ा रंगीन कपड़ों का ले ले। अब उधर पाकिस्तानी क़ैदी सिगरेट के टुकड़े-टुकड़े को तरस रहे थे, और इधर हिन्दुस्तानी क़ैदियों के टीन-कनस्तर सिगरेट, गुड़, चाय और तम्बाकू से भर गए। हमें अब जेल की सफ़ाई का इंचार्ज बना दिया गया था। हर हिन्दुस्तानी को काम करवाने के लिए आठ-आठ पाकिस्तानी हवालाती सौंपे गए और उनके हाथों में झाड़ू-पोंछा थमा दिया गया।

वे गन्दी नालियों से ड्रमों में पानी भरते और ज़मीन पर छिड़ककर पोंछा लगाते। हम मज़े से बैठे उन पर रोब गाँठते हुए सिगरेट के कश लगाया करते। हमें एक महीना पहले के वे दिन याद आ गए, जब पाकिस्तानी क़ैदी हमें अपनी बैरक से सिगरेट के टुकड़े तक नहीं उठाने देते थे, उन्हें नाली में बहा दिया करते। अब पाकिस्तानी क़ैदी और बड़े-बड़े हवालाती हमसे सिगरेट का अधजला जूठा टुकड़ा माँगते और उसे बारी-बारी पीते। हमें उनकी हालत पर तरस भी आता था।

बारह-बारह लौंडे पाले हुए नम्बरदार ग़ुलाम हसन की बुरी तरह शामत आई। नब्बे फ़ीसदी हवालातियों के साथ वही हुआ। पहले तो ग़ुलाम हसन की गारद ने जी भर के पिटाई की, फिर सिर मुँड़ा दिया और मुँह काला करके उसके सिर पर

गन्दगी उठवाई और बैरक का चक्कर लगवाया गया। फिर जिन लौंडों के साथ वह बदफ़ेली किया करता था, उन बारह के बारह को बारी-बारी से नंगा करके उस पर चढ़ाया गया। तब उसका चालान ख़ैरपुर जेल कर दिया गया। पचपनसाला ग़ुलाम हसन जिसकी लम्बी-लम्बी मूँछें थीं और जिससे जेल का बच्चा-बच्चा काँपता था, उसके साथ जब यह हरकत हुई होगी तो उसके दिल पर क्या गुज़र रही होगी इसका आप ख़ुद ही अन्दाज़ा लगा सकते हैं।

बीस दिन तक किसी क़ैदी की उसके रिश्तेदार से मुलाक़ात नहीं होने दी गई। बीस दिन बाद जब मुलाक़ातें शुरू हुईं तो क़ैदियों के लिए जो सामान आता उसमें से आधे से ज़्यादा जेल की ड्योढ़ी में ही हड़प कर लिया जाता। किसी क़ैदी को एक हफ़्ते के लिए अपने साथ तीन डिब्बी सिगरेट से ज़्यादा अन्दर लाने की इजाज़त नहीं थी। माचिस वे अपने साथ नहीं ला सकते थे। जब भी किसी को सिगरेट लगवानी हो तो नम्बरदार या वार्डन से लगवाए। इसके विपरीत हर हिन्दुस्तानी क़ैदी के पास लाइटर थे, वे भी इम्पोर्टेड, जो हमने तलाशी लिये हुए सामान में से उड़ाए थे। हमें कोई कुछ नहीं कहता था। क्योंकि दारोग़ा नसीर अहमद और चीफ़ वार्डन शेर ख़ान हमें बहुत प्यार करते थे।

सिगरेट के अलावा पाकिस्तानी क़ैदी अपने साथ सिर्फ़ फल और मिठाई अन्दर ला सकते थे। उनमें से भी आधे ही खाने को नसीब होते। आधे हमें रिश्वत के तौर पर दे दिया करते ताकि हम उनसे सख़्ती से काम न लें। क्या मज़े के दिन थे जब पाकिस्तानी क़ैदी तो गन्दी नालियों से पानी निकाल-निकालकर ज़मीन पर पोंछा फेर रहे होते और हम मज़े ले-लेकर उनके घर से आए हुए अंगूर, अनार, सन्तरे, सेब, टिनों और मिठाइयों के गप्फे लगा रहे होते।

हर हवालाती को दस-दस सेर मूँज कूटने के लिए दी गई। अब हालत यह थी कि जैसे किसी ने रंडी से कह दिया हो कि चक्की पीसो। इस पर वह रोएगी नहीं तो क्या करेगी? हराम उनकी हड्डियों में घुस गया था। इतनी आरामपरस्ती के बाद इस क़दर जानलेवा मशक़्क़त करना उनके बस की बात नहीं थी। ज़्यादातर क़ैदियों की शाम को पिटाई होती। चीख़ते, रोते-चिल्लाते वे गिड़गिड़ाकर चौधरी नसीर दारोग़ा से माफ़ी माँगते। कहते, 'बन्दापरवर, इस बार हमें बख़्श दें। आइन्दा हम कभी जेल का कोई क़ानून नहीं तोड़ेंगे। बिलकुल भेड़ बनकर अपनी ज़िन्दगी बिताएँगे। आप जो हुक्म देंगे उसकी कभी नाफ़रमानी नहीं करेंगे।' यह वही दारोग़ा नसीर था, जिसको हवालाती 'नाई' कहकर बुलाया करते।

दारोग़ा नसीर को उनकी हालत पर तरस आता, लेकिन जिस तरह उन्होंने उसे ज़िल्लतें दी थीं, वह याद करके उसके दिल में आया हुआ रहम काफ़ूर हो जाता। उनसे कहता, 'तुममें कोई ग़ैरत है तो डूब मरो। तुम यहाँ बाप की बरात में नहीं

आए, न मैं तुम्हें बाहर से बुलाने गया था। तुमने कोई जुर्म किया है, तभी जेल में आए हो। बहुत मज़े से तुम दिन काट रहे थे, लेकिन तुम्हें आराम पचा नहीं।

'तुमने जेल में बदअमनी फैलाई, जेल के लंगर को लूटा, लड़कों के साथ बदफ़ेलियाँ कीं और ख़ुदा का क़हर तुम पर नाज़िल हो, तुमने जेल में आकर तौबा करने की बजाय, यहाँ और भी जुर्म करने शुरू कर दिए। तुम सरेआम जुआ खेलते हो, वार्डंस को माँ–बहन की गालियाँ देते हो। तुमने समझ रखा था कि जेल का अमला तुमसे डरता है। जैसे यहाँ क़ानून नाम की कोई चीज़ नहीं है। अब क्यों औरतों की तरह आँसू बहाते हो? अब भी शेर बनकर दिखाओ!

'जब तक मेरी तसल्ली नहीं हो जाती कि तुम्हारी रगों से सारी आरामपरस्ती और अकड़ निकल गई है, तब तक यही अमल जारी रहेगा। सबक़ लो इन हिन्दुस्तानियों से जो अपने वतन से सैकड़ों मील दूर लावारिस यहाँ क़ैद गुज़ार रहे हैं। जेल की मशक़्क़त के अलावा ये अपने लिए काम भी करते हैं। कोई नाड़े बुनता है, कोई जूतों की मरम्मत करता है, कोई बाल काटता है। गरज़ कि उनमें से कोई भी बेकार नहीं बैठता था।

'हमारी क़ौम में आरामपरस्ती घुस गई है। हम निकम्मे और बेकार हो गए हैं। मुझे काम प्यारा है, चमड़ी प्यारी नहीं है। इसलिए चुपचाप जो भी काम तुम्हें करने को कहा जाता है, करो। वरना जिस्म से चमड़ी उधड़वा दूँगा।' चौधरी साहब यह कहकर चले जाते और मशक़्क़त फिर पाकिस्तानियों के गले जाती, जिसे वे रोते-पीटते मार खाकर करते रहते हैं और हम मज़े से हाथ पर हाथ धरे सिगरेट के कश लगाते और उनके घर से आया हुआ माल उड़ाते।

चीफ़ वार्डन शेरा

हिन्दुस्तानी क़ैदियों की अच्छी तरह से देखभाल और उनकी हिफ़ाज़त करनेवालों में मियाँवाली जेल के चीफ़ वार्डन मुहम्मद शेर ख़ान उर्फ़ शेरा का नाम कभी भुलाया नहीं जा सकता। वह हिन्दुस्तानी क़ैदियों को अपने बेटों की तरह रखते और उन पर किसी क़िस्म की कोई आँच नहीं आने देते थे। यह शेरा ही था जिसने हिन्दुस्तानी क़ैदियों की बेड़ियाँ उतरवाकर उन्हें सारी बैरकों में घूमने की इजाज़त दे रखी थी। सभी हिन्दुस्तानी क़ैदी उसे चाचा शेरा कहा करते थे और वह हिन्दुस्तानी क़ैदियों को 'मेरे शेरों' कहकर बुलाया करता था। जेल में जब भी कोई मुश्किल का काम आ पड़ता, और शेरा समझता कि यह पाकिस्तानी क़ैदियों के बलबूते का नहीं है, तो वह काम हिन्दुस्तानी क़ैदियों से लिया करता।

एक बार रात बड़े ज़ोर की बारिश हुई और क़ैदियों की बैरक-नम्बर चार की आधी छतें बैठ गईं, रातोरात क़ैदियों को वहाँ से निकालकर दूसरी बैरकों में बन्द करना पड़ा। जेल में क़ैदियों की तादाद पहले ही ज़्यादा थी। अगर सरकारी टेंडर भरकर बैरक बनवाई जाती तो उसमें शायद कई महीने लग जाते लिहाज़ा उसने हिन्दुस्तानी क़ैदियों को बैरक बनाने को कहा।

हमारे बीच जालन्धर का रहनेवाला अमरीकसिंह उर्फ़ किशोरी लाल था। वह राज-मिस्तरी का बहुत अच्छा काम जानता था और इतनी फुर्ती से करता था कि देखनेवाले हैरान रह जाया करते थे। उसने अपने साथ जम्मू के अशोक कुमार और राज़िन्दर कुमार को भी पूरी ट्रेनिंग दे रखी थी। पलक झपकते ही सत्तर हिन्दुस्तानी बैरक बनाने के काम में जुट गए। यहाँ तक कि हम लोगों ने पागलों को भी अपने साथ काम पर लगा लिया और देखते ही देखते बैरक की पन्द्रह कोठरियाँ तीन दिन के अन्दर-अन्दर नए सिरे से बनाकर तैयार कर दीं।

इस पर ख़ुश होकर सुपरिंटेंडेंट ने सबको कपड़ों के नए जोड़े, चद्दरें और डबल राशन दिया। हिन्दुस्तानी क़ैदियों के लिए स्पेशल चाय बनकर आने लगी।

शेरा हमसे हमेशा कोई न कोई इस क़िस्म का काम लिया करता जिससे हमें कुछ फ़ायदा हो जाए। मिसाल के तौर पर जेल का गुड़ का ट्रक आता तो वह हमें ट्रक से गुड़ उतारने भेज देता। जब हम गुड़ उतारकर हटते तो हर क़ैदी की झोली में दो-दो सेर गुड़ डाल देता। एक बार जेल की चारदीवारी, जिसे कोटमौक़ा कहते हैं, अन्दर से ख़स्ता हो गई। सारे कोटमौक़े की लिपाई करनी थी। यह काम भी हिन्दुस्तानियों को सौंपा गया। लेकिन कोटमौक़े का इंजार्च फ़ज़लदाद था। उसने हमें पहले दिन की मशक़्क़त के तौर पर 12 आदमियों को 60 फ़ीट लम्बा, 18 फ़ीट ऊँचा कोटमौक़ा लीपने को कहा।

कड़कती धूप में हमें काम करना था। शेरा ने उससे कहा भी कि इतना काम शाम तक ये नहीं कर सकेंगे। इस पर वह बोला, 'तुम इन हिन्दुस्तानियों से रिआयत करते हो?' हमने तक़रार बचाने के लिए कहा, 'चाचा, कोई बात नहीं, हो जाएगा।' दो आदमी गारा तैयार करने पर लग गए, छह आदमी गारा उठाने पर, दो आदमी मिट्टी के ड्रम सीढ़ियों पर चढ़ाने पर और दो आदमी पानी लाने पर। अमरीकसिंह और राज़िन्दर लिपाई करने लगे। सुबह आठ बजे काम शुरू हुआ और बारह बजे हम काम ख़त्म कर, नहा-धोकर अपनी बैरक में जा बैठे।

फ़ज़लदाद बारह बजे जब बैरक में आया तो हमें नहाए-धोए देखकर हैरान रह गया। बोला, 'क्या बात है, शेरा ने तुम्हें आधे दिन की छुट्टी दे दी है?' इस पर अमरीकसिंह ने जवाब दिया, 'नहीं जनाब, हम अपना ठेका नबेड़कर (ख़त्म कर आए हैं। आप जाकर तसल्ली कर सकते हैं।' उसे यक़ीन नहीं आया और ख़ुद

कोटमौक़ा का चक्कर लगाकर आया। अगले दिन उसने हमें साठ फ़ीट की बजाय 102 फ़ीट की मशक़्क़त दे दी। शेरा ने बहुत कहा, वह नहीं माना। हमने फिर कह दिया, 'चाचा, कोई बात नहीं।' उस दिन हम बिजली बनकर काम करने लगे और दो बजे से पहले ही फिर काम समाप्त करके परे रख दिया।

दोपहर को हमें फिर नहाए-धोए देखकर फ़ज़लदाद को बहुत ताव आया। अगले दिन उसने मशक़्क़त 150 फ़ीट कर दी। इस पर हमें भी ग़ुस्सा आ गया। अमरीकसिंह फ़ज़लदाद से बोला कि अगर आपको यही दुख है कि हम जल्दी काम निपटाकर बैरक में क्यों बैठ जाते हैं तो ठीक है, आज हम आपके सामने काम करेंगे और हममें से कोई ख़ाली नहीं बैठेगा और हमारा कोई ठेका नहीं है, जितना भी काम निपट सकेगा, हम निपटाएँगे। 12 से 2 तक आम क़ैदियों की तरह आराम करेंगे। 2 से 5 तक फिर काम करके अपनी बैरक में चले जाएँगे।

फ़ज़लदाद बोला, 'मैं कुछ नहीं जानता। तुम लोगों को शाम तक डेढ़ सौ फ़ीट कोटमौक़ा की लिपाई करनी है।' हम बोले, 'ठीक है, साहब, हममें इतना काम करने की हिम्मत नहीं है। आप जो जी चाहते हैं, कर लीजिए।' इस पर वह ग़ुस्से में फुफकारता हुआ हमें पिटवाने के लिए गारद लेने चला गया। उधर चीफ़ वार्डन शेरा दारोग़ा नसीर को रिपोर्ट करने पहुँच गया।

गारद आने से पहले ही चीफ़ वार्डन शेरा दारोग़ा नसीर को लेकर वहाँ आ गया था। उसने जब सारी बात सुनी तो उसको फ़ज़लदाद पर बहुत ग़ुस्सा आया। फ़ज़लदाद गारद लेकर आया ही था कि वह उस पर बरस पड़ा, 'किसके लिए गारद लेकर आए हो? इन हिन्दुस्तानी क़ैदियों के लिए जो बेचारे जान तोड़कर मशक़्क़त करते हैं? जब पाकिस्तानी क़ैदी मशक़्क़त करने से इन्कार करते हैं तो वहाँ क्यों नहीं गारद लेकर गए? क्यों जान-बूझकर अच्छे-भले लोगों को कामचोर बनाते हो? ठीक है, जैसा ये कहते हैं, आज तुम कुर्सी बिछाकर यहीं बैठोगे और यह तुम्हारे सामने लिपाई करेंगे। कोई ख़ाली नहीं बैठेगा। बारह से दो तक ये आराम करेंगे। किसी क़िस्म का ठेका देने की इजाज़त जेल मैनुअल नहीं देता है।' यह कहकर दारोग़ा चला गया और फ़ज़लदाद वहीं खड़े का खड़ा रह गया।

उसकी कुर्सी कोटमौक़ा के पास रख दी गई। मियाँवाली के रेगिस्तान की कड़कती धूप। पास कहीं पेड़ की छाया भी नहीं। घंटे भर बाद फ़ज़लदाद की पैंट पसीने से गीली हो गई। लगा करवट बदलने। कहाँ सारा दिन दफ़्तर में पंखे के नीचे काम करता था और कहाँ धूप में हमारे साथ फाँसी चढ़ा हुआ था। हम तो काम में मशगूल थे। धूप सहना हमारी आदत बन चुकी थी। लेकिन उस अधेड़ उम्र के अफ़सर के लिए धूप में यूँ बैठे रहना बवाले-जान बन गया।

उधर चाचा शेरा घंटे-घंटे बाद देखता कि फ़ज़लदाद बैठा है या चला गया। फ़ज़लदाद से मज़ाक भी करता, हुज़ूर गर्मी तो नहीं लग रही है।' और फ़ज़लदाद खीझकर कहता, 'जा यार, क्यों सताए हुए को सता रहा है।' चार घंटे में उसने दस बार पानी पिया होगा। बड़ी मुश्किल से बारह बजे, तब कहीं उसकी जान छूटी। वह बड़ी तेज़ी से दफ़्तर की तरफ़ भागा। कोटमौक़े की लिपाई सिर्फ़ बीस फ़ीट हुई थी।

जब हम दो बजे दफ़्तर को पहुँचे तो पता चला कि फ़ज़लदाद ने आधे दिन की छुट्टी ले ली है। उसे सन स्ट्रोक हो गया था। हमने फिर बीस फ़ीट लिपाई की और शाम को बैरक वापस आ गए। शाम को पता चला कि फ़ज़लदाद की हालत बहुत पतली है और उल्टियाँ तथा दस्त रुकने का नाम ही नहीं ले रहे। अगले दिन सुबह जब हम मशक़्क़त करने पहुँचे तो भी फ़ज़लदाद ग़ायब था।

चाचा शेरा ने हमसे हँसते हुए कहा, 'कंज़रो, तुमने क्या बददुआ दे दी है कि हमारा डिप्टी मरने की हालत में पहुँच गया है। आज तुम अपनी मर्ज़ी से जितना काम निपटे, निपटाओ, और जब तुम्हारा दिल कहे कि तुमने मशक़्क़त का सही हक़ कर लिया तो अपनी बैरक वापस लौट आओ।'

हमने उस दिन बारह बजे तक नब्बे फ़ीट लिपाई की और छुट्टी करके आ गए। चार-पाँच दिन तक फ़ज़लदाद नहीं आया। छठे दिन सुबह जब हम मशक़्क़त करने गए तो वह भी मौजूद था। अमरीकसिंह ने उससे पूछा, 'जनाब, आज भी आप बैठेंगे या ठेका देंगे?' तो वह बोला, 'हरामियो, क्यों मेरे साथ मज़ाक करते हो। कुएँ में जाए कोटमौक़ा, इसकी लिपाई और तुम। मैं साला मुश्किल से मरते-मरते बचा हूँ। तुम जानो, शेरा जाने। तुम सालों के पास कोई इल्म है जो मुझ पर चला दिया और मेरी जान को बन आई। अब तो मैं तुम्हारे नज़दीक भी नहीं फटकूँगा।'

और सचमुच उस दिन के बाद फ़ज़लदाद हमारे पास यह देखने नहीं आया कि हमने कितना काम किया। हमारी क़ैद का अधिकतर हिस्सा शेरा के साथ गुज़रा। और इस दौरान शायद ही किसी हिन्दुस्तानी को किसी अफ़सर ने या नम्बरदार ने मशक़्क़त की वजह से मारा हो। न ही हमें किसी क़िस्म की तकलीफ़ रही।

भारतीय जहाज़ अगवा (हाई जैक) करनेवालों से मुलाक़ात

पहले ज़िक्र कर चुका हूँ कि दो कश्मीरी—मोहम्मद अशरफ़ और हाशिम क़ुरैशी—भारत से एक हवाई जहाज़ अगवा करके लाहौर, पाकिस्तान ले आए थे। इस पर पहले-पहल पाकिस्तानियों ने बहुत जश्न मनाया। जगह-जगह, शहर-शहर उनका स्वागत

किया गया। लाहौर यूनिवर्सिटी की लड़कियाँ उन्हें सिर-आँखों पर बिठाती थीं और कइयों की तो उनके पास रात गुज़ारने के लिए आपस में तक़रार हो जाती थी, क्योंकि वे फ़ख़्र महसूस करती थीं कि मुजाहदीने क़ौम के साथ अपनी रात बिता रही हैं।

लाहौर, लायलपर, मुलतान मिंटगुमरी जगह-जगह उन्होंने कश्मीर में हक़्क़े-ख़ुद इरादियत और कश्मीर को आज़ाद करवाने के लिए तक़रीरें कीं, 'आज़ाद-कश्मीर ज़िन्दाबाद' के नारे लगाए और ख़ुद भुट्टो ने पीपुल्स पार्टी के सदर की हैसियत से उनसे मुलाक़ात की। भारत सरकार के विरोध के बावजूद पाकिस्तान ने जहाज़ को बम से उड़ा दिया।

इसकी तस्वीरें और ख़बरें पाकिस्तानी अख़बारात के पहले सफ़े पर मोटी-मोटी सुर्ख़ियों में छापी गईं। उधर आज़ाद कश्मीर मुहिम का नेता और इनका उस्ताद मक़बूल बट भी, जो कि श्रीनगर जेल में उम्रक़ैद की सज़ा काट रहा था, जेल से फ़रार होकर इनसे पाकिस्तान में आ मिला। इस पर भारत सरकार ने बँगलादेश को पाकिस्तान से हवाई और समुद्री रास्तों से काटकर रख दिया। किसी पाकिस्तानी हवाई जहाज़ को भारतीय इलाक़े से गुज़रकर उस ओर जाने की इजाज़त नहीं थी।

इस पर बौखलाकर पाकिस्तान हुकूमत ने जहाज़ को अगवा करवाकर पाकिस्तान भिजवाने का क़सूर भारत सरकार के ही सिर पर थोप दिया। मुहम्मद अशरफ़ और हाशिम क़ुरैशी, सरदार मक़बूल बट और उनके साथी मिस्टर लोन समेत सबको गिरफ़्तार कर लिया गया और उन्हें शाही क़िले में तफ़तीश के लिए भेज दिया गया। यहाँ उनकी ख़ूब पिटाई हुई। हाशिम क़ुरैशी का एक हाथ तोड़ दिया गया और मक़बूल बट के पैरों पर इस क़दर चोटें की गईं कि चलने-फिरने से लाचार हो गया।

मुहम्मद अशरफ़ भारतीय बॉर्डर सिक्योरिटी फोर्स का सिपाही था और अन्दर-खाने आज़ाद कश्मीर मुहिम की सरगर्मियों में हिस्सा लिया करता था। हाशिम क़ुरैशी भी उस संस्था का सदस्य था। इन्होंने एक दिन मंसूबा बनाया कि जहाज़ को अगवा करके भारत सरकार पर दबाव डालेंगे और अपने साथियों को जेल से रिहा करा लेंगे। उधर पाकिस्तान सरकार का कहना था कि जहाज़ को जान-बूझकर अगवा करवाना और उसे लाहौर हवाई अड्डे पर जलवाना भारत सरकार की 'सॉस एंड कटलेट प्लान' का एक हिस्सा था, जिसमें भारत ने पाकिस्तान के लिए बँगलादेश जाने का रास्ता रोकने का बहाना गढ़ लिया। ताकि वह आराम से बँगलादेश को हड़प कर सके।

और इसी लाइन पर चलते हुए पाकिस्तान सरकार ने हाशिम क़ुरैशी और उसके साथियों को गिरफ़्तार किया, उनकी तफ़तीश की और उन पर फ़ौजी अदालत में पाकिस्तान की सलामियत के लिए ख़तरनाक कार्यवाहियों में मुतब्ला होने, भारत से

साँठ-साँठ करके हिन्दुस्तानी हवाई जहाज़ 'गंगा' को अगवा करके लाने का मुक़दमा चला दिया। उन्हें उन्नीस साल सख़्त क़ैद बामशक़्क़त का हुक्म हुआ।

कहते हैं, वे लोग भरी अदालत के बीच पाकिस्तानी सरकार को गालियाँ दिया करते थे कि ये हुकूमत अब अपना दामन बचाने के लिए हम पर मुक़दमे चला रही है और हमें सज़ा देने जा रही है। जबकि जहाज़ अगवा करने से पहले हमने पूरा प्लान पाकिस्तान भिजवा दिया था और पाकिस्तानी हुकूमत ने हमें इसकी मंज़ूरी भी दे दी थी कि वह हमारी पूरी मदद करेगी, पाकिस्तान में हमें सियासी पनाह देगी लेकिन जब इसने देखा कि प्लान के नतीजे इसके ख़िलाफ़ जाने लगे हैं तो हमें बलि का बकरा बना दिया।

मियाँवाली जेल में ये लोग क़ैद की सज़ा पाकर बन्द हुए थे। कोई उनसे मिल नहीं सकता था। क़ुरैशी की बहन पाकिस्तान में ही रह रही थी। हुकूमत ने उसको और उसके बहनोई को भी मुक़दमे में लपेटने की कोशिश की, मगर जैसा हाशिम का कहना था, वे लोग फ़ौजी अफ़सरों को पैसा चढ़ाकर बच गए। अफ़सर तो यहाँ तक कहता था कि फ़ौजी दल्लों ने तो हाशिम की बहन की इज़्ज़त लूटने से भी गुरेज नहीं किया, मजबूरन उस ग़रीब को कुछ फ़ौजी अफ़सरों के बिस्तर गरम करने पड़े, तब कहीं जाकर उसकी और उसके बहनोई की मुक़दमे से जान बची, वरना वे भी हमारे साथ इन कोठरियों में बन्द होते।

एक बार बरसात हुई जिसकी वजह से इनकी कोठरियों की हालत ख़स्ता हो गई। जेल की मरम्मत का काम हम हिन्दुस्तानियों के ही ज़िम्मे था और जहाँ भी जेल में मरम्मत का काम पड़ता, हमें भेजा जाता। फलत: हमें उस दिन इनसे खुलकर बातें करने का मौक़ा हासिल हो गया।

इन्होंने बतलाया कि किस तरह भारत में पाकिस्तानी हुकूमत ने हर मुहल्ले में आज़ाद कश्मीर के सेल क़ायम कर रखे हैं। पाकिस्तानी हुकूमत सी.आई.ए. अमरीका की मदद से हर साल कश्मीर में गड़बड़ी फैलाने, लोगों के जज़्बात भड़काने और उनको भारतीय फ़ौज के ख़िलाफ़ उकसाने के लिए लगभग एक खरब रुपया ख़र्च करती है। इसमें पाकिस्तान से उनके लिए स्मगल होकर हथियार, गोला-बारूद, जासूसी कैमरे, घड़ीनुमा ट्रांसमीटर और पाकिस्तानी प्रोपेगंडे की टेप की हुई कैसेट्स जिनमें हिन्दुस्तानी हुकूमत को कश्मीरियों का ख़ून चूसनेवाली ज़ालिम कहकर बरगलाया गया होता है, वे टेप रिकॉर्डरों के साथ ही पाकिस्तान से भेजी जाती हैं। ये कैसेट्स कुछ उर्दू ज़बान में होती हैं और कुछ पश्तो में। ये टेप-रिकॉर्डर कश्मीरियों में मुफ़्त बाँटे जाते हैं।

लेकिन हमारे कश्मीरी भी बहुत चालाक हैं। वे कैसेट्स सुनते हैं, थोड़ी देर मज़ा लेते हैं और फिर पकड़े जाने के डर से कैसेट्स तो निकालकर जला देते हैं और

अमरीका या जापान के बने हुए ये टेप-रिकॉर्डर कश्मीर में सैर करने आए लोगों के हाथ बेच देते हैं। यही हाल पाकिस्तान से आई पिस्तौलों और बन्दूक़ों का होता है। वे स्मगलरों के हाथों बेच दी जाती हैं। चन्द हम जैसे सिरफिरों के दिल में ही इस्लामी जज़्बा है जो कश्मीर में इस्लामी हुकूमत लाने और उसे पाकिस्तान के साथ मिलाने के लिए सिर और जान की बाज़ी लगाते हैं वरना कश्मीरी तो दोनों हुकूमतों को बेवकूफ़ बनाकर दोनों तरफ़ से माल उड़ाते हैं। अब तो हमारा भी दिल पाकिस्तानी हुकूमत के सलूक की वजह से खट्टा हो गया है।

यह कहते हैं कि हमने इनको बेवकूफ़ बनाया, लेकिन हक़ीक़त यह है कि पाकिस्तानी हुकूमत कश्मीरियों को बेवकूफ़ बना रही है। तभी से बना रही है, जब से पाकिस्तान वजूद में आया है। हम यह बात ख़ुदा को हाज़िर-नाज़िर मानकर कह सकते हैं कि कश्मीर में मुसलमानों पर कोई ज़ुल्म नहीं होता। कोई उनके मज़हबी रस्मो-रिवाज़ में दख़लन्दाजी नहीं करता, उलटा कई बार हम मुसलमान ही कश्मीर में बसे हिन्दुओं के साथ ज़्यादती कर जाते हैं। कश्मीरियों के लिए हक़्क़े-ख़ुद इरादियत का नारा लागनेवाली पाकिस्तान हुकूमत ख़ुद अपने लोगों को क्यों नहीं यह हक़ देती? क्यों नहीं पाकिस्तान में जम्हूरियत बहाल करती?

इस्लामी जनून में जब हम कश्मीर में थे, तब आज़ाद कश्मीर से आकर हमें भड़कानेवाले लोगों से हमने कभी यह सवाल नहीं पूछा था लेकिन ख़ुद हमें हमारे वतन ले जाएँ तो इन सालों से ज़रूर पूछेंगे कि तुम अपने मुल्क में मुसलमानों के साथ क्या-क्या करते हो? अगर ऐसा है तो फिर किसलिए आज़ाद कश्मीर का नाम लेकर चैन से बसते कश्मीरियों को भड़काने आते हो? ख़ुदा की क़सम, हमने यहाँ वो-वो नज़ारे देखे हैं कि अल्लाह पनाह दे।

यह पाकिस्तान है, हमारी नज़रों में तो ये पलीस्तान है (गन्दी जगह) ख़ुदा झूठ न बुलवाए, जब हम जहाज़ अगवा करके लाए थे तो लाहौर यूनिवर्सिटी की लड़कियाँ हमारे साथ रात बिताने के लिए एक-दूसरे के बाल नोंच लिया करती थीं।

जब वह यह कह रहे थे तो मैं उनके मुँह देख रहा था। गोरे-गोरे ख़ूबसूरत जवान, ताँबे जैसा रंग जिसमें अब क़ैद की वजह से पीलापन आ चुका था। फिर लाहौर यूनिवर्सिटी की ख़्वातीन, अल्लाह पनाह दे, जो नशेवर गोलियाँ खातीं और फ़ैशन की रफ़्तार में मर्दों को भी पीछे छोड़ जाती हैं। अगर वे इनकी बहादुरी पर क़ुर्बान होकर इनको हासिल करने के लिए आपस में झगड़ पड़ी हों तो इसमें हैरानी वाली कोई बात नहीं।

मैं ख़ुद कई बार लाहौर यूनिवर्सिटी के चक्कर लगा चुका हूँ और वहाँ कुछ ख़्वातीन तो ऐसी थीं जो एक चरस की सिगरेट के लिए अपने कपड़े उतारने को तैयार हो जाती थीं। इसलिए मुझे इनके बयान की सच्चाई पर पूरा यक़ीन था। जो

कुछ ये कह रहे थे, ठीक ही कह रहे थे। फिर मैंने उनसे पूछा, 'यहाँ से अगर तुम भारत लौट गए तो तुम्हारा अमल क्या होगा?' वे बोले कि 'पहले तो इस बात की ही उम्मीद नहीं है कि ये बेग़ैरत हुकूमत हमें ज़िन्दा वापस जाने देगी। लेकिन हमें अल्लाह की ज़ात पर पूरा भरोसा है। अगर हमारी क़िस्मत में अपने वतन का दाना-पानी लिखा है तो हम ज़रूर लौट जाएँगे और लौटने के बाद जितने भी लोग पाकिस्तानी प्रोपेगंडे से गुमराह होकर पाकिस्तान हुकूमत के लिए काम कर रहे हैं, उनको सही रास्ते पर लाएँगे, इस हुकूमत का असली चेहरा उन्हें दिखाएँगे।

ये हुकूमत सिर्फ़ अपनी चन्द ख़ुदगर्ज़ियों के लिए कश्मीर को अपने साथ मिलाना चाहती है और अगर ख़ुदा न ख़ास्ता इसका ये सपना पूरा हो गया तो इस ज़मीन की जन्नत कश्मीर दोज़ख़ बनकर रह जाएगी। न वहाँ जम्हूरियत होगी न कश्मीरी हुकूमत। कश्मीरी सिर्फ़ पाकिस्तानी ग़ुलाम बनकर रह जाएँगे। और यह ज़मीरफ़रोश हुकूमत ज़रूरत पड़ने पर कश्मीर को अमरीका या चीन के हाथों बेच देगी, ताकि वे अपने-अपने फ़ौजी अड्डे क़ायम कर सकें।

आज भी हम कश्मीरियों को जो हथियार सप्लाई किए जाते हैं; वे सारे के सारे अमरीकी होते हैं। अब चीन की रूस के साथ खड़क गई है, इसलिए अब चीन और अमरीका दोनों के हाथों में एक ही काठ का उल्लू है पाकिस्तान, जिसे वे जब भी चाहे असला देकर भारत से भिड़ा देते हैं।

दर्रा कराकोरम में चीन सड़कें बना ही रहा है, अमरीका खारियाँ की छावनी बनाकर दे रहा है। किसकिए? क्या पाकिस्तान की भलाई के लिए? नहीं, सिर्फ़ इन लोगों की तबाही के लिए और अपनी साम्राज्यशाही के लिए।' उनसे बातें करके तबीयत ख़ुश हो गई। सचमुच उनका दिल बदल चुका था।

कोठरियों में मरम्मत का काम तीन दिन तक चलता रहा और इस तरह उनसे बातें होती रहीं। हमें कश्मीर के सही हालात का पता चला वरना मैंने कभी कश्मीर की यात्रा नहीं की थी इसलिए कई बार प्रचार सुनकर मेरे दिल में भी यह विचार आ जाया करता था कि पाकिस्तान जो दिन-रात बावेला मचाता है, उसमें ज़रूर कुछ न कुछ सच्चाई होगी। ज़रूर हमारी सरकार कश्मीरी मुसलमानों पर ज़ुल्म ढाती होगी। तभी तो वहाँ अफरा-तफरी मचाते हैं।

भारत वापसी के लिए लाहौर

क़ैद के दिन बहुत मज़े से गुज़र रहे थे। जेल में हमारी हुकूमत का सिक्का चल रहा था। सिवाय पाकिस्तान क़ैदियों से मशक़्क़त करवाने और उन पर रोब गाँठने के और

कोई काम नहीं था। 15 मार्च, 1973 को अचानक ख़बर मिली कि हमारा चालान अगले दिन मियाँवाली से लाहौर भेजा जा रहा है। कोट लखपत जेल, लाहौर में सन् 1971 के पहले क़ैद हुए सभी हिन्दुस्तानी क़ैदियों को तबादले के लिए इकट्ठा किया गया है।

हमारी ख़ुशी की कोई सीमा न रही। उस रात ख़ूब जश्न हुआ। सारी रात हम दारोग़ा से इजाज़त लेकर बैरक में खुले घूमते रहे और मज़े से गीत गाते रहे। हमारे पास जो अफ़ीम, चरस थी वह सब भाई लोगों ने खा-पीकर बराबर कर दी। यह सोचकर कि दो दिन बाद तो, हिन्दुस्तान पहुँच ही जाना है। अगले दिन शाम को 'माढ़ी इंडस एक्सप्रेस' से हम लाहौर वापस रवाना हुए। रास्ते में गारद वाले हमारे साथ बहुत ख़ुश इख़लाकी से पेश आते रहे। हम जागते रहे, गारद सोती रही, क्योंकि उन्हें इल्म था कि अब बहुत जल्द हमारा वापस हिन्दुस्तान तबादला होना है; इसलिए हम भागने की कोशिश नहीं करेंगे।

गाड़ी जब लाहौर स्टेशन पर पहुँची तो दुनिया बदली हुई थी। पैंट के तंग पोचों की जगह बेलबाटम का रिवाज़ आ गया था। लड़के लम्बे-लम्बे बाल बढ़ाए, दाढ़ी-मूँछ सफाचट बिलकुल लड़कियाँ लगते थे। हम बहुत ख़ुश थे। उस वक़्त कोट लखपत जेल के दारोग़ा मेजर सैयद बुखारी हुआ करते थे। मुलतान में हमारे साथ डिप्टी दारोग़ा की हैसियत से रह चुके थे। वहाँ पर उसका सलूक जहाँ हमारे साथ ग़ैर-इनसानी और ज़ामिलाना था, यहाँ वहीं मेजर बुखारी हमसे बड़े अदब से पेश आए।

चालान में आए सभी क़ैदियों को उसने जेल के लॉन में बैठाया और तक़रीर हुई, 'प्यारे हिन्दुस्तानी भाइयो, अभी तक आप पाकिस्तान की जेलों में क़ैद रहे। लेकिन सदरे पाकिस्तान, जनाब ज़ुल्फ़िकार अली भुट्टो के हुक्म से आप सबकी क़ैद तोड़ दी गई है और अब आप यहाँ मेरे पास एक मेहमान की हैसियत से हैं। ये जेल-तबादला होनेवाले सभी हिन्दुस्तानी क़ैदियों के लिए एक कैम्प हैं। अब आप अपने-आपको क़ैदी न समझें। आप हमारे मेहमान हैं। जब भी जिस-जिसकी तबादले की बारी आएगी, हम उसे गाड़ी में बिठाकर बागा बॉर्डर भेज देंगे। वहाँ से आप सही-सलामत अपने माँ-बाप, भाई-बहन और बीवी-बच्चों के बीच चले जाएँगे। यहाँ हम आप सबको लिखने के लिए चिट्ठियाँ देंगे ताकि आप अपने घरवालों के साथ ख़तो-किताबत कर सकें। अब आप अपनी बैरक में जाएँ, आराम करें। पाकिस्तान की दूसरी जेलों से भी आए हुए आपके भाई-बन्धु मौजूद हैं जो आपके पहले आ चुके हैं और अभी कुछ आ रहे हैं। आपके लिए मैंने नए कपड़े चादरें वग़ैरह देने का ऑर्डर दे दिया है जो आपको बैरक में पहुँचने के बाद मिल जाएँगे।'

उसके बाद हम अपनी बैरक में आ गए। यहाँ हमें हमारे बहुत से साथी मिले। हमारा एक साथी अब्दुल रज़्ज़ाक़ कराची में पकड़ा गया था। उसकी हालत

इस वक़्त बहुत संगीन थी। वह जेल के अस्पताल में दाख़िल था। उसका घुटना चोटों की वजह से सूजा हुआ था और उसमें पीप पड़ गई थी। उसकी ज़िन्दगी बचाने के लिए एक ही रास्ता था कि उसकी एक टाँग काट दी जाए। इसके अलावा साढ़े चार सौ हिन्दुस्तानी क़ैदी थे, जो वहाँ तबादले के लिए लाए गए थे। उनमें एक सौ दस बिलकुल पागल हो चुके थे। अमृतसर का एक थानेदार भी था। इन लोगों को बिजली के इस क़दर झटके दिए गए कि इनके दिमाग़ की जड़ें हिल गई थीं।

कुछ लोग मार की वजह से पागल हो गए थे और कुछ दिमाग़ी परेशानियों की वजह से। मैंने पागलों में खोहसिंह वल्द फ़ैसलासिंह को बहुत तलाश किया, लेकिन कहीं नज़र न आया। लगता था कि इन लोगों ने या तो उसे मार दिया या बत्तीस बी डिफेंस ऑफ पाकिस्तान रूल्स लगाकर अटक के क़िले में भेज दिया, जहाँ से कभी कोई हिन्दुस्तानी आज तक ज़िन्दा वापस नहीं निकला।

यहाँ हमें फ़िरोज़पुर का परमजीत, बलवीरसिंह, फाजिल्का के रहनेवाले पंडित अशोक कुमार सभी मिले। हर एक ने अपनी-अपनी दास्तान बयान की। हमें अमरीकसिंह भी मिला जिसने हमें गिरफ़्तार कराया था।

अब वह कभी पाकिस्तान के सदर को अपील करता कि उसे हिन्दुस्तान न भेजा जाए, कभी पाकिस्तानी फ़ौज के सरबराहों को अर्ज़ियाँ भेजता कि उसे पाकिस्तान के लिए की गई पिछली ख़िदमत को देखते हुए वहीं रख लिया जाए। वह अब भी भारत चक्कर लगा-लगाकर पाकिस्तान के लिए काम करने को तैयार है।

हिन्दुस्तान जाने में उसे अपनी मौत नज़र आ रही थी। ख़बर नहीं भारत सरकार उसके साथ क्या सलूक करे। कभी वह मेरे पास आता और कभी उन साथियों के पास आकर बैठ जाता। रोता, गिड़गिड़ाता और माफियाँ माँगता हुआ कहता, 'ख़ुदा के लिए मुझे माफ़ कर दो। मेरे साथ बहुत हो चुकी है। मुझे मेरी ग़द्दारी की सज़ा मिल चुकी है। इसलिए अब भारत जाकर मेरे ख़िलाफ़ बयान न देना।'

हम उसे कहते, 'अमरीकसिंह, क्या हमारी इंटेलीजेंस इस क़दर बेवकूफ़ है कि उसको अब तक पाकिस्तान में तुम्हारी हरकतों का और जो-जो तुमने किया है, उसका पता बिलकुल नहीं होगा? हम अपने-आप तुम्हारे ख़िलाफ़ कुछ नहीं कहेंगे, लेकिन अगर हुकूमत ने पूछा तो हमें मजबूरन सबकुछ सच-सच बतलाना ही पड़ेगा। तुमने हमारे साथ कोई नेकी तो की नहीं है, जो सज़ा तुमने पाई है और पाओगे, वह सब तुम्हारे कर्मों का फल है। उसमें हम लोग क्या कर सकते हैं!'

बँगलादेश बन चुका है। पाकिस्तान में इस्लामी कॉन्फ्रेंस में शिरकत करने के लिए शेख़ मुजीब तशरीफ़ भी लाए और ज़ुल्फ़िकार अली भुट्टो ने अन्दरूनी विरोध के बावजूद बँगलादेश को तसलीम कर लिया था।

हमें दिन भर सिवाय ताश खेलने के और कोई काम नहीं था। हमारे बीच हमारे देश के मशहूर स्मगलर अमृतसर के अजीतसिंह जौल, गुरवचनसिंह, महेन्द्रसिंह भी मौजूद थे। दारोग़ा को पैसे चढ़ा–चढ़ाकर जिन पाकिस्तानी दोस्तों के साथ सोने की स्मगलिंग होती थी, वह ख़ुद दारोग़ा के दफ़्तर में उनसे मुलाक़ात करते। जब उनकी मुलाक़ात आती तो मुलाक़ात में आए हुए सामान को देख-देखकर ख़ुद पाकिस्तानी दंग रह जाते।

एक बोरी बादाम, देसी घी का कनस्तर, इम्पोर्टेड सिगरेटों के कार्टन, टूथपेस्ट, ख़ुशबूदार साबुन की पेटियाँ, ख़ालिस अफ़ीम, चरस और विलायती व्हिस्की। यार लोग जेल में नवाबों की तरह रहते थे। बादाम घोंट–घोंटकर पीते और डंड पेलते। जैसे ससुराल में बैठे हों। कोई फ़िक्र नहीं। ये लोग सामान को ख़ुद अकेले ही इस्तेमाल नहीं करते थे, बल्कि बहुत सारे हिन्दुस्तानियों को इनकी ज़रूरत की चीज़ें दिया करते। इस जेल में अफ़ीम बिकती थी तो इनकी और कोई जेल में यह धन्धा नहीं कर सकता था। चरस की ठेकेदारी भी इन्हीं के पास थी। सारा दिन बैरक में भंग घोटी जाती और हिन्दुस्तानी क़ैदी भाँग चढ़ाकर नशे में धुत्त मौज सें पड़े रहते।

पाकिस्तानी लोगों को जब यह पता चला कि हम लोग वतन वापस जा रहे हैं तो उनमें से कइयों ने अपने रिश्तेदारों के यहाँ पैग़ाम पहुँचाने के लिए आकर हमसे सम्पर्क बढ़ाना शुरू कर किया। वह अपने इलाक़े के हिन्दुस्तानी से मिलते और कहते कि उसके रिश्तेदारों से ज़रूर मिलें, और उन तक उनका पैग़ाम पहुँचाएँ। जब से हिन्दुस्तान और पाकिस्तान बना था, यह पहली बार हो रहा था कि इतने बड़े पैमाने पर सभी क़ैदियों का तबादला होने जा रहा हो। इनमें जासूसी के इल्ज़ाम में क़ैद काटनेवाले क़ैदी भी शामिल थे। वरना सन् उन्नीस सौ तिरपन के क़ैद हुए जासूसी के इल्ज़ाम वाले क़ैदी अभी तक पाकिस्तान की जेलों में सड़ रहे थे। क़ैद काट चुकने के बाद भी उनका तबादला अमल में नहीं आया था।

ख़ुदा जन्नत नसीब करे जुल्फ़िदार अली भुट्टो को जिसने अपना वह वायदा पूरा कर दिखाया, जो उसने हमारे साथ कोट लखपत की जेल की इन कोठरियों में किया था और उसने शिमला समझौते पर 1972 में दस्तख़त करते हुए अपना वायदा याद रखा और शिमला समझौते में यह बात साफ़ लिखवाई कि सन् 1971 की जंग से पहले हिन्दुस्तान और पाकिस्तान में क़ैद होनेवाले सभी क़ैदियों का तबादला अमल में लाया जाएगा, वे चाहे फ़ौजी हों या सिविलियन, चाहे वे जासूस हों या स्मगलर–किसी को भी क़ैद में रहने नहीं दिया जाएगा।

सन् 1972 में जब शिमला मुहायदा रेडियो पर पढ़कर सुनाया गया तो भी साथी लोगों को यक़ीन नहीं आता था कि ऐसा हो सकेगा। जब हम मियाँवाली से लाहौर चले थे तो कई उस वक़्त भी निराश थे। हमें यक़ीन उस वक़्त आया जब मेजर

बुख़ारी ने अपनी तक़रीर में हमें बतलाया कि हम क़ैदी नहीं रहे हैं, लेकिन तबादला होते-होते बहुत दिन बीत गए। कोई ख़बर नहीं आ रही थी।

फिर एक दिन सभी हिन्दुस्तानी क़ैदियों को एक लाइन में बिठाकर बारी-बारी हमारी मुलाक़ात स्विट्ज़रलैंड एम्बेसी के राजदूत से कराई गई। हमारे घरवालों के पते पूछे गए क्योंकि शिमला समझौते में यह तय हुआ था कि तबादले का सारा काम स्विट्ज़रलैंड एम्बैसी के ज़रिए किया जाएगा।

हमें लाहौर में आए पूरा एक साल बीत चुका था। हमने स्विट्ज़रलैंड के सफीर से जब यह पूछा कि तबादला कब होगा, तो उसने भी कोई तसल्लीबख़्श जवाब नहीं दिया। बोला, 'हम आप लोगों की लिस्टें भारत सरकार को देंगे। वह आपके भारत में रहनेवाली जगहों पर अपनी तसदीक करवाएगी। फिर जब दोनों तरफ़ से तसदीकशुदा लिस्टें हमारे पास पहुँच जाएँगी, तब जैसा मुनासिब होगा, बीस-बीस तीस-तीस की टोलियों में दोनों तरफ़ से क़ैदियों का तबादला होगा। इस काम में दो महीने भी लग सकते हैं और दो साल भी। इसके बारे में मैं कुछ नहीं कह सकता। यह तो दोनों हुकूमतों की पुलिस की फुर्ती की बात है कि कितनी जल्दी तसदीक करवाकर हमें लिस्ट सौंपती है।'

यह कहकर सफीर साहब तो चले गए और हम फ़िक्र में पड़ गए कि ख़ुदा जाने कितनी देर लगेगी। क्योंकि हम दोनों मुल्कों की पुलिस से वाक़िफ़ थे कि वह कैसे काम करती है, बिना पैसे लिये किसी काग़ज़ पर तसदीक करना तो दूर, उसको हाथ लगाना भी हराम समझती है।

इधर हमें सिगरेट वग़ैरह की भी बहुत तंगी आ गई थी। हम मियाँवाली जेल से चलते वक़्त अपना सारा सामान ख़त्म करके चले थे। यह ख़बर कहाँ थी कि इतने लम्बे अरसे तक रहना पड़ेगा। पाकिस्तान में महँगाई दिन-ब-दिन बढ़ती चली जा रही थी। इसलिए क़ैदी लोगों के लिए भी यह मुश्किल था कि वह इस बढ़ती महँगाई में हमारे सिगरेट-पानी के ख़र्चे का बोझ उठा सकें।

हम लोग प्रार्थना करने लगे कि भगवान, जल्द ही जल्द क़ैद ख़त्म हो, और हम अपने घर पहुँचें। ख़ाली इनसान का दिमाग़ शैतान का घर होता है। हमारे पास करने को कोई काम नहीं था, इसलिए यार लोगों ने आपस में लड़ना-भिड़ना भी शुरू कर दिया था। शामत तो आ गई अमरीकसिंह जैसे ग़द्दारों की, जिसको क़ैदी लोग कोई न कोई बहाना करके पीट दिया करते।

एक बार जब वह दिन में सो रहा था तो साथियों ने कम्बल डाल दिया और ऊपर से दे जूते, दे लात, दे मुक्के उसकी धुनाई शुरू कर दी। उसको उठने तक का मौक़ा दिए बिना ही मार-मारकर बेहोश कर दिया। मुँह पर कम्बल पड़ा होने की वजह से वह यह भी नहीं जान सका कि उसकी सेवा किस-किसने की है।

रिपोर्ट करता तो किसके ख़िलाफ़। ऊपर सारा दिन रोता रहा। कोई उसको चुप कराने भी नहीं गया।

फिर वह उठा और हमारे सामने ज़मीन पर लेट गया। बोला, 'आज तुम हमें मार दो, ख़त्म कर दो। मैं ख़ुद जीना नहीं चाहता। जब तुम यहाँ मेरा यह हाल कर रहे हो तो हिन्दुस्तान जाकर क्या करोगे!'

इस पर चननसिंह भुल्लर बोला, 'शाबाश बेटा! तू हमें वापस न जाने देना। अब तू चाहता है कि तू तो मर के छुटकारा पा जाए और हम यहाँ तेरे क़त्ल के इल्ज़ाम में सारी उम्र के लिए क़ैद हो जाएँ। क्या स्कीम लड़ाई है! बेटा, हम तुझे मारेंगे तो ज़रूर, लेकिन ऐसे नहीं, जैसे तू चाहता है। बहुत सालों बाद ऊँट पहाड़ के नीचे आया है। तूने हमें बहुत दुख दिया है। तू पाकिस्तान के लिए काम करता था तो करता रहता, लेकिन तूने हमें गिरफ़्तार क्यों करवाया? सिर्फ़ एक आदमी की गिरफ़्तारी के बदले दो हज़ार रुपए लेने के लिए? ओ दल्ले, तू हममें से किसी की माँ के पास चला जाता तो चाहे उसे बर्तन माँजकर ही क्यों न तेरा मुँह फूँकना पड़ता, तुझे दो हज़ार रुपया ज़रूर दे देती और कहती–जो कुछ तू चाहता है ले ले, लेकिन देख, मेरे बेटे को ज़ालिम पाकिस्तानियों के हवाले न कर।'

कोट लखपत जेल में याह्या ख़ाँ की महबूबा

उन्हीं दिनों दारोग़ा सैयद मेजर बुखारी बदलकर चला गया। उसकी जगह हमीद ख़ान 'पिस्तौल' दारोग़ा बनकर आया। साढ़े पाँच फ़ीट का यह दारोग़ा बात-बात पर 'गोली मार दूँगा' की धमकी देता रहता था। इसलिए उसका नाम पिस्तौल पड़ गया था। उसको दारोग़ा बनकर आए अभी कुछ ही दिन हुए थे कि जनरल याह्या ख़ाँ की महबूबा, बेग़म अकलीम अख़्तर उर्फ़ जनरल रानी लाहौर जेल में हवालाती बनकर आई। कुछ दिनों पहले यह याह्या ख़ाँ की हुकूमत के चले जाने के बाद लाहौर में पाकिस्तान शिपिंग कम्पनी के डायरेक्टर, अज़ीज़ अहमद के साथ रंगरलियाँ मनाती अपनी बेटी समेत गिरफ़्तार हुई थी।

कहते हैं, जिस वक़्त इसकी गिरफ़्तारी अमल में आई, उस वक़्त इसकी बेटी और एक और हसीना नील कमल (मुसलमानी नाम मुझे मालूम नहीं) शिपिंग कम्पनी के डायरेक्टर की गोद में बैठी थीं और यह सामने टेबल पर बैठी शराब की चुस्कियाँ लगा रही थी। चुनांचे इसे गिरफ़्तार करके पुलिस स्टेशन नौलखा में बन्द कर दिया गया। यहाँ ये दो दिन बन्द रही, और इसकी ज़मानत तक नहीं हो सकी।

ये असल में पुलिस अफ़सर की बीवी थी। वह इसे अपने आकाओं को ख़ुश करने के लिए पेश किया करता था कि एक महफ़िल में सदरे पाकिस्तान जनाब याह्या ख़ाँ की नज़र में चढ़ गई। उसके बाद तो याह्या ख़ाँ इसके हुस्नो-शबाब में इस क़दर डूबे कि सारी हुकूमत इसकी नज़र कर दी। जिस तरह जहाँगीर के दौर में नूरजहाँ का सिक्का चलता था, उसी तरह याह्या ख़ाँ के दौर में दापरदा हुकूमत, बेग़म अकलीम अख़्तर उर्फ़ जनरल रानी की चला करती थी।

मार्शल लॉ का ज़माना था। याह्या ख़ाँ को कोई रोकने-टोकनेवाला नहीं था। इस औरत के एक इशारे पर बड़े-बड़े अफ़सरों की टोपियाँ और पेटियाँ उतर जाया करती थीं और लोग इसके नाम से काँपा करते। किसी के कन्धे से स्टार उतरवा रही होती तो किसी के कन्धे पर स्टार लगवा रही होती। किसी की प्रमोशन, किसी की डिमोशन, यह बैठे-बैठे शराब के प्याले पर तय कर दिया करती थी। मजाल है किसी की जो जनरल रानी के हुक्म को टाल जाए।

इसके शौहर से किसी ने मज़ाक किया, 'अब साले, तेरी बीवी को जनरल लिये घूमता है,' तो बोला, 'छोड़ो यार, हमने नज़रिया बदल दिया है। हम तो सोचते हैं कि वो बीवी ही याह्या ख़ाँ की है और कभी-कभी चोरी-छुपे हमें भी हाथ मारने का मौक़ा मिल जाता है।' जिस क़ौम के सदर और शौहर इस दिमाग़ के हों, उस क़ौम का ख़ुदा ही मालिक है।

जब यह जनरल रानी कोट लखपत जेल में बन्द हुई तो ज़नानख़ाने से इसके ज़ोर-ज़ोर से ग.ने की आवाज़ रात के सन्नाटे में हमारे बैरक में सुनाई देती थी। इसके साथ दूसरी और भी क़ैदी थीं, वे भी ज़्यादातर जिस्म का ही धन्धा करनेवाली थीं। ये इतने गन्दे-गन्दे और वाहियात शेर पढ़तीं, गीत गातीं कि आदमी भी शरमा जाए।

इस वक़्त याह्या ख़ाँ की हुकूमत जा चुकी थी। इसलिए दारोग़ा हसीन ख़ान पिस्तौल ने सोचा कि क्यों न वह भी मौक़े का फ़ायदा उठाए। लिहाज़ा हर रोज़ सुबह वह अपने दफ़्तर में इसे बुला लिया करता और शाम को पाँच बजे वापस इसकी कोठरी में भेज दिया करता। ये बड़े नंगे अल्फ़ाज़ में कहती, 'घिसी हुई चमड़ी को क्या फ़र्क़ पड़ता है? अगर इतनी-सी बात में यह दारोग़ा मेरे आराम के सामान अता करता है तो मुझे क्यों एतराज़! मैं तो वो नदी हूँ जिसमें इस जैसे सैकड़ों डुबकियाँ लगा चुके हैं।'

सारा-सारा दिन दारोग़ा इसे लेकर बैठा रहता। जेल का इन्तज़ाम अपने डिप्टी पर था। हाँ, जिस दिन उसे जेल का दौरा लगाना होता, जल्दी-जल्दी दौरे का काम ख़त्म करता और फिर इसे लेकर अपने दफ़्तर में जा बैठता। दफ़्तर के अन्दर ये दोनों सारा-सारा दिन शराबनोशी करते और बग़लगीर होकर बैठे रहते। दफ़्तर के सभी

दरवाज़े-खिड़कियाँ बन्द। इस दौरान जब जनरल रानी हमीद ख़ाँ पिस्तौल के पास बैठी होती तो किसी को भी मिलने की इजाज़त नहीं होती।

एक बार ऐसे ही जब यह रोमांस भिड़ा रहे थे तभी दो क़ैदी जिनकी दुश्मनी थी, आपस में जेल की ड्योढ़ी के अन्दर ही एक-दूसरे पर चाक़ू लेकर झपट पड़े। जेल में अलार्म हो गया। दारोग़ा फटाफट अपनी पैंट के बटन बन्द करता बाहर आया और जल्दबाज़ी में शीशे में मुँह देखना भी भूल गया। उसके मुँह के दोनों तरफ़ जनरल रानी के लबों की सुर्ख़ी के बड़े-बड़े निशान थे। आते ही क़ैदियों से बड़े ग़ुस्से में मुख़ातिब हुआ, 'ड्योढ़ी में हंगामा करते हुए शर्म नहीं आती! गोली मार दूँगा। क्या कर रहे थे?'

दारोग़ा के चेहरे की तरफ़ देखकर दोनों दुश्मन क़ैदी हँसने लगे और उनमें से एक बड़ी ढिठाई से बोला, 'जनाब, हम तो अपनी दुश्मनी निकाल रहे थे। यहाँ चाक़ू भी चले, लेकिन ख़ून नहीं निकला। पर हैरानी है, आपका मुँह कैसे लाल हो रहा है? जाइए, मुँह साफ़ कर आइए, आपके चेहरे पर जनरल रानी के लबों की सुर्ख़ी लगी है।'

यह सुनते ही दारोग़ा बौखलाकर रह गया। उसे अपनी भूल का अहसास हुआ, 'बको मत, ले जाओ इनको।' कहता हुआ दफ़्तर के अन्दर घुस गया। दोनों क़ैदी दफ़्तर के बाहर उसे माँ-बहन की नंगी गालियाँ देते हुए ड्योढ़ी के दरवाज़े से अन्दर आ गए, जेल वार्डनों ने उन्हें खींच-खींचकर वापस उनकी कोठरियों में बन्द कर दिया।

उनके पन्द्रह मिनट बाद जनरल रानी भी जल्दी-जल्दी निकलकर अपनी कोठरी में चली गई। लेकिन इस घटना का यह असर हुआ कि उसके बाद दारोग़ा ने स्कैंडल से बचने के लिए उसे अपने दफ़्तर बुलाना बन्द कर दिया। अपनी बुराइयों के बावजूद जनरल रानी नेकदिल औरत थी। अपनी मुलाक़ात में आया हुआ सामान, ग़रीब क़ैदियों में तक़सीम करवा दिया करती थी। अस्पताल में मरीज़ों को दूध और फल दिया करती थी।

कुछ शख़्सियतें ऐसी होती हैं कि जो अपने आपमें एक हंगामा लिये होती हैं और जनरल रानी भी उनमें से एक थी। सुनने में आया कि वह कहा करती, 'मैंने अपना जिस्म अपनी मर्ज़ी से तो किसी के हवाले कर दिया हो तो ठीक है, लेकिन किसी की यह मजाल नहीं कि मेरी मर्ज़ी के ख़िलाफ़ मुझे हाथ लगा जाए। भुट्टो आज मुझसे बदले ले रहा है, इसलिए कि जिस वक़्त मैं याह्या ख़ाँ के साथ वाबस्ता थी, उस वक़्त इसने बहुत कोशिश की मुझ पर हाथ साफ़ करने की। लेकिन मैंने इसको घास नहीं डाली और ताबे-ज़िन्दगी नहीं डालूँगी। क्या हुआ अगर मेरी क़िस्मत का नक़्शा बिगड़ गया है! मैं जनरल रानी हूँ, टूट सकती हूँ, झुक नहीं

सकती। भुट्टो ख़ुद क्या करता है, अच्छी तरह मालूम है। बड़ा सदर बना फिरता है। इसकी असलियत से मैं ख़ूब वाक़िफ़ हूँ। जहाँ-जहाँ जाता है छोकरियाँ सप्लाई करनेवाले दल्ले इसे घेरे होते हैं। यह क्या सँवारेगा मुल्क को? ख़ुद साला रंडी की औलाद। इसने अपनी पार्टी के ग़ुलाम मुस्तफ़ा ख़ैर (पंजाब के गवर्नर) की बीवी तक को नहीं छोड़ा। क्या पंजाब पीपुल्स पार्टी में ख़ैर से बढ़कर लायक़ आदमी कोई नहीं जो पंजाब का गवर्नर बनता? लेकिन नहीं, उस गवर्नरी के पीछे भी एक सौदा हुआ था। ख़ैर की शादी होते ही इसने उसे दस दिन के लिए मुल्क से बाहर भेज दिया और आप इस दौरान उसकी बीवी के साथ गवर्नर हाउस में पड़ा रहा। पूरा मदारी है मदारी!

लोग तो साले बेवकूफ़ हैं, अभी वो दौर आनेवाला है कि इस मदारी का चेहरा लोगों के सामने आएगा, जगह-जगह इसके ख़िलाफ़ बग़ावत होगी और इसको सदर की कुर्सी पर बैठानेवाले हाथ ही इसके गले की तरफ़ लपकेंगे। यह पीपुल्स पार्टी और इसके चमचे जो ख़ुद गुंडों की जमात है, इस देश की हुकूमत नहीं चला सकेंगे। एक बार और फिर यहाँ फ़ौज का राज़ आएगा और ख़ुदा ने चाहा तो मेरा महबूब याह्या ख़ाँ एक बार फिर पाकिस्तान की हुकूमत सँभालेगा। तब मैं इन सब सालों से इनकी करतूतों का हिसाब लूँगी। सालों को सड़क पर खड़ा करके गोली न मरवा दी तो मेरा नाम भी जनरल रानी नहीं।

इन्होंने जो ताक़त हासिल की है वह लोगों को बेवकूफ़ बनाकर हासिल की है। मैंने जो ताक़त हासिल की थी वह उस हुस्नो-जवानी के बल पर थी जो ख़ुदा ने अता की है। ख़ुदा वो दिन ज़रूर लाएगा जब मैं इन सबके चेहरों को बेनक़ाब देखूँगी। लोग इनके नाम पर थूकेंगे और इनकी बीवी और बेटियाँ भी मेरी तरह जेलों में सड़ रही होंगी।' जनरल रानी की यह पेशीनगोई ग़लत साबित नहीं हुई। आज जब मैं इस किताब के वर्क तहरीर कर रहा हूँ तो अख़बार की सुर्ख़ियाँ मेरे सामने हैं कि ज़ुल्फ़िकार अली भुट्टो की बीवी नुसरत भुट्टो और बेटी बेनज़ीर भुट्टो दोनों जेल में बन्द हैं और उनके ख़िलाफ़ फ़ौजी अदालती मुक़दमे ज़ेरे-समाइत हैं।

भुट्टो : हुकूमत उलटाने की साज़िश

बँगलादेश को तसलीम करने के बाद भुट्टो के ख़िलाफ़ सारे मुल्क में बवंडर उठ खड़ा हुआ। जमाते-इस्लामी, जमीयते उल्मा-ए इस्लाम, तहरीके इसतकलाल और ख़ुद पीपुल्स पार्टी के कई वर्कर भुट्टो से बग़ावत कर गए। लेकिन भुट्टो सरकार ने इसका बहुत सख़्ती से सामना किया। उनमें इस क़दर दहशत फैलाई कि कोई चूँ

तक न कर सके। उस वक़्त भुट्टो साहब पाकिस्तान में तीन ओहदे एक साथ सँभाले हुए थे–चीफ़ मार्शल लॉ एडमिनिस्ट्रेटर, सदरे–पाकिस्तान और वज़ीरे–आज़म।

पाकिस्तानी फ़ौज के अन्दर एक दल ऐसा भी था जो बँगलादेश को तसलीम करना नहीं चाहता था और अमरीका और चीन से मदद लेकर भारत के साथ जंग जारी रखना चाहता था। लेकिन भुट्टो ने हालात की हक़ीक़त को तसलीम करते हुए 72 में इन्दिरा गांधी के साथ शिमला समझौता कर लिया। भुट्टो यह बात समझ गए थे कि अमरीका और दूसरे पश्चिमी मुल्कों के पीछे लगकर पाकिस्तान 48, 65 और 71 में भारत के ख़िलाफ़ लड़ी जानेवाली तीन जंगों में बुरी तरह मार खा चुका था। 71 की जंग ने तो उसकी कमर ही तोड़कर रख दी थी। वह अब भारत के साथ बैर बढ़ाकर और ख़तरा मोल नहीं लेना चाहता था। दूसरे उसने पाकिस्तान के 93 हज़ार जंगी क़ैदियों और 195 आला दर्जे के फ़ौजी अफ़सरों को भी रिहा करवाया था।

यही सबसे बड़ी वजह थी कि सन् 65 में यू.एन. ओ. में भारत के ख़िलाफ़ एक हज़ार साल तक लड़ाई जारी रखने की धमकी देनेवाला भुट्टो शिमला समझौते के काग़ज़ों पर दस्तख़त करने के लिए मजबूर था। ऐसा करके उसने अपने एक लाख के क़रीब जंगी क़ैदी ही नहीं छुड़वा लिये थे, बल्कि भारत के क़ब्ज़े में आया हुआ हज़ारों मील का इलाक़ा भी ले लिया था।

अब वह फ़ौजी दल जिसे ज़ुल्फ़िकार अली भुट्टो की भारत के साथ अमन की बातें पसन्द न थीं, हरकत में आ गया। जनरल जिया उल हक़ इस ग्रुप का सरगना था। इसके साथ एक ब्रिगेडियर (जिसका नाम मुझे याद नहीं), कर्नल आसिफ़ शफ़ी, सेकिंड पंजाब रेजिमेंट, मेजर अय्याज अहमद सिपरा और उनके अलावा 122 फ़ौजी अफ़सर और थे जिन्होंने स्कीम बनाई कि भुट्टो को उसके हिफ़ाज़ती दस्ते के हाथों ही उसकी कोठी में गिरफ़्तार करा लिया जाए और पाकिस्तान की मुख़्तलिफ़ सियासी पार्टियों के दस लाख कारकुनों को सड़क पर खड़ा करके गोली मार दी जाए।

जब उनकी मीटिंग चल रही थी तो जनरल जिया उल हक़ को अपने ब्रिगेडियर पर शक हो गया, क्योंकि वह उसकी बातों का जवाब पूरे जोश–खरोश से नहीं दे रहा था। कहीं ऐसा न हो कि प्लान को वह लीक कर दे और यह फँस जाए। इसने ख़ुद जाकर भुट्टो को बग़ावत का सारा प्लान ही नहीं बतला दिया, बग़ावत का सारा क़सूर ब्रिगेडियर के सिर पर थोप दिया। इससे उसने अपनी जान भी बचा ली और भुट्टो के क़रीब भी आ गया, जिसने आगे चलकर अपने सीनियर फ़ौजी जनरलों का नज़रअन्दाज़ करते हुए इसे पाकिस्तानी फ़ौज का कमांडर–इन–चीफ़ बना दिया। ब्रिगेडियर समेत 127 फ़ौजी अफ़सर रातो–रात

गिरफ़्तार हुए। उनको घरों से क़ैद करके अटक के क़िले में उनकी तफ़तीश हुई। कोर्ट मार्शल करके उन्हें लम्बी-लम्बी सज़ाएँ दी गईं। ब्रिगेडियर को बीस साल क़ैद बामशक़्क़त हुई। कर्नल आसिफ़ शफ़ी को सात साल की सज़ा मिली। इसी तरह दूसरे फ़ौजी अफ़सरों को भी क़ैद करके पाकिस्तान की मुख़्तलिफ़ जेलों में भेज दिया गया। जिनमें से कर्नल आसिफ़ शफ़ी और मेजर अय्याज अहमद जेल लाहौर में आए। वहीं हम तबादले के लिए पड़े हुए इन्तज़ार कर रहे थे।

मेजर अय्याज अहमद सिपरा को बैरक चार में एक कोठरी दे दी गई थी। मैं अक्सर उसके पास आया-जाया करता था। हालाँकि उनसे मिलने की मनाही थी। लेकिन फिर भी मैं नम्बरदारों को सिगरेट वग़ैरह देकर सिपरा के पास चला जाता। वह भी मुझमें दिलचस्पी लेने लगा था। हम सारे दिन शतरंज खेलते, ताश खेलते और गप्पें लगाते। कर्नल आसिफ़ शफ़ी बैरक नम्बर एक में बन्द था। यहाँ वह अकेला ही था। उसकी बैरक का नम्बरदार इस तरह सख़्त था कि उससे किसी पाकिस्तानी क़ैदी को भी नहीं मिलने देता था, हमारी तो बात ही क्या! उसकी सिर्फ़ एक झलक मुझे ईद के दिन देखने को मिली थी। उस दिन वह सिपरा के यहाँ अपने नम्बरदार के साथ उसे ईद-मुबारक कहने को आया था।

भुट्टो के ख़िलाफ़ इस बग़ावत की कहानी मुझे अय्याज अहमद सिपरा ने तफ़सील से बताई थी। यह पाकिस्तान गुजरात का रहनेवाला ऊँचा-लम्बा जवान था। हिन्दुस्तान के ख़िलाफ़ इसके दिल में सख़्त नफ़रत थी और अक्सर बातों-बातों में उसे उगला करता था। कहा करता था, 'मैं यहाँ सिर्फ़ तुम्हें अपनी दिलजोई के लिए आने देता हूँ, क्योंकि सारी जेल में तुम्हारे सिवाय मेरे मैंटल-कैलीबर का कोई पढ़ा-लिखा आदमी नहीं है। सब जाहिल और गँवार भरती हुए हैं, वरना मैं तुम हिन्दुस्तानियों की शक्ल से भी नफ़रत करता हूँ।'

इसने मुझे बताया कि किस तरह उन्होंने भुट्टो के हिफ़ाज़ती दस्ते के कमांडर को इस बात के लिए रज़ामन्द कर लिया था कि वह सुबह नाश्ते के वक़्त भुट्टो परिवार को गिरफ़्तार कर ले और भुट्टो को उसकी हुकूमत से बरतरफ़ी का ऐलान सुनाए। लेकिन हमारी बदक़िस्मती, ख़ुद हमें बग़ावत का रास्ता दिखानेवाला जनरल हक़ हमें दग़ा दे गया। हमें रातो-रात गिरफ़्तार कर लिया गया। हमारी वफ़ादारी देखिए कि हममें से किसी ने भी जनरल जिया उल हक़ का नाम नहीं लिया। हम तो सोच रहे थे कि वह भी हमारी तरह गिरफ़्तार हो चुका होगा। ख़्वाब में भी नहीं सोचा था कि उसने सारा प्लान भुट्टो को बतला दिया होगा। इसलिए जब अटक के क़िले में हमारे 127 साथी नज़रबन्द होकर आए, उनमें जब जनरल जिया उल हक़ को हमने नहीं देखा तो सोचा कि शायद उसे गोली मार दी गई, या रिपोर्ट करनेवाले ने किसी ख़ास वजह से उसका नाम भुट्टो को नहीं बतलाया।

अटक के क़िले में वे लोग तक़रीबन तीन महीने नज़रबन्द रहे। बाहर की दुनिया की कोई ख़बर उन तक नहीं पहुँचती थी। हाँ, हमारे तीस–चालीस हिन्दुस्तानी अफ़सर वहाँ मौजूद थे, जिनमें से आठ–दस तो सन् 65 से वहाँ पर हैं। बाक़ी लोग सन् 71 की जंग में पाकिस्तानी फ़ौज के हाथों गिरफ़्तार हुए थे।

वे तब से वहीं पड़े हैं, जिनमें एक कैप्टन सिंह और एक हवाई फ़ौज का गिल सिपरा के ख़ास दोस्त थे। ये लोग उनके साथ हर रोज़ बैडमिंटन खेला करते थे। टेलीविज़न देखते। जब तक वे ज़िन्दा हैं वहाँ रहेंगे। जो भी हिन्दुस्तानी एक बार अटक के क़िले में दाख़िल हो जाता है, उसका नसीब अटक के क़िले की रोटियाँ और मर जाने पर मिट्टी के तेल का कनस्तर होता है। जीते–जी उसको रिहा नहीं किया जाता।

पहले तो उन्होंने सोचा कि वे भी अब सारी उम्र के लिए अटक के क़िले में क़ैद होकर रह जाएँगे। लेकिन जब कोर्ट मार्शल करने के बाद उन्हें सज़ा दे दी गई तो दिल को कुछ राहत महसूस हुई। सबसे कम सज़ा तीन साल क़ैद सिपरा को मिली, उसमें से दो–ढाई साल काटकर उसे रिहा हो जाना था। उसका कहना था, 'यह भुट्टो बचेगा नहीं। जैसे ही जनरल जिया उल हक़ का दाँव चल गया, वह इसे उखाड़ फेंकेगा। जहाँ तक मेरा ख़याल है वह इसे ज़िन्दा भी नहीं छोड़ेगा। मैं इस शख़्स की ख़ूँरेज़ी तबीयत से अच्छी तरह वाक़िफ़ हूँ। अगर एक बार यह हुकूमत सँभालने में कामयाब हो गया तो फिर पाकिस्तान को इसके हाथों ख़ुदा तो चाहे छीन ले, कोई शख़्स हुकूमत नहीं हथिया सकेगा। देख लेना पाकिस्तान में अभी तक जितने डिक्टेटर हुए हैं, यह उनमें से सबसे सख़्त तबीयत डिक्टेटर साबित होगा।

इसके इरादे इस क़दर पुख़्ता हैं कि जो कुछ यह दिल में ठान लेता है, करके रहता है। बोलने में इस क़दर मीठा और मिलनसार कि कलेजा निकाल ले, लेकिन अन्दर से पूरी छुरी। ख़ुदा करे इसके हाथ में हुकूमत आ जाए। बच्चू, फिर हम तुम हिन्दुस्तानियों से निपटकर दिखाएँगे और तुम्हें बतला देंगे कि जंग क्या होती है। हिन्दुस्तान और पाकिस्तान में वह आख़िरी जंग होती, फ़ैसलाकुन जंग। फिर या तो हम तुम पर हुकूमत करेंगे या फिर तुम हम पर। या तो पाकिस्तान का नामोनिशान ही दुनिया के नक़्शे से मिट जाएगा या फिर पूरा हिन्दुस्तान पाकिस्तान में तब्दील हो जाएगा।

अब तो तुम अपने घर जा रहे हो, फिर हम तुम्हारे घर आएँगे। तब तुमसे कहेंगे, 'चल रे साले किराड़ या तो कलमा पढ़ या मरने को हो जा तैयार,' पर मुझे लगता है साले कि तू फिर बच जाएगा, क्योंकि तेरी सुन्नत हुई है यानी मुसलमान होने का पक्का सर्टिफिकेट है। इसलिए तेरे को तो कोई हाथ नहीं लगाएगा।'

ये बातें वह मज़ाक में कह रहा था या दिल की गहराई से, उस वक़्त तो मैंने उन्हें कोरी बकवास समझा। लेकिन आज हालात ने जो पलटा खाया है, उसने मुझे यह सोचने पर मजबूर कर दिया है कि ज़रूर कुछ न कुछ होनेवाला है। जनरल जिया उल हक़ भुट्टो को फाँसी के तख़्ते पर लटका चुका है। दुनिया सोचती थी कि जिस दिन भुट्टो को फाँसी दी जाएगी, पाकिस्तान में ज्वालामुखी फूट पड़ेगी। लेकिन ऐसा कुछ न हुआ। चीन, अमरीका और बरतानिया ने मिलकर पाकिस्तान की पीठ थपथपानी शुरू कर दी। पाकिस्तान एटमी हथियारों की होड़ में भी शामिल हो गया है। उधर अमरीका ने भारत को यूरेनियम सप्लाई करना बन्द कर दिया है और वह धड़ाधड़ पाकिस्तान को हथियार दे रहा है।

जिया उल हक़ भारत में खालिस्तान का नारा लगानेवाले गंगासिंह के साथ है जो अपने-आपको सदरे खालिस्तान कहता है; बैंकाक के रास्ते दुनिया भर में खालिस्तान के पासपोर्ट पर पंजाबियों को ग़ैरक़ानूनी ढंग से घुसाकर अरबों रुपया इकट्ठा करता है। इस गंगासिंह को अमरीका का सदर रीगन व्हाइट हाउस में डिनर खिलाता है। यह इस वक़्त इस क़दर अमीर है कि बहुत जल्द अरबों रुपया ख़र्च करके कोई टापू ख़रीदने और खालिस्तान ही हुकूमत क़ायम करने के सपने ले रहा है। इन बातों से संकेत मिलता है कि बहुत जल्द इस खित्ते में फ़ौजों की टक्कर होनेवाली है।

बँगलादेश को तसलीम करने के बाद भुट्टो सरकार के क़दम लड़खड़ाते चले गए। अवाम को ख़ुश करने के लिए उसने बहुत पापड़ बेले। उसने पन्द्रह हज़ार अधिकारियों को, रातोरात सर्विस से बर्ख़ास्त करके घर भेज दिया और ग़ैर-मुल्की राजदूतों की सभा के बीच स्पीच करते हुए उन्हें माँ-बहन की गन्दी गालियाँ तक दे डालीं। तब सब विरोधी पार्टियाँ एकमुठ होकर भुट्टो के ख़िलाफ़ बग़ावत पर उतर आईं।

जमीयते उल्माइस्लाम के मौलाना मौदूदी, तहरीके इस्तकलाल के एयर मार्शल असग़र ख़ान, अब्दुल गफ़्फ़ार ख़ान का बेटा वलीख़ान, महमूद अली क़सूरी, यहाँ तक कि इसका शुरू का साथी ग़ुलाम मुस्तफ़ा ख़ैर, सब इसके ख़िलाफ़ हो गए। सिन्ध के पीर पगाड़ों के अपनी सेवा में पन्द्रह हज़ार हथियारबन्द आदमी थे, उन सबों ने बग़ावत का झंडा बुलन्द कर दिया। पाकिस्तान की जेलें भर दी गईं। लड़कीनुमा बाल बढ़ाए कॉलेज में ख़ूबसूरत नौजवान लड़के भी जेलों में बन्द हो गए और इस व्यक्ति ने इनके साथ जो सलूक करवाया, उसे देखकर रूह काँप उठती थी।

कोट लखपत की जेल में सैकड़ों की तादाद में कॉलेज के तालिबेइल्म बन्द थे। रात में उनको दस-दस की टोलियों में बाहर निकाला जाता और जिस्मानी भूख से परेशान 20 साला क़ैदी उन पर छोड़ दिए जाते। वे चीख़ते-चिल्लाते आगे-आगे

भागते और जब भाग-भागकर उनका दम फूल जाता तो क़ैदी उनके साथ ज़िना व ज़बर करते। उनकी चीख़ों से जेल सारी-सारी रात गूँजा करती। फिर उनके सिर पर मशीन फेरकर गंजा करके उनको दूसरी जगह बन्द कर दिया जाता ताकि वह बैरक में जाकर अपने साथियों को न बतला सकें कि रात को उनके साथ क्या बीती है।

ज़ुल्म का यह दौर महीने भर चलता रहा। पुराने जाते रहे, नए आते रहे। यह वही तालिबेइल्म थे, जो कभी ख़ुदा से गिड़गिड़ाकर दुआएँ माँगा करते थे, 'या रब, एक बार भुट्टो को पाकिस्तान का सदर बना दे।' अब वही उसको माँ-बहन की नंगी गालियाँ देते जा रहे थे।

बँगलादेश बनने से पाकिस्तान की अर्थव्यवस्था की कमर टूट गई थी। पहले पाकिस्तान दूसरे मुल्कों को पटसन, चाय बेचा करता था लेकिन अब सारी आमदनी ख़त्म हो गई थी। वस्तुओं के भाव आसमान छू रहे थे। चीनी पन्द्रह रुपए सेर, चाय का कप एक रुपए में, प्याज़ छह रुपए सेर और डालडा घी 18 रुपए किलो बिक रहा था।

इससे पाकिस्तान के सभी हिस्सों में अफरा-तफरी फैल गई। कभी डाक-तार के मुलाज़िम हड़ताल कर रहे हैं तो कभी बिजलीवाले। चारों तरफ़ हड़तालों का दौर उठ खड़ा हुआ था। ग़रीब को साँस लेना मुश्किल हो गया था। वार्डन, अफ़सर जेल की पकी हुई रोटियाँ कपड़े में लपेटकर बाल-बच्चों के लिए ले जाते नज़र आते। क़ैदियों को उनके रिश्तेदारों की तरफ़ से मुलाक़ात में आनेवाले राशन में भारी कमी हो गई थी। सिगरेट, साबुन, टूथपेस्ट, मिठाई और फलों की जगह गुड़ और चने ने ले ली थी। किसी अमीर घर से ही क़ैदी के लिए ये चीज़ें आया करतीं और इसका असर हम लोगों के दैनिक जीवन पर भी पड़ा।

अब अगर किसी पाकिस्तानी क़ैदी से हम सिगरेट माँगते तो या तो वह इनकार कर देता था या फिर कहता कि भाई, यहाँ बैठकर कश लगा लो। तुम्हें देने के लिए तो अब सिगरेट नहीं बचे हैं। क्या करें, महँगाई इस क़दर बढ़ गई है कि घरवाले बड़ी मशक़्क़त से हफ़्ते में एक डिब्बी सिगरेट दे पाते हैं। हमने सिगरेट के टुकड़े चुनना फिर शुरू कर दिया था।

उसी बीच क़ैदियों के तबादले की लड़ी शुरू हो गई थी। मुसीबत यह थी कि जिन लोगों ने पाकिस्तान में अपने नाम और पते ग़लत लिखा रखे थे, उन्हें भारत सरकार यह कहकर कि यह हमारे आदमी नहीं हैं, बॉर्डर से ही वापिस कर देती थी। इस तरह पहली तीन टोलियों में भेजे गए डेढ़ सौ आदमियों में से सत्तर आदमी लौटकर आ चुके थे। वे बेचारे बड़ी बुरी हालत में पाकिस्तान की जेल में दिन गुज़ार रहे थे। अक्सर भारत सरकार को गालियाँ दिया करते थे। कई-कई दिन बीत जाते, चाय का एक कप नसीब हुए मेरे साथियों को।

मैं तो रोज़ाना मेजर अय्याज अहमद सिपरा के यहाँ जाकर एक चाय पी लिया करता था। वह मुझे हर तीसरे दिन बीस सिगरेटोंवाला टैंक का पैकिट दिया करता था। अच्छे खाते-पीते घराने का था और उसकी तगड़ी मुलाक़ात आया करती थी। एक बार मुझे फूड पायज़न हो गया। लगातार दस घंटे उल्टियाँ और दस्त आते रहे। लगता था कि जैसे मैं बचूँगा नहीं। मेरा साथी सोहनलाल उर्फ़ कर्मचन्द मुझे पीठ पर लादकर जेल के अस्पताल में भर्ती करवा आया। जेल का चीफ़ कम्पाउंडर काज़ी था। वह हिन्दुस्तानी क़ैदियों के साथ बेहद बेरुख़ी से पेश आता था। पहले तो उसने बहुत ना-नुकर की, लेकिन जब दारोग़ा को रिपोर्ट की गई तो उसने फ़ौरन भर्ती कर लिया। मेरी हालत इस क़दर पतली हो गई कि उठकर पेशाब भी नहीं कर सकता था।

दवाई से मुझे आराम तो आ गया, लेकिन कमज़ोरी बहुत थी। आख़िर मैंने सोहनलाल के हाथ, अय्याज अहमद सिपरा को सन्देश भेजा कि मेरी कुछ मदद करे। जेल की तरफ़ से तो अब फल और दूध पाकिस्तानी क़ैदियों को ही बड़ी मुश्किल से मिलता था फिर मुझे कौन देता? मेजर सिपरा ने सोहनलाल को दस रुपए नक़द और कुछ फल देकर कहा, 'उस किराड़ से कहना, साले ज़िन्दा रहा तो मैं यह रुपए ब्याज समेत हिन्दुस्तान आकर वसूल करूँगा। तुम्हारे बनिया ख़ानदान के लोग भी तो हमारे पुरखों से यही करते रहे हैं।' उसके बाद सिपरा लगातार दस दिन तक मुझे अपनी तरफ़ से फल और दूध भेजता रहा। सोहनलाल को अफ़ीम खाने की बड़ी बुरी बीमारी थी। उसने फल तो मुझे दे दिए, लेकिन दस रुपए डकार गया और अफ़ीम मँगवाकर खा गया।

एक दिन सिपरा ख़ुद अस्पताल आया मेरा हाल-चाल लेने के लिए। पूछा, 'तुम्हें दस रुपए भेजे थे, उसका क्या किया?' मैं समझ गया कि पैसे सोहनलाल डकार गया, लेकिन मैं यह बात सिपरा से छिपा गया। कहा, 'सिगरेट मँगा लिये थे।' इस पर वह बहुत नाराज़ हुआ। बोला, 'साले, मैंने तुम्हें पैसे भेजे थे सेहत बनाने के लिए और तुम उलटा यहाँ सेहत ख़राब कर रहे हो। जल्दी ठीक होओ। तुम्हारा नम्बर आ गया है हिन्दुस्तान जाने का। मैं अभी-अभी यह ख़बर ड्यौढ़ी से सुनकर आ रहा हूँ और जिन क़ैदियों को जाना है, उनकी फेहरिस्त में तुम्हारा नाम भी है। पढ़कर आ रहा हूँ। अब तो साले मुस्करा दो। हिन्दुस्तान जाकर चाहे भूल जाना, लेकिन हमारा खाया हुआ माल याद रखना। इंशाअल्लाह फ़ज़लेख़ुदा। हाँ, एक दिन ज़रूर तुमसे इनकी क़ीमत वसूल करने आएँगे।'

यह कहकर मेजर सिपरा चला गया। घर जाने की ख़बर सुनते ही सारी बीमारी पंख लगाकर उड़ गई। मैं फ़ौरन छलाँग लगाकर चारपाई से उठ खड़ा हुआ। काज़ी से कहकर अस्पताल से छुट्टी ली और बैरक में आकर अपने साथियों को घर जाने

की ख़बर सुनाई। आख़िरी चालान में हम तीस आदमी आनेवाले थे, बाकियों के नाम के बारे में अभी पता नहीं था, हाँ, मैं और सोहनलाल उनमें थे, यह मुझे सिपरा ने बतला दिया था। हम लोगों के पास जो कपड़े थे, उनकी हालत बहुत बुरी हो चुकी थी। चुनांचे सिपरा ने सोहनलाल के लिए अपना नया कुर्ता-सलवार का जोड़ा, मेरे लिए सूट-टाई और बूट मँगवाकर दिए। अब एक-एक पल बड़ी मुश्किल से कट रहा था और हर वक़्त घर के ख़याल घेर लेते। जब दो-तीन दिन तक जेलख़ाने वालों ने चालान की ख़बर की कोई पुष्टि नहीं की तो सोचने लगे कि कहीं सिपरा ने गप्प तो नहीं मार दी। लेकिन 8 दिसम्बर, 1973 को सुबह हम तीस आदमियों को बतला दिया गया कि अगले दिन जेल की गाड़ी हमें भारत-वापसी के लिए तबादले की ख़ातिर सुबह नौ बजे बागा बॉर्डर ले जाएगी।

हमारे साथ बाबू मदन गोपाल, चननसिंह भुल्लर, जैकब मसीह पादरी, अनवर ख़ान, ओमप्रकाश बुधवार, चेतनसिंह वग़ैरह सभी लम्बी क़ैदवाले क़ैदी थे। इन्हें पाकिस्तान में जासूसी के इल्ज़ाम में दस साल से लेकर मौत तक की सज़ा दी गई थी। हम यह ख़बर सुनते ही ख़ुशी से नाचने लगे। वह सारी रात हँसते-गाते, गप्पें मारते आँखों ही आँखों में गुज़र गई।

भारत वापसी

9 दिसम्बर, 1974 को सुबह चार बजे ही उठकर हम फ़ारिग़ हुए और जल्दी-जल्दी तबादले की तैयारी करने लगे। हममें से हर एक का दिल ख़ुशी से उछल भी रहा था और इस डर से धड़क भी रहा था कि कहीं ऐसा न हो कि हिन्दुस्तान में हमारी तसदीक न हो सकी हो या भारत सरकार के अधिकारी हमें बॉर्डर पर हिन्दुस्तानी मानने से इन्कार कर दें। हमें फिर अनिश्चित काल तक पाकिस्तान की जेलों में सड़ना पड़े। हमसे पहले साठ-सत्तर क़ैदियों के साथ यही हो चुका था। ये तबादले के लिए आए थे, लेकिन सही तसदीक न हो सकने के कारण भारतीय अधिकारियों ने उन्हें हिन्दुस्तानी मानने का इन्कार कर दिया था। वे बेचारे न ज़िन्दा थे न मुर्दा। पाकिस्तान की जेलों में अपना वक़्त रो-धोकर गुज़ार रहे थे।

सुबह आठ बजे हम सबको ड्योढ़ी में बुलाया गया और हमारे सामान की अच्छी तरह तलाशी ली गई। पाकिस्तान की जेलें भी अपने-आपमें एक करिश्मा हैं। हमारे पास जो पाकिस्तानी रुपए थे, उन्हें यहाँ हमने स्मगलर क़ैदियों से भारतीय नोटों में बदलवा लिया था और इस ढंग से छुपाया था कि तलाशी के दौरान पकड़े न जा सकें। मेरे गले में भगवद्गीता का अबुल फैजी का लिखा हुआ उर्दू तर्जुमा था जिसे

मैंने मियाँवाली जेल में हंगामे के दौरान जेल लाइब्रेरी से उड़ा लिया था। वह आज भी मेरे पास सुरक्षित है।

नौ बजे गाड़ी हम तीस क़ैदियों को लेकर बॉर्डर की तरफ़ रवाना हुई। गाड़ी बन्द थी जिसमें से बाहर कुछ भी नहीं देखा जा सकता था। बागा बॉर्डर पर आकर हमें उतारा गया। बॉर्डर के दोनों तरफ़ सीमा रेखा से एक-एक किलोमीटर दूर हिन्दुस्तानी और पाकिस्तानी शहरियों का हजूम था। ये बरसों से बिछुड़े अपने रिश्तेदारों और अज़ीज़ों को लेने आए थे। दोनों तरफ़ पुलिस का भारी जमाव था जो लोगों को बॉर्डर के नज़दीक नहीं आने दे रही थी। दोनों तरफ़ बैंड बज रहा था।

हमारे हाथों से हथकड़ियाँ उतार दी गईं और हमें एक टेंट में बैठा दिया गया। टेंट को चारों ओर से पुलिस और सी.आई.डी. के आदमियों ने घेर रखा था। हमारे लिए चाय का इन्तज़ाम था। पहले पाकिस्तानी क़ैदियों को तबादला होना था। पाकिस्तानी जासूस कैप्टन सहादत हसन बेग का भी उसी दिन तबादला होना था। उसे भारत में सज़ाए-मौत हुई थी। उसकी बीवी और भाई उसे बॉर्डर पर लेने आए हुए थे और हमसे चन्द क़दम के फ़ासले पर ही खड़े थे।

उस दिन के तबादले में जालन्धर में लॉटरी टिकट बेचनेवाला पाकिस्तानी जासूस मोहम्मद सदीक भी अपने वतन लौटनेवाला था। उसके रिश्तेदार भी मेरे क़रीब ही खड़े थे। तबादले की घड़ी आ गई थी। हम साँस रोके अपनी बारी का इन्तज़ार करने लगे। सबसे पहले पाकिस्तानी क़ैदियों में सहादत हसन बेग का ही तबादला हुआ और वह 'पाकिस्तान ज़िन्दाबाद' के नारे लगाता हुआ अपनी सरज़मीन में दाख़िल हुआ।

पाकिस्तानी क़ैदियों का तबादला होते-होते चार बज गए। तक़रीबन एक सौ आठ पाकिस्तानी क़ैदी उस दिन हिन्दुस्तान की तरफ़ से तबादले में गए। पाकिस्तान की मुख़्तलिफ़ (जासूसी) एजेंसियों के अफ़सर जिन्होंने जिस-जिस को भेजा था, उन्हें लेने आए हुए थे। हमारे सामने ही उनको दो-दो रुपया दिया गया और कहा गया कि एक-एक हफ़्ता अपने बाल-बच्चों में बिताकर अपने-अपने दफ़्तरों में रिपोर्ट करें।

चार बजे हमारी बारी आई। अब हिन्दुस्तानी क़ैदियों का तबादला शुरू हुआ। लिस्ट में मेरा पन्द्रहवाँ नम्बर था। भगवान का शुक्र है कि अभी तक भारतीय अधिकारियों ने किसी भी क़ैदी को यह कहकर नहीं लौटाया था कि उसकी तसदीक नहीं हुई है। जब मुझे पाकिस्तानी अधिकारियों ने हमारे अधिकारियों के सामने पेश किया तो उन्होंने मुझसे मेरा नाम पूछा। नाम मैंने बतला दिया। मुख्य अधिकारी बोला, 'वेलकम ऐक्सेप्टेड' और मैं जोश में 'भारतमाता की जय' पुकारता हुआ अपनी सीमा में उस तम्बू की तरफ़ दौड़ा जहाँ मुझसे पहले तबादले में आए मेरे साथी बैठे थे।

एक सी.आई.डी. अधिकारी ने मुझे उस समय दौड़ने से रोका और मेरे कान में बतलाया, 'उधर बाद में जाना, पहले अपने पिता से मिलो। और तो किसी को हमने इधर नहीं आने दिया है, मगर वे पुलिस में हमारे साथ रह चुके हैं, इसलिए सिर्फ़ उन्हीं को इधर आने की इजाज़त दी गई है।'

जब मैंने अपने पिता की हालत देखी तो दिल में धक्का पहुँचा। आँखें रो-रोकर धँस गई थीं। चेहरे पर झुर्रियाँ ही झुर्रियाँ पड़ी हुई थीं। वह मुझे देखते ही लिपटकर रोने लगे और बोले, 'हमें छोड़कर कहाँ चले गए थे बेटा?' मैंने उन्हें बड़ी मुश्किल से चुप कराया। वह मेरा एक-एक अंग टटोलकर देख रहे थे कि कहीं मुझे अंगहीन तो नहीं कर दिया गया। फिर मैं उनको साथ लेकर अपने साथियों के बीच आ गया। सबसे मिलवाया।

हमें बतलाया गया कि अभी हम घर नहीं जा सकेंगे क्योंकि पाकिस्तान ने पहली टोली में चन्द पाकिस्तानियों को हिन्दुस्तानी बनाकर भेज दिया था, इसलिए जब तक हमारी सही तसदीक नहीं हो जाती और हमारे शहर का म्युनिसिपल कमिश्नर जब तक हमारे कैम्प में आकर हमारी तसदीक नहीं करता, तब तक हमें घर जाने की इजाज़त नहीं दी जाएगी। चुनांचे पिताजी तो घर चले गए और हमें अमृतसर जेल में रखा गया।

यहाँ हिन्दुस्तानी क़ैदियों के लिए एक कैम्प बनाया गया। अगले ही दिन सुबह भारत में मुख़्तलिफ़ (गुप्तचर) विभागों के अधिकारी हमसे मिलने आए। हर अधिकारी के ज़िम्मे चार-चार पाँच-पाँच हिन्दुस्तानियों के बयान लिखने की ज़िम्मेदारी डाली गई है कि वह पाकिस्तान किस तरह पहुँचा था। मुझे उस वक़्त हैरानी हुई मैंने जब सूबेदार प्यारासिंह चीमा को भी बयान लिखनेवाले अधिकारियों में पाया। यह वही ग़द्दार था जो अमरीकसिंह को मेरे कमरे में ठहरा गया था और अमरीकसिंह इसी से सूचना लेकर पाकिस्तान पहुँचाया करता था। इन दोनों की वजह से ही मैं और मेरे पाँच-छह साथी पाकिस्तान में गिरफ़्तार हुए थे। चुनांचे अगले दिन मैंने यह बात मुख्य अधिकारियों के नोटिस में डाली।

उसके बाद मुझे चीमा की शक्ल वहाँ देखने को नहीं मिली। अधिकारियों को बयान लिखने और तसदीक का काम निपटाने में दस दिन लग गए। 19 दिसम्बर, 1974 को फ़िरोज़पुर, बस्ती टेकाँवली का म्युनिसिपल कमिश्नर सतीशकुमार जैन जेल में आकर मेरी तसदीक कर गया। मेरे पिता और हमारी गली के मिस्टर सोढ़ी मुझे लेने आए। शाम छह बजे मैं उनके साथ बाहर आया और हम बस पकड़कर मक्खू पहुँचे। यहाँ से हमने जालन्धर से आनेवाली गाड़ी पकड़ी और ग्यारह बजे फ़िरोज़पुर पहुँच गए।

स्टेशन पर बहुत सारे लोग मुझे लेने आए हुए थे और मेरी पत्नी प्रभा को दुल्हन की तरह सजाकर अपने साथ लाए थे। स्टेशन पर मुझे हारों से लाद दिया गया। लोग

मुझे घर तक छोड़ने आए। सारी रात घर में बहुत हंगामा रहा। जैसे शादी और ब्याह में गिद्दा डाला जाता है, वैसे ही लड़कियाँ गाने गा-गाकर नाचती रहीं।

मैं घर को देख रहा था। नक़्शा ही बदल गया था। सात साल से घर में सफ़ेदी तक नहीं हुई थी। दीवारों से पलस्तर उतर गया था और घर की ईंटें गवाही दे रही थीं उन असीम दुख भरे निर्धरता के दिनों की जो मेरे बूढ़े माँ-बाप और बेकस-बेसहारा बीवी-बच्चे को मेरी ग़ैरमौजूदगी में काटने पड़े। डॉ. हरिवंशराय बच्चन का मेरी माँ के नाम 9 दिसम्बर को ही बम्बई से तार आ गया। 'रीज्वायस मोहन जी'स ऐराइवल' (मोहन जी ने आगमन पर ख़ुशी मनाएँ)।

मैंने आते ही उनको पत्र लिखा। उन्होंने मुझे नए जीवन पर बधाई देते हुए इस बात के लिए प्रेरित किया कि मैं पाकिस्तान में बिताए दिनों और अनुभवों पर एक किताब लिखूँ। उन्हीं की प्रेरणा पाकर मैं आपके हाथों में यह किताब सौंप रहा हूँ।

वापस जाने के बाद

कुछ दिनों तक तो घर में मिलनेवालों का ताँता बँधा रहा। लोग दूर-दूर से मुझे देखने के लिए आते और तरह-तरह के सवालात करते। हर आने-जानेवाले के लिए घर में चाय का औपचारिक प्रबन्ध था। हर समय अँगीठी पर चाय का पानी चढ़ा रहता था। फिर धीरे-धीरे वह भीड़ घटनी शुरू हो गई। आँखों के सामने हर समय, 'अब मैं क्या करूँ?' की समस्या खड़ी होने लगी। लोग मेरी ग़ैरहाज़िरी में परिवार की मदद करते रहे। अब उनके टुकड़ों पर पलना मेरी ग़ैरत को गवारा न था। सरकार तबादले में आए हिन्दुस्तानियों की कोई व्यवस्था करती कि तभी दुर्भाग्य से देश में इमरजेंसी का दौर चला। 18 मार्च, '77 को जब श्रीमती इन्दिरा गांधी फ़िरोज़पुर में एक चुनाव सभा में तक़रीर करने आईं तो उस दिन मेरे बुलावे पर देश के कोने-कोने से आए पाकिस्तान द्वारा लौटाए गए सभी भारतीयों ने एक विशाल जुलूस निकाला।

'77 के आम चुनाव में इन्दिरा सरकार का पतन हो गया और जनता सरकार सत्ता में आई। हम सरकार के बड़े से बड़े अधिकारियों से लेकर मुंशियों तक से मिले। हरेक औपचारिक पत्र ले लेता, लेकिन कुछ भी करता नहीं था। शुक्र है कि मैंने बी.एड. कर रखा था और मुझे मेरे पुराने अनुभव और प्रसिद्धि के आधार पर स्कूल में अध्यापन का कार्य मिल गया, नहीं तो शायद रोटी के भी लाले पड़ जाते।

जब दिल्ली में जनता पार्टी में शामिल होनेवाले विभिन्न दलों का सम्मेलन मई, 77 में हुआ तो मैं उसमें फ़िरोज़पुर से डेलीगेट बनकर गया। तब भी मैंने तत्कालीन

प्रधानमंत्री श्री मोरारजी देसाई से भेंट की। मेरा बड़ा लड़का झलकेश्वर भास्कर भी उस समय मेरे साथ था। मैंने मोरारजी से कहा, 'भारत सरकार को चाहिए कि वह उन हिन्दुस्तानियों को, जो देश के काम पर पाकिस्तान की जेलों में कई-कई वर्ष सड़ते रहे हैं, इतने समय तक दुख झेलने का उचित पुरस्कार दे।' इस पर मोरारजी का जो उत्तर था उसे याद करके आज भी ख़ून खौलने लगता है।

अगर उस समय मेरे पास पिस्तौल होती तो मैं तब तक गोलियाँ बरसाता चला जाता जब तक कि उसका चैम्बर ख़ाली नहीं हो जाता। जवाब था, 'हम पाकिस्तान के किए की सज़ा क्यों भुगतें? क्या तुम्हारा मतलब है कि अगर पाकिस्तानी सरकार तुम्हें बीस साल तक क़ैद रखती तो हम तुम्हें बीस साल का मुआवजा देते?'

यह वह शख़्स बोल रहा था जिसने इमरजेंसी में सिर्फ़ उन्नीस महीने की क़ैद काटी और उस क़ैद में सहे 'अत्याचारों' के नाम की दुहाई देकर प्रधानमंत्री की गद्दी हासिल कर ली थी, जिसने अपनी पार्टी के उन्नीस महीने में क़ैद होनेवाले सभी मेम्बरों की पेंशन बाँध दी थी। सबसे बड़ा दुख तो मुझे इस बात का था कि इस शख़्स के साथ मेरे व्यक्तिगत सम्बन्ध रह चुके थे। सैकड़ों की तादाद में सन् '67 से पहले के इसके लिखे पत्र पर मेरे पास थे, जिनमें से अधिकांश मैंने उस दिन ग़ुस्से में जला डाले।

कुछ अब भी सँभालकर रखे हैं। कई पत्रों में तो मुझे यहाँ तक लिखा गया था कि अगर पत्र में लिखी तिथि आपको सुविधाजनक नहीं है तो मुझे लिखें, मैं आपको और कोई समय और तिथि मिलने के लिए भिजवा दूँगा। मैंने उस दिन ही जनता पार्टी और साथ ही उसके बेग़ैरत रहनुमा मोरारजी को भी अन्तिम नमस्कार कर दिया। मेरी समस्या कुछ हद तक निजी प्रयत्नों और मित्रों के सहयोग से सुलझ गई है। आज मुझे न जन्मभूमि भारत माँ से कोई गिला है और न भारत सरकार से, फिर भी कई बार अपने साथियों को बुरी स्थिति में देखकर मन रो उठता है।

भारतीय संविधान के मौलिक अधिकारों में भ्रष्टाचार के ख़िलाफ़ बोलने का अधिकार 'राइट एक्सप्लायटेशन' हरेक नागरिक को है। आज मैं उसी का सहारा लेकर कहता हूँ कि देशभक्ति के नाम का सहारा लेकर इस देश में सैकड़ों नौजवानों की ज़िन्दगियों से खिलवाड़ किया जाता है। कुछ लोग तो बेकारी का शिकार होकर इस धन्धे में फँसते हैं, लेकिन उन्हें मिलता कुछ नहीं है। बस बॉर्डर क्रॉस करते हुए दुश्मन की गोली, दुश्मन की जेलें, अनगिनत पीड़ाएँ और अत्याचार। यह सोचकर अक़्ल हैरान हो जाती है कि भारत के तत्कालीन पाखंडी मूत्रपान करनेवाले प्रधानमंत्री मोरारजी देसाई के पास स्मगलरों के बादशाह देश से करोड़ों की हेराफेरी करके भाग जानेवाले हाजी मस्तान, बखिया को, धर्मसिंह तेजा आदि को घर पर बुलाकर तीन-तीन दिन तक उनकी मेहमाननवाजी करने और उनकी समस्या सुलझाने का समय

तो था, मगर वे लोग जिन्होंने इस देश के लिए जान की बाज़ी लगाकर दुश्मन की फाँसी की कोठरियों में दिन बिताए, अमानवीय व्यवहार और अत्याचार सहे, उनकी समस्या सुलझाने के लिए उनके पास सहानुभूति के दो शब्द भी नहीं थे।

हमारी कहानी पढ़कर क्या फिर कोई देश के लिए मर-मिटने की क़सम खाएगा? क्या कोई जान की बाज़ी लगाएगा और नि:स्वार्थ होकर देश के लिए काम करेगा? फिर भी हम आभारी हैं इस देश के जो दुश्मनों की क़ैद से वापस ले आया है जिसने हमें एक बार फिर नया जन्म दिया है। ग़ालिब का शेर है :

'जान दी, दी हुई उसी की थी
हक़ तो यह है कि हक़ अदा न हुआ।'

सच बात तो यह है कि हमने इस देश पर कुछ अहसान नहीं किया, अपना फ़र्ज़ अदा किया। दुख तब होता है जब देशभक्ति का स्वाँग बनाकर कुछ लोग हमारे सामने कारों और हवाई जहाज़ों में आते और हमारे तथा जनता के सिर पर धूल उड़ाते हुए भाषण झाड़कर चले जाते हैं। उँगली को ख़ून लगाकर अपने-आपको शहीद कहनेवाले लोग भारत या भारतीय जनता की आँखों में धूल कब तक झोंकते रहेंगे; इस बात का फ़ैसला ख़ुद जनता को करना है। यदि मैंने भावावेश में किसी के लिए कटु शब्द का प्रयोग कर दिया तो मोरारजी देसाई को छोड़कर, सबके प्रति क्षमाप्रार्थी हूँ। धन्यवाद!

❑❑❑

परिशिष्ट

GOVERNMENT OF INDIA
MINISTRY OF EXTERNAL AFFAIRS

भारत सरकार
विदेश मंत्रालय, नई दिल्ली

No. पी एस पी ।४१२।२६।७१

New Delhi (11) the २६ जून १९७३.

सेवा में,

श्रीमती राम आई,
पत्नी - श्री अमीन चन्द शर्मा,
सं० ३।१८ बी० टी० डब्लू
फिरोजपुर कैंट.

विषय: - श्री मोहन लाल भास्कर की रिहाई तथा देश-प्रत्यावर्तन.

महोदया,

आपके ३ जून तथा १४ जून १९७३ के पत्रों के संदर्भ में मुझे यह सूचित करने का निदेश हुआ है कि ऐसा ज्ञात हुआ है कि सोहन लाल नामक एक व्यक्ति, पिता का नाम अमीन चन्द, निवासी घर नं० १८, बस्ती नानकवाडी, जिला फिरोजपुर अभी पाकिस्तानी हिरासत में है । हो सकता है कि यह आपका पुत्र मोहन लाल ही हो और पाकिस्तानी अधिकारियों ने उसका नाम गलत लिखा हो । इसका उल्लेख आवश्यक नहीं है कि युद्ध से पूर्व बन्दी बनाए गए अन्य व्यक्तियों के साथ इन्हें भी छुड़ाने के लिए हम हर संभव प्रयास कर रहे हैं ।

भवदीय,

अवर सचिव, भारत सरकार

B-191, Greater Kailash
New Delhi-48
30 : 5 '74

आदरणीय माँ जी,

मैं उनकी बीमारी पर भी का हालात करके के लिए आभार लिखना चाहता हूँ।

यहाँ आकर मैंने मोहन जी का कार्यों के विषय में विशेष जानकार से पता लगाया।

मुझे जो सूचना मिली वह यह है कि विदेशी संस्थाओं के एक प्रतिनिधि ने मोहन [illegible] के बाहर जेल में भेंट की। वे कुशल हैं – और संभवतः कुछ दिनों में बाहर भेज दिए जाएँगे।

परमात्मा को बहुत धन्यवाद।

उम्मीद है मुझे और कुछ सूचना न मिले।

मोहन जी के घर पहुँचने की खबर आई तो आप मुझे ऊपर के पते पर दें।

घर में सबको मेरा नमस्कार।

आपका बेटा
[illegible]

श्री बलराम जाखड़ के साथ

पाकिस्तान जाने से पूर्व

पाकिस्तान से लौटने पर
पत्नी और बच्चे के साथ

पुस्तक लिखने के दौरान

पाकिस्तान जाने से पूर्व

शादी के समय का चित्र, जिसके एक वर्ष के भीतर ही
पाकिस्तान में क़ैद हो गए

EMBASSY OF SWITZERLAND
IN INDIA
PAKISTAN AFFAIRS DIVISION

Ref.: 826.521-ce

NEW DELHI-21. December 2, 1974

[illegible]
[illegible]
P.O. Box [illegible], New Delhi - [illegible]
Tel. [illegible]

Mrs. Ram Bai,
W/o Sh. Amin Chand Sharma,
3/18 B.T.W.,

Firozpur Cantt.

Dear Mrs. Bai,

With reference to your letters I can inform you that your son, Mr. Mohan Lal Baksar, will be repatriated through Attari-Wagah checkpost on 9th December, 1974.

Yours sincerely,
EMBASSY OF SWITZERLAND
PAKISTAN AFFAIRS DIVISION

J.M. Boulgaris
(Second Secretary)